BESTSELLER

María Pérez Heredia (Zaragoza, 1994) estudió Filología Hispánica y publicó su primer libro, *Esos días raros de lluvia* (2013), con diecinueve años. Desde entonces le han seguido la novela *Starman* (2017), publicada por Reservoir Books con una acogida crítica excepcional, y el relato juvenil *Eydís y el largo invierno* (2017, ilustrado por David Guirao), así como diversas colaboraciones, cuentos y artículos de crítica literaria. Desde 2017 vive en Francia, donde ha trabajado en la Universidad de Grenoble como profesora de literatura española. *Pirineo Noir* (2023) es su tercera novela y su debut en el género negro.

MARÍA PÉREZ HEREDIA

Pirineo Noir

DEBOLS!LLO

Papel certificado por el Forest Stewardship Council®

MIXTO
Papel | Apoyando la
silvicultura responsable
FSC® C117695

Penguin
Random House
Grupo Editorial

Primera edición en Debolsillo: febrero de 2025

© 2023, María Pérez Heredia
© 2023, 2025, Penguin Random House Grupo Editorial, S.A.U.
Travessera de Gràcia, 47-49. 08021 Barcelona
Diseño de la cubierta: Penguin Random House Grupo Editorial / Joel Vaccaro
Imagen de la cubierta: Filo / Getty Images

Printed in Spain – Impreso en España

ISBN: 978-84-663-7446-0
Depósito legal: B-21.162-2024

Impreso en Black Print CPI Ibérica
Sant Andreu de la Barca (Barcelona)

P 374460

Para Aarón. Este también es para ti.
Sin ti nunca habría podido.
Ojalá siempre quieras que te siga leyendo lo que escribo.
Todo esto, la vida contigo, está siendo la hostia de divertido.
Te quiero. Nos vemos en (el) Varsovia

Así es como termina el mundo, no con una
explosión, sino con un lamento.

T. S. ELIOT

0

Desapareces. Desapareces en el fondo del océano. Nadie te encuentra. Tampoco te buscan allí abajo.

PRIMERA PARTE
AS BOIRAS

1

Y ahí estábamos: llegando al único jodido destino al que no quería ir por nada del mundo. Me empezaba a doler la cabeza, así que apagué la calefacción y bajé la ventanilla, mientras esperaba. Un latigazo de aire frío entró, sacudiéndome el pelo. Olía a heno y mierda. Me ajusté las gafas de sol, enormes, que me cubrían media cara, y las apreté contra el puente de la nariz. Era un día soleado, pero yo no pensaba salir del coche. Al menos, no hasta que fuera necesario.

Sabía que no debería haber venido, que no era bueno para mí. Y quizá yo tampoco era buena para el lugar. Había estado veintiséis años sin pasar al otro lado de la frontera, y eso tenía que significar algo. A este lado de los Pirineos, todo parecía diferente todavía: el sol brillaba con más fuerza, los árboles estaban más secos. Hasta el cielo parecía distinto: más azul, un azul brillante y cegador, sin ninguna nube a la vista. Siempre me había parecido extraño cómo al otro lado de las montañas, al sur, siempre llueve, mientras que en este brilla el sol. Ahora sé que las montañas son capaces de pararlo casi todo, hasta las nubes. Durante mucho tiempo, también me habían detenido a mí, pero ya no. Kevin me había convencido, era demasiado difícil negarse: ¿cómo decirle que no iba a acompañarlo, precisamente a ese lugar? Pero lo cierto es que últimamente apenas nos habíamos visto y era una buena oportunidad para pasar algo de tiempo juntos…, aunque fuese ahí.

As Boiras.

Llevaba años sin nombrar ese lugar. No lo había hecho, en realidad, hasta que vi una panorámica del pueblo en un periódico español, acompañada por su nombre, Marzal Castán, y por la noticia de que había salido de la cárcel. ¿Cuánto hacía de eso? ¿Un mes? Me había acostumbrado a pensar en As Boiras no como el lugar donde había vivido, ni como el lugar en el que vivía mi madre. Para mí, era casi una construcción artificial, algo que oscilaba entre la ficción y los recuerdos. Un lugar de muerte y destrucción, de pesadillas y sueños húmedos. 2.174 habitantes en el último censo. Un lugar extraño, con un índice de precipitaciones un veinticinco por ciento superior al de la media de la comarca. Allí todos viven entre las nubes y la niebla. Los turistas vienen y van: vienen en invierno, se van en primavera y vuelven en verano. Solo las estaciones intermedias pertenecen a los lugareños. El parque natural protege el pueblo, como si este estuviese encerrado en una enorme bola de cristal. De nieve, si es invierno. Un lugar encantador. Llegó a haber unos cines, con dos salas, pero cerraron hace tiempo. Hay bastantes bares, unos cuantos restaurantes caros que no están mal, algunos hoteles. El de mi madre es el mejor, el más lujoso, el favorito de los turistas que son algo más que mochileros malolientes: el Gran Hotel. Hay uno de esos en cada ciudad, en cada pueblo con pretensiones.

Puse los pies sobre el salpicadero. Había leído en algún sitio que era peligroso hacerlo, por si saltaban los airbags, pero el coche estaba parado. Parado en el lugar exacto en el que alguien había trazado una frontera entre Francia y España. Entrecerré los ojos, intentando verla tatuada en la tierra. No vi nada. Solo era una abstracción, como casi todo lo que merece la pena.

Mi marido había salido para discutir con los guardias fronterizos. Les enseñaba su placa, les contaba su vida: la justificación para la pistola que llevaba en el cinturón, para todo lo que llevaba en el maletero. Papeles oficiales. Permisos expedidos a toda velocidad: tremenda urgencia, es imperioso que todo se haga deprisa, muy deprisa, antes de que la situación vaya a peor, antes de que llegue de verdad el invierno y empiece la temporada alta. Todavía estábamos a veinte kilómetros, pero la mera idea de volver a casa, si es que ese lugar lo había sido algún día, hacía que me siguiese doliendo la cabeza.

Me quité las gafas de sol. Mi marido hablaba ahora por teléfono con París. Seguro que eran asuntos importantísimos, siempre lo eran, pero, en ese momento, me importaban más bien poco. Un escalofrío me recorrió la espalda e hizo que se me pusiera la carne de gallina; tenía cosas más importantes de las que preocuparme que de la tediosa e insoportable burocracia francesa. Me cerré el abrigo, cruzando los brazos sobre el pecho, como si eso pudiera protegerme. Kevin Girard, el primero de su promoción, el comisario más joven del país, un puto mosquetero. Mi marido. Nos conocimos en un congreso llamado «Psicología criminal: ¿qué hay detrás de la mente de un psicópata?», celebrado en Düsseldorf, Alemania, hace once años. Me habían invitado a raíz de mi tesis, que luego se había convertido en un libro que obtuvo un éxito considerable. Mi nombre se había hecho conocido para el público general, y, por supuesto, más que conocido para los entendidos en el tema. En aquel congreso alemán, Kevin era el único de los ponentes que en realidad no parecía un asesino en serie. Tal vez por eso dejé que se acercara a mí. Yo era prácticamente la única mujer, o, por lo menos, la única lo bastante atractiva para que él se fijara en mí. Fue un romance fulgurante. Le dejé entrar en mi vida, o más bien en mi cama, pero me guardé unos cuantos secretos. Supongo que él también tenía los suyos.

2

Los hechos cruciales de una relación. Conocí a los padres de Kevin durante las Navidades de 2011. Les encanté. Aparecí en las primeras fotografías familiares por aquel entonces, con un jersey rojo. Odio mi corte de pelo, ¿quién me dijo que me iba a quedar bien el flequillo? Aquella primavera, fuimos de viaje a las Fiyi. Me pasé semana y media tirada en una tumbona, al borde del mar. Follábamos sin parar.

La primera vez que lo acompañé en uno de sus casos, llevábamos poco más de un año saliendo. Se fiaba de mí, confiaba en mí. Eso me hacía sentir bien, mejor que nunca en toda mi vida. Yo podía viajar todo lo que quisiese, me venía bien para escribir. Rodearme de toda esa mierda, de cadáveres mutilados y asesinos misteriosos, templaba mis nervios. A Kevin le encanta esquiar, así que pasábamos febrero, siempre que podíamos, en los Alpes suizos. Mejor queso que en los franceses, aunque todo es exageradamente caro. Yo me quedaba en el hotel, dándome un masaje detrás de otro y escribiendo. Nuestro día a día fueron más habitaciones de hotel, París en nuestro apartamento diminuto pero mono del *Onzième arrondissement*, un pueblo de la Occitania francesa donde habían violado y asesinado a cinco ancianas. Un verano alquilamos una casita cerca de Niza, en la Costa Azul, e invitamos a mi madre y a mi padrastro a pasar unos días. Les encantó.

Nos mudamos a Marsella aquel otoño. Yo ya no soportaba vivir tan lejos del mar. Poco después, Kevin me pidió que me casara con él, en esas Navidades que pasamos en Londres alejados de la familia, de la suya y de la mía. Y aunque siempre habíamos comentado que casarse era una absoluta estupidez, que para qué servía en estos tiempos, dije que sí. Nunca pensé que perdería tanto tiempo en organizar una boda, pero lo hice. Rosas blancas por todas partes, centros de mesa de vidrio con forma geométrica y una orquídea blanca, invitaciones de diseño, un vestido de novia de diez mil euros. Todo, lo quería todo, todo lo que veía en las revistas. Él me lo daba. Su familia tenía dinero.

Nos casamos en la finca de sus padres, a las afueras de París. Ciento cincuenta invitados, solo diez por mi parte: mi madre y mi padrastro, mi padre y su novia de turno, tres amigas de la facultad, mi editor y su mujer, mi directora de tesis. No sentía que realmente hubiese echado raíces en el mundo hasta que lo conocí a él. Me había llevado de su mano por media Europa, tratando de desentrañar su cara más oscura, pero eso se acabó. Hacía dos años que intentábamos tener hijos. Al menos uno. El sexo programado había hecho que perdiese casi todo mi viejo entusiasmo por follar. Ahora tenía que estar tranquila, alejarme de todo lo que pudiera alterarme.

No era la primera vez que Kevin recibía amenazas, pero él empezó a irse solo, tratando de mantener nuestra pequeña parcela del mundo en paz, y yo me quedaba en casa, bebiendo vino blanco por las mañanas y escribiendo cuentos infantiles un poco tétricos por las noches. Se vendían bastante bien, a pesar de todo. Ya no iba por ahí cazando asesinos en serie. Me había alejado por completo de ese mundo. Ni siquiera encendía el televisor. Cuando Kevin me hablaba de las cosas horribles que veía en el trabajo, yo cambiaba de tema. No tardó en dejar de contármelo todo. Así, poco a poco, nuestras vidas se habían ido alejando.

Hasta que llegó la maldita llamada que nos empujó a este lugar.

El trayecto desde la frontera fue corto, lo hicimos en un tenso silencio. Me sorprendió que el paso del tiempo no hubiese hecho mella en As Boiras. La última vez que estuve aquí lo observé todo con sumo cuidado, pensando que, quizá, cuando volviese, todo sería distinto. Todo cambia, todos los lugares lo hacen, las ciudades se transforman cada año que pasa. Pero este pueblo no: este pueblo permanece igual, inmune al paso del tiempo, anclado en las montañas, como un siniestro espectador de lo que sucede en sus entrañas. Pero yo pensé, al irme, que algo, lo que fuera, cambiaría, e intenté dejar grabado cada detalle en mi mente, sabiendo que tendría que ocurrir un desastre para que yo regresase allí. La muerte de mi padrastro, la de mi madre, o, quizá, la ruina familiar. Lo que no esperaba era que todo volviese a empezar. Y, sobre todo, no esperaba que todo siguiese igual, tantos años después, como si mi ausencia no hubiese significado nada.

Dentro del coche que se detenía en el aparcamiento junto al enorme edificio de piedra grisácea y tejado de pizarra que mi madre un día intentó sin mucho esfuerzo que se convirtiera en eso que llaman «hogar», sabía que me pasaría los siguientes días tratando de buscar los detalles que revelaran el cambio, el paso del tiempo por este lugar. Porque aquel presentimiento que tuve cuando me marché de aquí, hace más de veinticinco años, se había hecho realidad: había hecho falta un desastre, uno de los buenos, para obligarme a volver.

Cuando bajé del coche, no tardé ni medio segundo en arrepentirme de no llevar puestas las gafas de sol. Aquel aparcamiento no era el lugar más concurrido de As Boiras, pero en ese momento me pareció que se había convertido en la plaza del pueblo en pleno día de mercado. Cuando media docena de ojos se clavan en ti, reconociéndote y reprobándote, te das cuenta. Es algo inevitable. Empezó con el vello erizado en la nuca, un viejo reflejo animal que nos impulsa a estar alerta, que parece gritarte, directamente en las entrañas, «¡ten cuidado!». Y no tardé en sentir esas miradas —las de los dos camareros vestidos de uniforme que fumaban junto a la puerta de servicio, la de la mujer de mediana edad que se dirigía hacia su coche, o la del jardinero de siempre, que llevaba ahí toda la vida, que podaba los rosales junto a la entrada— como algo tremendo, horriblemente conectado con el pasado. Eran las mismas de entonces. Puede que las personas fuesen distintas, o puede que hubiesen cambiado, que les hubiesen aparecido pequeñas arrugas en la comisura de los ojos o labios, pero las miradas eran iguales: ellos sabían quién era *yo*, y me juzgaban y me odiaban por ello. Todo un pueblo al unísono, odiándome, reprobando mi presencia en sus tierras, demostrándome con sus miradas juiciosas que *yo* no pertenecía a *ese* lugar.

Tragué saliva. Me pregunté cuánto tardaría en correr la noticia de mi vuelta a As Boiras. ¿Una hora? Puede que menos… Incluso entre las montañas llega el 4G. Me volví a poner las gafas de sol. Si iba a ser la mala de la película, al menos lo sería con estilo.

3

La llamada. Estábamos en el salón de nuestro piso, en Marsella y teníamos puesta la televisión. Estábamos cenando. Yo había preparado un curry. De un tiempo a esa parte, me había dado por cocinar, pero le echaba demasiado ajo y demasiado picante a todo. Kevin se lo comía sin protestar, sentado en el sofá, mirando fijamente el televisor. Veíamos las noticias. Siempre he odiado ver las noticias, pero, qué le vamos a hacer, nos pasamos la vida entera haciendo concesiones. Sin embargo, la noticia, la verdadera noticia que lo puso todo en marcha, llegó en forma de una llamada de teléfono.

Esa misma noche, le enviaron a Kevin el dosier del caso por e-mail. No había tiempo que perder. Yo no mostré demasiado interés. No lo tenía, por nada en realidad, en estos últimos tiempos. Simplemente, esa parte de mí, la que deseaba saber el porqué de las cosas y hacía muchas preguntas y resultaba hasta pesada, se había apagado, anulada por las hormonas, los calendarios de ovulación y las sesiones de acupuntura. ¿Sigues siendo tú misma si has dejado de hacer todo lo que te gusta? Fumar a escondidas en el balcón me hacía sentir alienada, como si de repente me hubiese convertido en un objeto, como si me hubiesen vaciado por dentro. El caso es que, cuando llegaron las fotos y los detalles, me mostré indiferente. Hasta que Kevin me dijo que había sucedido cerca de As Boiras. No, exactamente lo que me dijo fue:

—Esto ha pasado cerca de donde tú viviste.

Y yo no dije nada, a pesar de que, aunque había vivido en muchos lugares diferentes, sobre todo durante mi infancia, sabía exactamente de qué lugar me estaba hablando. Él se quedó callado, y volvió a sumirse en los detalles escabrosos, en las fotografías, en la tensión. Yo me escondía tras la pantalla del portátil, escribía, o fingía escribir, porque en realidad hacía un test online detrás de otro, qué color eres, cuál es la inicial de tu alma gemela, adónde deberías viajar este verano, y él, al cabo de un buen rato, me insistió en que tenía que ver las fotos. Insistió tanto que acabé haciéndole caso, muerta de miedo.

—Es como la otra vez —me dijo.

Se llamaba Emma Lenglet. Tenía trece años. Nadie le habría prestado demasiada atención a su desaparición, sería solo una de las muchas chicas de las que nunca más se vuelve a saber y que llenan la prensa amarilla durante algún tiempo, pero se equivocaron de chica. Emma era la hija de una empresaria muy rica y, lo que era más importante, de un conocido senador socialista. Estaba en un viaje escolar de equitación a unos quince kilómetros de la frontera, en el lado lluvioso. La tarde del 5 de noviembre, salió sin permiso a dar un paseo. Tardaron solo un par de horas en echarla en falta. Se organizaron batidas de búsqueda, lo peinaron todo.

Encontraron su cadáver el 13 de noviembre en un lugar aislado cerca de la frontera del Parque Natural de los Valles Occidentales, en mitad de un claro verde y soleado, a pocos kilómetros de As Boiras. Estaba desnuda y cuidadosamente envuelta en plástico, como un regalo sin desenvolver. Le habían arrancado las uñas a mordiscos hasta la mitad de los dedos, le habían seccionado la lengua con un corte limpio y la habían degollado. Habían limpiado el cuerpo exhaustivamente con lejía, eliminando cualquier rastro de ADN. En realidad, la habían matado realizando una incisión perfecta en el cuello, seccionando la arteria carótida para dejar su cuerpo sin una sola gota de sangre. Como a un cerdo.

Ella era la razón de que los dos hubiésemos venido hasta As Boiras.

En efecto, había pasado algo similar a lo que ocurrió hacía más de dos décadas, cuando yo tenía trece años. Seis niñas, con edades comprendidas entre los diez y los catorce años, todas especialmente guapas, todas asesinadas. Encontraron sus cuerpos desnudos también envueltos cuidadosamente en plástico, dentro del parque natural. Les habían comido las uñas hasta la mitad de los dedos, en un acto de canibalismo contenido que parecía haberse quedado a medias. A todas les faltaba algo: el dedo gordo del pie derecho, la punta de la nariz, el pezón izquierdo… Todas desangradas, con un corte en el cuello, como si fuesen piezas de caza. Envueltas como trofeos. A eso las había reducido: eran los trofeos que un cazador quería exhibir ante los ojos del mundo entero. Marzal Castán las había elegido y las había acechado, como hacen los depredadores. Después, las había cazado. Una a una.

No hacía ni diez horas que había aparecido el cadáver de Emma Lenglet cuando su padre llamó a Kevin. A su puto teléfono móvil personal. Se conocían, claro que sí. A los hombres jóvenes y triunfadores con ideas seudorreformistas les gusta conocerse entre ellos, aunque sea solo para medir el tamaño de sus pollas.

Cuando desaparece tu hija, quieres que los mejores policías del mundo entero la busquen, quieres que remuevan cielo y tierra para encontrarla, y, sobre todo, quieres que lo hagan rápido. Rezas por que esté viva, por que aguante viva, e incluso te planteas si no se habrá escapado de casa. Entonces es cuando empiezas a desear que sea así, que hayas sido un mal padre, o ella una mala hija. Que vuestras diferencias hayan sido más fuertes de lo que creías, que se haya marchado. Juras que estarás agradecido si es verdad que ella se ha marchado y no vuelves a verla nunca. Pero cuando tu hija desaparecida aparece, y está muerta, quieres que los mejores y más retorcidos policías, los que saben cómo piensan los psicópatas, encuentren a quien le ha hecho eso. Y, si pueden, que se lo carguen en el proceso.

Se supone que por eso llamó el señor Lenglet a Kevin, porque él es el mejor de Europa encontrando a psicópatas y echándoles el lazo, pero yo sé que no es así. Cientos de miles de ejemplares vendidos, traducido a diez idiomas, un proyecto para adaptarlo a la pequeña pantalla que amablemente eché atrás: por eso lo sé. Quería que *yo* volviese a As Boiras, donde curiosamente apareció su hija muerta, y lo resolviese. Quería que *yo* me preguntara: «Oh, ¿habrá sido lo mismo que la otra vez?» y casase al asesino de su hija. Él también había leído el maldito libro.

Mis planes de vida habían sido otros. Me gusta pensar que no lo vi venir, pero cuando elegí el tema de mi tesis, qué sé yo, seguramente una parte de mí ya sabía lo que vendría. Al contrario que otra gente —la mayoría, hasta donde yo sé—, me lo pasé bien escribiéndola. Sí, a veces fue un proceso doloroso, me hizo rebuscar en los rincones más oscuros de mi memoria, pero fue como hacer veinte años de terapia en tan solo cuatro. Me gusta pensar que se escribió sola.

Después, fue mi directora la que me recomendó convertirla en un libro, más concentrado y accesible para todos los públicos. Lo titulé *El Carnicero del Valle*, nunca se me dieron demasiado bien los títulos. Se publicó. Se vendió. Se tradujo. Todo aquel que quiso pudo conocer mi análisis de lo que había pasado en los años noventa en As Boiras, un pequeño pueblo situado en el norte de España, anclado en el Pirineo aragonés, rodeado de montañas. Un pueblo donde nunca había pasado nada destacable, más allá de los tiempos de la Reconquista y de unos cuantos maquis que se escondieron por allí después de la guerra, pero donde se desató un verdadero horror, perpetrado por uno de sus queridos y aparentemente inofensivos vecinos.

En mi libro intenté ser objetiva, exponer con claridad las cosas que se habían hecho mal: cómo la policía de la época no supo enfrentarse a un caso así, cómo la actuación imprudente y proteccionista de un pueblo entero había acabado ayudando a un asesino a hacer lo suyo, cómo tuvieron que ser sus propios amigos quienes lo descubrieran y entregaran. Tenía veintisiete años, fui contundente, casi cruel. Apenas guardé un par de cosas en el tintero, sospechas que no quedaron demostradas en el juicio. Pero no me aguanté las ganas. Condené a una sociedad entera, a un pueblo entero, los señalé con el dedo y les dije que ellos también habían sido los culpables. Con todo, lo que reinaba en el centro del libro era la oscuridad de aquel hombre, Marzal Castán, un monstruo capaz de lo más cruel, de lo inimaginable…

Le dediqué el libro a Ana, la sexta niña. Pensé mucho en ella durante aquellos años, durante aquellos meses. Luego, la vorágine me absorbió, mi vida cambió, y pensé, con amargura, que la muerte de mi mejor amiga me había comprado la vida que siempre quise tener. El libro me cambió la vida, sí: me dio el dinero suficiente para poder dedicarme a escribir —primero, libros de *true crime*, centrados en otros casos reales, con más afán divulgativo que verdadera investigación; ahora, cuentos para niños, de esos que hacen que tengan miedo cuando se van a dormir—, me dio un nombre —más o menos conocido, respetado a un lado de la frontera y odiado al otro—, e hizo que conociese al amor de mi vida. También hubo cosas malas. Algunas personas se enfadaron. Bueno, muchas personas se enfadaron. Todo un pueblo me puso la cruz. Tenía que pasar. Yo los había juzgado y condenado. Ellos, claro está, hicieron lo mismo conmigo.

4

El Gran Hotel había sido propiedad de los Garcés desde siempre, desde que se construyera hace más de cien años. Ahora pertenecía a mi padrastro, Lorién. Siempre me había fascinado el aspecto imponente y distinguido del edificio. Parecía pertenecer a otra época, cuando hasta los turistas eran más elegantes. Pese a estar todavía en el valle, parecía querer recordarle a todo aquel que cruzara el umbral de su enorme puerta que era un hotel de montaña, un lugar donde encontrar la paz, donde lo primitivo y salvaje del paisaje no tenían por qué ir reñidos con la comodidad. La primera vez que lo vi no lo sabía, pero todo en aquel edificio, en su disposición y en sus formas, recordaba e imitaba a los grandes hoteles de los Alpes suizos. Un lugar poderoso. Solo estábamos a unos pocos kilómetros del centro del pueblo, pero cuando yo vivía aquí, en una casa tan vieja y pétrea como el hotel, unida a él por un corto sendero de grava, aquella distancia con el núcleo urbano parecía todo un mundo.

Cuando vivía aquí, la única manera que tenía de ir al pueblo era en bicicleta: era un camino fácil y ameno a la ida, cuando pedaleaba cuesta abajo atravesando un pequeño bosque, deslizándome entre los árboles y dejando que el viento me sacudiera el pelo, pero la vuelta, cuesta arriba y siempre con cierta sensación de decepción inundándome, como si este no fuese mi lugar, siempre se me hacía más… penosa. O puede que, simplemente, aburrida. Ahora podría coger el coche y, en menos de cinco minutos, me habría plantado en la plaza Mayor, delante de la iglesia. Si es que encontraba sitio para aparcar. Pero los turistas apreciaban la tranquilidad del hotel: que estuviese apartado era un plus, y el balneario de aguas termales, supuestamente milenarias, era, desde siempre, la verdadera razón para venir. Y todo lo que la montaña podía ofrecer, claro.

El caso es que yo estaba ahí plantada, junto al coche, con los brazos cruzados sobre el pecho y las gafas de sol cubriéndome media cara, y mi marido estaba de nuevo hablando por teléfono, paseándose por el rectángulo asfaltado de bordes perfectos que era el aparcamiento. Me apoyé contra el coche y me encendí un cigarrillo, mirando de reojo. Ahora los curiosos también se habían fijado en él. Se preguntarían quién era ese tío de aspecto estirado, que hablaba muy deprisa en francés. No les caería bien. A Kevin siempre le pasa. No le cae bien a la gente, al menos al principio. Eso es algo que me gusta, que me gustó enseguida de él. No soporto a la gente que, de entrada, es demasiado simpática. Le di otra calada al cigarrillo. Me lo estaba fumando muy, muy lentamente. No podía permitirme demasiados, no era recomendable. El caso es que absorbí el humo, lo paladeé, lo disfruté, y miré hacia el hotel.

El edificio aún era imponente. De niña, solía imaginar que era un castillo embrujado y me reconfortaba no tener que dormir allí cada noche. Compadecía a los turistas, que sí tenían que hacerlo. Con el tiempo, aprendí que ellos eran en realidad los afortunados: dormían allí porque tenían más dinero que nosotras.

Era ya pasado el mediodía y el sol pegaba con demasiada fuerza. A través del cristal oscuro de mis gafas de sol, observé los movimientos de mi marido: andaba de un lado para otro, con pasos firmes y seguros, como si él fuese el dueño de aquel espacio que acababa de pisar por primera vez. Desde luego, parecía más seguro que yo aquí, como si él perteneciese a este lugar y yo no. Con él, siempre ocurría así.

Siempre me ha gustado pensar que puedo observarlo todo y a todos y conseguir que hasta el más mínimo detalle se me quede grabado para siempre en la mente, para luego, aunque sea muchos años después, poder recordar las cosas como eran. También sé que hay cosas que se me escapan, es verdad. Sin embargo, aquello no se me escapó: me volví al escuchar el inconfundible sonido de esa clase de discusiones que solo tienen las parejas. En la otra punta del aparcamiento exterior, junto a una vieja camioneta, había dos adolescentes discutiendo. Estaban demasiado lejos para que pudiera verles la cara con claridad, pero me pareció que ella, toda piernas largas embutidas en unos leggings deportivos, no debía de tener más de quince años cumplidos. El pelo negro se le movía con un viento frío que anunciaba ya el invierno, la nieve, todo lo demás.

—¡Que te subas al coche, coño! —le gritó él. Parecía nervioso, se pasaba las manos por el pelo, corto y de punta, con una cantidad ingente de gomina. Pensaba que eso ya no se llevaba.

Vi cómo los labios de ella se movían, pero no escuché nada. Estaba demasiado lejos. ¿Tendría que ir a ver qué pasaba? No te metas en las cosas de los demás, eso me decía siempre mi madre. Y, además, añadía: a *nadie* le gustan las chicas metomentodo, pero supongo que eso es lo que yo he sido siempre, una metomentodo, alguien que no puede evitar fijarse en lo que hacen los demás, como si siempre estuviese buscando sujetos y comportamientos sospechosos. ¿Esta escena seudorromántica lo era? Probablemente no. Todas las parejas discuten, hasta las formadas por adolescentes. Y, cuando la chica se subió al coche, agachando la cabeza, me dije que tampoco era para tanto.

Cerré los ojos y retuve el humo de la última calada en los pulmones. Me iba a estallar la cabeza, el dolor no había remitido. Solo quería tumbarme en una habitación oscura, dejar que el tiempo pasara y quizá dormir, pero sabía que no iba a poder ser. Cuando abrí los ojos, mi marido estaba mirándome con gesto severo. Ya no hablaba por teléfono. Señaló el cigarrillo.

—Tienes que dejarlo —me dijo.

Asentí y lo tiré al suelo. Lo pisé con fuerza.

—Lo sé.

Esbocé una sonrisa. Siempre se me ha dado bien sonreír cuando los demás quieren que lo haga. Después, le dije que no hacía falta que cogiésemos las maletas ahora. Lo haríamos más tarde. Cuando hablé con mi madre el día anterior, le dije que llegaríamos a la hora de comer. En mi casa, eso quería decir las dos de la tarde. Le dije, también, que a Kevin le gustaba conducir de noche, salir antes del amanecer. Creía que eso le evitaría encontrar demasiados atascos, como si todos los franceses del mundo se muriesen por venir hasta aquí. No era un viaje tan largo desde Marsella, pero, en cierto modo, sí lo era. Como si ambos lugares estuviesen en planetas distintos.

5

Me sentí extraña guiando a mi marido a través del camino de gravilla que conectaba el hotel con la casa de mi madre. Había sido también mi casa, aunque aquello duró poco. Y, a pesar de que había pasado el tiempo, recordaba exactamente cómo era: una casa vieja, con el aspecto duro y resistente de las cosas que se fabricaron para durar mucho, con los muros de piedra grisácea y el tejado de pizarra, como el del hotel. Una escalinata demasiado grande para una casa familiar se levantaba sobre la fachada, y una balaustrada descansaba sobre dos columnas gemelas, que flanqueaban la puerta. La enorme puerta de madera, con la cruz grabada en ella. Debajo, la fecha, el orgullo: 1895. Dinteles de granito sobre las ventanas. En lo alto de la casa, la chimenea cónica, y, sobre ella, el espantabruxas. La primera vez que levanté el dedo y lo señalé, Lorién se echó a reír y me contó la historia. «¿No sabías que por aquí arriba hay brujas?», me dijo. Yo no quise creerlo. Estaba a punto de cumplir trece años, pensaba que era muy mayor y valiente. Pero él me lo dijo muy serio, y me hizo sentir que era mejor que esa cosa estuviese siempre allí, sobre la chimenea, sobre nuestras cabezas mientras dormíamos. Solo por si acaso.

—Es un… —le empecé a decir a Kevin, señalando aquella piedra cruciforme que emitía un extraño sonido cuando el viento soplaba a través de ella, casi como un arrullo.

—¿Para espantar a las brujas? —me preguntó.

Ni siquiera tenía claro que estuviese formulando una pregunta. Siempre parecía saberlo todo. Sonreí, tirando de su mano hacia mí.

—Se me olvidaba que eras un experto —bromeé.

Él no dijo nada. Nunca he entendido su fascinación por este lugar, su deseo por conocer este pueblo, una casa donde solo pasé unos meses, los peores de mi vida. Kevin sabía que, a veces, era mejor no hacerme demasiadas preguntas; aun así, insistía de vez en cuando en eso de querer saberlo todo, y llegaba a desesperarme.

En realidad, cuando viví en este lugar tardé muy poco tiempo en franquear la puerta como si fuese la entrada a mi hogar, probablemente porque sentía que nunca había tenido uno de verdad y deseaba que no fuese un sitio de paso más tras el divorcio de mis padres. Mi madre era la clase de persona que se sentía en la necesidad de probar suerte constantemente, así que yo había empezado a hartarme de los cambios. Quizá, también, me ilusioné porque no tenía ni idea de lo que iba a pasar después. En el fondo, no me equivoqué del todo al pensar que este sería nuestro sitio durante mucho tiempo. Porque ella sigue aquí. La que se fue soy yo. Solo yo.

Pero si alguna vez había cruzado el umbral de aquella imponente puerta centenaria como un ciervo desbocado, con un ímpetu enorme, con la más inocente familiaridad, esta vez tuve que hacer acopio de todas mis fuerzas solo para sostener la pesada aldaba de metal, en forma de herradura, y golpearla contra la madera. Deseé tener una botella de vodka a mano, o encenderme un cigarrillo. Deseé, también, que el tacto caliente de la mano de mi marido sobre la mía fuera suficiente para impulsarme, pero no. Supongo que nunca he sido tan valiente como pensaba. En realidad, la valiente era Ana. Yo solo corría detrás de ella, tratando de no perder el ritmo.

6

Ana me miraba con sus enormes ojos azules, y yo sentía cómo me hundía en un océano profundo e incógnito, adentrándome en tierras lejanas y desconocidas, donde todo era posible. Con ella. Porque, con ella, sentía que todo era posible, que las dos podríamos escapar de este pueblo y conquistar el mundo entero, hacerlo nuestro. Así sería. Sabía que así iba a ser.

—¿Sabes, Alice? Estoy convencida de que la mayoría de la gente miente todo el tiempo —me dijo Ana, sin dejar de pedalear furiosa y rápidamente, como si tuviese (las dos tuviésemos) que llegar a toda prisa a algún lugar que yo desconocía.

Yo movía las piernas a toda velocidad, tratando de seguirle el ritmo, desesperándome en las subidas y respirando aliviada en las bajadas. Era otoño y aún no hacía demasiado frío. Serpenteábamos como dos saetas en el cielo por la carretera que separaba el pueblo del hotel, silbando entre los árboles del bosque.

—Yo no creo que yo mienta todo el tiempo. Ni que tú me mientas todo el tiempo —le dije, casi sin aliento. Sentía que las mejillas me ardían.

—Tú no, pero yo sí —dijo, y, antes de que yo pudiera contestar, siguió hablando—: En general, no creo que los niños mientan todo el tiempo, pero los adultos sí. Mienten todo el tiempo. Ocultan cosas. Nos tratan como si fuésemos estúpidos, ¿no te das cuenta?

—Sí, claro que me doy cuenta —mentí.

Pero yo no tenía la sensación de que mi madre me mintiese todo el tiempo. Hablaba demasiado de su vida, me contaba cosas que preferiría no haber sabido nunca y, en general, era excesivamente sincera, sobre todo cuando hablaba de todo lo que le molestaba, de todo lo que, en su nada humilde opinión, no estaba en su lugar. Pero a Ana prefería no llevarle la contraria: prefería que ella creyese que siempre pensábamos igual, que éramos prácticamente calcadas. Almas gemelas, como decía ella. Exactamente eso. Y las almas gemelas están siempre de acuerdo.

La sonrisa de Ana, que se volvió para mirarme, fue suficiente para reafirmar ese pensamiento. Yo iba más atrás, incapaz de seguir su desenfrenado ritmo.

—Por eso no voy a tener hijos nunca: no quiero tener que mentirles todo el tiempo —dijo ella, con la gravedad de las grandes decisiones.

—¿Estás segura ya? ¿Tan pronto? Faltan siglos para tener hijos y esas cosas.

—Claro que estoy segura, Alice. No quiero que nadie se me coma las entrañas desde dentro, y eso es lo que hacen los niños, ¿sabes? Mi padre dice que eso es lo que hacía yo con mi madre y que por eso se murió, pero da igual. Yo sé lo que haré: desapareceré de este pueblo y no volveré a aparecer nunca más por aquí.

Y yo seguía pedaleando, pensando en lo bonito que sería desaparecer y aparecer en un lugar mucho mejor que este, donde nadie dijese mentiras y todo fuese, sencillamente, bien.

7

Oí unos pasos apresurados al otro lado de la puerta, antes de que esta se abriera con un chirrido lastimoso. Qué raro que Lorién no hubiese hecho engrasar los engranajes, solía estar muy atento a esa clase de cosas. Mi madre apareció al otro lado. Llevaba unos pantalones vaqueros y una blusa azul. Estaba más delgada, como cada vez que la veía. Tenía la sensación de que, de seguir así, terminaría por desaparecer. Cuando tenía diez años, una vez vi una foto suya de joven. En ella, debía de tener unos veinte años y estaba casi rolliza, rebosante de salud. No podía creer que fuera ella. Recuerdo bien la amargura con la que me dijo que llegué yo y se lo robé todo. Pero ahora, al abrirnos la puerta, sonreía.

—¡Alice, Kevin! —dijo, con su voz siempre ligeramente nasal, como si tuviese un resfriado—. Debéis de estar agotados…

—Gracias por recibirnos, Elena —respondió mi marido, con un levísimo acento francés.

Mi madre sonrió y nos hizo pasar. No me sorprendió que la casa estuviera como siempre. Aquellos cambios que esperaba ver por todas partes tendrían que esperar. Sobre la cómoda de roble de la entrada había flores frescas. Acónito. Pequeñas flores moradas que pueden matarte. De nuevo, aquel escalofrío y la carne de gallina. Siempre habían sido las favoritas de mi madre.

Mi marido miraba la casa con la curiosidad de ver por primera vez un lugar que se desconoce pero en el que alguien a quien quieres ha pasado mucho tiempo. No pude evitar reparar en que, además, observaba a mi madre mientras nos hacía pasar al saloncito y nos preguntaba si queríamos algo de beber. «Solo agua, gracias», pidió él. Yo no dije nada. Y, mientras mi madre salía y yo me sentaba en un sofá marrón aterciopelado, él se quedó de pie y la miró desvanecerse a través del marco de la puerta, escuchando sus pasos sobre el suelo de madera que crujía y te delataba siempre, por más cuidado que quisieras tener. Podría parecerme extraña tanta formalidad, la falta de naturalidad, pero, en realidad, Kevin y mi madre no se han visto más que tres veces: cuando se lo presenté, el verano que pasamos en Niza; cuando nos casamos, hace siete años, en la casa de sus padres, a las afueras de París; y hace dos inviernos, en nuestra casa de Marsella. Solo tres veces. Tampoco mi madre y yo nos habíamos visto mucho más en esos años; nuestra relación funciona mejor a distancia. Frente a mí, Kevin seguía alerta. Al fin y al cabo, es policía. Se supone que lo suyo es observar a la gente. Lo mío también, pero por razones distintas, y en un menor porcentaje de aciertos.

—¿No quieres sentarte? —le pregunté, ejerciendo yo también de anfitriona.

Negó con un movimiento rápido de cabeza.

—He pasado demasiadas horas sentado en el coche. —Hizo una pausa breve, como si estuviese pensando en algo. Al final, tras lo que seguramente fueron solo unos segundos pero que a mí se me hicieron demasiado largos, me miró a los ojos y continuó—: Además, me tengo que ir. Tendrás que comer tú sola con ellos.

Me dolió. Kevin sabía que yo no soportaba a mi madre, lo necesitaba a él como cortafuegos en esa clase de encuentros. Su mera presencia desviaría las preguntas normalmente dirigidas hacia mí; a mi marido nunca le ha costado lo más mínimo convertirse en el centro de atención. Abrí la boca para decir algo, pero me quedé a medias. Me ocurre a veces: solo me salió un ruido parecido a un «ah». Siento que es demasiado agotador tratar de parecer inteligente todo el tiempo, y, de todas formas, me dolía demasiado la cabeza para siquiera intentarlo.

—Pero esta mañana has dicho que… —empecé, aunque no pude seguir.

Mi madre regresó con una enorme bandeja con tres vasos, una jarra de limonada rebosante de cubitos de hielo perfectamente cuadriculados y una botella de agua de cristal. Siempre le han gustado las bebidas frías, muy frías, incluso en invierno. Me pregunto si eso significa algo. Kevin se acercó rápidamente a ella, le quitó la bandeja de las manos y la apoyó con cuidado, sin hacer ni un poquito de ruido, sobre la mesita de centro, también de roble. Todo era madera oscura en aquella casa. Llegaba a resultar hasta agobiante.

Mi madre sonrió y se sentó en el sofá, a mi lado, con el cuerpo ligeramente girado para poder mirarme. Mi marido se sentó frente a nosotras, en el sillón orejero en el que siempre se sentaba mi padrastro, un rincón majestuoso, con el gran aparador de la familia al fondo, rodeado de motivos de caza. De manera inconsciente, había identificado el lugar del patriarca y lo había ocupado sin pedir permiso. Los hombres son así. Supongo que esa seguridad fue lo que me atrajo de él, o tal vez hubieran sido un cúmulo de pequeñas cosas, como ocurre siempre. Me pregunté, durante apenas una milésima de segundo, qué necesidad tenía de sentarse precisamente ahí, si iba a tener que marcharse en apenas un minuto. Supongo que fruncí el ceño, pero nadie se dio cuenta. Mi madre cogió la pesada jarra y, mientras la tenía alzada, sostenida por su fino y huesudo brazo en el aire, miró a Kevin.

—¿Quieres, querido? —le preguntó, aflautando ligeramente la voz. Me resultó increíblemente irritante. Arrugué la nariz, sin decir nada—. Cultivamos nosotros mismos los limones. Es increíble que el pobre árbol haya aguantado, aquí los inviernos son horribles. Lorién está tan orgulloso…

—Yo sí quiero, mamá —interrumpí, antes de que ella pudiese terminar, o Kevin contestar.

—Siempre tan impaciente, Alice —me reprendió, con una sonrisa casi dulce. Atajó la situación llenando los dos vasos, el mío y el de mi marido, procurando que no cayese ningún trozo de hielo, para servirse ella a continuación—. Y bien, ¿cómo ha ido el viaje? Es un incordio que estéis tan lejos.

—Ha ido de perlas —dijo Kevin, que hizo una pausa para poder beber un sorbo de su limonada. Demasiado dulce para él—, pero Alice se ha mareado.

—¿Estás enferma, querida? —preguntó mi madre.

—Qué va. —Miré con urgencia a mi marido, reprobándolo por decir aquello—. Ya sabes que odio los viajes largos en coche. Prefiero los trenes.

—Estás demasiado delgada —continuó ella, examinándome, escrutándome. Sentí cómo sus ojos atravesaban las capas y capas de ropa que cubrían mi piel, el grueso y cómodo jersey de lana, y se clavaban en las hendiduras de mis costillas—. Es normal que una se maree si está tan delgada.

El teléfono de mi marido sonó de nuevo. Él suspiró, se levantó y dejó el vaso casi lleno sobre la mesa.

—Disculpadme… —murmuró, y me lanzó una mirada que parecía sugerir que, en fin, no iba a volver. Al menos, no pronto.

No pude reprimir un suspiro dramático y afectado que quedó disimulado por sus gestos. Se marchó con grandes pasos desgarbados, y unos segundos después las dos oímos el sonido chirriante de la puerta al abrirse, y luego el ruido seco de un golpe al cerrarse. Mi madre volvió a encararme, cruzando una pierna sobre la otra.

—Me alegro de que hayáis venido, Alice —me dijo.

Y, de repente, su voz sonó… sincera. Lo que sentí, en realidad, era que no se alegraba demasiado de que yo estuviese aquí, otra vez, después de tanto tiempo. Eso era algo que seguía siendo obvio. Su franqueza se debía a otro tipo de alivio.

—Yo también, mamá.

Hace tiempo que las cosas funcionan así entre mi madre y yo. Demasiada espontaneidad estropearía nuestra plácida armonía.

Nos ha costado mucho entender que esa es la dinámica más apropiada entre las dos. Antes todo eran gritos y discusiones. Ahora, todo va bien. Hablamos una vez al mes, nos vemos cada vez menos. No hay ninguna necesidad de estropearlo fingiendo que podemos ser más civilizadas de lo que de verdad somos.

—Podríais haberos quedado aquí. Sabes que tenemos habitaciones de sobra.

—Kevin ha venido por trabajo. Estará entrando y saliendo a cualquier hora. Y, de todas formas, creo que no se sentiría cómodo —respondí, encogiéndome de hombros. En realidad, era yo quien no se iba a sentir cómoda.

—Bueno —dijo mi madre, y se levantó de golpe, como si de repente aquella conversación fuera demasiado intensa—, yo tengo que ir a ducharme y vosotros a instalaros en el hotel. Comeremos allí, así Kevin podrá seguir pensando que soy una buena cocinera. —Se echó a reír y yo me levanté lentamente, como si pesara media tonelada. Me dolían los riñones, puede que de estar tantas horas en el coche—. Creo que os encantará el chef. No ha recibido más que alabanzas. —Me volvió a mirar de arriba abajo. Me había vestido cómodamente para el viaje, pero estaba claro que tendría que cambiarme de ropa—. ¿Crees que con una hora tendréis suficiente?

—Seguro —respondí, y entonces hice una mueca—, pero vais a tener que esperar para recibir la opinión de Kevin sobre ese maravilloso chef.

—Oh, ¿y eso? —preguntó mi madre, con aire afectado.

—Al parecer, no podía quedarse a comer. —Me encogí de hombros, como si no importase demasiado. Por supuesto, sí que importaba—. Tenía que personarse lo antes posible en el puesto de mando.

Eso último me lo había inventado, rescatando de mi mente el procedimiento habitual en estos casos.

—Bueno, no importa, cariño —dijo ella, y me cogió por el hombro como si fuésemos dos viejas amigas, acostumbradas a esperar juntas junto al teléfono cuando nuestros maridos salían de parranda—. Tiene trabajo, para eso habéis venido. —Yo no dije nada, así que ella siguió hablando—: Venga, te acompaño yo a instalarte en el hotel, ¿vale? Os han preparado la mejor habitación. Bueno, no la mejor, ya sabes, pero sí una muy buena, porque, claro, la mejor…

Desconecté casi inmediatamente. Qué detalle que mi marido sacara las maletas del coche antes de marcharse, dejándolas junto a la puerta de entrada de casa de mi madre. Me pareció un triste signo de abandono, quién sabe.

8

Fue mi madre la que me registró en el hotel. Al fin y al cabo, aquel enorme edificio de piedra, todo elegancia y comodidad por dentro, también era un poco suyo, y me sorprendió la manera que tenía de moverse por el lugar, como si fuese plenamente consciente de que *realmente* le pertenecía. Ella había cambiado, y fue sorprendente contrastar su imagen ahora –tan delgada, media melena rubia teñida, ademanes elegantes, manos huesudas de venas marcadas, pintalabios perfectamente aplicado, vestigios de una antigua belleza conservada en formol– con la que todavía guardaba en mi mente, la de nosotras dos cuando llegamos aquí. Por aquel entonces, ella era toda dudas, toda inseguridad, y se movía por el hotel, por el pueblo entero, como si pidiera permiso. Sí, durante todos estos años en que mi pasada presencia en As Boiras no fue más que un cuchicheo, un rumor que poco a poco se fue apagando, ella había cambiado.

Insistí para que no me acompañase hasta la habitación. Quería estar sola o, más bien, no quería estar con ella. Quedamos en que nos veríamos abajo, en el restaurante, en una hora, y subí con mis maletas en el ascensor, rechazando toda ayuda y respirando aliviada cuando las puertas automáticas se cerraron y me separaron del resto del mundo. Solo entonces pude dejar de sonreír. Me dolían los músculos de la cara.

Cuando llegué a la habitación, una de las suites del cuarto piso, vi que mi madre tenía razón: era una buena habitación, pero no era la mejor. Qué va. La mejor había que pagarla, aunque casi nadie lo hiciese nunca. Nadie podía ocuparla si no iba a pagar por ella, por mucho que fuese la hija de, el marido de, por mucho que nos separasen cientos de kilómetros, por mucho que se fingiesen las ganas de volver a vernos.

Cerré la puerta tras de mí con lo que pretendía ser un golpe sonoro, rotundo, fuerte; sin embargo, se cerró con dulzura, casi sin emitir sonido alguno, y no pude evitar sentirme decepcionada. Empujé las maletas con dificultad por la habitación –las ruedas se quedaban atascadas en la mullida moqueta; siempre he odiado las moquetas–, y las dejé en el saloncito que precedía al dormitorio en sí, dominado por una enorme cama doble. La miré con desdén, como si ella, todo muelles y almohadas mullidas, tuviese la culpa de mis problemas. No la íbamos a utilizar como yo querría. Era la muerte de todo lo que habíamos sido, y ni siquiera tenía la culpa. Como yo, estaba situada en el momento incorrecto y, sobre todo, en el lugar incorrecto.

Me dejé caer en la cama y me descalcé con los pies, que me dolían. Los sentía hinchados y comprimidos dentro de unos zapatos –mocasines, por lo general adorablemente cómodos– que parecía que se me habían quedado medio número pequeños, casi de repente. Suspiré. No quería pensar en eso. En realidad, lo único que habría querido era dejar la mente totalmente en blanco. Deseé poder cerrar los ojos y quedarme dormida, como cuando era adolescente, pero sabía que no lo conseguiría. Me sentía incómoda, con una especie de picazón corroyéndome la nuca, sorbiéndome los sesos desde atrás, chupándome la energía y entregándome, de bruces y sin ningún cariño, a un lugar oscuro y que creía haber olvidado, del que pensaba haber escapado para siempre.

Pero no.

No lo sabía entonces, pero, para mí, este pueblo siempre fue como la mismísima boca del Infierno. Una de sus entradas. Una bonita, rodeada de montañas, árboles, lagos, sonrisas, pero, si te fijabas bien, podías ver lo malo, la muerte, los malos presagios. Y yo misma había vuelto aquí, por mi propio pie, a pesar de todo, entregándome como una especie de sacrificio.

En todo ritual que se precie, hay una liturgia que debe seguirse a rajatabla, y tuve que pactar con Kevin bajo qué reglas iba a regirse mi presencia en As Boiras.

En primer lugar, yo no tenía por qué deambular por el pueblo, a no ser que fuera estrictamente necesario. Llegados a ese extremo, si ocurría, debíamos evitar a toda costa los conflictos con los lugareños. Tanto Kevin como yo estábamos muy acuerdo en eso. Y, lo que era más importante, no iba a pelearme con mi madre... por mucho que yo tuviese razón, por mucho que me muriese de ganas. Y, desde luego, no iba a discutir con Lorién.

En segundo lugar, yo no tenía por qué conocer el estado de la investigación, a no ser que Kevin lo considerara imprescindible. Llegados a ese extremo, si ocurría, yo debía aceptar la información que él me diera, aun a sabiendas de que quizá no me la facilitara completa —para evitar el sesgo de mis prejuicios, a pesar de que siempre he creído no ser demasiado prejuiciosa—. Tanto Kevin como yo estábamos muy de acuerdo también —sobre todo yo— en que, bajo ningún concepto, yo iba a tener trato con Marzal Castán.

Por último, yo me reservé cierto margen de actuación ante cualquier posible dilema que surgiera de la interpretación de las reglas. Otra cosa muy distinta era que me muriese de ganas de ejercerlo.

9

Cuando llegué al enorme salón del restaurante del hotel, no vi a mi madre por ninguna parte. Un camarero me informó de que me esperaba en su despacho. Me quedé algo desconcertada: cuando yo vivía aquí, mi madre no tenía despacho propio. Al entrar, me topé con un espacio acogedor con las paredes forradas de madera. Mi madre estaba sentada a una mesa grande, escudada detrás de su ordenador. Se puso en pie y pude apreciarla bien. Se había cambiado, llevaba un vestido rojo con falda de vuelo y el pelo rubio semirrecogido, que elevaba su perfil y le confería un aire ligeramente hollywoodiense. Mi madre siempre ha sido una mujer muy guapa. Volvió a escudriñarme con la mirada, pero esta vez sonrió. Había tenido que plancharme un vestido con una de esas miniplanchas de viaje que tienen en los hoteles caros. Me acerqué y la besé en la mejilla, casi sin rozarla con los labios. Ella sonrió.

—¡Cariño! —me dijo, y por su tono agudo y alto supe que me llevaba un Martini de ventaja, o tal vez dos—. Pensaba que tardarías más, que necesitarías más tiempo.

No dije nada. Estaba claro que pensaba que se me haría falta toda una eternidad para arreglar el mal aspecto que tenía cuando nos vimos un rato antes. Me limité a sonreír.

—Termino de enviar un email y vamos a comer —dijo, volviendo a sentarse en su silla.

Decidí que, en ese caso, no merecía la pena ocupar uno de los sillones de cuero que había allí. Me quedé de pie, y no pude evitar recorrer las paredes con la mirada. Estaban llenas de fotografías, posados anuales del personal del hotel frente a la entrada principal, todos cuadrados y sonrientes, firmes y en orden, con Lorién en el centro. Todas las fotografías estaban enmarcadas y, en una placa dorada, figuraba el año en que se tomaron. A partir de 1995, mi madre también aparecía en ellas, a la derecha de Lorién. Y, tan solo en la fotografía de ese año, aparecía yo, con gesto serio, como si estuviese aguantándome las ganas de ir al baño o algo así. Nunca me han gustado las fotos de grupo, nunca salgo bien. Me hizo cierta gracia verme a mí misma con trece años. Parecía que todo aquello había pasado en otra vida.

Mi madre no tardó en acabar y ponerse en pie. Se puso en marcha, cogiéndome del brazo y arrastrándome hasta el restaurante del hotel, donde se acercó enseguida a la barra y pidió una copa. Le hice un gesto al camarero para que me trajera lo mismo que a ella, a ver si me aliviaba el dolor de cabeza. Agradecí que Kevin no estuviese ahí, aunque fuese solo por un instante. No podría soportar una de sus miradas de reproche.

—Lorién ha ido a asegurarse de que todo está en orden. Creo que quiere impresionarte —dijo ella, soltando una especie de risita molesta—. Qué pena que Kevin no pueda unirse. Lorién tenía muchas ganas de verle...

Me encogí de hombros. Kevin y Lorién nunca se habían llevado, ni bien ni mal. Simplemente, entre ellos dos había un abismo solo comparable con el que había entre mi padrastro y yo misma. Mi marido era, por supuesto, educadísimo con él, pero, en realidad, más allá de los lugares comunes y temas tópicos del momento, no tenían mucho de qué hablar. El caso es que no dije nada y me limité a coger mi copa y darle un buen trago.

—Bueno, no te preocupes, hija, todos entendemos que su trabajo es importantísimo —continuó mi madre, como si no tuviese necesidad alguna de que yo le diese la réplica. Me pareció que pronunciaba esa palabra, «importantísimo», con un énfasis excesivo, pero preferí no decir nada y beber otro trago–. ¡Oh! –Se levantó de un saltito, menos grácil de lo que le habría gustado–. Allí está Lorién. Nuestra mesa debe de estar lista.

Mi padrastro estaba hablando con el *maître*, un tipo de aspecto artificialmente estirado. Lorién estaba igual que siempre. Resultaba casi extraño, como si para él no hubiese pasado el tiempo. Llevaba el pelo, que había sido blanco desde que yo lo conocí, peinado hacia atrás, y unos pantalones de lana a juego con un jersey verde a rombos. Parecía un golfista fuera de lugar. Me abrazó sin demasiada efusividad, como si no hiciera siglos que no nos veíamos. Hizo que me parase junto al *maître*, a quien me presentó con excesiva formalidad.

–Javier, esta es mi hijastra, Alice. –Hizo una pausa, forzándome a sonreír como si me estuviesen exhibiendo en una feria de ganado–. La que vive en Francia –añadió, con su tono de voz afectado.

Me pareció innecesario que puntualizase que yo era la que vivía en Francia porque, hasta donde yo sabía, Lorién no tenía ninguna otra hijastra. Estiré la mano para dársela al hombre, algo mayor que yo, aunque de esa edad indefinida que tienen las personas demasiado presuntuosas, pero me sorprendieron su sonrisa y su risita.

–Alice se está volviendo un nombre muy popular por aquí últimamente.

Me encogí de hombros. Para los españoles, todas las chicas francesas nos llamamos Alice, Jacqueline o Marie, otro cliché con patas que sigue corriendo por ahí. No pude evitar pensar que, de haber estado Kevin aquí, podríamos habernos reído juntos de todo esto.

Después, los tres nos sentamos, y durante algún tiempo parecimos una familia casi normal, tres adultos que volvían a verse después de mucho tiempo y que hablaban sobre nimiedades. Me preguntaron si estaba escribiendo algo nuevo y yo fingí que no me molestaba y, sobre la marcha, me inventé una historia sobre una princesa perdida. Mi madre comentó con entusiasmo que, por fin, el hotel empezaba a recuperarse de la pandemia. Muchos turistas americanos últimamente: al parecer son educados y se dejan un buen dinero. «No pueden evitar abalanzarse sobre el minibar», comentó mi madre, casi con malicia. Con los postres llegó la parte incómoda. La calma había durado demasiado.

—Es una pena que algo tan triste os haya traído hasta aquí —dijo Lorién, con gravedad.

Me atraganté con un trozo de tarta de manzana.

—Pues… sí —empecé a decir, titubeante. Casi me entró la risa floja, pero supe contenerme a tiempo. Reírse de que la tragedia te hace volver a casa es tan tonto como decir «¡mira lo que ha traído el gato!» cuando te está trayendo el cadáver de tu hámster favorito—. Pero siempre es agradable volver a casa —añadí, y me volvieron a entrar ganas de reír. Menuda mentira.

—Estoy más tranquila sabiendo que Kevin está aquí para solucionarlo todo —dijo mi madre, como si nada.

Me pareció una estupidez tan grande que ni siquiera pude contenerme. Pero ¿quién narices era mi marido para mi madre, un puto superhéroe?

—Te recuerdo que en teoría nadie sabe por qué ha venido. Y, de todas formas, a ti no te iba a pasar nada, mamá —dije, quizá con demasiada brusquedad. Las sienes me latían con fuerza renovada. Los dos me miraron, como esperando a que dijese algo más—. Solo va a por las niñas, ¿no? Como la otra vez. Creo que tú eres demasiado mayor para él, mamá. Hasta yo soy demasiado mayor.

No tuve más remedio que sonreír para mis adentros, pero nadie más me siguió.

—Alice, es demasiado pronto para saber lo que está pasando —me reprendió mi madre—. Solo es una niña, no puedes saber si volverá a ocurrir. ¿Por qué tienes que ser siempre tan siniestra?

Esa era la palabra, «siniestra». Mi madre siempre la usaba para referirse a mí cuando hablaba de algo que la incomodaba. En general, yo era siniestra, a pesar de no vestir casi nunca de negro. Era siniestra porque hablaba de niñas muertas en la mesa.

—No soy siniestra, créeme que no —repuse, con amargura—. Si le preguntas a mi marido, te dirá que últimamente me interesan una mierda estas cosas tan «siniestras». —Volví a sonreír.

Lorién paseaba sus ojos grises y fríos —¿siempre habían estado tan apagados?— entre nosotras, como si estuviese viendo un partido de tenis. Me sentí de repente desnuda, juzgada, como si él fuese capaz de ver más allá, de meterse dentro de mí con su incisiva mirada y de descubrir por qué yo había vuelto a un lugar donde no me querían, cuáles eran mis verdaderas motivaciones. Me costó tragar saliva. Estaba empezando a sudar.

Mi madre, que siempre ha odiado esa tensión fría que se instauró casi desde el primer día entre su nuevo y —esperemos— último marido y yo, a pesar de todos los intentos de Lorién por congraciarse conmigo, decidió cambiar de tema, aunque más bien metió el dedo en la llaga:

—En realidad, hace semanas que me temía que pasase algo así. —Por fin, mi madre apartó sus ojos de mí, y los paseó por la mesa—. Ya sabéis. Desde que él salió.

No hizo falta que pronunciase su nombre: sabíamos a quién se refería. Fijé la mirada en mi plato, en ese trozo de tarta a medio comer. En aquel momento, deseé que Kevin estuviese ahí, deseé poder buscar su mirada a través de la mesa, cogerle la mano por debajo y apretársela, comprobar que no estaba sola. No lo sabía, no tenía manera de saberlo, pero *sentía* que todos me miraban; no solo mi madre y mi padrastro, sino también todos los que estaban en aquel salón, camareros y comensales, *maître* y barman, todos. Cómo no. Al final, alcé la vista, y la clavé en mi madre. Pero, cuando iba a hablar, Lorién se me adelantó:

—No te preocupes por él, Elena. Está enfermo. Por eso le han soltado —dijo con voz seca, cortante—. Te lo he dicho mil veces.

Las dos nos volvimos hacia él.

—Pensaba que solo lo decías para tranquilizarme, cariño...
—morgoneó mi madre.

—Te lo vuelvo a decir: está enchufado a una bombona de oxígeno, en un piso franco, permanentemente vigilado por la policía. No podría hacerle daño ni a una mosca —repuso Lorién, tajante.

No dije nada. La cabeza estaba a punto de estallarme.

—Le tienen bajo control, ¿verdad? —preguntó mi madre, y yo sentí que le gustaría estar preguntándoselo a Kevin en lugar de a mí, o a su marido.

Lorién asintió.

—No podría ni tirarse un pedo sin que lo oliese la policía, Elena —respondió mi padrastro. Extrañamente, no lo dijo mirando a mi madre, sino a mí, directamente a los ojos.

Mi madre hizo una mueca de desagrado. También a mí me había sorprendido que mi padrastro se expresase así: él nunca había sido nada escatológico. Qué va. Era excesivamente pulcro, educado hasta la extenuación. Si yo usaba alguna palabra inapropiada, me reprendía con severidad. Hasta la más mínima mueca le molestaba, se lavaba las manos durante minuto y medio antes de comer, siempre olía a perfume y aftershave. La gente cambia, pensé. La gente usa expresiones contundentes cuando quiere hablar de algo importante.

Me dolían mucho las sienes, de un modo ya insoportable. Tenía que librarme de ellos cuanto antes, así que les pedí que me excusaran, diciendo algo así como que me pesaba la fatiga por el viaje y que el dolor de cabeza me estaba matando. Era lo más honesto que les había dicho en décadas.

—Pobrecilla... Está claro que tienes que descansar, hija. No tienes buen aspecto —me dijo mi madre, y, cuando ya me estaba levantando, me sorprendió con una propuesta—: Escucha, ¿por qué no te pasas después por casa? Hay un montón de cosas tuyas y ya no sé qué hacer con ellas. Me habría gustado dártelas antes, hija, pero como no vienes nunca... —Ya en pie, la nota de reproche en la voz de mi madre me pareció ineludible–. En fin, yo ahora voy a tener que ir a atender a los obreros. ¿Te he contado que vamos a reformar el solárium exterior? –Negué con la cabeza, pero ella no pareció fijarse–. Pásate sobre las seis, seguro que estás mejor después de descansar un rato.

Acabé accediendo, aunque fuese solo para poder largarme de allí. No tardé ni dos minutos en llegar a nuestra suite, descalzarme y estirarme sobre la enorme cama, sin ni siquiera retirar la colcha, sin desvestirme. Intenté no pensar en la ingente cantidad de gérmenes y ácaros que anidarían en ella.

Puede que fuese por efecto del alcohol, o más seguramente por haberse aflojado la tensión del almuerzo, sobre todo tras la elección de Castán como tema de conversación, y la mezcla de pavor e incomodidad que me provocaba, pero el caso es que me quedé dormida casi en el acto.

10

Desapareces de tu propia cama. Se te han llevado por la ventana. ¿Habrá sido el Coco? Tú ya estás muerta, así que no lo sabes. No sueñas, porque estás muerta. Solo duermes.

11

Cuando me desperté, lo primero en que pensé, con cierto sentimiento de culpa, fue en Kevin. No me extrañó demasiado que todavía no hubiese vuelto. Estaría envuelto en una vorágine de puestas al día, comprobaciones y organizaciones. Querría hacer que todos en As Boiras se enterasen de que el nuevo sheriff había llegado al pueblo: ahora era él quien mandaba, quien estaba a cargo de todo, y los demás no eran más que sus subalternos. Y, además, yo, que había visto a mi marido en acción más veces de las que era capaz de contar, sabía que lo haría con elegancia, casi sin querer, como si él no quisiera ser quien mandaba pero la vida lo hubiese llevado hasta ese punto. Y los demás se apartarían y le dejarían hacer, claro que sí. No les gustaría, probablemente les caería mal por ello, pensarían que solo era un altanero, alguien que se daba demasiados aires, la clase de persona que no sabe delegar. Y, aun así, dejarían que lo hiciese todo, que mandase sobre ellos, solo porque así todo resultaría más fácil. En el fondo, eso es lo único que le importa a la mayoría de la gente.

El caso es que Kevin tendría que lidiar con los agentes que habían venido desde Zaragoza para trabajar en el caso, y yo ya me imaginaba, en esa duermevela que precede la vuelta total a la consciencia, las cosas que me diría de ellos, cómo los calificaría: incompetentes, incapaces, inútiles. Todos los in- que se le ocurriesen. Ese pensamiento me hizo sonreír, mientras me frotaba los ojos con pereza, intentando despejarme.

Me levanté de la cama, sintiéndome ligeramente mareada, pesada, y fui al baño. Cuando me miré en el espejo, el maquillaje que no me había molestado en quitarme estaba corrido, y dibujaba un esperpéntico cuadro sobre mi cara. Solo había dormido un par de horas, pero debía de haber sudado, como si hubiese tenido fiebre. Suspiré y me lavé la cara. Pensar en lo diferente que era mi reflejo en el espejo, tan distinto al de hacía casi tres décadas, cuando vivía aquí y pensaba que todo era posible, resultaba descorazonador.

Había muchas cosas que habían cambiado en mi vida, pero no esa sensación de que nada era suficiente, de que yo no era suficiente. Entonces, ardía en deseos de combatir ese pensamiento con fiereza, de demostrarle al mundo entero mi valía, de enseñarle a todas esas chicas tristes y pueblerinas que yo iba a conseguir salir de este maldito pueblo y ellas no. Pero ahora solo tenía ganas de dormir, de entregarme a una eterna sucesión de ansiolíticos y pastillas, de vodka y Xanax, de absurdo sexo conyugal y test de embarazo: lo que llevaba definiendo mi vida por un tiempo que se había vuelto dolorosa e incómodamente eterno.

Me dije que tenía que dejar de beber. Ya. Lo antes posible. En realidad, bebía poco, muy poco, casi nada. Lo probé todo durante cierto momento de mi juventud, lo legal y lo ilegal. Era divertido. Todo el mundo lo hacía. París era una enorme promesa, eran putas chinas y luces de neón en Le Marais, carteristas en el metro, *sex-shops* en Pigalle. Estuve allí. Después, Kevin, habitaciones de hotel, a veces no estábamos solos, a veces había algo más que alcohol sobre la mesa, pero éramos jóvenes y guapos y teníamos más dinero del que queríamos o podíamos gastar en un futuro inmediato. Yo ahorré y me compré mi primer bolso de Prada, y todo estaba bien.

Pero ahora, de repente, todos exigían de mí algo que yo no sabía cómo lograr: de golpe y porrazo, querían que me convirtiese en una persona que había jurado que nunca sería, una mujer adulta que sabía maquillarse sin que se notase demasiado, que llevaba tacones pero nunca de aguja, que se quedaba embarazada al primer intento y que nunca se quejaba del dolor de espalda, que todo lo sobrellevaba con dignidad y que nunca engordaba. Yo quería, buscaba ser esa persona desesperadamente. Lo hubiese dado todo por ser *ella*, pero no pudo ser. No me quedé embarazada al primer intento. Qué va. Los meses volaron, los años pasaron.

Pensábamos que iba a ser fácil, tremendamente fácil, porque todo había sido fácil para nosotros. Nos habíamos enamorado rápido, habíamos encajado a la perfección, como si fuésemos dos piezas de puzle destinadas a ir siempre unidas, así que tener un hijo también tendría que haber sido fácil. No lo fue. Inyecciones y hormonas e inseminaciones. Abortos espontáneos. Sangre por todas partes. Dolor de cabeza. ¿Por qué iba a ser diferente ahora?

Pensé, con desesperación, que lo daría todo por fumarme un cigarrillo. Solo me permitía a mí misma tres al día. No tocaba, no tocaba todavía. Tampoco podía solucionarlo bebiéndome una copa. Dos martinis en la comida ya eran dos más de lo que debería tomar en este estado. Eso desde luego.

Hace apenas unos segundos, yo tenía trece años y estaba en este mismo lugar, y tenía miedo, como ahora, y odiaba las estrías que me habían salido en los pechos, como ahora, y estaba sola, también como ahora, pero siendo todo distinto. Después, cumplí catorce años lejos de aquí, y luego vinieron muchas cosas: el amor y los chicos y todo lo demás, y finalmente regresé, pero no porque yo quisiera sino porque la vida me obligó a volver.

Suspiré y saqué de mi neceser una de mis jeringas prerrecargadas. Enfermedad tromboembólica venosa. Me sentí vieja cuando me lo dijeron, hacía ya unas semanas, en la consulta del ginecólogo. Kevin no estaba. Había preferido no decirle nada cuando el test volvió a dar positivo. En todo este tiempo que llevábamos intentándolo, había habido muchos positivos. Demasiados. ¿Por qué este tenía que ser diferente?, así que no me comporté de manera distinta. Reduje mis cigarrillos a tres al día, que para Kevin eran siempre demasiados. Él quería que lo dejara, y, para animarme, incluso había dejado de fumar hacía meses. Lo hizo como si nada, como si no le costase ningún esfuerzo. También empecé a beber menos, mucho menos. De eso tampoco se dio cuenta. No engordé. Se me empezaron a hinchar los pies. Tuve que aprender a ponerme inyecciones. Me dije que se lo contaría cuando estuviese de tres meses. De eso hizo una semana y no se lo dije. Y, pensándolo bien, no me arrepiento. Nunca me habría dejado venir aquí si supiese que, por fin, estaba embarazada. Me habría encerrado en una jaula dorada llena de cojines mullidos, tés calentitos, series románticas de época y bombones de chocolate rellenos de praliné. Me habría hecho engordar, dejar de fumar del todo, renunciar hasta a oler una copa de vino blanco. Me habría cuidado. Y se habría ido sin mí, sin mirar atrás.

Por eso tuve que mentirle. Fue por su bien, por el de los dos. Me puse la inyección y sonreí. Esta vez, era solo para mí misma.

12

A juzgar por lo que mostraba mi teléfono móvil, eran las seis de la tarde, pero, si miraba hacia el cielo, yo habría dicho que eran casi las diez o las once de la noche: estaba oscurísimo, sin sol ni luna que lo iluminasen, y con unas nubes negras y pesadas que anunciaban tormenta. Nunca me llegué a acostumbrar al clima de As Boiras. Tampoco es que yo sea lo que se dice una persona radiante, soleada y luminosa, pero la amenaza constante de mal tiempo propia del pueblo me hacía sentir que aquí todo estaba mal, que todo iba a salir mal.

Intenté alejar ese pensamiento haciéndome una coleta. A veces me funciona. Luego me puse unos pantalones vaqueros y un jersey, y volví a calzarme. Salí del hotel, avanzando con pasos firmes y zancadas largas sobre el suelo de gravilla, y me planté ante la puerta de casa de mi madre sin saber siquiera si estaba preparada para llamar, enfrentarme a ella de nuevo y entrar. Me había movido un impulso repentino, casi automático, porque volver a mi antigua habitación me generaba ansiedad y sosiego a partes iguales, de modo que me sentía incapaz de hacer otra cosa que no fuera ponerme en marcha. En cierto modo, me había parecido un gesto impropio de mi madre, muy cariñoso, el que hubiera mantenido mi cuarto de adolescente durante tanto tiempo. Y, al mismo tiempo, me aterraba reencontrarme con mi yo cotidiano a los trece años.

Mi madre me recibió con un delantal puesto. Así que estaba cocinando. Ella no solía hacerlo, antes. Cualquier desconcierto por el final abrupto de nuestra comida se había convertido ahora en una sonrisa amable, cálida. No me reconfortó.

—¡Alice! —exclamó, y se hizo a un lado para dejarme pasar—. Iba a llamarte ahora. Me pillas haciendo mermelada, Lorién ha traído muchos arándanos del bosque.

Miré las manchas azules que cubrían su delantal.

—¿No es muy tarde para los arándanos? —pregunté.

—Oh, pero este año ha hecho calor. Hasta que vosotros llegasteis, claro —dijo ella, haciendo un gesto displicente con la mano—. ¿Vais a cenar con nosotros?

Negué con la cabeza. No había hablado con Kevin del tema —en realidad, no había hablado con él de *casi* nada hoy—, pero no tenía ganas de volver a tener una reunión familiar.

—No, creo que Kevin estará cansado. Mejor mañana —dije, intentando no parecer demasiado impaciente.

Entonces me di cuenta de lo incómodas que estábamos las dos, plantadas en el recibidor de su casa, como dos desconocidas.

—Me preguntaba si… —Tragué saliva, mi voz sonaba artificial—. Bueno, si podría ir a mi antigua habitación. Quiero ver esas cosas con las que no sabes qué hacer.

—Claro que puedes, pero… Bueno, realmente ya no es tu habitación, ¿sabes? Nunca pensamos que…

—¿Que fuera a volver?

Ella asintió. Pensé que lo diría apenada, dolida por mi ausencia, pero no fue así. Tan solo era un hecho y ella lo constataba, nada más. A mí sí que me dolió, aunque no hubiese pisado esa casa en mil años, aunque yo ya no fuese esa niña que se había marchado para no volver.

—¿Cuánto tardaste? —le pregunté, con cierta amargura mal disimulada.

—¿En qué?

Pensé que se estaba haciendo la inocente, como si no se enterase realmente de qué iba mi pregunta, lo que me repugnó.

—En desmontar la habitación —dije. No me pude contener.

Lo que más rabia me daba era haberme hecho la ilusión de que mi madre la hubiese dejado intacta, como si pensara que yo iba a regresar algún día. No pude evitar sentirme ligeramente decepcionada. Había pensado que lo guardarían todo como estaba, como había estado, durante mucho más tiempo, puede que décadas enteras. Pensé que me llorarían, que llorarían mi ausencia durante toda la vida, pero no.

—La habitación sigue ahí, Alice —respondió ella como si nada, como si no hubiese ninguna implicación en mi pregunta y, por ende, en su respuesta—. Están la cama, y el escritorio, y el armario. Simplemente, no hay…

—¿Cosas mías? —completé su frase irónicamente.

—Bueno, las metí en una caja. Esperaba que algún día las quisieras recuperar. Por eso te lo he propuesto antes. He pensado muchas veces en tirarlas, pero nunca…

—Ah, ¿pensabas en tirarlas? —la interrumpí—. Ya de paso, podías haber montado un gimnasio, ¿no?, o una sala para hacer yoga, o para coser.

—Pero ¿qué dices, Alice? Si yo no sé coser…

Resoplé, furiosa.

—Déjalo. Ya sé dónde está la habitación —le dije, y subí las escaleras. A medio camino, me di cuenta de que no sabía dónde estaba la caja—. ¿Y la caja? —pregunté, sin volverme.

—En el armario —me contestó mi madre, desde lo que parecía una distancia incalculable.

Lo era, pero no física. La distancia llevaba años ahí, imponiéndose, creciendo sin que nadie se diese cuenta. Ahora ya era insalvable.

Al entrar en la que había sido mi habitación, el shock fue menor del esperado. En realidad, mi madre tenía razón: ya no era mi habitación. El póster de Nirvana, y el de Leo en *Diario de un rebelde*, y las fotos pinchadas con chinchetas sobre el corcho encima del escritorio, nada de eso estaba. Los muebles seguían ahí, y todo estaba limpio, como si alguien quitase el polvo todas las semanas –probablemente, alguien que no era mi madre–, pero la habitación parecía triste y vacía, como si nadie viviese ya allí. Y es que nadie vivía ya allí. Observé las paredes desnudas, de un desgastado tono azulón, preguntándome si todavía quedaba algo de mí, de mis olores, de mis sueños o de mis pensamientos, algo que se hubiese quedado impregnado en el espacio y que despertase ahora mi presencia. No había nada. Pensé que, llegados a este punto, habría sido mejor que lo destruyesen todo. Pero eso tampoco pudo ser.

Con un suspiro, abrí el viejo armario de par en par. Dos camisas que habían sido blancas y que ahora amarilleaban se revolvieron, agitándose en sus perchas. Un vestido azul celeste apolillado. Una caja de cartón. Cogí la caja. Me senté sobre la que había sido mi cama y me la puse sobre las rodillas.

Con dedos temblorosos, la abrí. Había viejos cuadernos, postales gastadas, casetes de música, bisutería adolescente y mierda que yo ya no echaba de menos. Había también algunas fotos, de los años que pasé rodando con mi madre, de Grenoble, Valencia, Barcelona, Ibiza. Y entre ellas, reluciente, traída directa desde el pasado, una imagen que mi cerebro había borrado por completo.

Era febrero y teníamos trece años. Yo llevaba una trenca amarilla, ella un anorak azul chillón que parecía casi de plástico. Las dos llevábamos el pelo larguísimo: el mío estaba suelto, brillando a la luz del sol de mediodía, y el suyo recogido en una complicadísima trenza en forma de espiga. Yo sonreía, pero ella no. Ella miraba desafiante al objetivo. Estábamos frente a mi casa, todo estaba nevado. Recuerdo que aquel invierno, el primero y el único que pasé aquí, nevó muchísimo. Colgando de su cuello, brillante bajo la luz del sol, había un colgante. Una flor fea y rara, complicada, que simbolizaba cosas que, por aquel entonces, yo no entendí. Le di la vuelta y ahí estaba, la pulcra y artificiosa caligrafía de mi padrastro: «Alice y Ana. As Boiras, 1996». Ya no parecía una fecha tan lejana. Es más: estaba dolorosamente cerca.

13

Ana estaba tumbada en mi cama. Yo estaba sentada en el suelo, con las piernas cruzadas a lo indio, leyendo la Súper Pop. Los dedos se me quedaban pegados al papel cuché barato. Los tenía húmedos: habíamos estado comiendo pipas y me los había chupado hasta dejarlos arrugados, como los de un recién nacido. Ana llevaba un colgante. Cuando le pregunté de dónde lo había sacado, no quiso contármelo. La sentía al acecho, respirando sobre mi nuca, preparada para saltarme a la yugular, cuando por fin se decidió a hablar:

—Tengo un secreto, Alice —me dijo.

—¿Uno jugoso?

—Uno importante.

Chasqueé la lengua, con desdén. No pude evitarlo, pero intenté que no se me notase demasiado. Si Ana pensaba que me estaba riendo de ella, se cerraría en banda. Siempre era así.

—¿Tiene que ver con el collar? —le pregunté.

—Colgante.

—Es una flor rara y fea —dije, sin poder reprimirme.

Oí cómo Ana se deslizaba de la cama. En apenas un segundo, se sentó en el suelo, a mi lado. Apoyó la cabeza en mi hombro y su pelo rubio cenizo se desparramó sobre mi pecho. Mi respiración se aceleró. Olía a sándalo y a algo extraño, húmedo y ácido, que no supe identificar. Alcé la vista y vi que tenía restos de sal en la comisura de los labios.

—No entiendes nada, niña —me dijo.

—No me llames niña, tenemos la misma edad —puntualicé.

Pero ella siempre actuaba así, y a mí me molestaba más que nada en este mundo. Ana se echó a reír y alzó una mano, acariciándome la mejilla. Yo cerré los ojos.

—Se llama Edelweiss.

—¿El colgante? —pregunté.

—La flor.

—¿Quién te lo ha regalado?

—No te lo puedo decir, Alice.

—¿Por qué?

Volvió a reír.

—¡Pues porque es un secreto, claro! Es la clase de regalo que te hace… un novio secreto, ¿entiendes? Es de plata.

—¿Tienes un novio secreto, Ana?

Ella no respondió. Yo sabía que tenía que interpretarlo como un sí, pero me entraron unas ganas tremendas de echarme a reír. No era verdad, no podía ser verdad. Era imposible que hubiese conocido a alguien sin que yo me enterase. No, se estaba tirando un farol, como siempre. Solo quería parecer mayor, más madura que yo, más interesante. Y más guapa. Y más deseable. Me tragué esa idea como una píldora amarga. No dije nada; me estaba costando pensar con claridad.

—Simboliza el amor eterno, ¿sabes?, la pureza —sentenció ella, tocando con una mano el colgante y, con la otra, tocándome a mí, la cara, acariciándome. Parecía que fuésemos sus posesiones más preciadas—. Qué bonito.

14

La cabeza me daba vueltas y más vueltas, y me llevaba a obsesionarme con una idea poderosa pero frustrante al mismo tiempo: el alcance de las historias de Ana. Por aquel entonces, tenía la sensación de que ella y yo lo compartíamos todo, al menos durante apenas un breve año de mi vida. Formaban parte de esa intimidad las cosas que me contaba, experiencias grotescas y ocurrencias terribles, a las que yo intentaba corresponder con salidas propias que casi nunca estaban a la altura. Tardé años en perfeccionar esa clase de historias. Las suyas siempre tenían más color, siempre resultaban más inquietantes. En el fondo, jugábamos a confesarnos, y también a arrojarnos a la cabeza todas nuestras ideas sobre el mundo, sobre el futuro lúgubre del que deseábamos escapar. Era un juego que, más que franqueza, requería confianza. Después, todo cambió, inevitablemente. Tal vez me llevó más tiempo del necesario asumir que la vida de Ana había sido otra, una que no tenía nada que ver conmigo, una que no podía contarme, una que existía en cada una de las horas que yo no pasaba con ella. ¿No pude hacerlo antes porque yo solo era una niña? ¿Pensaba ella que, en el fondo, yo no lo iba a entender nunca? Ese pensamiento, tantos años después, seguía sin gustarme.

No obstante, ahora me resultaba inevitable pensar que aquellas suposiciones de Ana iban bien encaminadas. Escribí un libro sobre todo lo que había ocurrido en As Boiras, un libro sobre el Carnicero del Valle, un libro que, en el fondo, trataba sobre nosotras, sobre ella y yo. Pero tardé más de diez años en hacerlo. ¿Cuántas cosas pueden olvidarse en un lapso de tiempo tan dilatado? Ahora habían pasado más años aún, y la idea de que tal vez había borrado más sucesos de la cuenta me causaba verdadero pavor. Y, de algún modo, podía incluso haberlo deseado, como si hubiera querido enterrar en mi libro una foto fija del pasado que justo ahora se revelaba más imprecisa, casi borrosa. Si necesitaba recordarlo todo con claridad y reconstruir de manera fidedigna lo que había sucedido entonces, sin duda todas las mentiras que Ana me había contado desempeñaban un papel central.

Por aquel entonces, y a pesar de mi deseo de creer que mi mejor amiga en el mundo entero jamás me habría mentido, yo misma era consciente de que Ana tenía tendencia a exagerar la realidad. El colgante, que según ella le regaló su novio secreto, nunca apareció. Tampoco lo volví a ver muchas veces más después de aquel día, dicho sea de paso. Pero ahora sostenía en mis manos la foto que demostraba que sí estuvo ahí. ¿Tendría que haberle dado más crédito a las palabras de Ana? Puede que, aquella vez, no fuesen las fantasías de una niña con demasiada imaginación, con demasiadas ganas de escapar de una vida gris. ¿Había, de verdad, un novio secreto? Ese pensamiento me estremecía, no por la existencia de ese hombre misterioso en sí, sino por lo que podría haber pasado en realidad. A decir verdad, había ideas a las que ni siquiera me atrevía a poner nombre.

Me resultaba inconcebible la idea de que Ana hubiera vivido una vida más madura y más llena de misterios de lo que creía. Y, sin embargo…, ¿lo había hecho?, ¿había dado todos esos pasos demasiado pronto, sin mí? Y, luego, estaba otra cuestión, que acudía a mi mente inevitablemente: todo eso, sus pasos hacia el mundo misterioso y lleno de secretos de los adultos…, ¿había tenido algo que ver con su muerte?

En el fondo, había algo, una sensación que era casi una certeza, que era la que más me costaba asumir: había cosas de Ana, cosas de entonces, que de manera inconsciente no quise investigar. Escribí el libro de memoria, acudiendo al sumario del juicio, a los informes de la investigación policial, pero no volví a As Boiras. No, no regresé al pueblo, no entrevisté a ninguno de sus habitantes, no hice trabajo de campo, ni volví a recorrer los escenarios del año que había acabado con mi infancia. Y no lo hice de manera consciente, premeditada, porque no quería volver al lugar donde me habían arrebatado lo que más quería, delante de mis propias narices.

Miré la fotografía de nuevo, pensando, con amargura, en lo bien que me habría venido cuando estaba escribiendo mi libro.

15

Ni siquiera fui consciente de salir de mi antiguo dormitorio, despedirme de mi madre y volver a la habitación del hotel. Supongo que lo hice de una manera mecánica, robótica. Somos animales complejos, tenemos un montón de mecanismos que nos ayudan a sobrevivir, a seguir moviéndonos cuando no sabemos cómo actuar, ni qué pensar. El caso es que volví a la habitación del hotel y, de pronto, me encontré sentada sobre la cama.

Descubrir que hubo otra Ana diferente a aquella que yo recordaba, una mucho más precoz, más adelantada que yo, que ya conocía cosas que a mí se me escapaban por completo, me provocó un malestar muy físico, tangible. Cada músculo del cuerpo parecía haberse contraído, y me hacía sentir inmóvil, pesada, incapaz de moverme. Respiré hondo. El aire me pareció denso y cargado, como si algo se pudriera en algún rincón de la estancia. Sabía que solo era una impresión mía: hacía menos de una hora, cuando salí de allí, me pareció que la habitación olía a limpio y fresco. No, era yo. Estaba en mi cabeza. Seguí con las inspiraciones lentas y profundas para no sufrir un ataque de ansiedad y tratar de destruirlo todo, y a mí misma, en el proceso. Y entonces caí en la cuenta de que lo que me ocurría no estaba solo en mi cabeza.

Náuseas. Mareo. Sensación de pesadez en brazos y piernas. Irritación cutánea. Dolor de cabeza. Insomnio. Estreñimiento. Algunas bondades del embarazo. El momento más feliz de tu puta vida. Tenía una especie de alienígena royéndome las entrañas. Por eso no engordaba. Por eso nadie, aparte de los médicos y de mí misma, sabía que estaba embarazada. Y por eso Kevin no se daba cuenta. Me iba a consumir viva. Tuve ganas de gritar.

Le puse nombre a mis pensamientos. Los ordené uno por uno. Tardé una hora, en silencio, entregada a la autocontemplación. Pensé que solo tenía miedo. Es normal. Les ocurre incluso a las más normales, a las que se quedan embarazadas rápidamente y para las que todo va bien. Pero era ya mi quinto embarazo, y el primero que pasaba de la semana diez. Tenía miedo. Pues claro que tenía miedo, porque tenía que salir mal, iba a salir mal. Era una certeza, tan cierta y rotunda como que el sol sale por el este y se pone por el oeste. Así de grande era mi certeza.

¿Me sentía mal por ocultarle la verdad a Kevin? Desde luego. Pero no se trataba solo de mi embarazo, de lo que ocurría en mi interior, sino de algo añadido que había surgido de improviso: sin querer, había dado con un cabo suelto en la historia de Ana. Un hilo minúsculo, apenas uno del que tirar, con toda probabilidad irrelevante. ¿Contravendría alguna regla si guardaba silencio también sobre esto? Mientras terminaba de decidirlo pensé que, por el momento, no iba a contarle nada.

Cuando llegó Kevin, yo ya me había cambiado y parecía una persona normal. Me había comido un Kit Kat y bebido una Coca-Cola Zero. El televisor estaba encendido, pero le quité el sonido en cuanto le oí entrar por la puerta.

—Hey —me dijo, quitándose la chaqueta y colgándola del respaldo de una silla—. Me han dado una llave en recepción. ¿Te he asustado?

Negué con la cabeza. Me puse en pie, como una buena esposa. Debería haberle preparado un vaso de whisky y un puro, pero Kevin, por suerte, no es de esos. Se prepara él solo sus bebidas. Y antes, incluso, me las preparaba él a mí.

—¿Cómo ha ido el día? —le pregunté, intentando parecer muy normal.

–Fatal, ¿cómo quieres que haya ido? –me contestó, y se dejó caer en el sofá.

Supongo que puse mala cara, porque se apresuró a disculparse:

–Lo siento, es que sí que ha ido muy mal –puntualizó.

–¿Quieres… una copa?

–No, no, no tengo ganas de nada, estoy fundido.

Me senté a su lado, y le puse una mano sobre la rodilla; noté bajo mis dedos el tacto áspero de su pantalón formal pero cómodo.

–¿Tan mal ha ido? –insistí.

–Bueno, es que a nadie le gusta que yo esté aquí.

–Eso pasa siempre, Kevin –le dije, y solté una carcajada–. Deberías estar acostumbrado. Es que tú nunca traes buenas noticias.

–Ya, pero te juro que esta vez ha sido diferente. Yo qué sé, pocas veces son tan…

–¿Amables? –aventuré, en un intento de arrancarle una mínima sonrisa.

–Hostiles. Y no pienses que es solo por ti. Yo también les caigo mal –me dijo.

–¡Oh! ¿En serio?

–Un poco. Más de lo habitual. –Guardó silencio, pensativo–. Es que el tío que… Bueno, el jefe de la Guardia Civil de aquí. Es un hueso duro de roer.

–Ah…. –Eso fue todo lo que pude decir. Desde luego no parecía muy inteligente, pero una ráfaga de lucidez me había frenado.

Kevin reparó en que me había quedado blanca, lívida, callada.

–Mira, es algo que no te quise contar de entrada, pensé que si te enterabas quizá no querrías venir. –Al decirlo, se pasó las manos por el pelo, revolviéndolo. Siempre me ha gustado cuando hace eso, parece un niño pequeño–. Es Santiago Gracia, quién si no.

Yo seguía en silencio.

Santiago Gracia debía de rondar la cincuentena. Hacía veintiséis años era guarda forestal, y uno de los mejores amigos de

Marzal Castán. Colaboró con la Guardia Civil en la búsqueda de todas las niñas desaparecidas, y luego en la investigación sobre el terreno después de que aparecieran los cadáveres. En el juicio no se esclareció si había facilitado, aunque fuese involuntariamente, información sobre las pesquisas al mismísimo Castán, si de manera inopinada había ayudado a perpetuar sus cacerías durante varios meses. Lo salvó —a ojos de todos, salvo los míos— el hecho de que fue también él quien lo redujo y lo entregó a la justicia. Oficialmente, el héroe de As Boiras. En mi libro, no tanto: intenté acentuar sus zonas grises todo lo que me permitió el departamento legal de la editorial.

—Pero no te preocupes, no te tocará tratar con él y yo ya le he dejado un par de cosas bien claras. Creo que por eso se ha puesto que trinaba. Si te digo la verdad, tiene fama de duro, y tampoco me parece un completo incompetente. Precisamente, a mí los tíos así me suelen gustar, porque, aunque me lo pongan difícil, quieren hacer bien su trabajo…, pero hoy parecía que solo había venido al mundo para tocarme los cojones.

Me miró casi con pena, como si esperara que yo le consolase. Suspiré y le eché los brazos al cuello.

—Podrás con esto, siempre puedes. Acabarás en un periquete y volveremos a casa —le dije.

Me sentí fatal por mentirle. Noté su respiración caliente y húmeda en mi cuello. Durante una milésima de segundo estuve como en casa.

—Espero que sí —me dijo.

Ojalá, ojalá no tener que mentir.

Subí de nuevo el volumen del televisor y vimos abrazados unos cuantos programas absurdos, hasta que Kevin se quedó dormido.

A mí me costó un poco más.

16

Antes, cuando viajábamos juntos, a Kevin le gustaba informarme mientras desayunábamos, con la cabeza supuestamente despejada, de todos los detalles de sus investigaciones. Decía que yo siempre le aportaba una visión diferente. Pero cuando le pregunté sobre el caso de Emma Lenglet aquella mañana, tras la visita del servicio de habitaciones –huevos con beicon y café solo para él, y zumo de naranja para mí, a raíz de lo cual me lanzó una mirada reprobadora y yo respondí con un «estoy hinchada como una maldita foca»–, me dijo que prefería no contarme nada.

Aquel comentario debería haberme cabreado, como si yo no fuese más que una desconocida, o una mujer cualquiera, una de esas esposas que se escandalizan ante los detalles escabrosos pero saben rellenar un pavo. El caso es que no me cabreé con él. Me bebí el zumo de naranja y le robé un trozo de beicon, grasiento y crujiente. Me lanzó una mirada maliciosa, y supe que era su forma de disculparse. Pero, si me ponía las cosas difíciles, esta vez yo iba a insistir. Las dinámicas de poder no pueden estancarse para siempre. Si lo hacen, todo se vuelve aburrido.

–¿En serio no me vas a dejar ver el informe completo? ¿Ni los resultados de la autopsia, ni las líneas de investigación que manejáis? –le dije, mirando la carpeta que había sobre la mesita frente al sofá, mientras me chupaba los dos dedos con los que había sujetado el pedazo de beicon, pringosos y relucientes.

Él negó con la cabeza, con esa media sonrisa suya tan insoportable.

—¿Por qué? —pregunté.

—Porque no puedo, ya lo sabes —explicó, con toda la calma del mundo, y acto seguido se parapetó tras su taza de café.

—Normalmente sí que puedes.

Me miró con aire de suficiencia. No se molestó en disimular. No le hacía falta. Los dos nos conocíamos ya demasiado bien.

—Bueno, pero esto no es normalmente. —Mantenía ese tono casi de predicador, todo fuerza y calma y presencia. Sabía que me ponía de los nervios—. Para empezar, tú no querías venir aquí, tuve que insistirte.

—Ajá.

—En realidad, además, no tenemos nada sólido. Vienen días de trabajo gris. Lo primero que quiero ver es qué recursos nos da la UCO. Y, por ahora, tampoco me fío de Santiago. Sabe que estás detrás de mí, y no sé si está enfocando bien todas las comprobaciones. Además, tengo todavía que pillarle el pulso a su equipo, hablar con el forense, conocer mejor a los agentes que han llegado de Zaragoza y espero aún respuesta a los requerimientos que le hemos hecho a la Interpol —dijo, con voz cansina, como si todos esos procedimientos rutinarios lo tuvieran agotado antes siquiera de empezar.

Yo seguía con los brazos cruzados, observándolo con incredulidad. Reanudó su discurso con tono algo más vacilante que antes, como si temiera mi reacción:

—Es raro ver un *copycat* en España. De hecho, sería la primera vez, si es que somos capaces de confirmarlo. Tampoco descartamos que participasen una o varias personas, venidas o no de otra parte del mundo. Sabemos que la figura de Castán… —Vaciló, como si no supiera bien qué decir—. Bueno, su puesta en libertad… podría haber creado un pequeño seísmo internacional. Pero eso y nada es casi lo mismo.

De nuevo aquel nombre que me paralizaba.

Antes de pensar que Marzal Castán era un monstruo, los habitantes de As Boiras le habían querido, le respetaban. Era uno de los suyos, un poco huraño y gruñón, poco dado a los eventos sociales, serio en su trabajo. Era el capataz del aserradero, excelente cazador, entusiasta bebedor de pacharán y jugador aceptable de guiñote. Para ellos, no era más que un hombre normal, que había enviudado demasiado pronto y que tuvo que sacar adelante a su hija él solo. Luego, pasó lo que pasó, encontraron lo que encontraron, y sus antiguos vecinos tuvieron que olvidar que le habían dejado convertir el pueblo entero en su coto privado de caza.

Y, en fin, Castán fue a la cárcel y, muchos años después, salió de ella. Enfermo y viejo, pero salió. Hacía un mes. Y los asesinatos se reanudaron, o al menos uno. Ahora, todos volvían a pensar que podía ser cualquiera menos él. No, él no podía ponerse a correr detrás de una chica de trece años, cazarla como hacía entonces. Al parecer, ni siquiera podía respirar por sí mismo.

—En fin, Alice, tú me dijiste que vendrías, pero que no querías saber nada de lo que pasaba, salvo que no hubiera más remedio.

—¿Yo dije eso? —Me hice la loca.

—Por supuesto que dijiste eso. Tengo buena memoria, querida.

—Bueno, pero te estás haciendo mayor —le contesté, como quien no quiere la cosa—. Todos perdemos facultades.

—Yo no.

Se levantó de la mesa y fue al baño, a terminar de prepararse para el largo día que tenía por delante.

Entonces, y no me siento orgullosa de ello, me puse en marcha a una velocidad inusitada en mí, porque sabía que no tenía ni un segundo que perder. Me puse en pie y corrí a buscar el informe del caso, que Kevin había dejado en la mesita frente al sofá, preparado para llevárselo consigo y alejarlo de mí. A toda prisa, hice fotos con el teléfono, página a página, rezando por que saliesen bien a la primera, legibles, nada borrosas. Cuando regresó del baño, yo había vuelto a la mesa, y me bebía a sorbitos mi zumo de naranja, un tanto insípido.

Minutos después, cuando Kevin salió por la puerta de la habitación, vestido con traje negro y camisa blanca, pero sin corbata, pensé que, a pesar de todo, aquella había sido una de las mañanas más agradables que habíamos pasado de un tiempo a esa parte. En realidad, me sentía extrañamente impune, omnipotente, como si fuese capaz de casi cualquier cosa. Ayudaba, por supuesto, el que yo quizá tuviera alguna pista por seguir diferente de las que tenía Kevin.

Me dejé caer con pesadez en el sofá y cogí el teléfono móvil para leer, página a página, foto a foto, el informe del caso Lenglet. Un escalofrío me recorrió la espina dorsal, solo que esta vez no era de miedo, ni de asco, ni de repugnancia, qué va; era de pura excitación, de esa clase de anticipación que solo me corre por las venas cuando tengo algo así, un caso así, entre las manos. Suspiré. Hubo un tiempo en el que pensé, en el que sinceramente creí, que nunca volvería a sentir algo así en toda mi vida. Ahora me odié por ello.

Había visto fugazmente las fotos, conocía el pozo en el que iba a sumergirme. De algún modo, había planeado este viaje sabiendo que nuestra habitación iba a ser mi cámara acorazada, el refugio donde había fantaseado con recluirme, ayudando a Kevin como si fuera una detective victoriana, resolviendo crímenes desde el despacho, sin pisar la calle, llevando al extremo el método deductivo. No era mala idea en teoría, pero ahora veía claro que en la práctica era una fantasía casi infantil. Había sabido desde el primer momento que me iba a acabar metiendo en el fango de la muerte y la destrucción, a quién quería engañar. Presumiblemente, Kevin lo había sabido también. De otro modo, ¿por qué diablos había dejado la carpeta ahí?

La cuestión era que debía mantener intacto mi ámbito más privado si quería regresar indemne de As Boiras. Si iba a mantener mis promesas, pero a la vez examinar el informe y buscar los puntos ciegos de la investigación, tenía que hacerlo en otro lugar que no fuera nuestra habitación, en algún lugar donde pudiera, de algún modo, purificarme. No podía llenar de malos pensamientos e imágenes enfermizas el único remanso de paz que teníamos en el pueblo.

Así que cogí uno de los albornoces de cortesía, blanco y muy mullido, que estaba colgado en el armario de la habitación, y busqué mi bañador negro en una maleta que aún no había deshecho, dispuesta a visitar el spa. Al ponérmelo, me di cuenta de que me apretaba un poco, como si por fin algo estuviese cambiándome por fuera, y no solo por dentro, no solo en mis órganos y entrañas. La sensación fue ligeramente incómoda, pero la aplaqué cerrando con fuerza el cinturón del albornoz, con doble nudo, y saliendo al pasillo tras meter el móvil en el bolso.

La euforia me duró aproximadamente medio minuto, antes de tener que volver corriendo en dirección al cuarto de baño y de acabar tirada en el suelo, abrazada a la fría taza de porcelana del váter, pensando que me iba a morir, a desintegrar, en cualquier momento. Las náuseas matinales golpeaban fuerte.

Acto seguido, empecé a sentirme como una auténtica y completa mierda; y una mierda mentirosa, además.

17

El olor a aceites esenciales y a cloro me aturdió nada más entrar por la puerta del spa. Lo habían reformado desde la última vez que estuve allí, hacía ya una auténtica eternidad, y todo obedecía al gusto ecléctico y supuestamente chic de mi madre: unos budas enormes, de imitación de bronce, flanqueaban la puerta, con sonrisas plácidas y barrigas alegremente redondeadas; el agua manaba de fuentes verticales, y caía desde el techo hasta el suelo, en un suave borboteo que invitaba a cerrar los ojos y relajarse; las tumbonas tenían un diseño extrañamente minimalista y se desperdigaban aquí y allá, sin una lógica aparente; y la música... ¡era música de ascensores! Mi madre nunca tuvo buen gusto para eso, la verdad. Pretende ser elegante, nunca vulgar, y se queda a un incómodo medio camino entre las dos: tierra de nadie, conformismo consumista de centro comercial, habitante de provincias que ojea revistas de moda.

Era mediados de noviembre, la temporada alta todavía no había empezado. Había turistas los fines de semana, pero, durante las mañanas de un martes cualquiera como este, a primera hora, el hotel entero podía ser mío si así lo quería. La idea de ser la única que paseaba por sus largos pasillos y se bañaba en esas aguas supuestamente milenarias me fascinó, como si aún tuviera doce años. Por aquel entonces, soñaba con eso, con ir a los mejores hoteles y comprarme todo lo que quisiese, y pedir servicio de habitaciones, por supuesto, champán y fresas, y un hombre guapo y con el pelo oscuro esperándome, no sabía si en la cama, pero sí en la habitación.

Soñaba con todas esas cosas porque era consciente de que no podía tenerlas, porque mi madre y yo no éramos exactamente pobres, pero lo que no éramos, desde luego, era ricas, y mi padre, que no tuvo ningún problema en hacerse cargo de mí cuando luego me fui a vivir con él, jamás nos había mandado ni un duro, como siempre me repetía y repetía mi madre, así que soñar con tener dinero, con lo que yo haría si tuviese dinero, era casi como una obligación para una niña como yo.

Supongo que, en un primer momento, esa fue una de las cosas que fascinaron a mi madre de Lorién: él sí tenía dinero. No era millonario, como a ella le habría gustado, pero era dueño de un hotel grande y con cierto nivel de lujo. Él alimentó sus ambiciones de ascenso social y le dio un lugar prominente, bonito y cómodo, en el microclima de un pequeño pueblo de montaña, lleno de gente presuntuosa deseosa de sacarles hasta el último céntimo a los turistas.

En el spa, una chica menudita que no debía de tener más de veinte años me atendió y me obligó a ponerme un horrible gorro de piscina que me apretaba las sienes y que me hizo temer un nuevo dolor de cabeza. Yo la interrogué con la mirada, dispuesta a replicarle que yo era algo así como la heredera de todo esto, que era prácticamente su jefa, pero no lo hice: me limité a sonreír y a asentir. Ya he dicho que se me da muy bien. Me instalé en una de las tumbonas y le pedí un té verde con mucha menta. Y entonces, ahora sí, como quien se dispone a leer una revista de cotilleos, saqué el móvil del bolso y busqué las fotos del informe.

Al ver la cara de Emma Lenglet casi me echo a llorar. En otras circunstancias, habría sido capaz de mirar un centenar de fotografías de cadáveres mutilados sin inmutarme, pero ahora tenía algo dentro de mí que crecía y me lo ponía más difícil.

Mantuve a raya las náuseas, otra vez al acecho, bebiéndome un buen trago de té verde. El sabor a menta ayudó. El spa estaba desierto y, por encima de la música insulsa, se oía el ruido del agua correr. Me relajó. Volví a centrarme en el informe. Repasé los detalles. Llegaría a conocerlos de memoria, como ocurría siempre. Esa certeza, la de llegar en algún momento a normalizar lo que tenía entre las manos, el horror del que algunos seres humanos eran capaces, no me reconfortó, pero sí que me hizo sentir como en casa. Esa era mi casa de nuevo: el horror y la depravación humanas, el mal. Y qué mejor escenario que As Boiras para regresar a ellos.

Encontraron su cuerpo el 13 de noviembre a las seis y cuarto de la mañana. Fue un cazador de conejos que había ido a comprobar sus trampas. Le extrañó ver que una pareja de buitres leonados merodeaba por ahí. Pensar en esas asquerosas aves carroñeras, los buitres, me hizo sentir algo incómoda, como expuesta, tal vez porque lo cierto era que estaba prácticamente desnuda debajo del albornoz, así que me revolví en la tumbona. El caso es que al cazador de conejos le extrañó ver a los buitres rondar por ahí, porque no se suelen sentir atraídos por algo tan insignificante como unos conejos. Pensó que ahí debía de haber un cadáver de algo más grande. Quiero pensar que se inquietó, que se preocupó, pero en realidad no puedo saberlo, nunca podré.

El cazador de conejos no tenía ni idea de que Emma Lenglet había desaparecido. Puede que hubiese visto los carteles, porque al parecer los colgaron por todas partes, a ambos lados de la frontera, con la foto de la chica en blanco y negro, mirando a cámara sonriente, pero no se le pasó por la cabeza que aquello muerto, eso que pensaba que sería un animal, fuese ella. Se acercó y la vio.

Cuando llegué a ese punto del informe, me dio por pensar en lo peor. A veces lo hago. Es como un tic, una tendencia natural de mi cerebro que no puedo contener, o que nunca me he esforzado por contener. Me pasó por la cabeza, durante apenas un segundo, solo una ráfaga de mi subconsciente macabro y perverso, que la visión de su cuerpo desnudo plastificado, tan joven, tan puro, le produjo una tremenda erección al cazador. Pero supongo que me equivoqué y que él era un buen hombre, porque hizo justo lo que tenía que hacer: no tocó nada y llamó a la policía. Me lo imaginé reteniendo con fuerza la correa de su podenco: no hay nada que les guste más a los animales carnívoros que un buen pedazo de carne fresca.

La Guardia Civil llegó a eso de las ocho de la mañana. El juez de paz, a las nueve. Después, llegó el forense, y el levantamiento de cadáver se produjo a las diez. El cazador de conejos se tuvo que quedar todo ese tiempo prestando declaración, sujetando con fuerza la correa de su perro, aguantándose las ganas de mear. Trasladaron el cadáver al Instituto Anatómico Forense de Huesca, el más cercano.

La Guardia Civil y el médico forense habían documentado el escenario del crimen. En realidad, no era tal: no costaba darse cuenta de que, más bien, era el lugar al cual habían trasladado el cadáver, porque era obvio que a Emma no la habían matado allí. Era un claro del bosque, sin rastro de violencia ni actividad frenética, un lugar como de cuento de hadas, como una alfombra de musgo y flores. En las fotos todavía se veía el brillo del rocío. Los pezones rosados de Emma Lenglet, en primer plano, apuntando hacia el sol, duros como la piedra, protegidos por una fina capa de plástico. El vello púbico de Emma Lenglet, ya de mujer, aplastado y apelmazado, con un aspecto visiblemente húmedo. Los labios cortados de Emma Lenglet, sin ningún rastro de la sangre que había manado de ellos cuando se los mordió con fuerza, resignada pero furiosa, bajo el cuerpo de su asesino.

De nuevo me entraron ganas de vomitar. Había leído muchos de los informes de los casos en los que Kevin trabajaba y había visto muchas imágenes así, pero en estas había algo terriblemente… ¿personal? O quizá no eran las fotos, quizá era cosa mía, puede que fuese solo yo. Al fin y al cabo, llevaba demasiado tiempo alejada de todo esto.

Nadie dudaría que Emma Lenglet era una chica guapa. Ahora sabía muchas, muchísimas cosas sobre ella, más de las que me habría gustado. Ahora ya no era una niña muerta, sino que se había convertido en algo más: era *Emma*. Suspiré, pensando que Castán siempre las eligió así, a medio camino entre niña y mujer, recién florecidas. Era alta para su edad, medía casi uno setenta. Tenía los ojos verdes y el pelo castaño, ligeramente cobrizo. Una cicatriz en el antebrazo izquierdo como única marca reconocible. Pensé en una caída en bici cuando era pequeña, pero el informe no lo especificaba.

Emma conocía bien la zona, así que al principio a sus compañeras no les extrañó que hubiera salido sola a dar un paseo. Le gustaba estar sola, a veces. Se le daban bien las matemáticas, pero una muestra de su cuaderno de biología —¿cómo habían conseguido eso?— mostraba que aún tenía faltas de ortografía. Se la describía como una niña «alegre y despreocupada». Yo añadiría «con la frívola despreocupación de las niñas ricas», pero los informes policiales no suelen ser nunca demasiado literarios. Su cumpleaños era el 15 de marzo. Era piscis. Se supone que son personas fáciles, tolerantes, despistadas y algo tímidas. Nunca viviría para cumplir los catorce años, y lo cierto es que no hay nada más triste que eso. El único consuelo para sus padres es que la muerte había sido rápida y prácticamente indolora. Seguro que se lo describieron como «quedarse dormido». Lo malo fue lo que le hizo antes, antes de matarla. Una vez que no hay escapatoria, morirse no es la peor parte. Supongo que intentaron suavizarles el golpe a los padres. Siempre lo hacen.

Era el mismo jodido procedimiento que la otra vez, exactamente el mismo. A Ted Bundy le desgarró la ruptura a los veintiún años con su novia, Stephanie Brooks, y mató una y otra vez a chicas que se parecían a ella, puede que a más de cien. La voz de Edmund Kemper siempre había hecho que algo se me retorciese en las entrañas. A él le fascinaban las cabezas: quería abrirlas y ver lo que había dentro. Y eso hizo, también con la de su madre. Solo así consiguió que dejara de gritarle. El caso de Robert Hansen siempre nos atrajo a Ana y a mí de una manera especial, por razones obvias: llevaba a prostitutas en avioneta a su cabaña del bosque, en lo más recóndito de Alaska, y las soltaba. Después, las cazaba como si fueran animales. Se había cansado de los venados y de los jabalíes. Seguramente, eso fue lo que le pasó al Carnicero del Valle. A él también le gustaba cazar.

Estuve así varios minutos, como paralizada, con el móvil, ya con la pantalla en negro, apoyado en el pecho, preguntándome por qué demonios había abierto esa carpeta, aprovechando un despiste de Kevin, y me había sumergido de lleno en esta historia. Pero dejar las cosas como están y las carpetas sin abrir nunca ha sido lo mío, esa era la verdad.

Guardé el móvil en el bolso y me puse en pie. Después, me quité el albornoz y me lancé a la piscina. El agua estaba tan caliente que por un instante sentí que toda la piel se me encogía, se me replegaba sobre el cuerpo. Me sumergí por completo en el agua y dejé que lo inundase todo: los oídos, la nariz, la mente. Abrí los ojos y lo único que vi fue mi pelo flotando por todas partes, como si tuviese vida propia, ligeramente rojizo bajo el agua. En algún momento me había quitado el gorro, y había olvidado volver a ponérmelo, pero no había nadie allí para verme, ni tampoco para echarme la bronca. Pasados unos segundos, que se hicieron eternamente cortos, fue el momento de volver a la superficie y respirar. Deseé tener una colchoneta y mi paquete de cigarrillos, pero solo me tenía a mí misma, flotando sobre el agua, braceando torpemente.

Salí de la piscina también con torpeza y agradecí que no hubiese nadie allí para reírse de mí. Cuando mi madre me arrastró hasta este pueblo, en lo más recóndito de lo más recóndito del país, eso fue lo que me dio más miedo: que los niños nuevos a los que iba a conocer, mis nuevos compañeros de clase y potenciales nuevos amigos, se rieran de mí.

18

La boda de mi madre con Lorién se celebró en mayo, cuando todavía no había terminado el curso. Fue una boda sencilla y discreta. Se habían conocido unos meses antes en una convención del sector turístico para directores de hotel que se celebró en Palma de Mallorca. Nosotras vivíamos en Ibiza desde hacía cuatro años. Me gustaba bañarme en el mar y, cuando me sacó a rastras de la isla, nada más terminar el curso escolar, le juré que la odiaría para siempre. Me pasé el verano entero bañándome en esta piscina, y en la de fuera, y en todos los riachuelos que encontré, maldiciendo entre dientes y leyendo las novelas rosas, ligeramente pornográficas, que encontré repartidas por las estanterías del hotel. La biblioteca que conformaban era una curiosa mezcla de clásicos editados por periódicos varios, novelas eróticas y tebeos de *Astérix y Obélix*, aunque esos los agoté muy pronto.

Pero durante todo aquel primer verano, en el que los turistas desfilaban ante mis ojos y nunca se quedaban demasiado tiempo, siempre tuve miedo al primer día de clase: a llegar y que todos se rieran de mí. Así que, conforme se acercaba septiembre, empecé a entrar en pánico.

Convencí a mi madre para pasar dos días de compras en Toulouse y recuerdo que, en todo el viaje de ida en coche, durante las cuatro horas que duró, no paramos de discutir. Ella sabía que yo tenía razón, así que no me costó convencerla para que me comprara todo lo que yo quisiera. Aquella noche volvimos a discutir en el hotel, pero el viaje de vuelta, a la mañana siguiente, lo hicimos en silencio total, algo de lo más extraño en nosotras.

Ha pasado una vida entera, pero todavía recuerdo perfectamente lo que llevé puesto aquel primer día de curso de 1995: un minivestido beis, de un tejido similar al ante con la espalda anudada en un lazo, y unos zuecos con plataforma. No era demasiado apropiado para un primer día de colegio, pero, tras mirarme en el espejo durante casi una hora antes de salir, pensé que estaba más guapa que nunca, más guapa incluso que en la boda de mi madre. Lorién me llevó al colegio en coche y recuerdo haber subido las escaleras de entrada del edificio —construido en los años de la República como centro educativo de «amalgama», que acogería a los niños de la comarca que vivían en pueblos más pequeños— sintiéndome pletórica. Todo cambió cuando entré en el aula.

Al final del día, ya había comprendido que no podría ser amiga de aquellas chicas nunca en la vida. Simplemente éramos diferentes. Pero Ana… Ella sí que era distinta. Brillaba con luz propia, pero ni siquiera se daba cuenta. Estaba sola, sentada en la última fila, en la mesa del rincón, dibujando. Llevaba una falda larguísima, casi hasta los pies, y un jersey de cuello alto. Todavía era verano y hacía calor. Su pelo, rubio ceniza, más apagado que el mío, estaba recogido en una compleja trenza con la que yo solo podía soñar, y tenía los ojos de un azul casi transparente. Durante días nos observamos en silencio, pero un día ella decidió abordarme después de clase. Me dijo que deberíamos ser amigas con tal decisión que casi me asustó. Ya lo he dicho: Ana era la valiente.

Desde aquel día, Ana y yo nos volvimos inseparables. Pasábamos juntas todo el tiempo que podíamos. Mi padrastro y su padre se conocían mucho; en realidad, todos conocían a Marzal Castán en As Boiras: no había mejor cazador que él, ni nadie que conociese como él el monte. A todo el mundo le parecía bien que pasara tiempo con Ana, que nos empeñásemos en comer juntas, en dormir juntas, en hacerlo todo juntas. Caminábamos de la mano por el pueblo, sintiéndonos invencibles, creyéndonos las dueñas del lugar. Nos parecíamos demasiado. A veces, nos gustaba pensar que éramos hermanas y que nos habían separado al nacer, como si nuestra vida no fuese más que un telefilm. Nos lo contábamos todo, o al menos yo se lo contaba todo, todo lo que había sido mi vida antes de conocerla.

Ana me hizo sentir que tenía un sitio en el mundo, y que ese sitio estaba a su lado. Las demás niñas, nuestras compañeras de clase, la odiaban, pero nosotras las odiábamos aún más a ellas por creerse con derecho a despreciarnos. El nuestro no era un desdén frío, nada en nosotras lo era: todo eran historias incendiarias y dramáticas, disparatados planes de fuga y huida, confesiones imposibles.

Ana me enseñó cada rincón del pueblo, me llevó a lo más profundo del bosque y me contó historias que todavía hoy hacen que se me ponga la carne de gallina. Ana era así: le gustaba controlarlo todo, ser el centro del universo, y a mí me encantaba gravitar a su alrededor. Era lo más interesante que me había pasado en la vida.

19

Caminábamos con las manos metidas en los bolsillos de las trencas. La mía era amarilla. Me había costado varias horas que mi madre me la comprara, pero ahora era mía. En octubre, la trenca amarilla con los botones en forma de colmillos grises era mía.

—Juguemos a un juego —me dijo Ana.

—¿A qué juego quieres jugar?

—A cualquiera que nos saque de aquí —murmuró. Entonces, recuerdo que se paró en seco, se volvió hacia mí y me cogió de las manos—. ¿Adónde irías si pudieses ir a cualquier lugar?

—¿A cualquier lugar del mundo?

Ella asintió.

—¡A Hawái!

—¡Desapareces en Hawái y se te comen los tiburones! Tu pierna mordisqueada aparece en una playa de Honolulu y la última postal que escribiste le llega a tu novio de El Cairo un martes y trece.

Las dos nos echamos a reír.

20

Cuando salí del spa, con el albornoz puesto y cargando el bolso, que parecía pesar una tonelada y media —que era lo más probable, porque lo que llevaba dentro de él importaba muchísimo; el puto bolso contenía toda la maldad del universo, condensada en un teléfono móvil lleno de fotografías del macabro informe policial del caso Lenglet—, me pareció que renqueaba al andar, como si estuviese un poco borracha. Ojalá lo estuviese, ojalá pudiera estarlo. Mis pasos me guiaron, supongo que de manera inconsciente, hacia el bar del hotel. Puede que fuera por la hora del día, y porque el hotel estaba prácticamente desocupado, pero no me crucé con nadie y de ese modo pude mantener parte de mi dignidad. No me di cuenta de cómo iba vestida hasta que llegué a la barra y me planté frente al camarero.

Todos los buenos hoteles tienen un bar en el que sus clientes pueden emborracharse tranquila y plácidamente, sin temor a no poder regresar a la seguridad de sus camas. Y el Gran Hotel de As Boiras, evidentemente, tenía uno: el Ambigú, como si esto no fuese más que un teatro en el que todos y cada uno de nosotros interpretábamos nuestro papel sin demasiado aplauso del público. En un día de diario, con pocos turistas a la vista, antes de que todo se llenase de periodistas ávidos por saber lo que ocurría en este normalmente tranquilo pueblo de montaña, el bar estaba prácticamente vacío, y podría haber escogido cualquiera de las mesas, pero decidí sentarme en la barra. Odio sentarme sola a una mesa y siempre intento evitarlo.

El camarero, con una pajarita que completaba un atuendo hotelero completamente pasado de moda, secaba unas copas con aire distraído, y el hilo musical escupía un blues suave y tranquilo que despertó todos mis instintos suicidas. Carraspeé, sentada en la banqueta, cómodamente mullida, para llamar su atención. Él alzó la vista y no fue entonces cuando le reconocí. Me miró como si yo estuviese un poco loca. Entonces reparé en que me había plantado ahí, en el bar del hotel, en albornoz. Tragué saliva y pensé que de perdidos al río… Se notaba que el chico no había viajado demasiado: te acabas cruzando con toda clase de personas extrañas en los hoteles. Son uno de los lugares más interesantes del mundo.

El caso es que no reconocí al chico cuando lo vi, pero sí lo hice cuando alzó la voz y me preguntó:

—¿Qué le pongo, señorita?

El pelo, antes peinado en punta, había sido aplastado contra el cuero cabelludo con la misma gomina que antes lo erizara, pero era, en definitiva, el mismo chico al que había visto discutir con su ¿novia? la mañana del día anterior, en el aparcamiento del hotel. Era joven, no debía de tener ni veinte años: aquel acné juvenil le delataba, así como la barba incipiente. Trataba de dejarse perilla y nadie le había dicho que, sencillamente, aquello le hacía parecer extraño, perturbador.

Tragué saliva e intenté esbozar una sonrisa. Lo conseguí, claro está. Reprimí las ganas de pedirme una copa, un vodka con limón, algo que me hiciera más soportable el contenido de mi bolso, los verdaderos motivos que me habían traído de vuelta a As Boiras y todo eso, y le pedí un zumo de naranja. Me pareció que tardaba una eternidad en ponerme el vaso delante.

—No te he visto antes por aquí, ¿verdad? —me dijo.

Pensé que, convenientemente, se había olvidado del «usted». Sonreí y le di un sorbo a mi bebida. Hice una mueca. Estaba ácido. No me iba a caer nada bien en el estómago.

—¿Has venido sola? —insistió.

Suspiré. Así que íbamos a jugar a eso, ¿eh?

—No. He venido con mi marido —le respondí.

—¿El tío con el que estabas ayer en el aparcamiento? Os he visto juntos —prosiguió él, con descaro, como si nosotros dos, él y yo, ya nos conociésemos.

No era así, en realidad. Él ni siquiera había nacido cuando yo me fui de aquí, de este pueblo. Podría decírselo, contarle que yo antes vivía aquí, en el mismo pueblo de mierda del que él nunca iba a salir, pero no lo hice. En realidad, lo que me mosqueó fue que se hubiese fijado en mí, en nosotros, el día anterior, añadiendo una más a todas esas miradas que nos habían dedicado en cuanto llegamos al aparcamiento, y que encima, al dirigirme la palabra, hubiera fingido no haberme reconocido de buenas a primeras. Sin embargo, la mirada de ese chico quizá no tenía nada que ver con quién era yo realmente, con el libro que había escrito y con mi estatus de *persona non grata* en As Boiras. Puede que él me mirase, nos mirase, por simple y mera curiosidad. A lo mejor él era así, curioso. Desde luego, no me habría tratado con descaro de haber sabido que era la hija de sus jefes, quién sabe.

Esta vez tampoco le contesté. Él siguió sonriendo.

—¿Sabes? No te pega nada. Parece un poco estirado.

Alcé la vista de mi vaso, y clavé mis ojos en los suyos. Me gustaría poder haber vislumbrado algo en ellos, pero solo eran risueños, sonrientes. Nada más. Quizá no se me dé tan bien leer a las personas como siempre he creído: en un par de ojos siempre hay algo más que una simple sonrisa, tiene que haber más.

—Me lo dicen mucho —respondí.

—¿Y por qué has venido a este pueblo?

—Eso a ti no te incumbe.

—Eso a ti no te incumbe —repitió, con retintín—. Nunca había oído a nadie decir eso en la vida real. Pensaba que era algo de las películas.

No dije nada. Le di otro trago al zumo, uno largo, que casi lo terminó, y reprimí las ganas de hacer una mueca de espanto. No quería darle más motivos para seguir con su jueguecito.

—¿Cuánto te debo? —le pregunté, levantándome de la banqueta y aparentando entereza.

—Nada, ya he cuadrado caja porque termina mi turno —dijo y, al ver mi desconcierto, añadió—: Las niñas bonitas no pagan dinero.

Pensé que hacía mucho tiempo que ya no era una niña, pero no dije nada. Al principio, cuando volvía a mi habitación de hotel, muriéndome de vergüenza por dentro al ir vestida así, me sentí extrañamente bien por todo aquello. Me habían invitado a un zumo de naranja, y eso, no sé, me había hecho sentir bien. Tampoco era un crimen, ¿no? Pero luego empecé a canturrear en mi cabeza la canción infantil sobre el barquero y la niña, una y otra vez, y me detuve, petrificada.

Las niñas bonitas no pagan dinero.

21

Mientras las puertas del ascensor se cerraban detrás de mí, y me dejaban a solas con mi vergonzoso albornoz anudado alrededor de un cuerpo casi desnudo, se me empezó a entrecortar la respiración. No podía creer lo que estaba pasando.

En aquel breve viaje de la planta baja hasta el cuarto piso, montada en un ascensor que parecía un lugar fuera del espacio tiempo, se estaban conectando ideas en mi cabeza que antes habían estado ahí, pero perdidas, separadas unas de otras, sin tener nada que ver. Era como si todo estuviera a punto de eclosionar y reconfigurarse en mi cerebro. Era una sensación maravillosa, que creía haber perdido hacía ya mucho tiempo…, pero todavía faltaba algo para el *clic*.

Las niñas bonitas no pagan dinero.

A los trece años, y al vivir en As Boiras, no teníamos demasiadas maneras de conseguir dinero. A veces mi madre me daba paga extra si ayudaba con algo en el hotel, chorradas para mantenerme ocupada como doblar servilletas o atender el teléfono. El padre de Ana, en cambio, nunca le habría dado dinero por cosas que consideraba que eran su obligación: limpiar, lavar, cocinar, ayudarlo en la caza, mantener la casa en marcha. Me sorprendió que Ana supiese hacer tantas cosas, cuando yo era más bien una inútil que apenas sabía hervir agua. Ella, sin embargo, sabía cocinar –decentemente– y planchar –muy mal, pero sin quemar la ropa–, y tenía asumida que *esas* eran sus tareas. ¿Hacer de niñera? No había muchos niños que cuidar en As Boiras. Las dos éramos demasiado jóvenes para que nos cogiesen de camareras o dependientas en algún lado, de modo que, si hubiésemos necesitado conseguir dinero, una buena cantidad de dinero además, tendríamos que haber pensado de un modo creativo. Eso era lo que se le daba bien a Ana.

Volví a pensar en su collar, ese colgante con una flor rara y fea. Me había dicho que era de plata y, por tanto, si era verdad, valía dinero. El día anterior se me habían multiplicado absurdamente las preguntas, en mil ideas que podían conducir a alguna parte pero que no parecían tener relación entre ellas. Conocía bien a Ana, y no era alguien que pudiera hacer cosas por dinero. Sin embargo, sí pensé que ahora adquiría relevancia un detalle suelto, uno que tenía que comprobar cuanto antes.

Llegué a mi habitación y me dejé caer en el sofá. Me temblaban las piernas. No era el valor del colgante lo que había disparado todas mis alarmas. Encendí el móvil y busqué las fotos de Emma Lenglet en el claro del bosque. Tenía que mirar todo con nuevos ojos.

Ahí estaban. Tarde para lo avanzado que estaba el otoño, pero había sido un verano cálido. En aquella vertiente soleada de la montaña lucían con todo su esplendor: las flores que salpicaban alrededor del cadáver de Emma Lenglet eran Edelweiss.

Pasan cosas extrañas en el mundo, y no todas son bonitas. Algunas, muchas, de hecho, son horribles. Puede que lo de Ana fuese una de esas cosas feas, de esas cosas horribles. Yo había formulado mal las preguntas. La cuestión no era, o al menos no era solo esa, si Ana tuvo un novio secreto, o un amante, o incluso una relación turbia con un hombre quizá mayor que ella, alguien capaz de comprarle un colgante de plata a cambio de... ¿sexo? La cuestión no era si le daba o no dinero para huir, para escapar de su casa, de su padre, de su vida. La cuestión era que, por aquel entonces, una tercera persona pudo ser muy cercana a

Ana y, de algún modo, estar también relacionada con su asesinato. Por primera vez, pensé que quizá Castán no había matado a su hija por los mismos motivos que a las anteriores. Pensé, incluso, que quizá no había sido capaz de matar a su propia hija, pero sospechar ese destello de humanidad me aterró aún más si cabe. Y lo que era todavía peor: esa misma tercera persona, o alguien que conocía a esa tercera persona, y que a ciencia cierta no era Castán, había matado a una niña del mismo modo en que habían matado a las otras veintiséis años atrás.

Me faltaban demasiados datos, había demasiada información que necesitaba recabar, pero de repente tuve claro algo tan evidente que me sentí idiota por no haberlo pensado antes: si quería resolver lo que estaba ocurriendo ahora, y era obvio que quería, tenía que averiguar lo que pasó realmente entonces con Ana, en 1996.

Lo mejor —o lo peor— de todo era que sabía perfectamente cuál era el siguiente paso que había que dar. Y, para ello, tenía que romper otra de las reglas que me había autoimpuesto al regresar a As Boiras.

Ya había pasado el mediodía, debía de ser la una y pico de la tarde cuando salí del hotel escopeteada. No tardé ni medio segundo en encenderme un cigarrillo al llegar a la calle. Tres al día, solo tres, y ese era el primero. Saber eso, que todavía me quedaban otros dos, me hizo sentir mejor. Entonces, empecé a caminar, muy deprisa, cuesta abajo por suerte, en dirección al pueblo. Se tardaba más o menos un cuarto de hora en llegar a la plaza Mayor, por la carretera que serpenteaba entre los árboles. Apenas hacía frío, o yo no lo tenía, porque llevaba mi gabardina color crema, pero el cielo amenazaba tormenta. Mientras caminaba, dando zancadas largas, me resultaba inevitable echar vistazos ocasionales hacia arriba, hacia esas nubes densas y oscuras, pesadas, cargadísimas de agua, que parecían juntarse cada vez más, tapando los rayos de sol. Era primera hora de la tarde, pero parecía casi de noche. Siempre me han inquietado las tormentas, pero en un pueblo como este tienes que acostumbrarte. Por algo dicen que viven entre las nubes.

Una idea obsesiva, demente, inundaba todos mis pensamientos y les daba alas a mis pasos. Cuando tienes doce, trece, catorce años, estás desesperada por tener algo que sea tuyo, solo tuyo. Tu habitación se convierte, entonces, en el lugar más importante del mundo para ti. Si pienso en mi habitación ahora, en la de mi casa de verdad, la que está en Marsella, apenas es un lugar que usamos para dormir y para follar, nada más. Pero cuando tenía trece años y vivía aquí, en As Boiras, mi habitación sí que era importante para mí. Pensaba que el modo de decorarla, el color que elegí para pintar las paredes y los pósteres que colgué en ellas, la ropa que tenía en el armario y hasta las flores que recogía de los jardines del hotel, para horror de mi madre, y que colocaba en un jarrón sobre la cómoda, eran cosas importantes, cosas que decían mucho sobre mí.

Sin embargo, si pensaba en la habitación de Ana, que había pisado unas cuantas veces durante el breve pero intenso tiempo que duró nuestra amistad, me parecía que no decía absolutamente nada de ella: era un espacio feo, mal decorado, tosco, que no la representaba en absoluto. En realidad, yo siempre odiaba estar en su casa, y sabía que ella también, así que solíamos reunirnos en la mía, donde estábamos más cómodas, siempre había algo rico que comer y un aparato de música para escuchar CDs. Pero, pese a todo, Ana tenía una habitación, un lugar en el mundo que era suyo, donde podía protegerse a sí misma, y también a sus secretos.

Y, allí, yo sabía que Ana tenía una caja escondida, el lugar donde guardaba pequeños objetos que encontraba, monedas ahorradas, regalos de cumpleaños, algún recorte… «Nada de diarios —decía—, solo las chicas estúpidas los tienen: ¿por qué vas a poner por escrito tu propia desdicha? Hay que ser idiota para hacer algo así». Pero tener una caja secreta me pareció algo maravilloso, así que yo me procuré también una, una de esas cajas de galletas danesas metálicas y redondas que todavía olía un poco a mantequilla. La llené de cosas inútiles y la escondí, retirando antes el último cajón, en la parte más baja de mi armario. Ana me enseñó su caja de los secretos alguna que otra vez, una caja de madera bastante compacta que había construido con su padre y que escondía en el suelo, debajo de una tabla que estaba suelta, oculta bajo una de las cuatro patas de su cama. En su caja tampoco parecía haber nunca nada demasiado interesante, pero yo ahora no tenía ni idea de por dónde empezar salvo por allí. Y ese pensamiento, descubrir los secretos de Ana, si los hubo de verdad, fue el que me llevó en una carrera frenética hasta el mismísimo centro de As Boiras.

22

Pensé, por un momento, que tendría que contarle a Kevin todo lo que había ocurrido. Pero, si lo hacía, si le contaba que tenía previsto colarme en la antigua casa de los Castán y robar la caja de los secretos de Ana, él me lo impediría. Me habría gustado hacer las cosas de otro modo, pero esta vez no era posible. Sencillamente, había demasiado en juego.

Casi sin darme cuenta, llegué a la plaza Mayor de As Boiras y mis ojos desfilaron por la calle que llevaba hasta el instituto. Me sentí un poco extraña observando la fachada, la escalinata, las puertas de carpintería de aluminio que seguían como antes y el amplio trecho de acera que se extendía ante la entrada, ahora convertido en zona peatonal, donde siempre matábamos el rato apurando hasta la hora de entrar a clase. Al otro lado de la calle vi el local donde estuvo la diminuta sala de cines en la que solo proyectaban reposiciones. Había cerrado, probablemente hacía ya siglos, y en su lugar habían abierto un pequeño supermercado ecológico. Por lo demás, el centro del pueblo parecía estar más o menos igual. Si cruzaba el parquecillo que estaba detrás de la plaza, donde todos los adolescentes de As Boiras, menos Ana y yo, pasaban el rato desde tiempos inmemorables, no tardaría ni cinco minutos en llegar a la antigua casa de los Castán. Y, con esa idea, me adentré en el parque.

No es que hubiese cambiado: ahí estaban, los pocos adolescentes que vivían en el pueblo, sentados en un banco, comiendo pipas y fumando. Si la chica que había aparecido muerta, Emma Lenglet, hubiese sido del pueblo, habría sido interesante hablar con ellos, pero lo más probable es que esos críos ni la conocieran. De todas formas, al pasar, no pude evitar fijarme en ellos. Eran dos chicos, de aspecto aniñado y acné perenne, y cuatro chicas, cuyos cabellos lacios les enmarcaban la cara, como si todas fuesen a la misma peluquería. Se reían, oía sus risas, pero no distinguía de qué hablaban.

No obstante, sí que me llegaba cierto tufillo dulzón a algo que no era, precisamente, tabaco. Intenté prestar atención, pero solo conseguía oír las risas. Una de las chicas, con las piernas largas embutidas en unas medias azules y, por encima, unos pantalones cortos, se sentaba sobre el regazo de uno de los chicos. Él le acariciaba las piernas en un sube y baja que hizo que un cosquilleo me naciese en el estómago, como si yo también pudiera sentir esa leve caricia, pero entonces ella se volvió y la reconocí: la chica del aparcamiento. Y él, con los pelos en punta, negros y como humedecidos por el efecto de la gomina, era inconfundible. Por eso tenía tanta prisa en terminar el turno. Se llevó el porro a la boca y el destello llameante del mechero casi le dio un aspecto romántico. Aspiró y la besó a ella, y le llenó de humo la boca, el corazón, las entrañas. Hizo que se me revolviese el estómago, así que aceleré el paso, buscando salir de ahí lo antes posible.

Me di tanta prisa que no la vi venir, y me choqué de bruces con ella; tuve que hacer equilibrios para no caerme de culo. La mujer era mayor que yo, debía de rondar los sesenta, y llevaba una bolsa de la compra cargada hasta los topes.

—Pero ¡hija!, ¿es que no miras por dónde vas? —me reprendió, como si me conociese de toda la vida.

—Lo siento, no miraba por dónde iba, es cierto... —dije, en un conato de disculpa, pero entonces ella alzó la vista y me miró, me miró bien, bien de verdad.

La noticia de mi vuelta al pueblo había corrido como la pólvora, aunque nunca habría pensado que mi aspecto fuese tan reconocible. Lo que no me esperaba era que alguien me mirara como lo hizo ella, con un asco infinito, como si yo no fuese más que una mierda que, encima, tenía la osadía de caminar y hablar. Pensé que la cosa se quedaría ahí, pero no: la mujer también habló. Y vaya si lo hizo.

—Así que has vuelto —dijo secamente.

No dije nada, no supe qué responder.

La mujer me miró otra vez, censurándome con gravedad, y escupió en el suelo. Me pareció más ofensivo que cualquier palabra que hubiese podido pronunciar.

—Pero ¿usted quién se cree que es, señora? —le solté, sin poder contenerme.

Ella abrió mucho los ojos, y me miró como si hubiese perdido por completo los papeles. Se puso completamente roja, con el labio inferior temblándole, atónita, muda de indignación. Me imaginé que la mujer había esperado que yo no hiciese ni dijese nada. Qué fácil habría sido para ella poder insultarme, escupirme y marcharse tan tranquila a su casa para preparar la comida, sin más.

Entonces oí unas risitas y, por el rabillo del ojo, vi que los adolescentes se habían levantado del banco para venir a ver qué pasaba. Entre ellos estaba el camarero del hotel, claro, por lo que me sentí un poco ridícula. Daba igual que yo tuviese razón, lo que menos me apetecía era quedar como una auténtica loca.

La mujer levantó un dedo rechoncho y me apuntó con él, roja como un tomate y todavía con el labio inferior tembloroso. Tuve que reprimir las ganas de echarme a reír, pero seguro que se me escapó una sonrisa cruel, tontorrona.

—¡No tendrías que haber vuelto nunca! —me soltó, al borde de las lágrimas.

—¡Yo hago lo que me da la gana, señora! —le espeté.

Me hubiera gustado oír murmullos de aprobación, que los curiosos que se habían detenido a contemplar el espectáculo que dábamos, formando un corrillo a nuestro alrededor, me apoyasen, pero lo único que recibí fue el sonido de la reprobación. La señora negó con la cabeza, se aguantó las ganas de darme un bolsazo y escupir de nuevo. Comprendí que, en realidad, yo no había sido plenamente consciente de cómo se me veía en As Boiras, de cómo se había recibido mi libro, hasta ese momento.

La mujer dio un paso al frente y, por un momento, creí, sinceramente lo creí de verdad, que me iba a agarrar bien fuerte y que iba a empezar a zarandearme, o que incluso me iba a pegar, o a arañar la cara, así que me puse los brazos delante de la cara, y supongo que chillé. Pero, de repente, todo paró. Con un grito grave, hondo, profundo, se hizo la calma.

—¿Qué está pasando aquí? —Alguien daba voces a lo lejos y repetía la pregunta—: A ver, ¿qué cojones ocurre?

El corrillo se disipó; la mujer se separó de mí, agarró la bolsa de la compra y se escabulló. Y yo me quedé ahí, despeinada y desconcertada, mirando a mi alrededor. Un coche de la Guardia Civil, con las luces encendidas, estaba parado de cualquier manera en mitad de la calle. Los vecinos cuchicheaban, aunque se habían apartado un poco. Me habían dejado sola. Alguien bajó del coche.

Nunca se me han dado bien las caras. Ni los nombres, a decir verdad. Puedo ser observadora y, de hecho, lo soy, pero los rostros del pasado los borro de mi mente con facilidad. Tal vez por eso apenas recuerdo ninguna de mis relaciones previas a Kevin. Y esta vez, claro, no reconocí al hombre de unos cuarenta años, con uniforme de la Guardia Civil, que estaba parado frente a mí, con una enorme sonrisa y el pelo castaño rizado revuelto bajo la gorra. Siguió sonriendo al verme, tímido pero amable, como si me conociese. Y se quedó callado, lo que hizo que los curiosos cuchicheasen aún más, si cabe.

—¿Nos conocemos? —le pregunté, con aire de duda.

—¡Claro! Soy Carlos. Carlos Abadía. Fuimos juntos a clase, aunque de eso hace ya algún tiempo.

—¡Carlos! —repetí, como si yo también hubiese caído en la cuenta. Pero, en realidad, no tenía ni idea de quién era. Me sentí un poco incómoda, ya que todos seguían mirándonos y su simpatía hacia mí no contribuía a mejorar mi imagen de cara a los lugareños. Contesté rápido, lo primero que se me ocurrió—. ¡Claro que me acuerdo de ti! Ibas siempre con esos chicos, con…

Esperé a que él completara la frase, siempre funcionaba.

—¡Con Jaime y con Andrés, sí! Menudos éramos. Andrés tiene ahora una granja de patos, con lo cabrón que era de pequeño.

—Qué bien —dije, fingiendo un entusiasmo totalmente falso, porque tampoco me acordaba de esos dos. Le dirigí una sonrisa—. Siempre ibais juntos, los tres.

—Sí, y tú siempre ibas con… —empezó, pero se quedó callado, probablemente porque, por fin, se dio cuenta de lo que ocurría allí. Me agarró del brazo, para apartarme ligeramente de la multitud—. En menudo lío te has metido al volver aquí, ¿no?

No dije nada, solo asentí.

—Entiendo que has venido para acompañar a tu marido, lo conocí ayer y parece muy… —Guardó silencio mientras sopesaba la palabra apropiada. Pensé que, probablemente, buscaba algo que no fuese un insulto—. Bueno, muy francés.

Solté una carcajada, como si su comentario fuese muy ocurrente. Creo que le gustó.

—Pero ya ves cómo están las cosas por aquí, Alice —me dijo, y se puso serio de repente—. No es que te odien ni nada así, pero es que no contaste cosas muy amables de nosotros en tu libro. No es que yo me ofendiera, qué va —se apresuró a añadir, encogiéndose de hombros, como si no importase demasiado—, pero alguna gente sí que se ofendió. Y yo ahora… Bueno, ¿sabes?, mi superior es Santiago Gracia. —Se quedó callado, pero yo no dije nada—. Bueno, él cree… —se corrigió enseguida, con un carraspeo—, los dos creemos que sería mejor si tú… Si tú no apareces mucho por aquí, ¿entiendes?

Asentí. De modo que querían que me quedase quietecita, ¿verdad?

—Creemos que es mejor que no te dejes ver demasiado por aquí, que no andes fisgando... Que no digo que seas una fisgona, pero como escribes libros, a lo mejor... —Se le notaba amable, tal vez algo confundido, pero con cierto deseo de disuadirme de merodear por el pueblo, de recabar posibles pistas—. Bueno, es mejor que no escribas otro libro sobre esto, ¿vale?, porque, en fin, esto no tiene nada que ver con lo de la otra vez, eso está claro. No, no, no, y no solo eso —añadió con cierto nerviosismo—, es que además no se ha dicho aún que a la chica la hayan asesinado, el juez y los mandos se han puesto muy estrictos, ¿me entiendes?

—Está más que claro, Carlos —le aseguré, armada con mi sonrisa más encantadora—. Solo daba una vuelta por aquí cuando ella me abordó, nada más.

—Es una vergüenza, la verdad, pero es que Carmen es la cuñada de Santiago, y la mujer se lo toma todo de un modo muy personal. La gente por aquí es así, por eso es mejor que tú...

—Oh, si solo he venido para ver a mi madre, pasar tiempo juntas y todo eso —le aseguré, con firmeza. Él sonrió—. De hecho, debería volver para el hotel, se ha hecho tarde.

No dijo nada, pero asintió. Me escabullí en cuanto pude, con un mal presentimiento. Solo quedaba comprobar cómo de malo era.

23

Volví al hotel casi a las carreras y, cuando llegué a casa de mi madre, tenía la respiración y el pulso acelerados. Siempre me ha gustado caminar, pero no a esta velocidad, ni cuesta arriba, ni sin haber comido prácticamente en todo el día, ni mucho menos estando embarazada.

Me paré durante un minuto en el portal, pasándome las manos por el pelo y tratando de recuperar el aliento. Cuando mi madre me abrió la puerta, yo tenía un aspecto casi normal. No me costó convencerla de que necesitaba su coche para ir a hacer unas compras. Se encogió de hombros y me dio las llaves de su Seat negro. También me preguntó si había comido, le mentí y le dije que sí. Añadí que tampoco podríamos cenar juntos esa noche, que Kevin me había escrito para decirme que llegaría tarde y que prefería esperarlo en la habitación. Eso también lo entendió. Ya en el coche, me pregunté cuándo se había vuelto tan comprensiva.

En realidad, no tenía ningún lugar al que ir, solo quería comprobar algo. ¿Y si la Guardia Civil me vigilaba? Tal vez lo que Carlos me había dicho, casi sin querer, se acercaba a la verdad: no sé si tenían miedo de que escribiera otro libro sobre As Boiras, pero si habían barrido mucha mierda debajo de la alfombra debía de horrorizarles que alguien se pusiera a fisgar por ahí. Quizá sí había algo que encontrar, algo jugoso y, probablemente, feo. Mientras conducía montaña abajo deduje que lo mejor que podía hacer era dirigirme a algún lugar improbable, al que nadie fuera solo de paso, donde si aparecían ellos de repente yo tuviese bien claro que habían venido por mí. Pensé a toda velocidad en un lugar con esas características, y casi me pasé el desvío al aserradero.

Donde hay árboles cortan madera, o eso me dijo mi padrastro, Lorién, cuando pasamos por primera vez por delante de aquel cartel. Es una realidad inmutable, que atraviesa los siglos y los mapas, pero esa certeza no quitaba que aquel sitio, el aserradero de As Boiras, que daba trabajo a varias decenas de hombres del pueblo, fuese un lugar oscuro en mi memoria: allí había trabajado el padre de Ana. No había manera de detenerse ahora, de modo que aparté el peso de los recuerdos dando un volantazo para adentrarme de nuevo en aquel mundo en el que el serrín flotaba en espesas nubes y lo llenaba todo de polvo.

A juzgar por el estado de la pista de gravilla que llevaba desde la carretera hasta la construcción, supe que el viejo aserradero estaría abandonado: antes, el camino estaba bien cuidado, con trazas recientes de neumáticos provocadas por el ir y venir, al menos dos veces al día, de los trabajadores; ahora, las malas hierbas parecían haber ganado terreno y los límites de la vía resultaban confusos, se habían desdibujado con el paso del tiempo. Pero no presté mayor atención. Solo conduje, conduje hasta llegar allí, en un itinerario aprendido tiempo atrás –por aquel entonces, en bicicleta, mientras trataba de seguirle el ritmo al rápido y furioso pedalear de Ana– y que, por algún extraño motivo, no se me había borrado del todo de la memoria. Y, cuando llegué, me encontré con que aquel lugar, antaño rebosante de vida frenética, de hombres fuertes que iban y venían, que se gritaban los unos a los otros cosas que me resultaban prácticamente ininteligibles, estaba desierto.

Bajé del coche. No quedaba ni rastro de la maquinaria, aquellos artilugios enormes y rojos que podían cortarle un brazo o una pierna a un hombre, ni de los troncos apilados con pulcritud. Nada. Las hectáreas de árboles que antaño se talaban y replantaban habían tomado el control del lugar, ahora invadido por la vegetación. Por la fachada frontal del enorme almacén de madera, antes siempre reluciente de barniz, ahora trepaban las enredaderas. La cabaña del capataz, desde donde el padre de Ana daba órdenes y disponía los turnos, tenía el techo semiderruido: un enorme abeto seco y muerto le había caído encima. Dos sillas metálicas seguían en su sitio, delante de esa cabaña, todavía en pie pero oxidadas, como si alguien se hubiese olvidado de recogerlas. Caminé hacia ellas, hacia aquella vieja cabaña, y el crujir de una rama bajo mi peso hizo que una bandada de pájaros levantara el vuelo. Ahora, y al parecer desde hacía ya mucho tiempo, aquella era su casa. De aquel lugar devastado, donde la labor del hombre había aniquilado la naturaleza durante décadas, había surgido algo de vida. Solo que una vida medio en ruinas, esforzándose por no agotarse a cada instante, siempre en vilo.

Un poco como la mía.

Y, en ese momento, un escalofrío extraño, húmedo y palpitante me recorrió de arriba abajo. No fue una sensación agradable. Solo puedo compararla a lo que se siente cuando sales de la bañera, después de haberte dado un baño demasiado largo, y no tienes la toalla a mano. El aire que te envuelve es frío, y tú estás desnuda y mojada. A eso se parecía, y me dejó paralizada, y busqué con la mirada el coche, aterida y temblorosa, incapaz de moverme. Tal vez solo fue un fogonazo de la memoria que me había jugado una mala pasada. O tal vez ahí había algo oscuro, una presencia inhumana que yo no podía identificar, como si en aquel mismísimo lugar habitase algo pútrido. Respiré hondo, y aquella bocanada de aire me supo a muerte. Si As Boiras era una de las bocas del infierno, ahora estaba plantada en la puta entrada, en su jodida puerta abierta. ¿Por qué? ¿Por qué pensar aquello de ese lugar, precisamente?

No tuve tiempo de ordenar mis pensamientos, de ponerles nombre y entenderlos, porque oí un coche que se acercaba por el camino de gravilla. Eché a correr, me subí al mío y arranqué para volver al hotel. Me crucé con el otro vehículo, claro, porque no había otro modo de salir de ahí: un coche de la Guardia Civil, cuyo conductor no era ni Carlos ni Santiago. Así que era verdad: me estaban vigilando. Pese a que aquel hombre disimuló, desviando la vista cuando le miré por la ventanilla, y no me volvió a seguir de vuelta al hotel, quedó claro que controlaban mis pasos.

No había duda.

24

Tras aparcar frente al hotel, vi que Kevin me había enviado varios mensajes. Me preguntaba si estaba bien. Sabía lo que había pasado en la plaza, cómo no. Me mordí el labio inferior, preguntándome por qué, si estaba al corriente de lo sucedido, no se había molestado en llamarme. Debería haberlo hecho, ¿no? Se suponía que me quería y que se preocupaba por mí. También es verdad que yo había roto uno de nuestros acuerdos y no estaba segura de que, en caso de llamarme, yo le hubiera contestado. Así que, cabreada con él y conmigo misma, solo le dije que sí, que estaba bien. Y pulgar hacia arriba. Puse el móvil en silencio, por si al final se le ocurría llamarme o escribirme, y salí del coche. Me dirigí a la casa de mi madre.

Mi plan era devolverle las llaves del coche, encerrarme en mi habitación, pedir una hamburguesa al servicio de habitaciones, comérmela frente al televisor y luego, lo más probable, y en contra de mi voluntad, acabar vomitándola. Pero pronto quedó claro que mi madre no permitiría que me saliera con la mía, porque abrió la puerta con una sonrisa deslumbrante.

—¡Hola, cariño! —me dijo, con un entusiasmo que, por desgracia, no era contagioso. Se hizo a un lado para dejarme pasar y yo, pese a mi recelo inicial, entré en la casa—. Qué poco has tardado, ¿no has encontrado lo que querías?

—Oh, sí que lo he encontrado —le respondí, y entonces sí le devolví la sonrisa.

—¿Y no llevas ninguna bolsa?

—Ah, es que solo quería ibuprofeno. —Y saqué un paquete sin abrir del bolso. Suerte que siempre llevo uno de esos: nunca se sabe cuándo te va a dar un dolor de cabeza—. Iba a mirar alguna tienda, pero no he dormido bien y estoy algo cansada, así que prefería volver. Además —continué, mientras le ponía las llaves en la mano—, no quería dejarte mucho rato sin coche.

Ella miró con los ojos entrecerrados y dejó caer las llaves en el cuenco que tenía en la mesa de entrada.

—Acabo de preparar un té. Ven —me dijo, y supe que eso no era negociable.

Pensé que sería raro decirle que tenía cosas que hacer, cuando acababa de contarle que me había vuelto porque quería descansar, de modo que asentí y pasé hasta la cocina. Los muebles y los electrodomésticos eran nuevos, y otra vez se me hizo extraño porque parecía un lugar en el que mi madre pasase mucho tiempo, cuando, antes, a ella nunca le había interesado la cocina. Me senté en una de las sillas, quitándome primero la gabardina y colgándola, doblada, en el respaldo. Mi madre me puso una taza de té caliente y humeante delante.

—Sin azúcar, como a ti te gusta.

Esbocé una sonrisa. Después, trajo una caja de pastas de té, compradas en alguna de las pastelerías locales, y se sentó frente a mí, con su taza a mano.

—Qué bien que estés aquí. —Bebió un sorbo, hizo una pausa—. Me he enterado de lo que te ha pasado antes, en el pueblo. Con Carmen.

Siguió hablando, en vista de que yo no lo hacía, parapetada tras mi taza humeante. —¿Cómo había sido mi madre capaz de beber siquiera un sorbo? Debía de haberse abrasado la lengua—.

—Tienes que entenderla, hija —me dijo—. La mujer… Su marido es el hermano de Santiago Gracia, ¿sabes?, y todos queremos muchísimo a Santiago. Solo ha hecho cosas buenas por el pueblo. Vivir aquí es complicado, el invierno es duro y hay semanas en las que la nieve cae y cae... Todos nos conocemos por aquí.

Asentí, y decidí aventurarme y coger una de las pastas de té. Me la metí entera en la boca, para no tener que decir nada. Mi madre me miró con gesto reprobatorio. Seguro que reprimía las ganas de decirme que ese no era el comportamiento propio de una señorita, como si yo tuviera todavía trece años. No obstante, decidió retomar su discurso.

—En realidad, nunca te lo he dicho, porque lo último que quería es que me dejases de hablar del todo. —Me miró con el rabillo del ojo, y pensé que ahí estaba el primer reproche de la tarde. Decidí que iba a llevar la cuenta, a ver cuántos caían—. Pero tu libro fue... Estaba muy bien escrito, siempre has tenido talento, pero si se vendió fue porque lo único que busca la gente es el morbo, cariño. No sé cómo te dejaste convencer para hacer algo así.

—No me dejé convencer para nada —salté, con la boca todavía llena. Me costó tragar, pero lo hice solo para seguir hablando—. Lo escribí porque era la verdad, mamá. Alguien tenía que hacerlo.

Mi madre apoyó las palmas de la mano sobre la mesa con fuerza y exclamó:

—¿Y tenías que ser tú? —Lo dijo sin elevar la voz, pero sentí más desprecio que nunca en sus palabras—. ¿Por qué me hiciste algo así, tan horrible? ¿Tan mala madre he sido?

No debería haber caído en una trampa así, pero lo hice. Todos tenemos días tontos.

—¿Qué fue lo que te hice, mamá? —le pregunté.

—¡Dejarme como una auténtica idiota!

—No te dejé como una auténtica idiota, pero si apenas hablé de ti... —me defendí, tenía que hacerlo.

—¡Pero si no paraste de hablar de mi marido en tu maldito libro, hija! —saltó, esta vez elevando la voz, y yo recibí la embestida quieta, sin decir nada, sin apenas respirar. En el fondo, siempre supe que en algún momento tenía que pasar esto–. Él nunca lo dijo y nunca te lo dirá, porque es mucho más elegante que tú, pero le sentó como un jarro de agua fría. Que tú, precisamente, a quien él había acogido y cuidado –me mordí la lengua para no decirle que Lorién y yo solo habíamos convivido durante un año, y tampoco es que, por aquel entonces, él se hubiese encargado mucho de mí–, hablases así de él... Le rompió el corazón, hija. Él te quiere mucho más de lo que tú podrás entender nunca.

Lo recibí como un golpe, una puñalada lanzada directamente al corazón. ¿Me decía eso porque yo no tenía hijos? Más de una vez, en nuestras conversaciones telefónicas, sutilmente espaciadas en el tiempo, me había insinuado que si tenía tantos problemas para concebir era porque había esperado demasiado tiempo para intentarlo. Y ahora... Ahora no tenía ni idea de que yo estaba embarazada. Debería decírselo, en ese mismo instante, soltárselo a la cara, dejarla sin habla, pero, una vez más, me mordí la lengua y dejé que ella hablara, que lo descargara todo sobre mí.

–¿Por qué tuviste que decir esas cosas sobre él? Es un hombre tan bueno... –dijo, casi con pena.

–No dije nada intrínsecamente malo sobre él, mamá.

–¿Intrínsecamente? –repitió ella, soltando una carcajada–. ¿Te crees que por soltar esas palabras eres más inteligente? Yo te he parido, niña. Te he parido y te he criado. Sé exactamente quién eres.

No le dije que ella no tenía ni idea de quién era yo, de quién era en realidad. No le dije que apenas nos conocíamos, que llevábamos prácticamente una vida entera separadas, sin saber apenas la una de la otra. Fue mejor así. Me puse en pie.

–¡Le llamaste mentiroso! ¡Dijiste que protegió a su amigo! ¡Y que luego, haciéndose el mártir, lo traicionó y lo entregó a la policía! –soltó, y yo supe que llevaba años tragándose las ganas de pronunciar esas palabras, de escupírmelas a la cara–. ¡Lo dejaste como un completo idiota!

—Eso no es así —acerté a decir, mientras me enfundaba el abrigo de nuevo—, yo solo expuse lo que había, todo lo que salió luego en el juicio.

Era imposible no describirlo como lo hice. Fueron hechos constatados los que Lorién, durante meses, durante años quizá, no vio, o no supo ver, y que concluían en una verdad incómoda: su mejor amigo era un monstruo. Ni él ni nadie de As Boiras intuyó que aquel hombre recio como un roble iba a enloquecer y a ponerse a degollar niñas. Pero la realidad es que Lorién Garcés fue, después de Santiago Gracia, la persona que mejor conoció a Marzal Castán.

Desde la adolescencia habían formado parte de una misma cuadrilla, habían ido juntos al colegio y habían compartido destino en la mili. Con el paso del tiempo y, sobre todo, tras la muerte prematura de la mujer de Castán al dar a luz a su hija, y su posterior retraimiento social, la amistad quedó reducida a un círculo de dos, a la relación casi fraternal que unía a un joven soltero y a uno viudo con aficiones comunes y vidas casi paralelas. Años después se les unió Santiago, algo más joven que ellos, sin muchas amistades entre su propia quinta... y sin muchas luces tampoco, añadiría yo. Admiraba a esos dos hombres hechos y derechos, tan antagónicos como inescrutables, el audaz hostelero y el recio maderero, que lentamente lo adoptaron y de quienes lo aprendió todo sobre el bosque y los animales, los árboles y las plantas, los arroyos y las cuevas y los riscos que daban forma al monte. Cuando empezó a trabajar como guardia forestal, era casi una extensión de las horas que pasaba con ellos paseando, cosechando, talando, cazando.

En mi defensa, y en la de Lorién, debo decir que también escribí —como se supo al terminar las investigaciones— que fue él quien se percató en primer lugar de que en la cabaña de caza de Castán pasaba algo raro. Una excusa apresurada, una ausencia imprevista, algún que otro desplante especialmente abrupto. El problema es que fue a Santiago a quien Lorién se lo señaló, y lo hizo porque confiaba en él. Ese era un detalle que mi madre parecía haber olvidado, pero no era ningún secreto que Santiago estaba al tanto de las pesquisas en torno a los crímenes que se cometían en el parque natural. Y, aun así, ignoró varias insinuaciones de Lorién sobre la cabaña. Por desgracia, ni siquiera Lorién se atrevió a confirmar sus sospechas, aunque fuera de manera sutil, con el mismo Castán, ni tampoco Santiago, claro está. Este fue sencillamente incapaz de imaginarse la posibilidad de que su amigo, un tipo ejemplar a ojos de todos, pudiera estar implicado en los asesinatos. Pasaron días, demasiados, hasta que Santiago, empujado por las circunstancias, hizo caso a Lorién, lo que propició en última instancia la detención del asesino en serie más sádico que se había visto en España desde el Matamendigos.

Lo que nunca le perdoné al forestal, a los policías inútiles que llevaron el caso, ni tampoco a todos los apáticos vecinos de As Boiras, incluido mi padrastro, es que su lentitud, su inoperancia y su ceguera se llevaron por delante a mi amiga, en un último rapto parricida de su padre, tal vez en un intento desesperado por salvar el pellejo. Un solo día. Si se hubiesen convencido tan solo un día antes de que el demonio vivía con ellos, y había convertido aquel lugar en uno de los accesos al infierno, Ana no se habría ido. Nunca encontraron su cuerpo. En el juicio, tiempo después, Castán dijo que había acabado con ella, que la había destruido, porque ella era «mil veces peor que las demás», y que su cadáver alimentó a los animales del monte varios días. Cuando ya no quedaba casi nada, los quebrantahuesos, esos pájaros carroñeros entre los carroñeros, se ocuparon de borrarla para siempre de la faz de la tierra.

Su muerte me dolió tanto que no hablé ni comí, ni tampoco salí de mi cuarto durante demasiados días. El desconsuelo fue tan grande que me alejó a años luz de todo cuanto me rodeaba. Me dolió más la muerte de Ana, incluso, que la mera idea de que, si Lorién no hubiese llegado a reaccionar, yo podría haber sido otra de las víctimas del Carnicero del Valle, tal vez porque la muerte de mi amiga era real, mientras que lo otro era solo una tétrica fantasía.

Culpé, en privado, a mi padrastro y a mi madre por todo ello, por no haber sabido ver lo que tenían delante, por no habernos protegido. Todo lo que les dije aquella tarde de 1996 fue la razón por la que dejé atrás para siempre As Boiras, y también la justificación de que mi padre, que nunca se había responsabilizado de nada que tuviese que ver conmigo, accediera a que me marchase a vivir con él a París.

Sigo convencida de que mi madre nunca llegó a procesar, puede que ni siquiera a entender, todo lo que aquello significó para mí. Y, precisamente por eso, aún me reprochaba el haber escrito el libro.

—¡Ah, no, claro, ya sales con eso! ¡El juicio! ¿Y todo lo anterior? ¿Todo lo que dijiste de nosotros? ¿Tan despreciables te parecemos?

Me miraba con un odio terrible que me confirmó, de un modo definitivo y brutal, veintiséis años después, que ella nunca iba a estar de mi parte. De la de él, de la de su marido, sí, pero de la mía, no. Eso estaba claro.

Me fui dejándola con la palabra en la boca, pero la sensación de derrota fue amarga, casi imposible de digerir. En un solo día había roto todas las reglas que pacté con Kevin para poder regresar aquí.

Ya en el hotel, tumbada en la cama, la rabia por el desenlace del día me seguía consumiendo. ¿Cómo me había dejado ir hasta esos extremos? ¿Por qué me había expuesto de ese modo a revivir todo lo que tanto dolor me costó enterrar? Y, por si fuera poco, me esperaban horas, días, de reclusión en el hotel, con la certeza de que no podía dar un solo paso sin tener a la Guardia Civil detrás. Tendría que contarle a Kevin lo que sospechaba de Ana, compartir con él esa pista tenue... Pero, por alguna razón, la idea no me gustaba nada.

Era media tarde y, en cualquier caso, si iba a esperar a Kevin, que no debía de estar especialmente contento, me aguardaban horas dando vueltas por la habitación. No tenía ninguna intención de salir de allí y correr el riesgo de encontrarme con mi madre o Lorién. Y, en realidad, tampoco me apetecía hablar con Kevin, así que encendí el móvil, le escribí diciendo que estaba bien pero cansada y que me iba a dormir, que no iba a esperarlo despierta. Y, sin pensar demasiado en las posibles consecuencias, me tomé un par de pastillas, corrí las cortinas y apagué las luces de la habitación.

25

Era viernes por la tarde y nos parecía que teníamos todo el tiempo del mundo por delante. Fuimos al quiosco de doña Manoli, en una esquina del parque, y arramblamos con todo lo que nos permitió nuestro escaso presupuesto. Me daban doscientas pesetas cada viernes, y, como Ana no tenía paga, la compartía equitativamente con ella, como si de verdad fuésemos hermanas. A mí siempre me han gustado las cosas muy saladas, así que me compré un paquete rojo de Fritos y otro de Pandilla. Mientras tanto, Ana llenó una bolsa enorme de chuches. Siempre hacía lo mismo, como si intentase compensar con dulce la amargura de su vida.

Caminamos por el parque, buscando un banco libre en el que sentarnos y matar el tiempo. Yo me comía los Pandilla, miraba distraída a mi alrededor, y casi muerdo el tazo de un personaje de Dragon Ball que no me interesaba lo más mínimo. Ana me miró, entrecerrando los ojos.

—¿Qué te ha tocado? —me preguntó. Yo le enseñé el círculo de plástico y ella arrugó la nariz—. Tíralo, eso no sirve para nada.

Me daba un poco de pena tirarlo, pero tampoco quería quedar como una tonta delante de ella. Por suerte, pasó un niño de unos diez años por mi lado. Lo paré y le di el tazo. Se le iluminó la cara.

—¡Krilin! —exclamó—. ¡Mi favorito! ¡Gracias!

Y se fue corriendo. Ana y yo nos sentamos entonces en un banco libre y ella suspiró, negando con la cabeza, como si yo no tuviese remedio.

—Eres demasiado sentimental, Alice —me dijo, con tono condescendiente—. Así solo te harán daño.

No dije nada, porque no me parecía que fuese para tanto. ¿Qué diferencia había entre tirar esa cosa o dársela a alguien? Ana era a veces casi cruel, y todavía estaba acostumbrándome a ella y a su manera de ser.

—¿Te apetece jugar a algo? —me dijo, mientras se volvía hacia mí, con esa sonrisa suya en los labios.

Asentí sin pronunciar una sola palabra: tenía la boca llena de patatas.

—¿A quién harías desaparecer si pudieras? —me preguntó, muy seria.

Me aguanté las ganas de echarme a reír, porque sabía que ella se lo tomaba todo muy en serio.

—¿Cómo que desaparecer? —pregunté.

—Pues eso —contestó ella, impaciente—. Desaparecer del todo. Exterminar. Eliminar.

Ana sonrió de oreja a oreja, y me miró, expectante. Me gustaba haber cambiado ligeramente las reglas del juego. No tuve que pensármelo ni un segundo:

—A mi madre —le respondí, resuelta.

Esa misma tarde, después del instituto, habíamos discutido. En realidad, discutíamos por cualquier cosa, y yo tenía la sensación de que todo lo que hacía o decía le parecía mal. Pero, nada más decirlo, y a pesar de que nada había cambiado en la expresión facial de Ana, me arrepentí y empecé a sentirme terriblemente mal. Al fin y al cabo, ella no tenía madre y yo sí.

—Lo siento, Ana, no me acord... —empecé, con voz trémula, pero su risa me interrumpió.

—Me da igual, Alice. Yo también odio a tu madre —me contestó, sin mitigar ni un milímetro su sonrisa.

Me parecía que hablar de odio era un poco fuerte. Pensé que Ana no tenía derecho a hablar así de mi madre, que siempre era agradable cuando venía a casa y no le importaba lo más mínimo que se quedase a dormir, a veces varias noches por semana. Yo, sin embargo... Yo sí que podía odiarla porque, a fin de cuentas, era mi madre.

Como si me leyese el pensamiento, Ana volvió a echarse a reír.

—No la odio porque sí, Alice —me dijo, con suavidad, cogiéndome de la mano—. La odio porque tú la odias, porque te hace daño. Odiaría a cualquiera que te hiciese daño.

Me quedé mirándola a los ojos como una tonta y asentí.

—Al que odio de verdad es a mi padre. Si fuera por mí, desaparecía ahora mismo —dijo, soltándome la mano bruscamente. Habló con una vehemencia tan grande que pensé que si tuviera el poder de hacer desaparecer a su padre lo haría, de verdad que lo haría.

—Entonces ¡yo también lo odio! —exclamé, porque no quería ser peor amiga que ella.

—¿En serio? —me preguntó, con una mezcla de curiosidad y dureza—. Y... ¿cómo lo harías desaparecer?

Tragué saliva. Incluso en un plano teórico, su padre me daba demasiado miedo para poder pensar seriamente en... Pensé que lo mejor era jugar, jugar como hacíamos siempre. Porque un juego no significa nada, ¿verdad?, un juego es inofensivo.

—En el bosque, después de cazar, cuando estuviese ya borracho —contesté, tratando de parecer mucho más segura de lo que me sentía en realidad—. Lo pillaría por la espalda y le aplastaría la cabeza con una piedra.

Ana me miró, con gesto de aprobación, y asintió.

26

Cuando me desperté, antes incluso de abrir los ojos, presentí que todo iba a ir mal aquel día. Por desgracia, no suelo fallar con este tipo de corazonadas. Por eso el proceso de despabilarme se me hizo especialmente largo. Primero, me pregunté qué me había despertado. No había sonado ninguna alarma, porque no me la había puesto. Había sido el olor, un olor amargo y penetrante a café negro. Y entonces pensé en Kevin y en todo lo ocurrido el día anterior, en cómo yo había roto todos nuestros acuerdos... para nada. ¿De verdad me había creído que venir a este lugar iba a unirnos más? Menuda ingenuidad.

—Buenos días —dije, elevando la voz, tras abrir finalmente los ojos, estirarme e incorporarme sobre la cama—. ¿Qué hora es?

—Las ocho y cuarto.

La voz de mi marido me llegó desde la salita que precedía al dormitorio propiamente dicho. Me puse en pie, tambaleándome sin demasiada elegancia. Me dolía todo el cuerpo, y había demasiadas razones para ello.

No me había parecido que la voz de Kevin sonase especialmente seca, o desagradable, pero pronto caí en la cuenta de que a esa hora debería llevar ya un buen rato en el cuartel y, cuando le vi la cara, ya vestido para ir a trabajar —camisa blanca, pantalones negros—, supe que no estaba de buen humor. Reprimí una mueca y me senté a la mesa, frente a él.

—Te he pedido café y cruasanes. Últimamente no comes nada —observó.

Asentí, mientras cogía la taza de café con leche.

—Podrías haberme despertado —le dije.

—No había necesidad —repuso, con un tono indiferente, y señaló el blíster en mi mesilla—, al final te has despertado tú sola. Sé perfectamente cuánto te dura el efecto.

Solo entonces confirmé que Kevin estaba verdaderamente cabreado. Él nunca ha sido de los que están de mal humor por las mañanas y lo pagan con los demás. No, él suele ser amable y educado, incluso hasta el límite de exasperarme cuando yo busco, con desesperación, algún motivo para cabrearme con él.

—Venga, suéltalo de una vez —lo apremié, después de haber bebido un buen trago de café para prepararme.

—Bueno, no estoy muy contento, Alice.

—¿He roncado? —A veces, descolocarlo así funcionaba.

—Un poco, pero eso da igual —respondió, y le creí—. Te dije que me estaban poniendo las cosas difíciles por aquí, ¿verdad?

—Sí, ya me has hablado de Santiago —contesté, asintiendo con la cabeza como si me hubiese convertido en un perrito idiota o algo así—, pero de verdad que fue mala suerte que me topara con esa mujer, y luego, al aparecer Carlos...

—Intento que no haya más piedras en el camino que las que ya me encontré al venir aquí —me interrumpió con toda la calma del mundo, lo cual, a decir verdad, hizo que se me crisparan un poco los nervios—. Y, por eso, estas cosas no me gustan.

Por el tono que usó, no tenía la menor idea de a qué se refería, pero entonces me puso delante su iPad, con un artículo de un periódico digital francés —el de mayor difusión del país— en la pantalla.

HALLADA MUERTA EN ESPAÑA EMMA LENGLET

El cadáver de Emma Lenglet, la hija de trece años del senador socialista Philippe Lenglet, que había desaparecido el pasado 5 de noviembre cerca de la frontera, ha sido hallado a escasos kilómetros del municipio de As Boiras, en los Pirineos aragoneses. Aunque el caso está bajo secreto de sumario, ha trascendido que había señales visibles de violencia en el cadáver.

Iba a decirle a Kevin que no fuese ingenuo, que en algún momento tenía que llegar a la prensa que habían encontrado muerta a Emma Lenglet, y más cuando todo hacía suponer que se trataba de un asesinato. Era imposible mantener algo así en secreto durante más de tres días, pero entonces vi la firma: Camille Seigner.

—¿Crees que se lo he contado yo? —le pregunté, indignada, y no pude evitar alzar el tono de voz.

Kevin tuvo la indecencia de no decir nada, pero enarcó las cejas de un modo peculiar, que me daba a entender que sí, que eso era justo lo que pensaba.

—¡Pues no! —le grité.

—Sois amigas.

—Yo no diría que una palabra tan simple como «amistad» pueda definir nuestra relación, Kevin —le contesté, con acritud.

—Todos tenemos personas extrañas en nuestra vida. Y a ti te gustan especialmente las relaciones tóxicas de amistad entre mujeres.

Me negaba a creer que fuera capaz de decirme algo así, tan cruel, o al menos tan hiriente, solo porque sí, porque podía. Tenía razón, por supuesto que la tenía. Después de lo de Ana, me volví una chica un poco solitaria. Tuve que adaptarme a París, a vivir con mi padre, a aprender a vivir en otro idioma… No fue fácil. Pero, con el tiempo, las cosas mejoraron. Supongo que siempre lo hacen, excepto cuando van a peor. El caso es que, para mí, mejoraron. Crecí. Dejaron de salirme granos. Y Camille entró en mi vida, como años atrás lo hiciera Ana.

Camille y yo nos conocíamos desde la universidad, cuando las dos teníamos menos de veinte años y las tetas un poco mejor puestas que ahora…, aunque esto es un decir: si le preguntas a cualquiera, te dirá que las dos aún tenemos unas tetas estupendas. Había sido una historia de idas y venidas, de noches en las que acabábamos descalzas y borrachas en el metro, de vuelta a casa, y de celos, tensiones y agravios mutuos, un yo sí que nunca y un tú siempre sí que, y todas esas historias. Pero ya hacía un tiempo que no nos veíamos.

Camille y yo habíamos estudiado juntas en la Sorbona, y luego nuestras carreras tomaron caminos separados: ella se hizo periodista de sucesos y yo escritora, pero seguimos emborrachándonos juntas los fines de semana. Podría decirse que nos fascinaba el lado más oscuro del ser humano y, a diferencia de otro tipo de amistades, más aprensivas, a nosotras nos retroalimentaba. Mucho tiempo después, cuando llegaron Kevin y los casos sórdidos, los culpables improbables y las noches de lápiz y papel, empezamos a emborracharnos los tres. A menudo nos encontrábamos, casi por casualidad, trabajando a pie de caso, lejos de casa, cada uno en una trinchera diferente. Más tarde, yo dejé de acompañar a mi marido allá adonde fuera, pero es probable que Camille coincidiera con él en absolutamente todas partes, aunque yo me guardaba muy bien de preguntarle si la había visto. Nosotras tampoco habíamos sido nunca esa clase de amigas que se llaman para contarse las cosas y preguntarse qué tal. Dejé de llamarla, y ella tampoco insistió demasiado, la verdad. Simplemente, nos había gustado emborracharnos juntas. Y hacer otras cosas juntas.

Así pues, en cuanto dejé de ser una mujer joven y guapa e intrépida, procuré no pensar más en Camille, sobre todo porque no quería echar de menos desesperadamente una parte de mi vida que me había dado cierta plenitud. Por eso me dolía que Kevin pensase que yo había corrido a contarle lo de Emma. Como si yo la necesitase de vuelta en mi vida, o algo así.

—Yo no he hablado con Camille, Kevin —le dije, muy seria, tratando de mantener un tono de voz normal, tranquilo. Los hombres suelen odiar que las mujeres nos pongamos a gritar, pero aún más que respondamos con despreocupación.

—No sé si puedo creerte, Alice —me respondió, más calmado que yo, cosa que, claro está, me sacó de mis casillas—. No has sido tú misma últimamente.

—¿Por qué dices eso? —le pregunté, sin dar crédito.

—Ayer cuando te fuiste a dar una vuelta por As Boiras te pusiste a discutir como una loca con la cuñada de Santiago Gracia, en plena calle. Si casi llegáis a las manos, por el amor de Dios.

—¡Fue ella la que me atacó! —entré al trapo: tenía que defenderme, porque yo tenía razón y él no. Y porque no quería descubrir si también sabía que me había peleado con mi madre.

—No grites —me dijo, me exigió, con un tono de voz firme, cortante.

—No estoy gritando.

—Sí, estabas gritando. —Kevin se masajeó las sienes, como si le doliese la cabeza. No era habitual ni cuando discutíamos. Lo más seguro es que trabajase demasiado, como siempre, y, aunque eso despertaba ligeramente mi compasión, no iba a dejar que me diese pena—. ¿De verdad no has hablado con Camille? —repitió, lo que hizo que se esfumase, de golpe, todo sentimiento de empatía con mi marido.

—No —le respondí, seca.

—Supongo que tendré que creerte.

—¿«Supongo»? —repetí, sin dar crédito.

—Es que no sé si últimamente puedo confiar en ti, ¿sabes? —respondió, de manera atropellada, lo que denotaba que esta vez se expresaba con total sinceridad.

—No sé por qué dices eso.

—Porque es verdad, Alice —replicó, como si le diera mucha pena—, no eres tú. Hace tiempo que esto es así, no nos engañemos, pero yo pensaba que venir aquí haría que… —Y calló y se encogió de hombros. Eso tenía que ser, claro, un signo de inseguridad. Se me hizo un nudo en la garganta—. Bueno, que te hiciese volver a ser tú, pero tengo la sensación de que, una vez más, vas por tu cuenta.

—¿Que voy por mi cuenta?

—No sé, que me ocultas cosas, Alice —respondió—. Sé que para ti todo esto es muy personal, y que Ana era tu amiga, y...

—Sí que te estoy ocultando algo —lo interrumpí, porque sentí que, si seguía hablando, todo se volvería más confuso, y yo no sabría cómo afrontarlo.

Él se quedó callado y, al mirarlo, me di cuenta de que estaba pálido, asustado. Entonces, decidí que lo mejor era soltárselo sin más, como la bomba que realmente era.

—Estoy embarazada, Kevin —le dije.

Y él siguió blanco. Tampoco es que yo pensara que se iba a poner a dar saltos de alegría o algo así. Lo habíamos hecho, las primeras veces, y luego todo había salido mal. Entendí su reticencia, su precaución, pero ¿ni siquiera podía alegrarse un poco? Se me hizo difícil tragar saliva. Sentí que sus ojos me recorrían, como si buscasen algo que no acababan de encontrar.

—¿De cuánto estás? —preguntó, al final.

—De trece semanas —le respondí, mecánicamente, sin pensar en las consecuencias.

—¿Y me lo dices ahora? —respondió, elevando la voz, más nervioso que enfadado, ya que empezó a despeinarse el pelo con las manos, en una especie de tic incontrolable—. No deberías haber fumado, Alice. Ni bebido. Ni tomado pastillas para dormir.

—Lo sé, pero te prometo que no me he pasado, solo han sido tres cigarros al día, nada más —le expliqué, justificándome a mí misma tal vez porque, en realidad, yo también quería entender por qué hago las cosas que hago—. Y, de todas formas, no pensaba que esta vez fuese a salir bien. Nunca sale bien.

No lloré, ni se lo dije haciendo un mohín, ni lo hice con pena. No le dije, tampoco, que preferiría tirar la toalla, dejarlo de una vez, porque estaba harta de sufrir decepciones, porque iban a acabar conmigo. No, no le dije nada de eso. Le hablé con tranquilidad, con la resignación de quien sabe que lo que dice ocurrirá y lo ha aceptado, lo ha aceptado como el axioma irrefutable que es.

Él se levantó de su silla y caminó hacia mí. No sé por qué, pero yo también me puse en pie, y entonces me abrazó. Entre sus brazos, sentí, durante apenas un segundo, que todo estaba bien, que todo podía salir bien. Él tenía ese efecto sobre mí. Con el tiempo, se ha convertido en algo así como una adicción, la más peligrosa que yo pueda imaginar. Entonces habló. Rompió el hechizo. Mejor así.

—Tendrás que cuidarte, Alice. No puedes ir por ahí, tú sola... —me dijo.

Asentí con la cabeza, refugiada en su pecho.

—Lo sé.

—Y tendrás que comer mejor de lo que comes. Supongo que tienes náuseas, pero tienes que comer.

—Lo intento.

—Y tenlo claro, Alice: se han acabado los secretos. Te voy a contar cómo va todo y tú harás lo mismo, así podremos irnos rápido de aquí. Será más fácil de lo que creemos, ya verás.

Y habríamos seguido así, por toda la eternidad, supongo: yo habría escuchado sus consejos, habría dejado que él me acariciase el pelo, me habría creído incluso que todo iba a terminar pronto en As Boiras, que todo había sido solo una fatal coincidencia, me habría sentido bien, segura, protegida, y él habría sentido que, por fin, formaba parte de esto, que yo dejaba de ocultarle cosas —lo cual no era del todo verdad, pero ¿qué más da?—, que estábamos juntos en el mismo barco. Habríamos estado bien, así, pero el teléfono sonó. Con una mirada de disculpa, Kevin se separó de mí y contestó.

Entonces supe que mi intuición, esa que se había colado en mis sueños, era del todo acertada, y que no tenía nada que ver con nuestra breve, aunque importante, discusión de pareja: mi marido se puso muy serio de repente, y noté que la mandíbula se le desencajaba, que le costaba tragar saliva, y que el cuerpo se le tensaba. Asintió, dijo que llegaría muy pronto, en diez minutos, y colgó. Me miró.

–Ha desaparecido otra niña –dijo.

Asentí. Había deseado que no ocurriera, pero mentiría si dijera que no lo esperaba. Lo esperaba, sí, pero no por ello era más fácil de digerir.

–Quédate aquí, Alice –me pidió, y lo sentí casi como una súplica–. Es peligroso, quédate aquí. No salgas, por favor.

Me acerqué de nuevo a él y le di un rápido abrazo.

–Vete tranquilo, estaré bien.

No tardó ni medio segundo en marcharse.

27

Tan pronto como Kevin salió por la puerta, volví a sentirme mal. ¿De verdad era capaz de hacer algo así? De un modo tácito, pero físicamente tangible, le había prometido a mi marido que iba a ser más sincera, que le diría siempre la verdad. Y, de una manera más explícita, le había dicho que se podía ir tranquilo, que yo estaría bien. Sin embargo, no tenía la menor intención de quedarme en el hotel y esperar, de dejar que las cosas sucediesen a mi alrededor. Sencillamente, ya no me apetecía ser esa clase de persona: me hacía sentir torpe y ridícula, como si me hubiesen quitado todo lo que me gustaba y me importaba en la vida. No, esa no podía ser yo. De modo que decidí que no lo iba a ser.

Había desaparecido una segunda niña... Me mordí el labio inferior, sintiéndome fatal por que una circunstancia así, tan terrible, pusiese de pronto las cosas a mi favor. Ahora, pensé, la Guardia Civil iba a estar demasiado ocupada para destinar uno de sus efectivos, con el consiguiente vehículo, a vigilar a una mujer inofensiva. Era una oportunidad que, sin duda, tenía que aprovechar.

En la ducha, mientras me lavaba a toda prisa, volví a sentirme bien. Iba a hacerlo, estaba decidido. Ni siquiera tenía ganas de vomitar. Al salir del baño, todavía desnuda y chorreando sobre la moqueta, me permití el riesgo de comerme un cruasán. Sí, me encontraba bien otra vez, y esa sensación plácida y confortable, la de sentirme en mi propia piel, no me abandonó mientras me vestía.

Tampoco lo hizo cuando le pedí a mi madre, con tono seco y mecánico, que me dejase de nuevo el coche. Ella accedió sin siquiera preguntar, sin invitarme a entrar ni ofrecerme un café o algo de comer, a pesar de la hora temprana —aún no eran ni las nueve de la mañana—. Estaba claro que ella también seguía enfadada. Decidí no echárselo en cara. No podía culparla por una sensación que yo también compartía.

Una vez en el coche, tomé unos cuantos desvíos aleatorios, solo para comprobar que nadie me seguía. Así era. Me sonreí a mí misma, satisfecha por haberme atrevido a dar el paso. Era una locura, una total y completa locura, pero tampoco había vuelta atrás. Aparqué el coche detrás del instituto y eché a andar en dirección a la vieja casa de los Castán.

No era mucho más que cuatro muros de bloques de hormigón visto, como un almacén, una casa barata y con tejado de contrachapado, sin ningún tipo de valla que la rodeara, prácticamente fuera del término municipal, lindando con el bosque, aunque a apenas cinco minutos del instituto, a buen paso. No era demasiado acogedora. De niña, nunca me había gustado ese sitio, y siempre creí que a Ana tampoco.

Cuando llegué hasta allí, avanzando deprisa y sin dejar de mirar de reojo, vi que nadie parecía cuidar de la casa desde hacía siglos. El camino de tierra que conducía a ella desde la calzada era prácticamente intransitable, lleno de malas hierbas y maleza. Cuando teníamos trece años estaba siempre despejado, pero ahora la naturaleza había tomado el control.

Me acerqué al edificio con cautela. A pocas calles quedaban el pueblo y todo su ajetreo, pero la casa estaba bastante resguardada de la vista de los extraños por una hilera de árboles, altos y espesos, que flanqueaban el costado este de la parcela. Como todo en As Boiras, eso tampoco había cambiado con el paso del tiempo. Lo cierto es que a los Castán les gustaba preservar su intimidad. Eso era algo que nos unía, algo que yo podía entender muy bien. En un pueblo pequeño, como As Boiras, hay más cotillas por kilómetro cuadrado que en ningún otro lugar en el mundo.

Lo que sí había cambiado era el estado de la vivienda. Si los alrededores presentaban un evidente abandono, la situación de la casa tampoco era diferente. La vegetación descontrolada llegaba hasta la mismísima puerta, ahora con la pintura desconchada y la madera prácticamente podrida. La rodeé con pasos lentos, tratando de no hacer ruido. La ventana de la cocina estaba rota, le faltaba el cristal, y en su lugar habían colocado un cartón. Todo olía a humedad, a musgo y a bosque. También a gasolina quemada y a podrido. Me resultó desagradable pero familiar, porque aquel lugar siempre había olido así, de un modo acostumbradamente inhóspito que yo siempre había asociado con el padre de Ana, con Marzal Castán. Todo me hacía sentir una tristeza indefinible, algo que ni siquiera sabía explicar, pero que vivía dentro de mí y que, ahora, parecía haber despertado. Me tragué esa sensación. Era mejor así.

Inconscientemente, yo buscaba algo que me pudiese vincular con el pasado, algo que la policía hubiese pasado por alto entonces, lo que fuera. En ese lugar vivió una mujer, la madre de Ana, pero murió mucho antes de que yo llegase aquí. Yo ni siquiera había visto fotografías suyas, nadie hablaba de ella. Era como un fantasma en la vida de su hija, y la aterraba en viejas pesadillas infantiles. Nada más. Traté de recordar su nombre mientras me dirigía a la puerta trasera; seguía pisando sobre las puntas de los pies, pese a mi certeza de que allí dentro no había nadie. Su nombre no acudía a mi mente, solo podía recordar el de Ana. Ana, Ana, Ana, que lo nublaba todo. Ella también era un fantasma. Quizá siempre lo fue. Tampoco parecía de este mundo cuando teníamos trece años. Demasiado pálida, con el pelo demasiado largo. A veces, iba a tocarla y temía que mis dedos abrazasen el aire, pero estaba allí. Era real. Había estado ahí.

Hice crujir una rama y me asusté. Me quedé quieta, con el corazón latiéndome tan deprisa que apenas podía pensar, con toda la sangre del cuerpo bombeando a través de mi corazón hacia mi cerebro, hacia mi cara, enrojecida y sudorosa. Nada. Nada se movió. Se oyó un batir de alas entre los árboles, en la parte de atrás. Nada más. Respiré hondo, tratando de calmarme. Eran las nueve de la mañana, pero aún hacía frío, como si el sol no fuese a salir nunca. Al menos, no aquel día.

Llegué hasta la fachada trasera y traté de abrir la puerta que había allí, pero estaba cerrada. Me pregunté si podría derribarla, empujándola con el hombro, quizá cogiendo carrerilla antes, pero sabía que, de ese modo, solo conseguiría hacerme daño. Volví a la parte delantera de la casa, pero la puerta allí también estaba bien cerrada y, dado el mal estado de la madera, temí forzarla y que se notara que alguien había intentado entrar. Una mancha roja en la parte izquierda del marco. Pensé que sería sangre, pero no. Óxido. Recordé que la ventana de la cocina estaba rota y, sin pensarlo mucho más, empujé el cartón. Necesitaba entrar ahí. Era la única manera de ver de nuevo a Ana o, al menos, de descubrir más sobre sus secretos.

28

Me golpeé el codo contra el grifo del fregadero cuando me deslicé en el interior, y no pude evitar soltar un «¡Joder!» más alto de lo que me habría gustado. Y solo cuando nada se movió a mi alrededor, cuando nadie pareció haberme oído además del bosque, solo entonces tuve la certeza de estar completamente sola. De un salto bajé de la encimera, frotándome el codo. No había platos sucios, ni tampoco restos de comida, pero alguien había dejado una sartén usada sobre los fogones. La nevera estaba abierta y vacía, a excepción de un tarro lleno de moho. Pese a llevar décadas desenchufada, olía a carne y a verduras podridas. Me alejé de ahí, tenía unas ganas horribles de vomitar. Abrí el grifo y el agua tardó unos segundos en correr, con un chorro lento, grumoso y marrón. Después, brotó un agua clara y cristalina. Hacía tiempo que nadie abría ese grifo. Me extrañó que no hubieran cortado el suministro.

En los armarios, prácticamente vacíos, encontré dos latas de judías, una de atún y un tarro con azúcar. En el cajón de los cubiertos había suficientes cuchillos para despellejar a una manada de ciervos. Cogí uno de caza, con la empuñadura de madera de nogal tallada en forma de garra. Me produjo una sensación inquietante. Me pregunté por qué, si habían acusado y condenado a Marzal Castán, catalogándolo como el Carnicero del Valle, habían dejado esos cuchillos ahí. ¿Acaso no eran pruebas?

Fruncí el ceño y arrugué la nariz, convencida, una vez más, de la incompetencia de las fuerzas del orden en aquel rincón remoto del mundo.

Al examinar la casa, constaté que el interior había cambiado tan poco como el exterior. El abandono estaba ahí, y lo invadía todo, pero tampoco podía decirse que en sus tiempos dorados hubiera sido un lugar muy cómodo y acogedor. La cocina y el salón eran la misma estancia, con una mesa de madera sin pintar y cuatro sillas, un sofá a cuadros escoceses y un televisor de tubo, que tenía por lo menos veinte años ya en 1995. Entre los fogones y la nevera, ver la portezuela entreabierta que daba a la despensa seguía resultándome inquietante, pese a estar vacía. En las paredes, dos cuadros: uno sobre el sofá, toscamente pintado con óleos, que representaba una escena de caza en la que unos sabuesos perseguían a una garza blanca; otro en la pared que hacía esquina, todo azul y blanco, mar y cielo, con un pequeño velero partiendo las aguas. Encima de la mesa, la cabeza disecada de un ciervo macho, con una enorme cornamenta.

Las paredes eran de paneles de madera y toda la casa olía a algo parecido a incienso, como a iglesia. Siempre había olido así. No había estanterías ni libros, ni tampoco periódicos o revistas, ni velas perfumadas, cojines o mantas. Era el hogar de un hombre, y no la clase de hombres que leen revistas de decoración y hacen visitas a IKEA por gusto. Qué va.

Había estado en esa casa unas cuantas veces, pero no me gustaba, nunca me sentí cómoda. La única manera que tenía de llegar hasta ahí era en bici, si mi padrastro no me acercaba en coche. Y, de todas formas, Ana prefería ir a mi casa. Era mucho más grande y bonita. Siempre caminaba por mi habitación y lo observaba todo con cuidado, como si al tocar las cosas se fuesen a romper. Le gustaban el dosel de la cama y la alfombra blanca de pelo de oveja. Se descalzaba y dejaba que los dedos de sus pies la acariciasen con cuidado, como si el animal siguiera vivo y pudiera sentir.

Posé la mano sobre el pomo de la puerta de la habitación de Ana y me di cuenta de que estaba temblando. Me costaba abrir esa puerta. Me pregunté si Marzal, su padre, lo habría dejado todo tal y como estaba el día en que la mató, o si habría destruido todo rastro de que su hija algún día vivió allí, de que una vez existió. Llevaba un mes fuera de la cárcel. ¿Le habían dejado volver a su antigua casa, aunque fuese a coger algunas cosas? Al mirar a mi alrededor, no me pareció que nadie hubiera pisado esa casa en mucho tiempo. ¿Por qué no le permitían volver a vivir allí, aunque fuese vigilado? Con la mano todavía en el pomo de la puerta, la abrí y cerré los ojos.

Fue como volver atrás en el tiempo, a un espacio perdido en la memoria, un lugar que creía que no volvería a pisar jamás. Era, casi, como si Ana nunca se hubiese ido, como si solo hubiera salido un rato y en cualquier momento fuese a volver, a entrar dando saltitos por la puerta, como hacía cuando estaba contenta. Fue una sensación avasalladora que hizo que me temblaran las piernas.

La cama estaba hecha. Ana nunca la hacía, así que me fijé inmediatamente en ese detalle. La habitación estaba limpia, sin una mota de polvo sobre los muebles, pero olía a cerrado. Era pequeña, de apenas ocho metros cuadrados, con una cama, un armario y un pequeño escritorio contra la ventana, que daba directamente al bosque. En la silla todavía estaba la mochila de Ana colgada. La habría dejado allí al volver del instituto, pero me pareció raro. Siempre solía dejarla tirada en el suelo, prácticamente a la entrada de la habitación, cuando no la dejaba en el salón. Me había tropezado con ella más de una vez, y seguro que su padre también. No me costaba demasiado esfuerzo imaginármelo asentándole un bofetón después de haberse dado de bruces con ella. Sobre la cama había una colcha vieja y roída por el tiempo y las polillas, con un color indefinido que en tiempos debió de ser azul pálido.

Ana había aprovechado el marco de madera de la ventana que había sobre su escritorio para pegar con chinchetas un par de dibujos –un paisaje marítimo pintado con colores pastel sobre papel grueso, a pesar de que ella no había visto nunca el mar, y un fiel retrato a lápiz del bosque que rodeaba su casa– y dos fotos: una de ella con su perro, un podenco llamado Willy que debió de morir hace ya muchos años, y otra de nosotras dos en una excursión a Zaragoza: jóvenes, rubias, guapas, sonriendo a cámara como si no tuviésemos absolutamente ningún problema en la vida.

Miré la foto y pensé que el pasado estaba dolorosamente cerca. Es más: me había metido de lleno en él.

29

Me dolía la espalda, así que se me escapó un gemido cuando arrastré la cama para moverla de su sitio. Si lo recordaba bien, la tabla suelta estaba bajo la pata derecha, así que tenía que separar la cama de la pared, apenas unos centímetros. El mueble de madera pesaba una tonelada. Antes, y en un pueblo como este más, los muebles se hacían de madera de verdad, para durar toda una vida. Me pregunté cómo movería Ana la cama sin hacer ruido. Lo más seguro es que aprovechara cuando su padre no estaba, o cuando se iba a dormir ya borracho, demasiado inconsciente para que el sonido del arrastre sobre el suelo de madera lo despertase. Me costó mover la cama, pero lo conseguí. Después, me agaché y golpeé con los nudillos las tablas de madera.

El sonido a hueco me indicó que había dado con la tabla correcta. Sonreí para mis adentros. Clavé las uñas en la hendidura entre tabla y tabla y tiré. Me recibió una nube de polvo que por poco hizo que me pusiese a toser como una maldita tuberculosa. Había conseguido levantar la tabla del suelo y, en el hueco que se había abierto, estaba la caja. Era una caja de madera sin barnizar, compacta, realizada con encajes de cola de milano. Su solo tacto me dio dentera. Nunca me ha gustado el tacto de la madera sin tratar. La saqué de su escondrijo y la sostuve, sorprendida por lo pesada que era. ¿Qué encontraría hoy ahí dentro? Tuve la precaución de volver a colocar la tabla en su sitio, y me puse en pie, frotándome los riñones.

Estaba en esa posición ridícula, medio doblada, llena de polvo y tierra y de Dios sabe qué por culpa de mi incursión forzada en una casa abandonada, cuando oí el ruido: el sonido de un coche al acercarse por el camino de tierra y hierbas que conectaba la casa con el resto del pueblo. Por puro instinto, y sin soltar la caja, empujé la cama hacia la pared y me metí debajo, sin preguntarme si hacía bien o mal, o quién sería la persona que se desviaba para acercarse a un lugar así. Si me paraba a pensar, perdería tiempo. Y, si perdía tiempo, quién sabe lo que podría llegar a suceder.

Una parte de mí se moría por saber qué había dentro de la caja de los secretos de Ana; la otra solo trataba de contener la respiración, de no hacer ningún ruido, de fundirse con el suelo de madera para no ser, nunca, descubierta. Me quedé muy quieta, tapándome la boca con una mano.

Alguien metió las llaves en la cerradura y oí un sonido, como un clac. La puerta se abrió. No lograba recordar si había cerrado la de la habitación de Ana o no, lo único que veía era la colcha vieja y raída, cubriendo la cama hasta el suelo. Oí unos pasos, y luego el chirrido de una puerta al abrirse: ¿la del baño o la de la otra habitación? Me tapaba la boca con fuerza, y me decía: «¡No respires, no respires, no respires!», pero notaba que el corazón se me iba a salir por la boca, y entonces habría arcadas, y también sangre, mucha sangre. Aferraba la caja de madera llena de los secretos de Ana, pero no sabía con certeza si había conseguido que la cama volviese a su posición inicial, o si tal vez había dejado huellas de mis pisadas por toda la casa, o si verían rastros de agua en el fregadero. ¿Y si me descubrían así, justo así, debajo de la cama? En aquel momento, pensé que, incluso en el mejor de los casos, si era la Guardia Civil la que había entrado en la vivienda, me iba a ser muy difícil explicar qué hacía yo ahí. Cada vez estaba más y más nerviosa.

Entonces, alguien se acercó a la antigua habitación de Ana. Mi ángulo de visión no me permitía ver quién era, pero sí escuché los pasos al acercarse, y luego el sonido de la puerta, al abrirse. Pensé que, vaya, sí que me había acordado de cerrarla. De poco me servía ahora. Me pregunté si la persona que había entrado había llegado hasta esa habitación porque había notado algo raro, que alguien había irrumpido en la casa, y quería comprobar que todo estaba como siempre.

Un par de segundos después, pensé que lo que debería preguntarme era de quién demonios se trataba. ¿Quién podría tener motivos para irrumpir en la vieja casa de los Castán? Yo me había colado, aprovechándome de una ventana rota, pero esa persona tenía las llaves… ¿Quién podía ser? Estaba claro que no era Marzal Castán; se suponía que estaba muy enfermo y que tenía que estar siempre enchufado a una bomba de oxígeno, en un piso franco, cuya localización era secreta para todos los vecinos, bajo la vigilancia constante de la policía. Aquella persona misteriosa, cuyos pies veía moverse por la habitación, podía andar y respirar con normalidad. No era él, pero, entonces, ¿quién era?

Todo mi cuerpo se había convertido en un enorme nudo de tensión, en un cúmulo de venas y cartílagos y músculos tirantes que vibraban, consumidos por el miedo, por la anticipación. Una parte de mí, suicida y desesperada, quería salir de ahí, salir de debajo de la cama y descubrir de quién se trataba, en parte porque sabía que la identidad de ese misterioso visitante era una información preciada que podría ayudarme a resolver el caso, a entender mejor lo que pasaba, lo que había pasado hacía ya demasiado años. Pero la otra, la parte de mí que estaba centrada en la supervivencia, en mi propio bien, me instaba a quedarme muy quieta, a tratar de contener el movimiento inconsciente de mi cuerpo, a dejar hasta de respirar.

Escuché a esa parte. Fue casi como ir en contra de mi instinto, pero lo hice.

Y eso implicaba esperar, algo que iba a acabar conmigo. Nunca se me ha dado bien esperar, esconderme y estarme quietecita, pero tampoco podía hacer otra cosa en esas circunstancias. Apenas podía ver, la colcha prácticamente llegaba hasta el suelo y mis movimientos, debajo de la cama, estaban muy limitados, pero podía escucharlo mientras se movía por la habitación. Y, de vez en cuando, veía un atisbo del lateral, la puntera o incluso el talón de sus zapatillas.

Eran unas Air Jordan, rojas, nuevísimas. Estaban limpias. No supe por qué, pero me aferré a esa información como a un clavo ardiente. Era un hombre, estaba casi segura, y llevaba unas zapatillas de marca, caras. Lo que no sabía, lo que no podía entender, era por qué se movía tan lentamente por la habitación de una niña muerta hacía ya mucho tiempo. Lo oía tocar y mover cosas, pero lo hacía con movimientos lentos. Tenía la sensación de que llevaba toda una eternidad ahí debajo y el polvo se me empezaba a meter por la nariz, y tenía que contener con fuerza las ganas de toser y estornudar. No era una sensación agradable. El corazón me latía muy deprisa y sentía además cómo las oleadas de náuseas me atravesaban. ¿En serio iba a vomitar, ahí, en esas circunstancias? Tragué saliva, pero eso no ayudó. Apenas podía respirar ahí abajo.

Empecé a odiar a la persona que tenía delante, en la misma habitación que yo, al alcance de mi brazo. ¿Qué hacía ahí? Se paseaba con una parsimonia pasmosa, como si no estuviese haciendo nada malo, como si no tuviese miedo a que lo descubrieran. Pensé que tal vez era así, tenía las llaves de la casa… Aun así, yo era consciente de que lo que hacía allí estaba mal. Al fin y al cabo, esas cosas, las que miraba y rebuscaba, abriendo cajones y hurgando en el armario, no eran suyas, sino de Ana. Habían sido de Ana y, ahora que ella ya no estaba, eran lo último, lo único que quedaba de ella.

Entonces reparé en que aquella persona misteriosa buscaba algo. Tal vez buscaba, incluso, lo mismo que me había llevado hasta allí. Me apreté la caja de madera contra el pecho, esa caja llena de los secretos de Ana, como si eso pudiera protegerme. Y empecé a preocuparme. Si estaba buscando algo, algo especial, algo privado, algo esclarecedor, tal vez mirase debajo de la cama. Estaba claro que no conocía la ubicación del escondrijo de Ana, porque de lo contrario habría ido directo y habría movido la cama, pero, tal vez... El pulso se me aceleró todavía más. Me sentía mareada y empezaba a dolerme la cabeza. La sangre parecía bombearme en las sienes a toda velocidad, en un frenético bum, bum que no me dejaba pensar con claridad.

Se acercó a la cama. Levantó un poco la colcha, a los pies de la cama, lo que me hizo encoger todo el cuerpo, en un vano intento por hacerme más pequeña. Era como si estuviese sopesando si merecía la pena agacharse y mirar debajo de la cama. Tras unos segundos de duda, decidió que no. Pensé que eso tenía que significar algo, pero estaba demasiado nerviosa para analizarlo. Solo quería que se marchara de ahí, que me dejase tranquila y que me permitiera salir, de una vez por todas, de debajo de la cama. Contuve el aliento.

Sus pasos siguieron resonando. Deambulaba por la habitación. Era como si pensase en algo, como si tratase de recordar, como si buscase algo en la memoria. Tenía que significar algo. Entonces, volvió a colocarse frente a la cama; podía ver sus zapatillas, rojas y nuevas, llamativas y cantosas. Se quedó ahí parado, delante de cama, como si pudiera *verme* a través de la estructura de madera, el colchón, la colcha. Oía su respiración, tranquila, pausada. Se quedó ahí durante un tiempo incómodamente largo, como si aguardase algo.

Me dio la sensación de que, de algún retorcido modo, sabía que *yo* estaba ahí y me estaba retando a salir de mi guarida, a mostrarme. ¿Me habría visto cuando levantó la colcha? Sentía que sí, pero no podía pensar con claridad, porque seguía ahí, plantado, como si no fuera a marcharse nunca...

Y entonces todo terminó tan deprisa como había empezado. Él se fue. Sus pasos se desplazaron hacia la puerta, que cerró tras de sí. Unos segundos después, con el sonido de pasos veloces que se dirigían hacia la entrada de la vivienda, oí cómo la puerta de entrada también se cerraba, con el tintineo de las llaves girando en la cerradura. Estaba sola.

Esperé un rato hasta que oí el sonido del motor del coche al ponerse en marcha. Entonces, salí a toda prisa de debajo de la cama, sacudiéndome el cuerpo entumecido. ¿Cuánto tiempo había pasado ahí debajo? Parecía como si hubieran sido horas enteras. Me dolían los riñones y estaba mareada, con un sabor extraño en la boca, como si me hubiese tragado un jarabe muy amargo, pero no tenía tiempo de pararme a pensar en esas sensaciones, de analizarlas. En su lugar, en lugar de quedarme quieta, corrí hasta la ventana, y me agaché para intentar que no me viera desde fuera. Y luego vi el coche, que se alejaba de la antigua casa de los Castán. Apenas fue un atisbo de un coche rojo; no distinguí quién iba dentro. De poco me había servido correr tanto.

Entonces reparé en otra cosa: estaba sangrando.

30

Los martes por la mañana teníamos clase de gimnasia. No nos dejaban llevar el chándal puesto para el resto de clases, así que teníamos que cambiarnos, antes y después, en los vestuarios. Nadie quería usar las duchas: el suelo de baldosas estaba rajado en algunos puntos, y había arañas en cada esquina del techo, como si estuviesen al acecho. No nos gustaban esos vestuarios, ni tampoco la idea de desnudarnos ahí, delante de todas las demás. Ana no lo hacía: se encerraba en uno de los lavabos y se cambiaba donde nadie pudiera verla. Al principio me parecía raro, pero no tardé en hacer exactamente lo mismo. Siempre éramos las últimas en salir del vestuario, y siempre acabábamos llevándonos una bronca del profesor de gimnasia.

Entré en uno de los cubículos, donde apenas cabía el váter, con mi ropa deportiva en la mano. Me bajé los pantalones vaqueros y entonces la vi: la sangre. Llevaba siglos esperando a que ocurriera. A la mayoría de las chicas del curso ya les había venido la regla, pero a mí no. Y, ahora que había ocurrido, me quedé sentada sobre el inodoro, con la tapa cerrada, mirando la mancha rojo brillante de mi ropa interior. Las voces que oía fuera, las de mis compañeras al charlar y reír mientras se cambiaban de ropa, se fueron apagando poco a poco. No sé cuánto tiempo pasó hasta que oí unos golpes, fuertes y rítmicos, en la puerta.

—¿Qué te pasa, Alice? —Era la voz de Ana.

—¿Se han ido todas? —pregunté, y la voz me tembló un poco.

—Pues claro, si es tardísimo...

Antes de que terminara la frase salí del aseo, vestida solo con camiseta y bragas, con la mancha roja delatora. Ana me miró y vi cómo sus ojos viajaron en el acto ahí, justo ahí. Me sentí increíblemente desnuda, expuesta. Pensé en taparme, en cubrirme un poco, pero seguro que a Ana le parecería ridículo. Ella me siguió mirando unos instantes y luego me puso la mano en el brazo, como si intentase reconfortarme.

—No te preocupes, Alice —me dijo, con un tono casi dulce—. Eso significa que ahora ya eres una mujer.

Pero yo no me sentía mujer, solo me sentía sucia, sucia y pegajosa. Quise abrir la boca, despegar los labios y decírselo, pero me limité a asentir con la cabeza.

—A mí me gusta ver toda esa sangre, ¿sabes? —me dijo, mientras iba hacia su mochila. Yo la seguí, por instinto, y ella sacó unas bragas limpias de uno de los bolsillos. Me las dio y yo las cogí, apretándolas en un puño contra mi pecho—. Siempre llevo unas de estas, por si acaso.

—¿Cómo…? —acerté a pronunciar, sin comprender.

—Nunca sabes cuándo puede ocurrir —replicó, mientras se encogía de hombros—. Ya te acostumbrarás.

—Es asqueroso… Yo me siento asquerosa.

Ella me miró y alzó una ceja, como si yo no tuviese ni idea de nada. Me miraba mucho así, justo de ese modo, y yo lo odiaba todas y cada una de las veces. Me hacía sentir ridícula, pequeña. Y, en ese momento, mi falta de experiencia en algo que para ella era tan normal, tan rutinario, me abrumaba del mismo modo.

—Me gusta verla salir de mí. Hace que me sienta mejor, más… limpia. —Eligió esa palabra con cuidado, como si significase mucho para ella.

No dije nada. ¿Qué podía decir? Así pues, ella siguió hablando:

—Sobre todo, me gusta en la ducha. Ver cómo se mezcla con el agua y desaparece.

31

Lo noté antes de verlo. Por desgracia, era una sensación que conocía demasiado bien. Como mujer, te acabas acostumbrando al tacto caliente y espeso de la sangre que te corre por los muslos, que se desliza fuera de ti. Esa sensación pasó de ser un fastidio, durante la adolescencia, a convertirse en un alivio, cuando era joven y lo último que quería era quedarme embarazada. Después, cuando precisamente lo que deseaba era eso, tener un hijo, ver toda esa sangre salir de mí y anular mis posibilidades de ser madre, al menos por ese mes, se convirtió en algo horrible, una inmensa decepción, cada vez más grande, siempre más dolorosa. Pero cuando la sangre seguía a la ilusión…, cuando mataba lo que yo tenía dentro, por lo que yo tanto había luchado, entonces sentía que era algo más, algo más profundo, casi kármico, una maldición que atravesaba siglos y continentes enteros: era yo la que mataba, desde dentro, al hijo que nunca iba a tener. Una y otra vez. Y eso no solo dolía: era devastador.

Me abrí la gabardina para comprobar el estado de la entrepierna de los pantalones. Llevaba puestos unos vaqueros oscuros, no se veía la mancha, pero yo me notaba mojada. Cuando me pasé los dedos por la zona, ahí estaba: la sangre. Era roja, limpia, pura. Manaba de mí y me lo quitaba todo, del mismo modo que me daba la vida, al correr por las venas. Cerré los ojos. No recé. Pensé que no serviría de nada. Esto siempre estuvo condenado, desde el principio. Siempre tuvo que ser así.

Seguía mareada y me temblaban las piernas. Me aferré otra vez con fuerza a la caja de los secretos de Ana y me dije que, si me mantenía firme, mis piernas me sostendrían. Me dolían los riñones, de un modo lacerante e imposible de describir, y notaba que todo mi cuerpo seguía tenso, como si lo hubieran obligado a comprimirse en un espacio demasiado reducido. Ese espacio era, tal vez, el pueblo entero, todo As Boiras, mi pequeño y personal infierno privado. Tragué saliva. Sentía la boca seca y pastosa a la vez, con la horrible sensación de que algo se estaba echando a perder dentro de mí. Si respiraba hondo, tal vez lograría aplacar las náuseas, al menos hasta que consiguiese salir de la casa. Y así, con pasos temblorosos, escapé de la habitación de Ana.

El misterioso visitante que me había obligado a esconderme bajo la cama no había vuelto a poner el cartón en la ventana rota de la cocina, tal vez no había reparado en que alguien lo había quitado. Eso no me tranquilizó en absoluto. Me encaramé a la encimera de la vieja cocina de los Castán y, haciendo acopio de todas mis fuerzas, me impulsé para salir por la ventana. Caí al suelo, ya en el exterior, prácticamente rodando, en un movimiento nada grácil. En aquel momento, lo único que me importaba era volver a casa.

Es un concepto extraño. «Casa». Ahora era solo el lugar que tenía junto a mi marido, junto a Kevin, un hogar últimamente edificado sobre un montón de mentiras y verdades a medias. Aun así, yo quería volver a él. Aunque rompiese una vez más todas sus esperanzas, todos sus sueños: yo quería volver. Con él. Me puse en pie y empecé a caminar.

Me cerré la gabardina con fuerza, rezando por que la mancha de color rojo oscuro no hubiese traspasado. Me sacudí el polvo de la cara, el pelo, los hombros. El coche de mi madre no estaba demasiado lejos. Por el camino, una vez que regresé al centro del pueblo, me crucé con algunas personas. Todavía era pronto, pero el sol se estaba encaramando en el cielo, semioculto por las nubes espesas, cargadas, que amenazaban tormenta. Algunas de esas personas se me quedaron mirando. Me pregunté si sería porque estaba pálida, sucia de polvo y tierra, manchada de sangre. Nadie me paró para preguntarme si estaba bien, de modo que quise pensar que la sangre no se veía. Mientras, intenté confiar en la bondad de la gente y en llegar a mi coche. Dejé la caja de Ana sobre el asiento del copiloto y me puse en marcha.

Entonces, cuando ya estaba alejándome del centro del pueblo y conducía de vuelta al hotel, me eché a llorar. Sentí que, con cada llanto furioso, desesperado, dejaba escapar algo de la tensión que consumía mi cuerpo. Me sentía bien. Sollozando y aferrándome con fuerza al volante del Seat negro de mi madre, temblando con cada acelerón, con la cara cubierta de lágrimas y mocos, y la sangre que me manchaba los pantalones. Me sentía bien. Asustada, pero bien. Viva.

32

Al llegar al aparcamiento del hotel, había conseguido serenarme un poco. Estaba respirando hondo, preparándome para salir del coche y volver a la vida real, cuando vi a mi madre correr a toda velocidad hacia mí, con gesto de preocupación. Suspiré y escondí la caja de madera en mi bolso. Por suerte, había cogido uno grande, lo había dejado en el coche cuando me dirigí a la antigua casa de los Castán. Hice una mueca, apagué el motor y salí del coche, con el bolso colgado del hombro derecho. Pesaba bastante, pero disimulé. Esbocé una sonrisa. Mi madre llegó hasta mí con la respiración acelerada y las mejillas coloradas. Eso me hizo gracia. Le puse las llaves delante, meneándolas frente a su cara, pero ella no reaccionó como yo habría esperado. En lugar de cogerlas, se me quedó mirando como si mi actitud fuese inexplicable, como si *yo* fuese inexplicable.

—No he tardado tanto, ¿no? —le dije, un poco por romper el hielo, porque ella seguía parada, observándome, tratando de recuperar el aliento.

No lo negó. En su lugar, me cogió por el brazo, tirando de mí sin miramientos hacia su casa. Yo, un poco desconcertada, me dejé llevar.

—Pero ¿cómo se te ocurre...? —me recriminó, hablando en voz baja, porque estábamos en un lugar público, y en pleno día además, y mi madre nunca ha sido de las que montan escándalos en público. En privado sí, pero en público jamás.

—¿A qué te refieres? —le pregunté, haciéndome un poco la loca. En realidad, era imposible que mi madre supiese que me había colado en la vieja casa de los Castán, así que no entendía por qué le escandalizaba tanto que le hubiese cogido el coche un ratito de más.

—¡Kevin me lo ha contado, Alice! —exclamó y, como un par de personas nos miraron, bajó el tono de voz—. Me llamó poco después de que tú te fueras con mi coche.

Recordé que llevaba las llaves en la mano, porque ella no me las había cogido, y me las guardé en el bolsillo.

—¿Qué te ha contado?

—¡Que estás embarazada! —respondió ella, con un susurro nervioso, furioso. Estábamos ya en la puerta de su casa, que se apresuró a abrir, y me empujó dentro—. Pero ¿cómo se te ocurre irte por ahí tú sola?

Suspiré, apoyando mi pesado bolso en la mesita de la entrada. Me esforcé por parecer sana, entera, una mujer normal y corriente. Nada más.

—No pensaba que por estar embarazada tuviese que pasarme el día tumbada —le contesté, quitándole importancia al asunto—. Además, me habría esperado un «enhorabuena», o algo así, de tu parte.

—No siempre, pero tú sí que deberías tener cuidado —se apresuró a decir, con un tono maternal, cálido, pero también agudo y nasal, impostado en ella, nada natural—. Además, Kevin me ha dicho que…

—¿Qué te ha dicho mi marido? —interrumpí.

—Que te vigile, que te cuide. Porque sabe que tú eres muy… —Se quedó callada, como si estuviese buscando la palabra apropiada, temerosa de iniciar otra discusión como la que habíamos tenido el día anterior—. Muy independiente. —Sonreí. Había encontrado algo bastante eficaz. Ella no se dio cuenta y siguió hablando–. Sabe que te gusta ir a tu aire, y le preocupa que puedas encontrarte mal o algo así.

– Bueno, pues ya ves que estoy… perfectamente –mentí.

Entonces, ella me miró de arriba abajo, y me hizo sentir sucia, extraña, juzgada. En ese momento comprendí que no debía de tener buen aspecto: estaba sucia y despeinada, probablemente pálida, y no sabía si la sangre que me empapaba la entrepierna había traspasado la tela impermeable de la gabardina. Me puse tensa; era inevitable. Luego, sus ojos se desplazaron a la parte trasera de mi cuerpo y la vio: la sangre. Cerré los ojos, esperándome lo peor.

Mi madre me obligó a ir al hospital.

Se mostró más comprensiva de lo que habría esperado, menos histérica y juiciosa. Condujo hasta Jaca, me acompañó todo el tiempo, no insistió ni hizo preguntas indiscretas, fue ella la que se encargó de llamar a Kevin y de explicarle lo sucedido, calmada y tranquila. Yo la dejé hacer. Encontré algo agradable en dejarme arrastrar de ese modo, en dejar que otros hicieran y decidieran por mí. Estaba bien.

Al final, todo había salido mejor de lo esperado: solo era una pérdida, no un aborto. Descartaron otras posibilidades, como infecciones o hematomas. Por algún milagro de la naturaleza, o quién sabe si de un ser superior, lo que había dentro de mí seguía vivo, quería seguir viviendo. Me dieron el alta. Me recomendaron reposo. Les pareció genial que me hospedara en un balneario, me dijeron que los baños irían bien.

El haber pasado por todo aquello juntos, el habernos escondido y haber contenido el aliento, el haber sangrado pero sobrevivido, hizo que me sintiera, por primera vez, verdaderamente conectada con la criatura que crecía dentro de mí. Nunca había querido verla como un ser vivo, un proyecto de persona, un futuro bebé, tal vez porque eso haría que perderlo me resultase todavía más duro. Pero ahora… Éramos dos supervivientes. Me sentía extrañamente agradecida.

La sensación de placidez, sin embargo, duró demasiado poco. Eché un vistazo alrededor del box de urgencias, aprovechando que mi madre se ausentaba para hablar por teléfono mientras yo me vestía, y no vi mi bolso por ninguna parte. Lo había dejado en el recibidor de su casa y no recordaba haber vuelto a cogerlo, pero en cambio sí tenía a mano mi documentación. Se me aceleró el pulso. ¿Dónde estaba?

—Mamá, ¿cogiste tú mi bolso al salir hacia el hospital? —le espeté en cuanto reapareció tras unos minutos.

—Cariño, está en casa —contestó—. Te cogí yo el monedero cuando vinimos disparadas para aquí.

Me puso nerviosa el mero hecho de estar separada de ese objeto físico, que en otras circunstancias no significaba mucho para mí. Ahora, en cambio, contenía esa caja de madera, llena tal vez de los secretos de Ana, y necesitaba tenerla en mis manos. Lo antes posible.

—Por favor, volvamos ya, cuanto antes —le imploré, impaciente. Mi madre accedió, con un asentimiento. Si notó algo raro en mi actitud, no dio la menor muestra de ello.

Me llevó de vuelta al hotel y me obligó a subir a mi habitación y a meterme en la cama. Desapareció para regresar un rato después, sin el bolso, pero con un enorme plato de sopa y un entrecot con patatas asadas. No quise insistir en recuperarlo para no levantar sospechas. Tuve que comérmelo todo, mientras ella me atusaba los almohadones para que estuviese cómoda. Me explicó con paciencia, con ese tono de voz comprensivo de las madres —que me pregunté si a mí se me pegaría automáticamente en el paritorio—, que Kevin no podía venir todavía, que tenía un día muy complicado con la desaparición de la chica nueva y todo eso. No le pregunté nada al respecto. Ya era media tarde, pero daba igual. Dejé que todo pasara. Dejé, también, que ella me cuidara, por primera vez en décadas.

De repente, llamaron a la puerta. Mi madre fue a abrir y me sorprendió ver entrar en la habitación a Lorién, que sostenía mi bolso, con una sonrisa en los labios, como si en realidad no hubiese pasado nada demasiado importante.

–Alice, querida, menudo susto, aunque… ¡felicidades también! –Se acercó a la cama, pero no hizo ademán de abrazarme o besarme, solo me tocó el hombro de una manera afectuosa aunque fría–. Elena me ha pedido que te suba esto.

En su tono, por lo general distante, percibí una nota añadida de calidez. Me descolocó un poco esa muestra de cariño por su parte, pero le agradecí el gesto y dejé el bolso, sin mirarlo y ni mucho menos abrirlo, en la mesita de noche. Se disculpó acto seguido, debía volver pronto al salón grande del comedor, donde estaban reubicando todas las mesas antes del inicio de temporada. Me pareció una buena ocasión para librarme también de mi madre, así que le dije que tenía sueño y que me iría bien echar una siesta. Ella sí se despidió con dos besos y me dijo que la avisara si necesitaba cualquier cosa. Desde la puerta, me mandó dos besos más. Creo que fue la primera vez en mi vida que la vi hacer algo así.

En realidad, ni siquiera se me pasó por la cabeza por un momento ponerme a dormir y hacer como si no pasara nada importante. Porque estaban pasando cosas. Habían asesinado a una niña. Había desaparecido otra. Y no se podía decir que eso no me importase, pero es que yo estaba muy lejos, en otro lugar. O, más bien, en otro tiempo. En concreto, mi cabeza había regresado a 1996.

Sostuve la caja de madera en mis manos durante un buen rato. Al fin podía observarla con detenimiento. Era alargada, bastante pesada para el tamaño que tenía, y dentro había objetos sólidos que se deslizaban a cada movimiento. La tapa también era áspera, se abría tirando de ella hacia un lado, como un cajón. Me aterraba la idea de mirar qué había dentro, era como si quisiese hacer tiempo, posponer la confirmación de que, en efecto, a Ana le había ocurrido algo más horrible todavía de lo que ya sabíamos. La sospecha llevaba tiempo ahí, pero no me sentía preparada para saber toda la verdad, por mucho que lo anhelara.

La pregunta que llenaba mi mente desde hacía días regresó con fuerza. ¿Por qué había venido yo hasta aquí? ¿Mi mera presencia iba a cambiar, finalmente, algo? Todo podría haber seguido su curso sin mí: Kevin habría recibido la llamada del señor Lenglet, que sabía perfectamente que yo tenía una relación especial con este maldito lugar, y, después de una breve discusión conmigo, habría decidido venir solo. Y, mientras tanto, yo habría acabado en un hospital, salvo que esta vez sería uno francés, y habría estado sola después, justo igual que ahora. Las cosas habrían seguido su curso porque, en realidad, mi presencia en As Boiras nunca había importado demasiado. No lo había hecho entonces, cuando era una niña, y tampoco lo haría ahora. Hay cosas que nunca cambian.

Volví a mirar la caja. Supe que, si había una respuesta, algo que diera sentido a mi regreso a As Boiras, la encontraría ahí dentro.

Durante todos estos años, había tratado de no pensar demasiado en Ana, en cómo se fue, en cómo nos separamos para no volver a vernos nunca, y había habido momentos en que lo había conseguido. Todas esas noches bailando hasta que me dolían los pies, los chupitos de tequila con Camille, todos los libros que tuve que leer para escribir mi tesis, las sonrisas de un millón de extraños en la línea 1 del metro de París, los bolsos de una docena de mujeres colgados en el perchero del apartamento de mi padre, las tres pruebas de confección de mi carísimo vestido de novia, los viajes al otro lado del mundo con Kevin, nada parecía tener ya sentido: sentía cómo toda una vida, esa vida que yo misma había construido para huir de ella, de su recuerdo, se desvanecía ante mis ojos.

Así que los cerré, abrí la caja y me hundí en el pasado.

33

No era lo que yo esperaba.

Suele pasar, cuando vuelves atrás. Vuelves y te das cuenta de que algo no es como tú lo recordabas… Cuando saqué la caja de los secretos de su viejo escondite, pensaba que encontraría algo de valor en ella, algo que me conectara con lo que había pasado entonces, cuando teníamos trece años, pero no sabía exactamente el qué. No, no es verdad. Supongo que sí sabía lo que buscaba, lo que esperaba encontrar: un hombre indefinido, una imagen, un nombre.

El interior de la caja estaba forrado con fieltro verde, como el de los tapetes que se usan para jugar a las cartas, como el de las mesas de billar. Sobre el fieltro, apenas había unos pocos objetos. Un colmillo de jabalí. Un casquillo de bala. Un pequeño ámbar con un insecto dentro, como en *Jurassic Park*. Varias monedas de veinticinco pesetas engarzadas en un cordel.

Me quise morir. Aquello no podía terminar así. Quise llorar, pero no pude. ¿Tal vez no podía porque sentí alivio? Me sentí mal por un instante: le había deseado un infortunio añadido e inconcreto a Ana, y quizá no había sido necesario. Un momento de luz. A lo mejor nada iba a ser tan horrible como había empezado a anticipar. Sin embargo, el tedio que tenía por delante en los próximos días en este lugar, eso sí que iba a ser invariablemente insufrible.

Decidí que la mejor manera de afrontar la situación era darme un baño caliente. En realidad, siempre se me ha dado bien pensar dentro del agua. Tal vez es mi elemento natural. Al venir a vivir a As Boiras, el trauma que sentí al verme alejada del mar, de la playa, se aplacó un poco cuando vi que mi madre me traía, precisamente, a un balneario. Pasé mucho tiempo sumergida en agua caliente durante aquel año.

Estaba llenando la bañera de agua escandalosamente caliente, haciendo uso de las sales de baño que el hotel ponía a disposición de sus huéspedes, ya desnuda y cubierta por el albornoz, cuando Kevin me llamó. Tuve la sensación de que llevábamos siglos sin hablar.

—¿Cómo estás? —me preguntó. Así, sin un «hola», sin nada que mediara entre nosotros. Un disparo a bocajarro.

—Bien, ya sabes… —le respondí, imprecisa, porque en realidad ni siquiera yo sabía demasiado bien cómo estaba.

—Tu madre me lo ha contado todo. —Lo oí suspirar al otro lado de la línea. Me pareció que estaba sufriendo, pero no dije nada. Tampoco yo estaba precisamente de fiesta—. ¿De verdad te encuentras mejor?

—Sí, de verdad —le respondí. No mentía. Si comparaba mi estado actual con cómo me sentía al salir de casa de los Castán, me encontraba estupendamente, claro que eso no iba a decírselo a él. Si se enteraba, o más bien *cuando* se enterara, de lo que yo había hecho… bueno, no iba a estar nada contento—. No ha sido para tanto.

—¿Has pasado miedo? —me preguntó.

Me pareció que le temblaba la voz. Luego pensé que podría haber sido cosa de la línea, la cobertura en el pueblo no era la mejor del mundo y las montañas no hacen ningún bien en cuestión de telecomunicaciones, pero pensar que realmente sí le temblaba la voz me conmovió. Mi marido nunca ha sido, precisamente, la persona más expresiva del mundo, pero siempre me ha gustado pensar que conmigo sí que se muestra vulnerable, accesible, más que con ninguna otra persona. Así debería ser el matrimonio, ¿no? Respiré hondo.

—Un poco, ya sabes. —Me quedé callada al oírlo respirar al otro lado—. Han sido… demasiadas veces.

Él permaneció en silencio. A ninguno de los dos nos gustaba hablar del tema. Era como el elefante que vivía con nosotros, en nuestro apartamento de Marsella. Pensábamos que lo habíamos dejado atrás, al otro lado de la frontera, pero no: el dolor y la pérdida y la sangre y mi incapacidad para darle lo que él quería, un hijo, nos seguían a todas partes. Solo que, esta vez…, al menos había todavía alguna posibilidad, y me sorprendí a mí misma agarrándome a ese pensamiento, a ese resquicio de esperanza, con una fuerza inusitada.

—Lo sé —dijo al fin—. No deberías haber salido, Alice. Me prometiste que no lo harías, tal y como están las cosas ahora mismo.

No contesté. Me lo esperaba, en realidad. Era esperable. Esa misma mañana, le había prometido que me quedaría tranquila, que no me metería en problemas… y ahora esto. Era lógico que se enfadase o, como mínimo, se molestase.

—Me lo prometiste —repitió, tal vez porque yo no había dicho nada.

—Ya —musité, y me mordí la lengua para no reclamar mi derecho de hacer exactamente lo que me dé la gana. El matrimonio, todos los contratos sociales, en realidad, están lleno de concesiones—. Lo siento, Kevin.

—No lo vuelvas a hacer, Alice —dijo él, y me pareció que me lo pedía evitando su tono general de exigencia. No supe exactamente por qué, pero eso hizo que me sintiese mejor—. Y menos después de lo que te ha pasado hoy. Las cosas no… Las cosas no están yendo bien. Esto es un caos. Preferiría que te mantuvieses alejada de todo esto. —Lo notaba nervioso, y me imaginé que sí, que lo que decía era verdad, y que As Boiras, con una nueva desaparición, realmente estaba sumido en el caos. Me imaginé que el tiempo corría en su… en nuestra contra. Eso me estremeció–. Yo… –Se le quebró un poco la voz–. La verdad es que no soportaría que te pasara algo.

Contuve las ganas de decirle que lo soportaría a la perfección, que él era fuerte, que siempre lo había sido. Seamos honestos: los dos somos fuertes. No somos ningún modelo de amor romántico y trágico, de un amor cuyo final supone la muerte misma del que ama. Pero… Tampoco supe muy bien qué haría yo si a él le pasase algo. Se me encogió el estómago. Fue una sensación indefinida, extraña. Me senté en el borde de la bañera, buscando cierta estabilidad.

–Te lo prometo –le dije, y esta vez lo decía de verdad. Al menos, de momento.

La conversación con Kevin no duró mucho más. Me contó, rápidamente, que todos se habían puesto, por fin, en marcha. Cuando llegamos a As Boiras, nadie parecía tomárselo en serio y todo eran piedras en el camino, trabas innecesarias. Ahora que había desaparecido otra niña, y que el tiempo apremiaba, las autoridades locales parecían mucho más dispuestas a dejarse guiar por mi marido, un hombre con una probada experiencia en esta clase de situaciones incómodas y urgentes. Por fin Santiago le dejaba hacer y deshacer sin cuestionar cada uno de sus pasos.

Noté que Kevin se sentía bien con este cambio en la dinámica, pero, debajo de todo, estaba esa sensación de que cada minuto contaba si querían, si queríamos encontrar a la chica con vida. Siempre es así en esta clase de situaciones. Entendí, por nuestra breve conversación, que no iba a ver demasiado a mi marido durante estos días. Tal vez porque él estaba distraído con todo lo que pasaba a su alrededor, asustado por lo que me había ocurrido a mí y, al mismo tiempo, aliviado por el feliz desenlace de mi visita al hospital, no me preguntó qué había estado haciendo fuera del hotel. Supuse que pensó que había ido a dar una vuelta o algo así. Tal vez mi madre no le dijo lo sucia que estaba cuando nos encontramos, la tierra que manchaba mi gabardina beis, las telarañas que se habían quedado pegadas a mi pelo.

Probé la temperatura del agua sumergiendo un pie. Me había duchado al llegar al hotel y el agua había corrido, roja, llevándose todo lo malo lejos de mi cuerpo. Aun así, todavía me sentía sucia. Mi madre se había llevado mi ropa para que el servicio de lavandería del hotel se encargase de ella. Tal vez Kevin nunca sabría lo que realmente ocurrió. No si yo no se lo contaba.

Entonces, me desnudé, quitándome el albornoz en un rápido movimiento, y me metí en la bañera. Cerré los ojos, semisumergida, y traté de no pensar en nada. Me abracé las rodillas, calientes como el agua que las rodeaba, y apoyé la cabeza en ellas. Me sentía sola y vulnerable, y, sobre todo, pese a la alta temperatura del agua, sentía el frío. Un frío que sabía que había comenzado hacía ya muchos años. Un frío que, también, sabía que nunca se había ido del todo.

Para sacudirme el malestar alargué el brazo hacia la pastilla de jabón facial que había en la repisa de la bañera. Si iba a languidecer, no estaba de más hacerlo con un buen cutis. Dicen que las embarazadas lo tienen, pero mi caso parecía ser la excepción. No ayudaban los cigarrillos fumados durante años. Cogí la cajetilla del jabón y cuando me disponía a abrirla reconocí en la palma de la mano, medio segundo más tarde, el pulso de la pastilla repicando con holgura en el interior del envoltorio de cartón.

Salí de la bañera de golpe.

34

Llegué a la cama chorreando, apenas con el albornoz puesto. Esparcí los objetos que contenía la caja sobre las sábanas blancas. Aun después de hacerlo, tenía cierto peso. No solo eso, sino que, al sacudirla, notaba al tacto cómo repicaba en su interior algo más liviano. La observé bien, y vi que en un rincón del fieltro había una pequeña hendidura. Era demasiada estrecha para introducir la punta de la uña, así que volví al baño a buscar unas pinzas con las que levantar aquel doble fondo tan sutil, apenas perceptible. Hundí las pinzas con fuerza en el fieltro e hice palanca con la caja. La tela verde se levantó ligeramente y terminé de sacarla tirándola con las manos, presa de un frenesí incontrolable.

La caja estaba llena de cartas escritas a mano. Las conté: había diecisiete. Me abrumó la cantidad. Me sequé bien las manos y me dispuse a leerlas. No me cuestioné si a Ana le habría gustado que yo tuviese acceso a ellas. No, ni siquiera yo tenía derecho a hacer algo así, y sin embargo iba a hacerlo. A estas alturas, no había nada, ni nadie, que pudiese detenerme.

Eran cartas breves, mal escritas, con faltas de ortografía. Al principio, eso me chocó bastante. La clase de persona que las había escrito, con una caligrafía redonda y descuidada, en una hoja a cuadros de mala calidad, había usado un bolígrafo Bic de tinta azul y apretaba demasiado al escribir, casi como si tratase de apuñalar el papel. No era nada brillante. Prometía cosas. Hablaba de amor. No había nada claro. «Te llebaré donde tú me pidas», decía. «Ten paciencia, mi amor». Parecía casi un adolescente. Tenía un coche, eso lo entendí. Planeaban fugarse. Él la deseaba. Me hubiese gustado poder leer las cartas que Ana escribió para comprobar si ella también lo deseaba a él.

No voy a negar que me sentí ligeramente decepcionada. Había pensado que Ana tendría un amante no mejor, pero sí diferente. En mi mente, el novio secreto de Ana era mayor, un hombre ya adulto, y tenía dinero, el suficiente para alejarla de esa vida que a ella no le gustaba nada. No estaba anclado en este lugar, puede incluso que lo despreciara, que se creyera mejor que As Boiras y todos sus habitantes. Estaba enfermo, sí, por desear a una niña como ella, pero también era inteligente. Quise pensar que ella no se habría sentido atraída por un hombre cualquiera, pero tal vez era porque siempre la tuve en demasiada alta estima.

Era solo una niña, tal vez se habría ido con cualquier tío mayor con tal de que le dijera que era guapa, que la quería. El de las cartas le decía mucho eso, «Te quiero, nena», todo el rato. También se enfadaba, a veces. Le pedía más: más tiempo, más entrega, más carne. No era muy sutil. Le decía «Dame lo que necesito y yo te sacaré de aquí». Cuanto más leía, más desconcertada me sentía. Eran cartas de amor, pero había algo más. No era lo que yo me había imaginado. Leía y leía y cada vez entendía menos.

No pude pensar mucho en ello, porque mientras leía las cartas ahora por segunda vez, parpadeando y tratando de entender, llamaron a la puerta. Yo pensaba en quién, en cómo, en cuándo se habían escrito, y en por qué, en qué había suscitado que a Ana, una chica de trece años a la que yo creía conocer muy bien, le hubieran escrito unas notas así, pero llamaron a la puerta de nuevo. Traté de hacer caso omiso a la llamada, pero insistieron. Insistieron demasiado.

Con un resoplido de puro fastidio, metí las cartas en la caja. Me sentía frustrada, porque acababa de descubrir algo que sabía que no entendía, y no hay nada que me frustre más que no entender, que no comprender lo que tengo delante de los ojos. Dejé la caja escondida en el armario bajo el lavamanos. No tenía ni idea de quién llamaba a la puerta, pero no me apetecía que viera esa caja e hiciera preguntas. Y, entonces, me dirigí hacia la puerta de la habitación.

Seguían llamando con insistencia. Eran golpes rápidos, pero no excesivamente fuertes. Me cerré con fuerza el cinturón del albornoz alrededor de la cintura. Cuando abrí la puerta, no pude creer lo que veían mis ojos.

—Hola, monada. ¿Cómo has estado? Hacía siglos que no te veía.

35

Entró en mi habitación sin pedir permiso, pero eso no me extrañó. Ella siempre había sido así; me hubiese extrañado que se mostrase precavida, prudente. Educada. Aprovechó que yo abría la puerta y me quedaba mirándola, desconcertada, para pasar. Me repasó de arriba abajo, analizándome sin indulgencia, desnudándome a través del grueso tejido de toalla del albornoz, viéndome de verdad tal como yo era, tal como soy. Entonces sonrió.

Estaba guapa, como siempre. Ahora llevaba el pelo rubio platino y cortado a ras de la mandíbula, formando una línea recta perfecta, como cortado a cuchillo. Pensé que era arriesgado, pero que a ella, sin duda, le quedaba bien. Los labios pintados de rojo, eye-liner gatuno en los ojos. No parecía que acabase de llegar desde Francia, sino más bien recién salida de un salón de belleza. Llevaba unos vaqueros ajustados, jersey rojo de cuello alto, a juego con sus labios, botas de tacón. Aun así, era más baja que yo, solo un poco. Suspiré, casi sin querer. Camille Seigner conseguiría hundirle la moral a cualquiera, hasta en pijama. Se acercó a mí y me abrazó, también sin pedir permiso.

En realidad, no debería haberme sorprendido. Sabía que la iba a tener que ver, que iba a tener que reencontrarme con ella. Desde que se había publicado su artículo, la muerte de Emma Lenglet debía de haber saltado de televisión en televisión, de periódico en periódico, y ella no podía permitirse no estar en primera fila, a pie de noticia. Su sonrisa, amable, probablemente sincera, no me reconfortó. Éramos amigas, sí; habíamos sido amigas, pero todo eso parecía pertenecer a otra vida y, a estas alturas, prácticamente parecía la vida de otra persona.

—¿Cómo has venido tan rápido, Camille? —le pregunté, tratando de parecer dura.

—¿Así es como me saludas después de tanto tiempo? Vaya, Ali, y pensar que he venido hasta aquí solo para verte... —Hizo un mohín y luego sonrió y me plantó un sonoro beso en la mejilla.

—¿Sabías que iba a estar aquí?

—¡Pues claro que lo sabía! He visto a Kevin antes. Solo le ha faltado darme una patada en el culo para echarme. Pero eso no es importante... Oye, ¿tú crees que alguien se dará cuenta si fumamos aquí? —dijo, mientras miraba a su alrededor.

Le señalé el detector de humo, colgando sobre nuestras cabezas.

—Me da en la nariz que sí —le contesté—. Además, yo...

—Ah, sí, tú no puedes fumar. —Hizo una mueca, mirándome, taladrándome con sus ojos crueles e inteligentes—. Enhorabuena, por cierto.

No me pareció una enhorabuena sincera. Para Camille, que una mujer como yo, independiente y moderna, joven y triunfadora —según ella—, quisiese ser madre era una especie de traición hacia la condición femenina y su emancipación. Era como si, según sus estándares, el mundo debiera terminarse con nuestra generación y ya está. Decidí pasarlo por alto.

—Gracias, supongo.

—Estoy deseando convertirme en la tía de ese pequeñín, en serio —me dijo, toda sonrisas ella, antes de desplomarse sobre el sofá—. ¿Me pones una copa?

No le pregunté qué quería, no hacía falta. Camille y yo habíamos pasado quince años, por lo menos, emborrachándonos juntas. Pasamos de las copas baratas y cutres en la residencia de estudiantes a las copas caras de los sitios de moda, pero, en esencia, seguíamos siendo las mismas. Le preparé un vodka con Fanta de limón, todo ello cortesía del minibar, con sus cubitos de hielo y demás. Le puse la copa en la mano y, antes de darme siquiera las gracias, le dio un buen trago. Parecía sedienta. Me dio un poco de envidia, pero había prometido que me portaría bien.

Después de satisfacer su sed, Camille soltó:

—Me alegra comprobar que en todo este tiempo, desde que te convertiste en monja de clausura, no has olvidado cómo se pone una buena copa. Tu maridito debe de seguir queriéndote.

Y yo, no sé por qué, caí directa en la trampa.

—¿Para qué has ido a verle, Camille?

—¿Tú qué crees? —dijo ella, mientras se quitaba las botas y subía las piernas al sofá. Me senté a su lado con cuidado, como si pidiera permiso—. Pues para saber más. Para saber algo, más bien. Niña rica desaparece en Francia y aparece muerta en España, espantoso cadáver, tétricas consecuencias. ¿No te parece emocionante?

No dije nada, de nuevo, pero debí de hacer algún tipo de gesto horrible con la boca. Quizá puse los ojos en blanco.

—Vale, vale… ¡Perdona! —se disculpó, y sonó casi sincera, pero yo no me la creía. La conocía demasiado bien y sabía que esa actitud de bocazas era, en realidad, una fachada: Camille sabía muy bien lo que decía, siempre. Y eso la hacía más peligrosa que cualquier incontinente verbal al uso—. Quiero ver cómo va esa historia tuya con este pueblo. —Carraspeó, tomó aire, pero era solo una pausa dramática—. Ese libro que escribiste…, ¡de repente va a estar de moda otra vez! Debiste de hacerte rica con él, zorra. Y yo, mientras, endeudada hasta las cejas…

—Es que te compraste como tres bolsos de lujo, y eso que ni siquiera tenías trabajo todavía —le respondí, de manera casi mecánica, porque notaba que ya habíamos tenido esa conversación antes demasiadas veces.

—Bueno, es que nadie me iba a contratar si no iba bien vestida, ¿no crees?

Le dirigí algo parecido a una sonrisa, pero Camille no necesitaba ningún gesto por mi parte para seguir hablando.

—Era un libro muy bueno, ¿sabes? Mucho mejor que esa mierda que escribes ahora —me espetó, sin molestarse siquiera en dulcificar las cosas. Sabía que los cuentos infantiles no iban con ella. Nada infantil, en realidad—. Pero dime…, ¿qué has descubierto? Ya llevas un par de días por aquí.

De manera involuntaria, todo mi cuerpo se tensó. Los ojos gatunos de Camille me recorrieron y supe que lo había notado, que lo había visto, como si pudiese adivinarme a la perfección, perforar con la mirada, incluso a través del grueso tejido de toalla del albornoz.

—Solo he venido a acompañar a Kevin, Camille. Y a pasar tiempo con mi familia.

—¿Con tu madre? —me preguntó ella, escéptica—. No te hablas con tu madre.

—¿Cuándo te he dicho yo que no me hablo con mi madre?

—Nunca, en realidad, pero es fácil adivinarlo. Apenas os veis, no forma parte de tu vida, rara vez hablas con ella. Mantienes una relación cordial, básicamente porque tú eres así y tampoco querías cortar los lazos de un modo brusco e innecesariamente dramático, pero no te llevas con tu madre. Y es evidente, querida —me dijo, dirigiéndome una sonrisa retorcida, astuta—, que no has venido aquí a pasar tiempo con ella.

—Con Kevin sí —repliqué, defendiéndome.

Ella se encogió de hombros.

—Pues no estáis pasando mucho tiempo juntos que digamos —repuso, y me sentí un poco abrumada por la obviedad de lo que acababa de decir—. Para serte sincera, tu maridito parecía bastante desbordado.

—Ha desaparecido otra niña.

—Ah, sí. Ángela Martín. —Se sacó un papel doblado y arrugado del bolsillo trasero de los vaqueros, sin molestarse en ponerse de pie para facilitar la tarea, y me lo pasó—. Menudo lío se está montando. —Ni siquiera tuve tiempo de mirar la hoja que me había tendido, porque ella siguió hablando—: Pero está claro que tú has venido aquí porque todos querían que vinieras aquí. Todos saben que tú estás vinculada con este sitio, Alice. Venga, dime qué tienes ahora. ¿Algo nuevo? ¿No estarás escribiendo otro libro, querida?

—No. Nada. Nada de nada. He tenido que ir a urgencias esta mañana, ¿no te lo ha dicho Kevin?

Asintió, pero no me dio cuartelillo.

—A mí puedes contarme la verdad, ¿sabes? —empezó, mirándose las uñas, como si no fuese demasiado importante—. ¿Me vas a contar lo que estabas haciendo fuera del hotel esta mañana, Alice?

—Nada, pasear.

—Lo dudo mucho, tú odias este pueblo de mierda. No irías a pasear por ahí, estabas buscando algo. —Permanecí en silencio, así que ella continuó—: Yo también creo que lo que está pasando tiene que ver con algo que pasó entonces y aún no sabemos.

—Tú solo quieres dártelas de reportera estrella y ganar dinero, Camille.

—Y fama —añadió, sin esforzarse lo más mínimo por disimular. Se dobló sobre sí misma, recuperó sus botas y comenzó a ponérselas de nuevo—. Pero necesito saber más.

—¿Sobre qué?

—Sobre Ana —respondió ella, como si fuera una obviedad. Lo era. Era la gran incógnita, la pieza central del puzle que estábamos armando.

—Ana era… Supongo que era extraña. Y tenía secretos —le contesté, sin pensar en las consecuencias, tal vez porque me moría por pronunciar esas palabras en voz alta, por decírselas a alguien que no viviese dentro de mi cabeza—. Creo que me mintió en muchas cosas, o que al menos me las ocultó, y creo que algunas de esas cosas son… importantes.

—Vaya, Alice. ¿Por fin vas a hablarme de tu amiguita muerta? Hace años que espero que lo hagas.

36

Aquel viernes, después de clase, justo a la salida, Javi me dijo que si quería tomar algo con él. Ana se quedó mirándonos, como si él no fuese más que una enorme amenaza con patas, pero al final asintió. No necesitaba que ella me diera su permiso o su aprobación, pero hizo que me sintiese mejor. Compramos unas Coca-Colas en el quiosco de la esquina. Pagó él. Después, nos sentamos en un banco, y yo me sentí muy bien, muy mayor ahí sola, con un chico.

Hablamos sobre chorradas. Yo no lo conocía demasiado, hacía pocos meses que nos habíamos mudado a As Boiras y Ana y yo nos habíamos hecho amigas muy deprisa, de modo que nunca sentí la necesidad de acercarme a más gente. Le dije que sí solo porque me parecía guapo y porque, en fin, quería que un chico se interesase por mí. Sentía que ese era el ingrediente que le faltaba a mi vida. Pero, cuando empezamos a hablar, me di cuenta de que no teníamos nada en común: solo le gustaban las motos y el fútbol, y yo no sabía nada de ninguna de las dos cosas. Pero me había invitado a una Coca-Cola, y cuando sonreía se le formaban hoyuelos, y la cara de Ana antes de que me marchara con él me hacía pensar que se moría de envidia, y eso era justo lo que más quería, que se muriese de envidia.

Todo iba bien. Yo hacía como que me interesaba lo que él me contaba, a pesar de que él no me hacía ninguna pregunta ni parecía querer saber nada sobre mí. Entonces, con las latas de Coca-Cola ya vacías y olvidadas en un lado del banco, noté cómo su mirada se desviaba más y más: ahora mientras hablaba, ya no me miraba a los ojos, sino a los labios. Solo eso hizo que se me acelerase el corazón, como si quisiera salírseme del pecho. Se movió en el banco, acercándose más a mí, y yo no hice nada. Tragué saliva y le dejé hacer. ¿Iba a besarme? Sentía, sabía que sí, pero ¿quería que me besara?, ¿quería que mi primer beso, un beso de verdad, fuese así, allí, con él? Cuando cerró los ojos y se acercó a mí, lo tuve claro: no, no quería eso. Así que me eché hacia atrás y me aparté.

Me pareció ridículo: se quedó ahí, solo, boqueando, como si le hubiese arrebatado el aire que respiraba. Me aguanté las ganas de reír, pero la cara que puso al mirarme de nuevo me obligó a abrir mucho los ojos, atónita.

—Pero ¿a ti qué cojones te pasa? —me espetó, fulminándome con la mirada.

—Lo siento, es que yo... —empecé, titubeante.

—De todas formas, no me gustas, ¿sabes? —me dijo a la cara; se levantó del banco y se alisó la parte trasera de los vaqueros—. No eres más que una zorra lesbiana. Y, además, eres fea.

Lo dijo y se marchó, sin darme tempo a replicar. No tardé en echarme a llorar. ¿Así era como me veían todos, los demás?, ¿como una zorra lesbiana? Ana y yo solo éramos amigas, nada más. ¿Lo había dicho en serio, o solo porque se sentía dolido? Al cabo de un rato, noté que alguien se acercaba a mí, en silencio. Cuando alcé el rostro, ahí estaba Ana.

—¿Qué ha pasado? —me preguntó, con un tono de voz neutro, casi frío. No me puso la mano en el brazo, ni me abrazó. No intentaba consolarme, solo quería saber qué había pasado.

—Me ha llamado zorra lesbiana y me ha dicho que soy fea —le expliqué, entre sollozos.

—Eso lo ha dicho porque no has querido enrollarte con él. Tendría que haberte dicho que Javi no es más que un guarro —me explicó, muy tranquila, como si no tuviese la menor importancia.

Yo la miré, apartándome el pelo húmedo y pringoso de la cara.

—De todas formas, Alice —continuó—, no sé por qué te juntas con críos. No tienen ni idea de nada.

Al cabo de un rato, comencé a sentirme mejor. Nos reímos, bromeamos y decidimos que lo mejor sería marcharnos a mi casa. Era viernes, así que quizá el padre de Ana le dejase quedarse a dormir. La promesa de un fin de semana entero por delante era demasiado tentadora. Cogimos las mochilas y empezamos a caminar. Al salir del parque, los vimos: eran algunos de los chicos de clase: Javi, Nico, Felipe... Y parecía que se morían de risa. Javi estaba contándoles algo y se carcajeaban. Estaba apoyado en su moto, que, por lo que me había contado, él mismo había reparado. Como si eso me impresionase... Tragué saliva, porque, aunque me hiciese la fuerte, no me apetecía pasar a su lado. Ana pareció leerme el pensamiento.

—Ve por ahí. Ahora te alcanzo.

Me lo dijo casi como una orden, así que obedecí. La vi acercarse a ellos y quitarse la mochila. Se agachó y sacó un objeto que, a lo lejos, no pude identificar hasta que vi cómo lo clavaba primero en la rueda delantera de la moto, y luego en la trasera. Habíamos tenido clase de matemáticas esa misma mañana: era un compás. Los chicos se quedaron mirándola, atónitos, y ella echó a correr. Las dos corrimos. Ellos, esta vez, no nos siguieron.

37

Camille me sonsacó toda la información posible sobre Ana, y yo no pude evitar caer en sus trampas un par de veces. Tampoco opuse demasiada resistencia. Al fin y al cabo, era encantadora, y sabía muy bien lo que hacía. Le conté cómo había empezado nuestra amistad, aunque supongo que eso ya lo sabía: lo que yo no contaba en mi libro lo habría adivinado con facilidad, rellenando los espacios en blanco. En realidad, me sentí bien hablando de cosas que, en fin, hacía años que no expresaba en voz alta. Tampoco le había contado a Kevin muchos de los detalles de nuestra amistad y, de algún modo, sentía que ahora tenía que verbalizarlos, tenía que hacerlo si quería comprender mejor lo que pasó con Ana.

Así que se lo conté a Camille. No se lo conté todo, no habría podido ni en mil años: había detalles precisos a los que no quería poner nombre, escenas y juegos que deseaba que permanecieran para siempre perdidos en mi memoria. Y, después de un rato contándoselo todo a ella, a mi nueva amiga extraña, la que parecía haber llegado a mi vida para remplazar a Ana, vi claro que si quería avanzar en mi investigación, y había que ir a contrarreloj, no podía contar por ahora con Kevin. Sabía que sus prioridades eran otras, él no se iba a tomar en serio mi teoría que planteaba la muerte de Ana desde una perspectiva posiblemente distinta a la versión que se dio por oficial. No, en este caso él se jugaba mucho y no le iba a dar importancia a hipótesis sin una conexión clara con lo ocurrido. Me iba a echar en cara el tiempo pasado sin investigar sobre el terreno junto a él. No, ahora no podía contar con Kevin. Era una maniobra arriesgada, pero decidí que iba a compartir con Camille algunas de mis sospechas. Aunque no todas de momento, claro.

—Mira, me has preguntado antes si estaba escribiendo un nuevo libro, y te voy a decir la verdad. —Hice una pausa, tanto para respirar, porque estaba un poco acelerada, como para darle énfasis a mis palabras—. No tengo ningunas ganas. —Le estaba hablando con total franqueza—. Me lo preguntó también el imbécil de Carlos Abadía, un agente de la Guardia Civil que trabaja con Kevin y con… Santiago Gracia.

Camille suspiró, con aire dramático.

—De verdad que compadezco a tu maridito… Cinco minutos en el cuartel y he visto el equipazo que le rodea. —Y soltó una carcajada.

—Y, créeme, eso no hace que esté de mejor humor —le confesé, y yo también reí, aunque me puse bien seria acto seguido y acerqué mi cara a la suya—. Te propongo lo siguiente. —Casi se lo susurraba. No me paré a pensar en que así era como hablábamos Ana y yo, acercándonos mucho, como si las palabras perdieran fuerza si había espacio entre nosotras—, y espero no arrepentirme demasiado. Pero es algo que llevo pensando un buen rato.

—Dispara, tesoro.

Y vi un brillo en los ojos de Camille que me retrotrajo a la época en la que empezó a firmar sus piezas para algún que otro periódico. Desde aquel día, su carrera solo dio pasos adelante, no hizo nada en su trabajo que le supusiera un retroceso, o siquiera un periodo de calma. Se convirtió, probablemente, en la periodista que más exclusivas lanzaba por año. Odiada por muchos, sí, pero del todo imparable.

Le conté, por ejemplo, que creía que, por aquel entonces, hubo una tercera persona, además de Marzal y Ana, y que esa persona podría haber tenido que ver con la muerte de Ana. Le dije que estaba buscando pruebas que confirmaran esa teoría, que eso era lo que había estado haciendo esa mañana en As Boiras, y que me había colado en la vieja casa de los Castán. Le enseñé la foto mía y de Ana en la que se veía el colgante con forma de Edelweiss, y la presencia de esas flores en el lugar donde hallaron a Emma Lenglet.

Y, después, le hice una advertencia:

–No vas a publicar nada de esto en el periódico. En serio. Kevin nos mataría, y además no estoy segura aún de que estas pistas conduzcan a nada sólido. –Ni que decir tiene que no le conté que había encontrado la caja de los secretos de Ana, llena hasta los topes de cartas de un amante torpe, ni que alguien había estado a punto de descubrirme mientras estuve en la casa de los Castán–. Pero, si me ayudas a tirar del hilo, te doy mi palabra de que la historia es tuya. Yo no quiero volver a escribir otro libro sobre este sitio, ni tampoco sobre Ana. Lo que quiero es irme de aquí después de atrapar al culpable sin demorarnos tanto como hace veintiséis años.

Era una propuesta muy valiosa, demasiado jugosa para que Camille no la aceptara. A cambio, yo iba a tener más libertad de movimientos, sabía que a ella no le costaría encontrar pistas e información que a mí no me iba a dar nadie en toda la comarca.

Me miró largamente, durante lo que a mí me parecieron minutos enteros, y luego soltó un grito de pura excitación y felicidad, dando una palmada como si hubiese ganado en alguna clase de juego infantil.

–¡Sabía que, dentro de ti, con tu vida falsa de esposa perfecta, seguías estando tú! –exclamó, y lo hizo con tal entusiasmo que ni siquiera pude enfadarme por la crueldad apenas disimulada de su comentario.

Siempre supe que Camille era una zorra, pero era una zorra de fiar. También supe siempre que para ser amigas no debía abrirme en exceso con ella; había zonas de mi vida a las que jamás debía darle acceso. En otras palabras, había que ser al menos tan zorra como ella para ganarme su respeto. No me cabía ninguna duda de que ella sabía que yo le ocultaba algo, pero, como he dicho, mi propuesta era ventajosa se mirase por donde se mirase.

De este modo, toda la información que iba a obtener, o bien en solitario o bien con Camille, la iba a analizar en condiciones antes de ponerla en manos de los investigadores, por mucho que el jefe fuera mi puto marido. Tenía clarísimo que Kevin no me perdonaría si se enteraba de lo que planeaba con ella, y lo que era mucho peor: si finalmente le filtraba a ella antes que a él datos tan valiosos como el asunto de las cartas. Pero también sabía que, en fin, no podía hablar con él hasta conseguir una prueba firme, útil, que lo cambiase todo.

Camille aceptó mis condiciones. Diría que incluso la hice un poco feliz. No me importó: también me había hecho feliz a mí.

Después de nuestra conversación, eran ya las siete de la tarde y había anochecido. Camille quería marcharse a toda prisa al centro de operaciones, que habían instalado en el gimnasio del instituto del pueblo, a ver si podía recabar algo más de información y escribir algo para la prensa del día siguiente. Estaba decidida a ser ella quien diese la noticia más completa sobre la desaparición de Ángela Martín, quien siempre fuese un paso por delante de los demás periodistas, informando de todo y convirtiéndose en la heroína perfecta y definitiva del lugar. Tal vez lo consiguiera. Al fin y al cabo, se le daba bien su trabajo, tal vez porque siempre ha tenido también las agallas necesarias para ir hasta el fondo del misterio, sin ningún temor, ni prudencia, ni pudor.

En cualquier caso, tuve que insistirle hasta que me dejó acompañarla. Eso sí me sorprendió un poco: se mostraba más sensata de lo que nunca la había visto. Se escudó en que temía por mi salud, pero en realidad no quería pasar por la bronca que le iba a echar Kevin cuando nos viese aparecer por ahí juntas.

—Yo te llevo —me dijo al final—, pero luego haré como que no tengo ni idea de cómo has llegado hasta ahí.

Asentí y me vestí a toda prisa. Mi madre me había dejado un viejo anorak que tenía por casa, de cuando yo aún vivía allí: me quedaba corto en las mangas, pero era lo que había. A veces hay que conformarse. De modo que acompañé a Camille al puesto de mando, mareándome en el coche por su enloquecido modo de conducir, demasiado deprisa, cogiendo cada curva *in extremis*, derrapando y siempre a punto de estrellarse. Cuando viajaba, le gustaba alquilar vehículos de gran cilindrada y ponerlos a prueba. Yo nunca he tenido el menor interés en los coches, pero a ella, en eso, como en tantas otras cosas, siempre le ha gustado comportarse como una adolescente traviesa. Cuando bajé del coche, me sentía desconcertada y ligeramente confusa. Camille se bajó del vehículo de un salto, me plantó un beso en la mejilla y me dijo:

—Nos vemos luego, monada.

Y, antes de que me diese cuenta, había desaparecido.

En aquel momento, deseé de verdad poder fumarme un cigarrillo, y así armarme de valor antes de entrar en el gimnasio. Tendría que enfrentarme no solo a mi marido, sino también a los habitantes de As Boiras que estuviesen por ahí. Me apetecía lo mismo que arrancarme las uñas con unas tenazas, una a una, pero me sentía en la obligación de hacerlo. Formaba parte del proceso. Un cigarrillo me habría ido bien, pero había decidido limitar mi antigua concesión de tres a cero. Lo estaba poniendo todo de mi parte, o al menos lo intentaba.

Lo único que pude hacer para envalentonarme fue respirar hondo un par de veces, pasarme las manos por el pelo para que mi coleta estuviese lisa y bien tirante —al menos, tenía mejor aspecto que unas horas antes, y eso ya era algo—, y prepararme para hundirme, de nuevo, en el pasado.

38

Habían montado el centro de operaciones en el gimnasio del instituto, mi antiguo instituto. Estaba totalmente atestado. En mi memoria, el lugar era justo igual que en la realidad: la pista de baloncesto con suelo de parqué, las gradas bajas, los aparatos de gimnasia amontonados en un rincón, las barras espalderas y el potro, los armarios de madera donde se guardaban los balones; todo estaba allí, tal y como lo recordaba. Lo único que faltaba era esa mezcla de sudor adolescente y olor a goma quemada que flotaba en el ambiente. Se habían limitado a apartarlo todo hacia las paredes, donde estaban las gradas recogidas, a desperdigar mesas y sillas y, en un rincón separado por unos biombos de madera, habían montado un espacio de trabajo lleno de tablones y pizarras. Pensé que, seguramente, eso había sido cosa de Kevin.

Alguien del ayuntamiento trataba de organizar unos puestos para los voluntarios. Habían traído un montón de teléfonos, pero no encontraban dónde conectar tantos cargadores Al otro lado de la enorme sala, por lo general diáfana, una mujer de unos cincuenta años con pantalones de senderismo apilaba en una mesa botellines de agua. No tardó en llegar otra, mayor y con una especie de bata cruzada sobre el chándal, con termos de café. Vi que Carlos casi se abalanzaba sobre ella, vestido de uniforme y con ojos vidriosos, para que le sirviera una taza. Intenté no mirar nada, ni a nadie, durante demasiado tiempo, porque lo último que quería era convertirme en el centro de atención en un lugar que no tardaría en llenarse de voluntarios para preparar las batidas de búsqueda del día siguiente.

Traté de localizar a mi marido con la mirada. Estaba tan rodeado de desconocidos que apenas pude reconocerlo, y hablaba por teléfono. Aunque estaba a apenas diez metros de él, no distinguía nada de lo que decía, todo era un auténtico caos. También busqué a Camille con la mirada, y tardé unos segundos en encontrarla. Hablaba con un hombre de pelo plateado. Apenas un instante después, reparé en que era Lorién. Ella le tocaba el brazo y se reía, como si él estuviese siendo encantador, terriblemente elocuente. Me sentí un tanto desconcertada. Lorién nunca me había parecido la clase de hombre que coqueteaba con mujeres mucho más jóvenes que él, pero estaba claro que Camille sí que era la clase de mujer que se ríe y le toca el brazo a un hombre si cree que puede sacar algo de provecho, alguna información súper relevante y de primerísima mano susceptible de incluirse en su próximo artículo. Desvié la mirada de la extraña pareja: lo que menos me apetecía en aquel momento era tener que ir a saludar a mi padrastro.

Analicé el lugar y me di cuenta de que en aquel pueblo no estaban en absoluto preparados para la llegada, la intromisión en sus vidas, de otro asesino en serie. Sí, de momento solo había una víctima mortal, pero había desaparecido otra niña, y el caos imperante era un indicativo fiable de que no estaban ni remotamente cerca de encontrarla, y mucho menos con vida.

Entonces presencié la discusión.

En algún momento impreciso, Kevin había dejado de hablar por teléfono. Ahora estaba situado más lejos de mí, y gesticulaba con violencia. Mantenía lo que parecía ser una discusión airada con otro hombre, mayor que él, con el pelo entrecano y barriga prominente, más alto que él y con la espalda anchísima, más propia de un leñador que de un Guardia Civil.

Era Santiago Gracia, y, a juzgar por su manera de discutir, la situación no había mejorado demasiado. Quizá Kevin había sido demasiado optimista. Me resultó inevitable fruncir el ceño. No me gusta que traten mal a mi marido, y menos si es por mi culpa. En realidad, aquello iba más allá de que le tratasen bien o mal, de que respetasen su autoridad o le tomasen por el pito del sereno: si querían resolver el caso, él era la persona más indicada para ello. Si ellos, si Santiago, no eran capaces de verlo por mero egoísmo o cabezonería, entonces cometían un error capital, todo se iba a retrasar más y más, y desaparecerían más niñas, y morirían, y todo alcanzaría unas proporciones inusitadas.

Me pareció que la discusión llegaba a un punto muerto, porque vi a mi marido hacer un gesto bastante feo con el brazo y marcharse airado. Me disponía a correr detrás de él –bueno, no a correr, pero sí a andar deprisa, y no porque me preocupara cómo se encontraba, sino porque quería enterarme de todo–, pero entonces Santiago barrió con sus ojos oscuros el gimnasio, me vio y, con aire decidido, caminó hacia mí.

Debí haber huido, aunque eso me hiciese quedar como una completa cobarde, pero no lo hice. Me quedé quieta, esperando la tormenta que se cernía sobre mí. No tendría piedad, me descuartizaría. Al fin y al cabo, yo le había hecho precisamente eso: lo descuarticé, sin piedad; de una manera sutil, lo traté de inútil, de mentiroso y de posible encubridor. Y no me arrepiento. Nunca me arrepiento cuando creo que tengo razón.

–¿Eres tú la que ha traído aquí a esa periodistilla francesa? –me reprochó, plantándose delante de mí, sin saludarme ni nada.

–No –le dije. Era verdad–. Ha venido ella sola. Es normal que vengan periodistas en casos así.

–Estaríamos mejor si no anduvierais por ahí.

–No siempre se puede tener lo que se desea.

Me miró de arriba abajo, como si me examinase, y al final dijo:

–Supongo que no. No deberías dejarte ver. No le caes muy bien a la gente de este pueblucho.

Era obvio que me estaba provocando, pero no dije nada al respecto, porque era lo mejor que podía hacer.

—¿Se sabe algo de la chica desaparecida? —pregunté.

—La estamos buscando. Hemos puesto todos los medios para...

—Oh, seguro que sí.

Santiago entrecerró los ojos. Me pareció que era un hombre duro, mucho más curtido que por aquel entonces. Siendo franca, supongo que él era demasiado joven para todo lo que se le vino encima, pero tampoco es que me diera pena por ello. También yo lo era. Todos podemos estar a la altura, pero a veces, simplemente, decidimos que es más sencillo, más fácil, no hacerlo.

—No sé lo que piensas tú, pero estoy convencido de que te equivocas —me dijo, mientras me apuntaba con el dedo. Me pareció ligeramente amenazante, pero no tenía ninguna intención de dejarme amedrentar—. Te equivocabas entonces y te equivocas ahora.

Y se fue. Me dejó ligeramente desconcertada, consumida por el caos que me rodeaba.

39

Así que dejé que ese caos me envolviese. Me dije que tal vez recabase algún dato importante para la investigación, lo que fuera. Mirando a mi alrededor, no tardé en localizar a los padres de la niña desaparecida. Su aspecto era inconfundible: la madre, una mujer de unos cuarenta años, con media melena castaña y un plumas de montaña puesto encima de lo que parecía ser un chándal, estaba sentada al otro lado de una especie de biombo que habían colocado para aislarla un poco del jaleo creciente del gimnasio.

No entendí cómo no me había fijado en ella cuando llegué. En lugar de ofrecerle intimidad, al romper el espacio diáfano, el biombo hacía que los ojos de todos los que entraban en el lugar se dirigiesen directamente hacia ella, llorosa y temblorosa. Alguien la había envuelto en una manta y tenía un termo de café entre las manos, pero no la vi beber ni una sola vez. De vez en cuando, negaba con la cabeza y rompía de nuevo a llorar. Estaba segura de que el padre era un hombre algo mayor que ella, con pantalones de camuflaje de los que se usan para salir a cazar, un cortavientos negro y el pelo entrecano. Iba y venía, parecía incapaz de estarse quieto. Recorría la sala de arriba abajo y volvía cada pocos minutos al lado de su mujer, trataba de consolarla, pero ni siquiera él podía decirle que todo iba a salir bien. Los dos sabían que nada iba a salir bien.

Me volví, dándoles la espalda, como si aquella visión, la de esos dos padres rotos, impotentes, me repugnase. Más bien, me perturbaba, hacía que, por enésima vez en aquellos días extraños y que recordaría para siempre como confusos, me temblaran las piernas. Decidí que lo mejor era tratar de mantenerme ocupada. Lo único que me había dicho Kevin aquella mañana era que había desaparecido otra niña, pero no tenía ni idea de en qué circunstancias se le había perdido la pista.

Cogí de un montón uno de los carteles con la cara y el nombre de la niña impresos, observando fijamente su foto, parándome en seco, ahora sí, a analizarlo.

Ángela Martín, catorce años, casi quince. El pelo negro y liso, a la altura de los hombros. Sus padres la echaron en falta a las nueve de la noche del día anterior, la hora de cenar. Había salido a las seis para ver a sus amigas en la plaza del pueblo. Lo habitual. Siempre avisaba si no iba a cenar en casa, pero aquel día no lo hizo. Simplemente, desapareció. Cuando era ya la una y no aparecía, ni cogía el teléfono, sus padres se acercaron al puesto de la Guardia Civil, después de haber llamado a todas sus amigas, a todos sus compañeros de clase. Ángela no había llegado a la plaza del pueblo. En algún punto de los setecientos metros que separaban su casa de esta, había desaparecido. Y todos los presentes en aquella sala sabían, sobre todo sus padres, que cada minuto contaba. Cada uno.

–Por la mañana llevaba unos pantalones vaqueros y un jersey rojo, pero creo que se cambió para salir… –oí decir a la madre de Ángela, entre sollozos–. ¡No lo sé! Puede que llevase unos shorts con medias que yo siempre le decía que no se pusiera, pero no me acuerdo. ¡No consigo acordarme!

Pensé que era de lo más normal. Cuando su hija se marchó por la tarde, después de clase, ella no pensaba que fuese a desaparecer. Desaparecer. Desapareces cuando vas a ver a tus amigas y todo el mundo te busca. Me las imaginé, a todas esas niñas de piernas larguísimas a quienes no conocía, apretujadas en un banco de la plaza, comiendo pipas al unísono. Ahora estarían asustadas, temblando, repitiéndose que todo iba a salir bien.

Pero yo no podía dejar de pensar que había visto a esa chica antes. Crucé el gimnasio, dispuesta a contárselo a Kevin, porque me parecía que era un dato importante, que sin duda él tenía que conocer, cuando las vi: eran las dos chicas del parque, las que estaban el día anterior con Ángela Martín comiendo pipas y hablando de todo y nada. Estaban visiblemente nerviosas, afectadas, situadas junto al puesto en torno al cual se organizaban los voluntarios para las batidas de búsqueda que comenzarían en apenas unas horas, en cuanto empezase a clarear. No fui nada discreta: avancé a grandes pasos en su dirección, y me planté delante de ellas.

Se quedaron mirándome, con cara de malas pulgas.

—Las batidas de búsqueda empiezan mañana a las seis, señora —me dijo la más bajita de las dos, una chica con aire decidido y los ojos verdes, brillantes.

—Ah, estupendo —contesté, con una sonrisa—. ¿Conocéis a Ángela Martín?

—Sí —respondieron las dos, al unísono. Después, la más resuelta de las dos preguntó—: ¿Por qué lo pregunta?

Me lanzó una mirada juiciosa, con los ojos entrecerrados, llena de reticencia.

—¿Veis a ese tío de ahí? —les dije, y señalé a Kevin, que en ese momento daba órdenes a diestro y siniestro—. El del traje negro.

—¿El gabacho? —preguntó la otra chica, rubia y alta, aunque aparentemente más tímida que su amiga.

Asentí.

—Es mi marido. Trabajo con él, con la policía —les expliqué, sin ningún pudor. Siendo estrictos, no era verdad, pero eso ellas no lo sabían—. Yo también quiero encontrar a Ángela.

—Ya —respondió ella.

—¿Cómo os llamáis?

—Yo, Marta —dijo, y luego señaló a su amiga—. Ella, Lara.

—Yo soy Alice. —Hice una pausa, pero hasta ahí llegaban las formalidades—. ¿Ángela había quedado con vosotras ayer?

Marta negó con la cabeza. Tenía entendido que eran las amigas de Ángela las que habían estado esperándola, inútilmente, pero no dije nada.

—Qué va —repuso, con una mueca de desagrado—. No había quedado con nosotras.

La miré, sin comprender.

—Eso es lo que piensan todos, ¿no? Que había quedado con vosotras en la plaza y que nunca llegó.

Marta asintió. Su coleta se movió con ella, describiendo un movimiento ondeante sobre la nuca.

—Sí, y es la verdad. Había quedado en la plaza y nunca llegó, solo que no había quedado con nosotras.

—¿Había quedado con… —empecé, parándome para lanzar bien el anzuelo— su novio?

—Claro. Y nunca llegó. Eso creo. —Marta se encogió de hombros, más por nerviosismo que porque pensara que el dato carecía de importancia.

—Marta, deberías contárselo a la policía —le dije, con seriedad.

Ella me miró, descarada.

—¿Y qué te crees que estoy intentando hacer aquí? ¿Te crees que he venido de turismo?

No dije nada. Le señalé a Kevin, una vez más.

—Cuéntaselo a él —le dije.

Marta me miró, recelosa, y se volvió hacia Lara. Las chicas se pusieron a cuchichear, y, aunque podría haber oído lo que se decían si me hubiese acercado, decidí que era contraproducente si quería ganarme su confianza.

—Puede que lo haga —contestó, al final.

—¿Sabes? —le dije—. Vi a Ángela discutir con su novio. Hace un par de días, en el aparcamiento del hotel. Él trabaja ahí, ¿verdad? Mi madre es la dueña.

—Ah, ¿eres esa Alice? —preguntó Lara, visiblemente desconcertada.

—¡Pues claro que es esa, tonta! —susurró Marta, y le dio un codazo—. ¿Tú conoces a muchas Alice o qué?

Hice caso omiso de todo, como si no hubiera pasado ante mis ojos.

—Él es mayor, ¿verdad?

Se encogieron de hombros, como si fuese una coreografía ensayada.

—Un poco, pero aquí eso es normal —dijo Marta—. Aquí no vive tanta gente, ¿sabes?

Asentí, comprensiva.

—Y… ¿qué pensáis de él?

—¿De Jorge? —preguntó Lara.

Yo volví a asentir.

—No sé, es un tío normal —respondió Marta, con indiferencia.

Noté que no le caía demasiado bien. Fue como una intuición.

—No te cae bien, ¿verdad?

—No le traga —respondió Lara, entre risitas.

—Discuten mucho —aclaró Marta—. No la trata bien, pero no creo que él tenga nada que ver.

—No, es normal discutir con tu novio —dije—. Los tíos pueden ser unos auténticos idiotas.

—¿A que sí? —respondió Lara, otra vez entre risitas—. Como ese poli tan *creepy* que no deja de mirarnos… —Eso último lo dijo mirando a su amiga, sin poder reprimir una carcajada. Marta le dio otro codazo para que se callara.

En realidad, no necesité más explicaciones. As Boiras es un pueblo pequeño, no hay tantos policías: supe enseguida que se refería a Carlos, pero pensé que, después de aquello, no iba a sacarles nada más a las chicas, así que me despedí.

—Bueno, a lo mejor os veo mañana en las batidas de búsqueda.

Ellas asintieron y yo me marché. Busqué a Kevin. Lo arrastré lejos de las llamadas de teléfono, los policías y voluntarios, las órdenes. Le conté lo que sabía. Al menos, una parte… y omitiendo a Ana. Le dije que yo había reconocido a Ángela Martín y que salía con un tal Jorge, que trabajaba de camarero en el hotel. Pareció que la cara se le iluminaba ante esa información. Me dijo que lo iban a interrogar. Ya, lo antes posible. También me dijo algo más.

—Tienes que contármelo todo, Alice —me dijo—. Voy a tener que aceptar que vayas por ahí haciendo lo que te dé la gana, a pesar de todo, pero cuéntame lo que averigües.

—No voy por ahí haciendo lo que me da la gana —le respondí.

—Bueno, un poco sí.

—Tendré cuidado, pero mañana pienso ir a las batidas de búsqueda.

Él me miró, lleno de dudas, de inquietud.

—Te prometo que tendré cuidado —le aseguré—. El médico me ha dicho esta mañana que el ejercicio físico es bueno en mi estado.

—Con cuidado y moderación, supongo —me advirtió.

—Cuidado y moderación —le aseguré.

Después de eso, volví al hotel con Camille, aprovechando que se marchaba ya a escribir su artículo. Tenía que entregarlo antes de medianoche y ya eran las nueve y media. Se encerró en su habitación, así que yo me metí en la mía y pedí un plato de pasta al servicio de habitaciones. Esperé a que volviera Kevin, quería saber qué estaba ocurriendo. Las horas pasaron. Me bebí tres Coca-Colas Zero. Habría preferido un par de vodkas, pero no podía ser. Volvió a eso de la una.

—¿Habéis hablado con Jorge? —le pregunté.

Asintió.

—¿Y? —insistí.

—Se llama Jorge Lanuza, tiene diecinueve años y no tenemos nada contra él, Alice.

Suspiré, fastidiada. Habría sido perfecto, demasiado fácil.

—Tendremos que ir por otro lado, entonces —comenté, resignada.

—Podrías echarme una mano —dijo, como si le restase importancia—. Ya sabes, extraoficialmente. A lo mejor le sacas algo, yo qué sé. O a las chicas.

—Cuenta conmigo, claro —respondí. Otra mentira.

El día siguiente iba a ser largo, muy largo. Todo se había puesto en marcha, y cada minuto contaba. Por suerte, estaba tan agotada que no me hicieron efecto las Coca-Colas. Nos fuimos a dormir. Me iba a pasar la mañana en el bosque, buscando, tal vez para nada, a Ángela Martín.

El bosque me recordaba inevitablemente a Ana.

SEGUNDA PARTE
EL BOSQUE

40

La búsqueda de Ángela Martín empezó a la mañana siguiente. Volvimos al centro de operaciones y Kevin se marchó con la Guardia Civil. Yo me quedé allí, mientras algunos miembros de Protección Civil trataban de organizar las batidas con el cada vez más nutrido grupo de voluntarios. Me pareció que mi presencia les incomodaba más de lo que mi experiencia en esta clase de asuntos podía aportarles, pero me hice la loca.

El primer grupo, formado por aquellos que conocían bien la zona, salió a primera hora, y se organizó otro que saldría a media mañana, lleno de lugareños voluntariosos pero con la escasa experiencia de senderistas domingueros. Hasta entonces, regresé al hotel con la intención de equiparme bien para pasar el día en la montaña. Me acercó en su coche uno de los voluntarios, uno que al parecer no sabía quién era yo o, si lo sabía, le daba igual.

Si en algún momento, desde que llegamos a As Boiras, yo había albergado la firme intención de no inmiscuirme en nada relativo en las investigaciones oficiales, ahora me parecía imposible no salir al bosque, a la montaña, a gritar el nombre de Ángela. Me parecía imposible no tratar de encontrarla pronto, viva y no muerta, y para eso necesitaba algo más apropiado que las botas de tacón que me calzaba siempre en esta época del año.

Cuando mi madre abrió la puerta, pareció ligeramente sorprendida al verme allí. No supe si por mi estado —en pie, bien vestida, con una buena dosis de antiojeras para tapar los estragos de los últimos días— o por la situación.

—¡Alice! —exclamó, casi resoplando, y se quedó allí, en el marco de la puerta—. ¿Qué haces aquí? ¿Estás bien?

Sonreí y le hice un gesto para que me dejase pasar. Me sentía un poco ridícula haciendo como que no había pasado nada entre nosotras en los dos últimos e intensos días, aunque era mejor así. Se apartó de la puerta, pero no pasamos del recibidor. Me escrutó, trataba de descubrir algo, no sé, de analizarme, y yo la evadía, miraba adonde fuera, menos a ella: a las flores moradas —otra vez, acónito— del jarrón, que se marchitaban lentamente, a pesar de lo frescas que parecían; a las molduras de madera oscura; al impoluto suelo recién encerado.

—Sí, mamá. Estoy bien. Solo venía a pedirte si tienes unas botas. De montaña. —Como ella no reaccionaba y seguía mirándome con esa extraña sonrisa suya, me vi obligada a seguir—. Ya sabes, para caminar... por la montaña.

—¡Oh, no! En tu estado, no puedes caminar por la montaña, querida.

—No voy a caminar por la montaña, tranquila. Solo por el bosque. Me he apuntado a las batidas de búsqueda. Te habrás enterado, ¿no?

—Oh, sí —respondió, y de pronto parecía compungida. Como si le importase de verdad—. Es terrible, ¿verdad? Conozco a su madre. Vamos juntas al club de lectura de la biblioteca.

La miré, atónita. ¿Club de lectura? ¿Cuándo se había convertido mi madre en esta mujer, bien peinada, bien vestida, sin un pelo fuera de su sitio, que iba a clubes de lectura con las otras mujeres del pueblo? Reprimí una risa, pero seguramente ella vio algo que brillaba en mis ojos. Algo que no le gustó.

—Alice, creo que hay personas más cualificadas que tú para estas cosas, ¿no crees?

Me mordí la lengua. No dije nada. ¿Qué clase de cualificación había que tener para ser voluntario en una batida de búsqueda? Estaba segura de que, si requerían algún título, yo lo tenía.

—Solo quiero estar ahí, mamá. —Y, entonces, un argumento mejor acudió a mi cerebro—. Ya sabes, mostrarle un poco de apoyo a mi marido.

Mi madre me miró de arriba abajo, como si le costase entender, y luego sonrió.

—Oh, eso lo entiendo. Mira, te llevaré yo. Tú no deberías conducir estando así. ¿Y si te mareas? —suspiró, con aire teatral, como si le preocupase de verdad—. Y sí, tengo botas de montaña, todavía guardo las tuyas. Están casi nuevas. Estuviste aquí tan poco tiempo que casi no...

—Vale, mamá —la interrumpí—. Gracias.

Desapareció escaleras arriba, convencida de que las botas estarían limpias, perfectas, listas para usarse. Como si, en realidad, apenas hubiese pasado el tiempo, cuando en realidad lo que había pasado era todo: la vida, abriéndose camino, siguiendo su curso. Por eso, quizá, fue tan extraño volver a calzarme esas botas cuando mi madre volvió con ellas, y comprobar que todavía me iban perfectas, que yo todavía era eso, yo. La misma de antes, con los mismos pies, los mismos zapatos. Aunque casi todo lo demás hubiera cambiado.

41

Nada más llegar a la entrada del parque natural, mi madre enseguida encontró gente con la que le apetecía pasar el rato más que conmigo. No la culpé, pero me quedé ligeramente desconcertada. Lo observé todo: los voluntarios se dividían en grupos, se reconocían entre ellos, se abrazaban y se contaban qué tal iban las cosas. Aquel día, habían cerrado el parque natural al público, y así seguiría mientras continuasen las labores de búsqueda.

Los dos guardabosques a cargo de los voluntarios lanzaban miradas nerviosas al grupo, que constaba de unas cincuenta personas. Un chico de unos veinte años y aspecto macilento, con gafas y el pelo grasiento pegado a la cabeza, estaba detrás de una mesa llena de mapas, botellines de agua y barritas energéticas. Ya eran pasadas las once. Fijé la mirada en aquellas personas y en sus vestimentas —ropa cómoda y de abrigo, con la que poder moverse con soltura entre los árboles; botas de montaña, de las que agarran bien el tobillo y evitan que se tuerza al caminar por aquel terreno irregular—, pensé en que nunca había formado parte de ningún grupo tan ajeno a mí. Las raras ocasiones en las que había practicado algo parecido al senderismo, escasas y espaciadas en el tiempo —cuando vivía aquí, con Lorién y mi madre, o con Ana y su padre; alguna que otra vez con Kevin en aquellas vacaciones en los Alpes, o paseando por los bosques escoceses—, siempre me había sentido como una total y completa impostora. Aquello no estaba hecho para mí. Me gustaba correr, sí, pero en el parque, y todavía me gustaba más hacerlo en una cinta de correr, en un entorno aséptico y controlado. Este lugar no tenía nada que ver conmigo. En la boca del estómago, me entró algo parecido al vértigo: el miedo a los espacios abiertos, a salir de la zona de confort. Demasiado tarde, me dije, y me acerqué al grupo con una sonrisita tímida en los labios. Demasiado tarde.

Entonces llegó Carlos. Estaba nervioso, despeinado y con ojeras, como si él tampoco durmiera muy bien de un tiempo a esta parte. Su aspecto era más parecido al del sospechoso que buscábamos que al de un policía, pero supongo que podrían decir lo mismo de mí. Era evidente que, últimamente, yo no había atravesado mi mejor momento, y me gustaba comprobar que no era la única a la que le afectaba, le arrastraba incluso, la terrible situación que vivíamos.

Yo seguía ahí plantada, esperando a que todo empezara, incómoda por tener los pies embutidos en las botas de montaña, tratando de recordar si siempre habían sido tan tremendamente incómodas. Pensaba si en realidad era el precio que debía pagar por querer meterme en la piel de una lugareña más de As Boiras, cuando Carlos se dirigió hacia mí con sus andares patosos y desgarbados. Como nuestro reencuentro —aunque, en realidad, como yo no recordaba su existencia, había sido casi un encuentro— había resultado un poco raro, me esforcé por sonreír y parecer despreocupada, muy segura de mí misma y todo eso.

—¡Buenos días! —le dije, fingiendo cierto grado de entusiasmo, solo el necesario.

Él se plantó a mi lado, con su uniforme limpio pero arrugado, con cierto aire nervioso pero risueño. Durante un breve instante, me pregunté cómo de diferente le parecía yo a Carlos. Saltaba a la vista que él se acordaba mucho más de mí que yo de él, pero ¿le había decepcionado cómo era yo ahora? No pude evitar esa preocupación, fruto obvio de la vanidad, pero su modo de sonreírme, lleno de dudas y de nervios aunque también de algo parecido a la excitación, a la emoción, me infundió cierta seguridad en mí misma.

—Hola, Alice —empezó, y carraspeó para aclararse la garganta—. ¿Cómo estás? Tu marido, Kevin, me ha contado que no te has… —Volvió a carraspear—. Bueno, que no te has sentido muy bien estos días.

Eso hizo que me quedara fría, como si, de repente, el hecho de que me recordasen lo delicado de mi situación, de mi estado, lo hiciese todo más real. No perdí la sonrisa.

—Ah, pero estoy bien, no te preocupes.

—Bueno, está bien que quieras ayudar. Toda ayuda es poca. Seguro que todos te lo agradecen. —De verdad que este hombre no tenía ni idea, pero me contuve, y me limité a asentir—. En fin, hoy te vienes conmigo.

—¿Contigo? —le pregunté, y parpadeé, confusa. ¿Se refería a que no podía participar en la batida de búsqueda? ¿Me iba a llevar… a otro sitio?

—Sí, en la batida. Es mejor que no andes por ahí tú sola. Te podrías hacer daño.

Me pareció más una advertencia que una medida para que yo me sintiese tranquila, cuidada. En realidad, sentí de nuevo que querían vigilarme. Al fin y al cabo, Santiago era el superior de Carlos, y estaba claro que yo no era de su agrado. Aun así, sonreí y meneé la cabeza como una completa idiota.

—Oh, estupendo. Me quedo más tranquila al saber que estaré contigo, Carlos.

A Carlos le sorprendió mi respuesta, pero no pudo seguir hablando porque el dispositivo se puso en marcha. Hubo algo que no me gustó, y es que los guardabosques nos dividieron en dos grupos más pequeños. Era como volver a la clase de gimnasia, como volver a ser la última elegida para algún juego absurdo cuyas reglas no entendía. Los locales expertos en la zona, habituales del coto de caza y demás, irían por su cuenta: eran como los aventajados de la clase, los primeros en ser elegidos. De hecho, la gran mayoría habían salido ya en el grupo anterior con otros guardas y los agentes, el grupo de Kevin. En general, se fiaban poco de tanto policía de ciudad suelto por ahí. En su opinión, el resto no haríamos más que pisar cualquier posible huella que hubiesen dejado.

Después, se formó un grupo con otros voluntarios que, como yo, no tenían ni idea de cómo moverse por bosques y montañas. Carlos parecía mi sombra, siempre pegado a mí, como si él no tuviese ninguna autoridad, ni ninguna idea de lo que pasaba ahí. Éramos unas veinte personas, y nos acompañaba el guarda. Un conjunto de sesentones y adolescentes que solo querían ayudar y que, como no sabían cómo, se echaban a andar por el bosque, no fueran a encontrar un calcetín, una cabaña que nadie conocía y en la que estaba atada Ángela, un caldero de oro al final del arcoíris.

Emprendimos la marcha y me esforcé por caminar más despacio de lo que realmente habría sido necesario. Pero como Carlos me seguía como un fiel perrito faldero, sin hablar aunque sin alejarse en ningún momento más de un par de metros de mí, no tardamos en quedarnos rezagados y en perder al resto del grupo. Eso era justo lo que yo quería. Me dije que, así, podríamos hablar. Estaba claro que le habían encargado a Carlos que no me dejara sola ni un momento, que no me diese oportunidad alguna de husmear por ahí, pero, a mis ojos, su presencia era justo la oportunidad que yo necesitaba.

42

No recordaba haber caminado tanto en mis trece años de vida. Nunca me gustó caminar. Ana no lo hacía: ella corría, daba pequeños saltos, era rápida como una gacela y no parecía cansarse nunca. Yo jadeaba para seguirle el ritmo, pero sabía que no lo conseguiría. Siempre había suspendido gimnasia. No me interesaba lo más mínimo. Me parecía completamente vulgar y fuera de tono sudar de aquella manera, pero a Ana no. Es como si necesitase desfogarse, apagar cierto fuego que llevaba dentro, siempre encendido. Así que ella corría por el bosque, serpenteaba entre los árboles, y yo la seguía con dificultad, persiguiéndola. Era noviembre, pero hacía calor. Era uno de esos días extraños en los que no importa la estación y en los que parece siempre verano. Podríamos habernos fotografiado en bikini y jurar que era agosto al enseñarles la estampa a nuestros hipotéticos nietos y a nadie le habría extrañado, pero Ana llevaba una camiseta de manga larga y cuello alto, una falda negra y medias tupidas. Nunca la había visto en manga corta. Recuerdo que entonces gritó y que yo corrí con desesperación hasta llegar a su lado, jadeando y con el pelo enredándose en cada rama, llenándose de hojas secas, flotando detrás de mí. La alcancé y estaba tendida en el suelo, con una rama que le salía del muslo. Se había caído y se la había clavado. No era una herida demasiado profunda, pero tenía que doler.

No pude reprimir un gemido de asco al ver aquella sangre brotar de la herida, y me quedé así, mirando, paralizada, con la mueca de asco en mis labios.

—¡Sácamela! —me pidió.

Fue casi como si me suplicara, con su voz atenazada por el dolor. Y fue eso lo que me fascinó: verla a ella rendida, herida, tirada en el suelo, pidiéndome ayuda a mí. Siempre pensé que sería al revés. Siempre era al revés: yo, en el suelo; yo, rendida; yo, pidiéndole ayuda. Ahora no. Ahora era ella la que...

—¡Alice! —suplicó—. Sácamela —repitió. Y, en voz muy baja, casi inaudible, añadió—: *Por favor.*

Con un movimiento rápido, y mirando hacia otro lado, le saqué la rama y la sangre empezó a brotar, a brotar y a llenarlo todo de rojo. Sentí la sangre antes de verla: mis manos y mis pantalones llenos de sangre, tan oscura que parecía negra, caliente y pegajosa.

—Tendrás que quitarte los leotardos —le ordené, nerviosa.

—¿Por qué? —preguntó ella—. Ya me has sacado la rama, estaré bien.

Durante un instante, la creí. Ana siempre tenía razón, Ana sabía más que yo sobre sobre prácticamente cualquier cosa. Tal vez yo hubiese leído más libros, tal vez usase mejor ciertas palabras, pero ella sabía, incluso, expresarse mejor que yo. Llevaba todo ese conocimiento dentro, formaba parte de sí misma, de lo que ella era. Pero en ese momento... Quise agarrarla por los hombros, zarandearla y decirle: «¡Idiota!, ¿no ves que te vas a morir?, ¿no ves que te vas a desangrar, aquí, en este estúpido bosque?». Pero, como tantas veces, no lo hice, aunque tampoco pude morderme la lengua.

—¡No vas a estar bien! —le grité. Después, suavicé el tono. Era mejor así, hablarle con dulzura, con suavidad. Como a un animal herido—. No para de sangrar, Ana.

Intentaba pensar, pensar en algo que pudiese solucionarlo todo de golpe y porrazo, pero no dejaba de salir sangre, y yo cada vez estaba más nerviosa.

—¡Tengo que hacerte un torniquete! —le dije—. Lo he visto en la tele, ya verás. Saldrá bien.

Cuando Ana se quitó las medias —y lo hizo despacio, como si costase, como si doliese—, vi por primera vez un espacio de su piel desnuda diferente de la cara, el cuello o las manos: las piernas. Tenía los muslos redondeados y pálidos, llenos de moratones y magulladuras. Me recorrió un escalofrío.

—Ana, ¿qué…?

No me dejó formular la pregunta.

—Júrame que no se lo contarás a nadie —me ordenó, furiosa, seria.

—Te lo juro.

Lo jurábamos todo por aquel entonces, como si con una simple promesa no bastase. Le hice un torniquete improvisado con las medias y caminé cargando con su peso sobre mi hombro de vuelta al pueblo.

43

—Oye, ¿qué tal es trabajar con Santiago? —le pregunté, aprovechando que se había detenido y agachado para ajustar los cordones de las botas negras de guardia civil.

Alzó la vista y me miró, ligeramente sorprendido, como si hubiese olvidado que yo sabía hablar o algo así.

—Bueno, pues es… Es muy… —empezó, titubeante, como si no supiese muy bien qué decir.

—¿Serio? —me lancé, intentando completar la frase.

Asintió.

—Pero no lo digo como algo malo, qué va —se apresuró a añadir, como si temiese que yo fuese a correr a chivarme o algo así.

—Descuida —lo tranquilicé, mientras él se ponía de nuevo en pie—, tampoco es que él y yo seamos lo que se dice amigos, ni nada por el estilo.

—Bueno, algo he oído —repuso él—. Pero no te creas que él te tiene manía, ¿eh? —se lanzó, envalentonado. Era fácil prenderle la mecha y que empezase a hablar. También estaba claro que nunca había sido el más espabilado de la clase—. Sí le tiene muchísimo aprecio a tu padrastro.

—Ya, Lorién y él eran amigos, ¿verdad? —continué, dispuesta a aprovechar hasta el más mínimo resquicio que se me abriera, y lo apoyé dedicándole una sonrisa cálida, con la que lo animaba a seguir.

—Bueno, son amigos, ¿no? Porque ellos son… ¿hombres muy respetados aquí? —continuó, con esa voz trémula suya, llena de inseguridad, como si yo lo intimidase.

Seguimos caminando, lentamente, con cuidado de no pisar ninguna posible pista, mirando hacia el suelo. De vez en cuando, se oía algún grito de «¡Ángela!» aquí y allá, rompiendo la calma del bosque. En el pasado, yo había recorrido muchas veces esa zona del parque natural, de monte bajo y bosque frondoso, pero eso no hacía que mis pasos pareciesen más seguros.

Estábamos en la zona de la reserva de caza. La cabaña que antaño había pertenecido a Marzal Castán debía de estar cerca. Era una de esas edificaciones que se habían construido antes de que este fuese un lugar protegido. Con el tiempo, el monte se llenó de visitantes, pero en realidad uno podía pasar inadvertido en un sitio como este durante mucho tiempo: tanto árbol, tanta montaña… Podrías vivir allí durante semanas y no encontrarte con nadie. Los turistas nunca se salían del sendero, los guardas tenían trabajo que hacer. La cruda realidad era que se trataba de una zona demasiado grande para peinarla milímetro a milímetro, y todos los que caminábamos en silencio, gritando el nombre de Ángela, lo sabíamos. Daba igual lo inexpertos que fuésemos, lo poco que conociésemos el bosque y la montaña: eso lo sabíamos, era una cuestión de mero sentido común. Encontrar algo, cualquier pista, en aquel lugar era, prácticamente, como ponerse a buscar una aguja en un pajar.

—Me lo puedo imaginar —respondí—. Al fin y al cabo, este es un pueblo pequeño, y todos os conocéis. ¿Te gusta vivir aquí?

—Claro que me gusta. Me encantan la naturaleza y todas esas cosas, ya lo sabes.

Asentí, como si en efecto tuviera que saberlo. Probablemente, Carlos consideraba que esa información sobre sí mismo era muy relevante, algo que cualquiera que lo conociese tenía que saber, y como él pensaba que nos conocíamos…, decidí que era mejor no llevarle la contraria al respecto. Si creía que me acordaba de él, sería más fácil ponerlo de mi parte y sacarle algo de información.

—A Lorién también —respondí—. Siempre se juntaba con Santiago y con Castán, ¿no?, para cazar.

—Hombre, pues claro. Todos los críos queríamos ir a cazar con ellos.

Seguí asintiendo, pese a que no tenía ni idea del asunto. ¿Tan pequeños y ya querían cazar? No me parecía nada descabellado.

—Es que la caza nunca ha sido lo mío, ¿sabes?

Elevó la mirada, que había tenido clavada en el suelo mientras caminaba, y me escrutó de arriba abajo. Me pareció que me pegaba un buen repaso, que traspasaba las capas de ropa de abrigo hasta desnudarme, pero dejé que lo hiciera. Algunos hombres son así.

—Se te nota —dijo Carlos, y soltó una carcajada—. No te pega nada estar aquí. Nunca te ha pegado.

Me encogí de hombros, y esbocé una sonrisa, pero tenía la cabeza en otra parte. Fingí mucha concentración, como si dar un solo paso por aquel terreno irregular me supusiese un gran esfuerzo, y me quedé callada durante unos minutos. Oía la respiración acelerada e irregular de Carlos a mis espaldas, pesada y calentándome la nuca, y me hacía sentir extraña saber que lo tenía *tan* cerca. Mi padrastro, Santiago Gracia y Marzal Castán habían sido amigos, eso lo sabía, lo recordaba bien. Entrecerré los ojos. En el salón de casa de mi madre hubo en tiempos una fotografía de ellos. Habían ido a pescar y sostenían, triunfantes y contentos, unas enormes truchas. Me pregunté quién habría sacado la foto. Ya no estaba en el salón, ni enmarcada ni nada, eso lo sabía con certeza. ¿La habría tirado?

Observé de reojo a Carlos. No era en absoluto un hombre como aquellos tres. En eso, los tiempos sí habían cambiado. Parecía extrañamente receptivo, y de algún modo parlanchín, aunque fuese todo lo contrario a una persona elocuente. Me agarré a ese presentimiento como si fuese un hilo del que tirar.

—Pero Santiago y Lorién ya no se ven tanto, ¿no? —le pregunté, lanzándome un poco al vacío.

—Bueno, es que a Santiago le sentó fatal lo que tú escribiste, y tu padrastro tampoco iba a dejar que... Bueno, es que no le pareció bien que te insultase por ahí, ¿sabes?

Parecía nervioso. Sonreí.

—Pero se arreglaron, ¿no? Ya ha pasado mucho tiempo desde que publiqué el libro.

Carlos se encogió de hombros.

—Sí, se arreglaron, un poco, pero yo creo que... —empezó, pero se quedó callado, como si acabara de reparar en que había estado a punto de decir una tontería.

—¿Qué? —le pregunté, animándolo a seguir.

—No es nada... —empezó, reticente, aunque creo que la insistencia de mi sonrisa fue el aliciente para que continuara—. Bueno, es que yo creo que nada ha vuelto a ser lo mismo para ninguno de nosotros desde entonces, ¿sabes?, desde que tú te fuiste.

—No será por mí —le dije, a modo de broma.

No lo pilló.

—¡Claro que no! —se apresuró a decir, como si tuviese miedo de ofenderme o algo así—. Es que todo el pueblo cambió, porque nadie podía creer que uno de los nuestros fuese capaz de hacer algo así.

—¿Y tú? —le pregunté. Vi mi oportunidad.

Él se quedó parado y me miró.

—Yo... leí tu libro —me contestó, casi a modo de confesión.

—¿Y qué te pareció?

Carlos se encogió de hombros.

—Siempre has sido muy lista, Alice —dijo, en voz baja, pero pude escucharlo a la perfección—. Incluso por aquel entonces, tú y ella, Ana. Yo... creo que nosotros ni siquiera podíamos seguiros. —Se quedó callado. Contuvo el aliento—. ¿Nunca te diste cuenta?

—¿De qué?

—De que estábamos todos un poco enamorados de vosotras dos, o puede que más que un poco.

Lo miré a los ojos y sentí que algo se rompía dentro de él, una especie de coraza, de pantalla de cristal que nos había separado hasta entonces. Al parecer, solo era de plástico blando, y se derretía con un poquito de calor. Pero luego Carlos sonrió y se rompió el hechizo.

44

Llevábamos más de una hora de caminata y me dolían los riñones. Carlos y yo hablábamos de vez en cuando, intercambiábamos
breves observaciones, pero empezaba a cansarme de tanta para-
fernalia. Tras su cándida confesión, además, se había cerrado en
banda, quizá avergonzado, y fue imposible sonsacarle nada más.

Me sentía pesada, como si las piernas me fuesen a traicionar
en cualquier momento. Me pregunté si caminar había sido
siempre tan duro, tan difícil. Había hecho acopio de todas mis
fuerzas, concentrada en una idea, una idea única pero poderosa:
volver a ser yo. Volver a ser como era antes. Y antes habría sido
capaz de recorrer cualquier camino, de subir cualquier montaña. Ahora ya no. Ahora, notaba que las botas me quedaban en
realidad medio número pequeñas, que me apretaban sobre todo
en los dedos, me comprimían los meñiques. Ahora me costaba:
me faltaba el aliento y, poco a poco, sentía cómo, debajo de las
capas de ropa, me cubría el cuerpo un sudor frío, pegajoso,
incómodo.

Entonces oímos las voces. Carlos aceleró el paso, y yo le seguí, sin mucha convicción. Era un grupo de mujeres de mediana
edad, voluntarias, que estaban examinando algo en un árbol. Al
ver a mi acompañante, se lanzaron a interpelarlo, con un millón
de preguntas y de observaciones. Me quedé atrás. Y pensé que
ahí estaba mi oportunidad. Me aparté de Carlos y de las mujeres

desconocidas, caminando más rápido de lo que me convenía. Era consciente de que acabaría cansada, pero quería perder de vista al guardia civil durante un rato, aunque solo fuera para no escuchar sus comentarios banales sobre, en realidad, cualquier cosa.

Caminé en piloto automático, esquivando los árboles sin prestarles demasiada atención, hasta alejarme unos cuantos metros del grupo. Me paré en seco, y apoyé la espalda en el tronco de un árbol para recuperar el aliento. Aún sentía como si mis piernas estuviesen hechas de gelatina, y no de músculos, huesos y tendones. Entonces la vi. Era imposible no verla, a unos cuantos metros de mí: llevaba un anorak verde neón, el pelo atado en una coleta alta y leggins ajustados. Alzaba el brazo, empuñando el teléfono móvil, tratando de encontrar cobertura. No necesité verla de cerca para saber que era Marta, una de las amigas de Ángela Martín. Me dije que, a lo mejor, si estábamos solas, podría sacarle algo, lo que fuera, un poquito de información.

—Puta mierda de bosque... —la oí decir, entre dientes.

Parecía completamente ajena a la situación en la que ambas estábamos metidas. No, ella no formaba parte de una batida de búsqueda para encontrar a una chica de su edad, una de sus amigas, además; ella estaba en su propio universo y, en su universo, era de vital importancia conseguir algo de cobertura, aunque fuese solo una rayita, aunque fuese un mísero 3G.

—No te gusta el senderismo, ¿verdad? —aventuré.

Se volvió, sorprendida por mi voz, dando un respingo.

—¡Joder! ¡Menudo susto me has dado! —exclamó, y dejó caer el móvil al suelo. Se inclinó para recogerlo, suspirando aliviada al ver que la pantalla no se había roto.

—Lo siento —repliqué, y me encogí de hombros. No lo sentía o, al menos, no demasiado—. ¿Te has quedado atrás?

Me miró como si le hablase en otro idioma.

—Quiero decir —comencé, mientras me aclaraba la garganta— que tú ibas con un grupo, ¿no?, y ahora te has quedado aquí, sola.

Entrecerró los ojos. Me miraba con el mismo frío recelo que cuando nos conocimos.

—Es que quería comprobar si tenía cobertura —explicó.

Guardé silencio. Podría haberle preguntado para qué necesitaba con tanta premura que su móvil funcionase, pero era una adolescente, y hasta a mí me entraba a veces ansiedad si no me funcionaban los datos, así que... guardé silencio. Esbocé una sonrisa. Intenté no parecer demasiado rara, demasiado extravagante, aunque eso era complicado. A los adolescentes enseguida les parecen raros los adultos que les hacen demasiadas preguntas. Hacen bien en no fiarse: es un mecanismo de defensa.

—¿Sabes? —me dijo, mientras me recorría con la mirada, con unos ojos juiciosos y analíticos. Era lista, esas cosas se saben a simple vista—, no soy ninguna chivata. Si esperas que te cuente cosas sobre Ángela, vas lista.

—No espero nada —repuse, con calma. Las dos nos habíamos puesto a caminar, pero lentamente, como si no tuviésemos ninguna prisa por llegar a nuestro destino—. Pero piensa que, si Ángela tenía secretos, pueden ser importantes para encontrarla.

—Eso si está viva —puntualizó ella, y frunció el ceño.

—¿Crees que no lo está?

—Creo que sus secretos no tienen nada que ver con lo que está pasando, Alice —replicó, con un tono de voz serio que, de pronto, la hizo parecer mucho mayor de lo que realmente era.

—¿Y si Jorge tiene algo que ver?

Ella me miró otra vez, toda ojos y juicio y análisis. Pensé que era una chica peligrosa. En cierto modo, me recordaba un poco a Ana, solo que esperaba que no cometiese los mismos errores. Es demasiado fácil cuando eres joven. Monstruosamente fácil.

—Jorge no tiene nada que ver —me aseguró, con tono vehemente—. Mira, me cae como el culo, así, para serte sincera, pero él no ha sido. La quiere, de un modo horroroso y tóxico, y no es que no crea que no sea capaz de matarla, es que creo que no es tan listo.

—¿A qué te refieres? —le pregunté, entrecerrando los ojos.

—Hay que ser listo para que no te pillen, ¿no? Jorge le habría dado mil puñaladas y se habría quedado ahí, llorando, cubierto de sangre. —Chasqueó la lengua, visiblemente asqueada por la imagen mental que ella misma acababa de crearse—. A Emma Lenglet no la mataron así.

—Nunca las mata así —dije, hablando en voz baja, más para mí misma que para ella.

—Tú estabas ahí —replicó Marta, de nuevo con ese tono serio suyo—. Seguro que sabes más que yo. Escribiste un libro, ¿no?

La miré y me pareció que ya no había tanto recelo en su mirada. Tragué saliva.

—Pues sí, lo hice. Todo el mundo aquí lo sabe.

—Tuviste los cojones bien gordos —me dijo, con una especie de sonrisa—. Bueno, los ovarios. Lo que sea. —Soltó una carcajada, como si todo esto, en el fondo, no hubiese que tomárselo demasiado en serio. Pero, de pronto, recobró la seriedad y su mirada se ensombreció—. ¿Conocías a alguna?

Supe enseguida a qué se refería, ¿cómo no saberlo? Esa pregunta, ese hecho fatal, había definido toda mi existencia. Parecía como si, en realidad, no hubiese existido vida antes de As Boiras, y toda la vida de después, que era mucho más larga y fructífera, que llenaba capítulos enteros en la historia de mi vida, no fuese más que una consecuencia de lo que pasó aquí. Se me notaba, nada más verme: la gente podía mirarme y decir «ha pasado por todo esto», y, aunque no supieran exactamente por qué cosas había pasado, sabían que había ocurrido algo, horrible y traumático, que me había cambiado la vida por completo. Para siempre. Esperé, sinceramente, que a Marta no le ocurriese lo mismo.

—¡Pues claro, yo vivía aquí! —exclamé, pero lamenté enseguida haberlo dicho con tanto énfasis. Porque, en fin, yo había vivido en As Boiras, pero Marta se había criado en el pueblo y seguiría viviendo en él, por lo menos durante algunos años, después de que yo me fuera. Para ella era peor. Inevitablemente, era peor—. Mi mejor amiga, Ana.

Marta asintió. Pensé que me iba a pedir más detalles, pero no: eso, solo un nombre, le había parecido suficiente información. Seguimos caminando por el bosque.

45

Llevábamos tanto tiempo caminando nieve a través que sentía como si ese frío no me fuese a abandonar jamás, en toda la vida. Notaba cómo se me metía en el cuerpo por los pies, penetraba a través de la gruesa suela de goma de las botas de montaña, me reptaba a través de las piernas, se introducía en mi sangre, y corría a través de mis arterias. La peor parte venía al respirar: cada bocanada de aire era como si un millón de cuchillos, afiladísimos, se me clavasen en los pulmones, sin piedad alguna. Sentía cómo me atravesaban, me cruzaban la caja torácica y llegaban hasta la espalda, partiéndome la columna vertebral en dos. Pero seguía caminando. Ana avanzaba por lo menos veinte metros por delante de mí, con un paso firme y rápido que yo seguía a duras penas. De pronto, se paró en seco y yo me apresuré para llegar a su altura, pensando que me estaba esperando. Pero no: había encontrado algo. Estaba inclinada sobre el suelo, y en su mano desnuda —¿por qué nunca llevaba guantes?— había un pequeño objeto que, a aquella distancia, no pude distinguir.

—¡Ana! —la llamé, pero ella no se volvió para mirarme—. Ana, ¿has encontrado algo?

Cuando llegué junto a ella, el pecho me ardía por dentro y tenía las mejillas rojas como un tomate. Cada paso había sido como subir unas escaleras larguísimas, y el cuerpo se me hundía hasta las rodillas en la nieve.

—Sí —dijo ella, pero seguía sin mirarme.

Me agaché a su lado y entonces la vi. Era una horquilla en forma de estrella. Una cosita diminuta y brillante que refulgía, captando todos los rayos de sol que conseguían traspasar la espesura de las copas de los árboles.

—¿Qué es eso? —le pregunté, a pesar de que sabía perfectamente lo que era.

—Es de Laura —dijo Ana, con sencillez—. Seguro.

Ana lo había dicho con un tono tan firme y rotundo que me asustó un poco. Sonaba, casi, como una sentencia, como si tuviera la completa certeza de lo que decía.

—Eso no lo sabes, Ana —objeté, dubitativa, con la voz temblorosa. No sabía si temblaba por el frío o, sencillamente, porque me inquietaba ver aquel objeto tan pequeño en la blanquísima palma de su mano—. Podría ser de cualquiera. Y a Laura la encontraron en la otra punta del parque.

—No. Es suya. La vi en una de esas fotos que colgaron por todo el pueblo.

Yo pensé que podría ser verdad o podría ser mentira, pero quizá Ana necesitaba creer que sí era de Laura. No obstante, la niña a la que todos buscábamos ahora, caminando por el bosque a través de la nieve como si cada minuto fuera oro, era Alba, así que no dije nada. Había aprendido que algunas veces era mejor así.

46

Cuando me di cuenta de que avanzábamos hacia la entrada del parque natural, ya casi habíamos llegado. De algún modo, la conversación me había distraído, pero estaba claro que Marta sabía exactamente hacia dónde nos dirigíamos. Al fin y al cabo, ella era de As Boiras, y conocía el lugar como la palma de la mano, por mucho que caminar y esas cosas no fueran lo suyo.

Salimos del bosque e irrumpimos en el claro donde había comenzado la expedición y donde estaban apostados los voluntarios con sus mesas, sus ridículas botellitas de agua y barritas energéticas, como dos almas en pena. Las dos parecíamos derrotadas y, a pesar de la distancia que nos separaba —más de veinte años, un par de generaciones y alguna que otra experiencia vital—, compartíamos un mismo sentimiento: el miedo.

—Entonces ¿eres o no eres francesa? —me preguntó.

Esa misma conversación, con ligeras variaciones, nos había ocupado durante los últimos cinco minutos. Marta no me hacía demasiado caso: llevaba el móvil en la mano e insistía en comprobar si tenía cobertura. Negativo. Ni una mísera rayita de mierda.

—Sí y no. Mi madre es española, pero mi padre es francés. Y yo me marché de aquí para vivir con él cuando tenía tu edad.

Ella me miró, como si tratase de calcular mi edad actual.

—¿Y no tuviste miedo de que te ase…? —empezó, pero vio llegar a dos chicas en bicicleta y se distrajo irremediablemente—. Oh, mira. Ahí están Lara y Pili.

Podría haberle dicho que no tenía ni idea de quién era Pili, porque a Lara sí que la conocía, pero no hizo falta. Estaba claro quiénes eran: las otras amigas de Ángela. Un círculo que, poco a poco, empezaba a cerrarse. O que, más bien, no había hecho más que dibujarse.

No encontramos a Ángela Martín aquella primera mañana. Los voluntarios salieron del bosque poco a poco. Una dotación de bomberos iba a realizar un último rastreo por la tarde; ya estaban preparándose en el claro. Quedaban pocas horas de luz, así es como pasa, en invierno, al menos por aquí. Recorrí con la mirada a los otros voluntarios, las otras personas que se habían acercado hasta ahí para echar una mano, y me di cuenta de que ya había visto esas caras antes: no solo en el pueblo, sino también en este mismo lugar, gritando otros nombres, buscando a otras chicas. Hace ya más de veinte años, las mismas personas, con la misma sensación de derrota: todos sabíamos, entonces y ahora, que la búsqueda iba a resultar infructuosa, que nada iba a salir bien. Nunca salía bien. No se busca a una niña por el bosque esperando encontrarla, no cuando no se ha escapado de casa, no cuando alguien se la ha llevado.

Esa sensación, la angustia, nos había contagiado a todos. Veía corrillos de amigos que se formaban, palmadas en la espalda, frases como «Mañana irá mejor», pero todos sabíamos que nada iba a ir bien. Todos habíamos esperado, de manera tonta e ingenua, que la desaparición de Ángela Martín no fuese más que una tontería, una fuga. La visión oscura del cuerpo desnudo de Emma Lenglet, envuelto cuidadosamente en plástico transparente, en el prado verde donde la encontraron, sangre y rocío al coagularse sobre la muerte, ocupaba toda mi mente, y me hacía desear rezar en silencio, por no tener que ver del mismo modo a Ángela Martín.

Tenía ganas de llorar. Ahí plantada, mientras los otros voluntarios charlaban, comían barritas energéticas y se preparaban para volver a sus casas, para ver la televisión y descansar un rato, y luego hacer la cena y dormir en sus camas cómodas y calientes, tenía unas ganas horribles de llorar. ¿Era por Ángela o era por mí? ¿O era, quizá, por Ana? Nosotras habíamos participado en batidas de búsqueda como esta cuando todo pasó, hace más de veinte años, y había sido tan inútil como hoy. A mi madre no le gustaba que fuera, Lorién decía que era peligroso, que el bosque era peligroso. Decía que, si nos alejábamos del grupo, el hijo de puta que cazaba niñas quizá nos cazaría también a nosotras. Pero nosotras íbamos de todos modos. A todas y a cada una de las búsquedas, con una rigurosa y sorprendente fiabilidad. A las cinco infructuosas búsquedas. A Ana también la buscaron, claro, pero ya fue de otra manera.

Laura, Inés, Alba, Celia y Eva. Todavía me acordaba de sus nombres. No creo que se me olviden nunca. Tantos años después, y no puedo quitármelos de la cabeza. Ana y yo gritábamos sus nombres más alto que nadie. Laura era de un pueblo a casi cien kilómetros, en Navarra, pero apareció prácticamente a la entrada del parque. Ni siquiera tuvieron que buscarla demasiado. Inés solía pasar los fines de semana de invierno esquiando con sus padres en Jaca; eran de Barcelona. Alba fue la más pequeña: solo tenía diez años, vivía en el valle de al lado. Celia solo había tenido mala suerte: vivía en Zaragoza y había ido al pueblo a visitar a sus abuelos. Desapareció en Semana Santa, y recuerdo haber pensado que todas las canciones y las velas iban por ella y no por el Cristo muerto. De todas las niñas, solo conocíamos a Eva. Iba a nuestro curso, pero a la clase de al lado. Nunca fuimos amigas. Era un año mayor, había repetido, tenía el pelo rojizo y larguísimo y nos parecía una diva inalcanzable. Hubo algún momento en que la odiamos por haberse muerto y nosotras no. Acaparaba toda la maldita atención.

Todas esas veces, Ana y yo pensábamos que nosotras íbamos a ser quienes las encontraran. Pensábamos que nosotras sabíamos algo que los demás no, que poseíamos alguna suerte de brujería, de oscuro conocimiento. También pensábamos que las encontraríamos y que todos verían lo buenas que éramos. Heroínas. Putas heroínas. Todos nos querrían. Se morirían de envidia y nos querrían. Nos imaginábamos rescatándolas de alguna cueva sucia y oscura, deshaciéndoles los nudos que las ataban, poniéndoles nuestras rebecas de punto y abrazándolas. Nos imaginábamos así, pero la verdad es que nunca encontramos a ninguna.

Esos cinco nombres resonaban en mi cabeza y, al pasear la mirada por los otros voluntarios, los que eran de mi edad o mayores que yo, supe que a ellos les pasaba exactamente lo mismo.

47

Carlos se plantó delante de mí, con gesto serio y el ceño fruncido. Tuve que reprimir las ganas de suspirar, porque lo que menos me apetecía, dadas las circunstancias, era tener que enfrentarme con él, justificarme. Miré a mi alrededor y me di cuenta de que había perdido a las amigas de Ángela y, con ellas, mi oportunidad de indagar más. No me dio demasiada pena: yo también creía, como Marta, que no íbamos a sacar gran cosa de los secretos de Ángela. No dejaba de ser inquietante que una chica como ella, de catorce años y ni una arruga, ya tuviese secretos, pero Ana era aún más joven y también los tenía, secretos que yo aún trataba de descifrar. Carlos resopló. Mi desgana iba en aumento.

—Te dije que no podías andar por ahí tú sola, Alice —me reprendió, con voz autoritaria. No contesté—. Me di la vuelta y ya no estabas, y eso es into... —carraspeó, buscando otra palabra, quizá porque yo, como era inevitable, había enarcado una ceja, y lo miraba, sin dar crédito a lo que me decía—. Es peligroso.

—Bueno, ya ves que no me he ido muy lejos —le contesté, cruzando, de manera instintiva, los brazos sobre el pecho, como si eso pudiera protegerme.

Él negó con la cabeza y miró a su alrededor. El sol empezaba a descender y los voluntarios ya se marchaban. Había cundido el abatimiento. También yo lo sentía, a decir verdad. Me notaba rendida, como si no fuese a encontrar las fuerzas necesarias para levantarme al día siguiente y seguir. ¿Cómo se sentirían los padres de Ángela? El mero hecho de pensarlo me hacía sentir un vacío inmenso.

—Tienes mala cara —me dijo; de pronto, me hablaba con un tono completamente distinto, un tono… ¿amable?, ¿compasivo?

Me hubiera gustado tener a mano un espejo para comprobar si era cierto que tenía tan mala cara. Carlos me cogió por el brazo con suavidad, con dulzura, y, cuando me quise dar cuenta, noté que me guiaba hacia el vehículo de la Guardia Civil, su coche. Me dejé hacer.

—Te voy a llevar al hotel, necesitas descansar.

Asentí.

—Kevin me mataría si te hicieras daño.

Y me reí.

Durante el trayecto, dejé que Carlos llenase el incómodo silencio de comentarios insulsos. Tampoco volvió a comentar que Ana o yo les gustábamos a sus amigos, por suerte, porque aquello había sido casi bochornoso. Sin embargo, cuando estábamos cerca del hotel, casi sin pensar, me lancé un poco más, quizá por pura y casual maldad.

—Oye, ¿cómo es que no te has casado? —le solté, y él se quedó blanco, lívido, como si realmente fuera una vergüenza estar soltero. Decidí dulcificarle el golpe—. Quiero decir, eres un hombre joven y atractivo, ¿no te interesa, o es que eres…?

Ni siquiera pude acabar la frase: Carlos prácticamente dio un respingo, sujetando el volante con fuerza, y escupió su respuesta:

—¡No es eso! —exclamó—. Es que… Verás… Bueno, es que… —carraspeó, como si buscase las palabras en algún recóndito rincón de su mente—. Es que, con nuestro trabajo… Tuve una novia casi diez años, incluso hablamos de casarnos, pero al final lo dejamos y se fue de As Boiras. —No parecía muy afectado, de modo que intuí que ella tampoco—. Para los hombres del cuerpo no es fácil tener pareja, ¿sabes? Exige un enorme sacrificio.

—Ah, bueno, sí. Eso lo entiendo —repuse, con una sonrisa que pretendía ser amable, comprensiva, a pesar de que lo que acababa de decir me parecía una soberana estupidez—. Entonces Santiago también sigue soltero, ¿no?

Carlos asintió con un cabeceo enérgico, puede que involuntario, pero no me di por satisfecha con aquel dato aislado.

—¿Nunca ha tenido ninguna novia?

—¿Santiago? —preguntó él, parpadeando, con la vista fija en la carretera.

—Sí, porque ya tiene una edad…

—Bueno, es que está muy entregado a su trabajo —replicó, con voz titubeante, y luego añadió—: Y yo también, no te creas.

—Sí, pero a ti te dio tiempo de echarte una novia, aunque fuera unos años —le comenté, tratando de presentar su fracaso amoroso como un triunfo—. Pero ¿y Santiago? ¿De verdad nunca ha estado con nadie?

—No… Bueno, no creas que él es nada raro, ¿eh? —Y de repente se calló, para medir bien sus palabras. Me pareció oír los engranajes oxidados de su cerebro—. A ver, de joven sí que me parece que estuvo con alguna moza, pero he oído que sufrió una gran decepción y desde entonces no…

No abrí la boca, quería ver cómo salía de aquel atolladero. Casi lo disfrutaba. Sin embargo, no era tan tonto como yo creía, y al final comprendió en qué lío se había metido él solo.

—Mira, Alice, creo que eso son cosas privadas de Santiago, no puedo contarte más.

—¡Ah, claro! No te preocupes, entiendo que quieras mantener una postura profesional, Carlos.

Aquel comentario pareció llenarlo de un orgullo que no acerté a comprender. No tardamos en llegar al hotel, donde Carlos se despidió de mí. Y así, una vez más, acabé encerrada en mi habitación del Gran Hotel de As Boiras.

Al principio, me sentí aliviada por volver a un entorno seguro y cómodo. Me di una ducha caliente, me comí unas patatas Lay's —que nunca han sido mis favoritas, pero tenía hambre—, pedí una hamburguesa y busqué algo que ver en la televisión, pero no lograba relajarme. Sí, me sentía por completo agotada, y puede que hasta físicamente enferma, cansada hasta la extenuación, pero también notaba mi cabeza, mi mente, bullir de actividad. Me levanté del sofá y rescaté la caja de los secretos de Ana del cuarto de baño. Y, sin molestarme en buscar un lugar más cómodo, me senté en el váter y volví a abrirla.

Pasé la hora siguiente releyendo las cartas. Me llamó la atención que estaban sin fechar. Parecían obra de un hombre inmaduro, un loco enamorado, casi un idiota, y me esforcé en entender cómo debía de haber sido aquella persona de importante para Ana, pues ocupaba un lugar central dentro de su caja de los secretos.

¿Por qué había decidido Ana guardar esas cartas tan breves, que resultarían bastante insustanciales de no ser que estaban dirigidas a una niña de trece años? Pero las guardó, las guardó en un lugar especial, las escondió para que nadie pudiera encontrarlas. ¿Sabía que yo sí podría? Había sido precisamente ella, Ana, quien me había mostrado su escondite secreto... ¿Tal vez esperaba que, algún día, yo las encontrase? Me sentí terriblemente culpable por haber tardado tanto, décadas enteras, en regresar a As Boiras y hurgar en el pasado de Ana en busca de respuestas, de las partes de su vida que nunca me dejó ver.

Y, si me había pasado una hora entera releyendo las mismas diecisiete cartas una y otra vez, pasé los siguientes cuarenta y cinco minutos preguntándome quién podría ser su autor. ¿A qué hombres adultos podía conocer Ana? Solo tenía trece años. ¿Dónde podría haberlo conocido? Era alguien con vehículo propio. Vale, no era imposible que hubiese conocido a algún chico de dieciocho años, o incluso de unos veintipocos, pero... ¿cómo y por qué? De hecho, un pensamiento ocupaba mi mente desde hacía casi un día entero: ¿se trataba de la misma persona que le había regalado el colgante de plata? Podría ser, pero no me imaginaba a un chico tan simplón regalándole a Ana un colgante con la flor de Edelweiss, una flor peculiar, nívea, que crece en los entornos más desfavorables, una flor que simboliza la pureza de la nieve y, sobre todo, el amor eterno. Me parecía rebuscado, complicado para un chaval joven y tonto. Sería todo más fácil, en teoría, si se trataba de la misma persona, pero la vida se empeñaba en complicarse, como todo lo que tenía que ver con Ana. Y cómo se había complicado… porque el colgante podía señalar también a alguien que supiera cómo había muerto Emma Lenglet.

De repente, rememoré la charla con Carlos y me vino a la mente un detalle. No era algo muy sólido, pero en este momento me pareció ver por primera vez algo turbio en lo que no había reparado antes.

No me costó que mi madre me diera las llaves de su coche. Le dije que quería pasar a ver a Kevin, quizá picar algo con él, ya que tal vez tuviera que pasarse la noche en vela, trabajando. Es lo que cabe esperar de una buena mujer, ¿no?, y mi madre hacía tiempo que había decidido que su cometido en la vida era precisamente ese, convertirse en una buena mujer, en una esposa entregada.

Conduje hasta el pueblo. Sabía que Kevin estaba en el centro de operaciones, desesperado por el tictac del reloj, por cada minuto que pasaba y que hacía más certera la muerte de Ángela Martín. Así que me desvié hacia el cuartel de la Guardia Civil y aparqué el coche. En realidad, yo misma sabía que me la estaba jugando: el hombre a quien buscaba podría no estar ahí, pero para mí a veces es mejor arriesgarse, ser más valiente que prudente. Eso me dije mientras abría la puerta.

En realidad, el cuartel de la Guardia Civil de As Boiras no hacía justicia a ese nombre. Era diminuto, y la entrada te llevaba, directamente, a una oficina abierta. Y ahí, detrás de su mesa, estaba Santiago. Parecía un hombre cansado, consumido por el tiempo y por las desgracias, con unas bolsas hinchadas bajo los ojos que delataban su falta de sueño, y de una rutina de cuidado facial adecuada. Tardó unos segundos en reparar en mi presencia. Cuando lo hizo, se quitó las gafas, se frotó el puente de la nariz, apartó la vista de la pantalla del ordenador y la fijó en mí. No me saludó, ni me preguntó qué quería; directamente, me señaló la silla que había frente a su escritorio. Acepté la invitación y me senté.

48

Pensé que, si Santiago era un hombre soltero, adicto al trabajo y al deber, tal y como todos me habían dicho, era normal que estuviese en su oficina aunque ya fuese un poco tarde. Pero, en realidad, lo que tuve fue suerte. Tal vez ese encuentro entre él y yo siempre tuvo que producirse. Al fin y al cabo, habíamos postergado, aplazado esta conversación durante demasiado tiempo. Más de veinte años.

—Aún sois amigos, ¿verdad? —le pregunté, o más bien afirmé, así, a bocajarro, sin que ninguna formalidad mediase entre nosotros.

—Si te refieres a Lorién y yo, por supuesto que sí. Ni siquiera él pudo defenderte con lo que hiciste —respondió él, con tono pausado, calmado.

Tragué saliva. Lo miré, tratando de analizarlo. De joven, debía de haber sido guapo. Tendría unos veinticinco años cuando yo vivía aquí, no muchos más. Por aquel entonces, yo lo veía como un hombre exageradamente mayor, ni siquiera me paraba a pensar en si podía o no ser guapo. Sí, sin duda lo fue. El más apuesto de la cuadrilla. Quizá no el más listo.

—Me refiero a Castán, Santiago. Erais inseparables.

Él no se inmutó. No parpadeó ni se puso nervioso, no titubeó ni tampoco le tembló la voz al contestar.

—Castán es viejo.

—No os llevaréis mucho más de diez años, ¿no? Los dos erais amigos.

Santiago me miró como si yo me estuviese perdiendo algo, como si fuese una niña pequeña que cree saber demasiado, pero que, en realidad, apenas comprende el mundo que le rodea.

—No le has visto, ¿verdad? —Ni siquiera me dio tiempo a negar antes de proseguir—. Si le vieras, lo entenderías. Parece mi padre. No, parece casi mi abuelo. La cárcel le ha pasado por encima como una apisonadora. No es el mismo hombre.

Molesta, reprimí las ganas de chasquear la lengua. Santiago tenía razón: yo no veía a Castán desde 1996, no sabía cómo lo habían tratado el tiempo, la vida, la cárcel. Estaba gravemente enfermo, a punto de morir. Daba igual la edad que tuviese: era viejo.

—Pero aún sois amigos, Santiago. Si le has visto, es que le vas a visitar. No tendrías necesidad si no quisieras, ¿no? ¿Es tal vez por alguna clase de remordimiento, porque fuiste tú quien le atrapó? ¿Es porque seguís investigándole, después de todo? ¿O porque consideras que ya ha pagado su pena, pero…?

Santiago me interrumpió:

—Tengo derecho a visitar a un hombre libre y, por cierto, puesto bajo vigilancia. Es solo un hombre, o más bien un fantasma del hombre que fue. Sí, le he ido a ver de vez en cuando, para charlar y tomarnos un pacharán. No hay nada de malo en ello. —No esperaba esta confirmación, pero acto seguido dijo algo que aún esperaba menos—. También tu marido le ha ido a visitar, ¿no te lo ha dicho?

Tuve ganas de sonreír, como si toda esta información no me pillase por sorpresa, pero en realidad la conversación había tomado un cariz imprevisto para mí. Me horripilaba la idea de que Kevin se hubiera entrevistado con Castán. Lo intuía, claro, pero era algo sobre lo que habíamos pactado no hablar. Ahora, sentada ante Santiago, notaba que perdía el impulso que me había llevado allí. Tenía que sobreponerme, porque él estaba completamente tranquilo, y no le había sorprendido lo más mínimo que yo le sacase el tema de Castán. Tenía que contraatacar, aprovechar que quizá había bajado la guardia. Era una táctica casi suicida, pero era eso o nada.

—¿Y con Castán nunca hablasteis de lo que le pasaba a su hija? —le pregunté, tirándome un farol, o más bien agarrándome a un clavo ardiendo.

Me pareció que, por primera vez en esta conversación, Santiago reaccionaba a mis palabras. Noté cómo se revolvía en la silla, cómo se movía, incómodo, como si no quisiese hablar de este tema. Estaba nervioso y me aferré a eso, a esa reacción, con todas mis fuerzas.

—Era guapa, ¿verdad? Últimamente, bueno, desde que regresé aquí, no puedo parar de pensar en ella. Me había contado algo acerca de un tipo con el que se veía en secreto, pero hasta ahora no he atado cabos. Había olvidado la de pretendientes que tenía, ¿te lo puedes creer? —Lo miré, y clavé la mirada en él. Me pareció que le temblaba una vena en el cuello. Agarró con fuerza al borde de la mesa—. Solo tenía trece años, Santiago.

—¿Qué insinúas exactamente, Alice?

Levanté las manos, en un gesto teatral, para hacerme la sorprendida.

—Absolutamente nada. Solo pongo mis descubrimientos a disposición de las autoridades. Se me da bastante bien investigar, ¿sabes?

—No tanto como tú te crees.

—Oh, más de lo que tú te crees —le respondí, con sorna, y, antes de dejarle hablar, continué—. Sé que lo sabes, Santiago. Sabes más de lo que jamás has contado. —Lo miré, tratando de atravesarlo, de expresarle todo mi desprecio—. En realidad, cuando Ana desapareció, cuando yo tenía trece años, fui yo quien le insistí a Lorién en que había pasado algo raro. ¿No te acuerdas? Deberías acordarte. Debería haberte mortificado todos estos años que fuéramos Lorién y yo los que nos dimos cuenta primero de que había cosas que no encajaban. Pero tú tardaste, tenías demasiadas dudas, Santiago, y ahora pienso… que no…

Me paré, paladeando mis propias palabras, observando la reacción que tenían en él: estaba cada vez más nervioso, había abandonado su calma natural y ahora estaba irritado, y yo me sentía mucho más segura con él así, a punto de saltarme sobre la yugular. Tan solo debía procurar no dar ningún paso en falso.

—¡No tienes ni idea de lo que dices, niña! —me gritó, y se puso en pie, colérico, con las palmas de las manos apoyadas sobre el escritorio.

Había dado en el clavo. Solo que no sabía exactamente en cuál.

— ¿Ah, no? —murmuré.

—¿Cómo sabes tú eso? —me preguntó, entrecerrando los ojos—. ¿Qué te contó Ana?

—Lo que te acabo de decir, que tenía un novio secreto, que se veía con alguien, un hombre… —respondí, en voz baja.

Me había quedado sentada en la silla y ahora, ante su presencia enorme, imponente como un oso, me sentía completamente pequeña. Me asusté. No había calibrado bien las posibles consecuencias de este careo si salía bien. Se me había hecho un nudo en la garganta.

—¡No tienes ni idea! —me gritó.

Entonces me puse en pie, porque no podía seguir sentada si él iba a ponerse así, pero ni siquiera eso me ayudó.

—¡No tienes ni puta idea de dónde te estás metiendo! —siguió berreando.

—Solo quiero que la verdad salga a la luz, Santiago —le dije; la voz temblorosa anuló mi intento de parecer tranquila y calmada.

—¡La verdad! ¿Qué verdad crees que vas a encontrar, Alice? ¡Le atrapamos! ¡Le metimos en la cárcel! ¡Joder! ¡Mató a su propia hija! ¡La desangró por completo! ¡Le cortó un puto dedo, como hacía con las otras! —Santiago se dejó caer en su silla; la vena del cuello le latía, furiosa. Se llevó la mano al pecho, como si tratara de serenarse. Me quedé de pie, mirándolo—. A quien tienes que buscar es al asesino de ahora, Alice. Busca a ese maldito cabrón.

Me pareció que Santiago estaba terriblemente afectado y cansado, puede que más incluso que yo, pero eso no despertó mi compasión lo más mínimo. Tragué saliva y me preparé para seguir.

—¿Qué te crees que estoy haciendo, eh? —le espeté, le escupí en la cara. No respondió—. Todo tiene que ver con Ana, Santiago. Todo empieza y termina con ella, y lo sabes. No mires para otro lado, esta vez no.

Me miró con los ojos velados y supe que él también tenía la cabeza en otro sitio; para ser más exactos, en otro tiempo: en el pasado. Suspiró.

—Tu amiga era rarita, Alice. Asúmelo de una vez.

—Mi amiga era una niña, Santiago.

—¡Tu amiga se metía en más problemas de los que te puedes imaginar!

Me estremecí. Algo se había roto dentro de él, algo que le había provocado que se le escapara una verdad. Tenía que seguir, tenía que ir más allá. Me dejé caer en la silla, encarándolo, mirándolo directamente a los ojos.

—¿A qué te refieres exactamente, Santiago? —le pregunté, esta vez con la voz tranquila, calmada.

—No tengo por qué darte explicaciones —respondió, con tono serio.

Estaba pensando en cómo presionarlo más, pero el teléfono sonó entonces. Guardé silencio, porque siempre he sabido comportarme. Aproveché la interrupción para examinar su escritorio, la pequeña oficina, pues no se trataba de un despacho en el sentido estricto, en busca de indicios de no sabía qué. Ni un papel, ni una nota manuscrita, ni una libreta abierta en la que pudiera comprobar su caligrafía. A decir verdad, el suyo era un puesto de trabajo bastante aséptico; me llamó la atención porque había esperado algo menos impoluto. De hecho, en la pared de detrás de su escritorio había colgada una foto en blanco y negro, enmarcada, en formato grande. Era una foto bonita, muy bonita para aquel lugar; pensé que era de alguna campaña de promoción turística. En ella, una niña observaba el valle desde el mirador en lo alto del barranco del Águila. Yo conocía aquel lugar.

De reojo, también vi cómo el rostro de Santiago se tensaba, pocos segundos después de descolgar el teléfono, y luego se serenaba y se convertía en la imagen misma de la profesionalidad.

—Llego enseguida. Ningún problema —dijo, antes de colgar, y entonces me miró—. Vas a tener que marcharte, Alice. Algunos tenemos que trabajar.

—¿Te crees que voy a dejar pasar esto, Santiago? Pienso llegar hasta el fondo, créeme que sí. Sé que fuiste tú quien se metió en un buen problema —le advertí, mientras me ponía en pie.

Suspiró, como si estuviese terriblemente cansado de toda la conversación.

—Ten cuidado, niña. Hay alguien peligroso por ahí suelto, y me temo que ninguno de nosotros está cerca de atraparlo, ni siquiera tu marido.

Me mordí la lengua y me marché. Demasiados interrogantes se me volvían a abrir en la cabeza. Solo cuando arranqué el coche me pregunté qué habría pasado esta vez. ¿Habrían encontrado el cadáver de Ángela Martín? ¿Habría desaparecido otra niña?

Nunca eran buenas noticias.

49

Los mejores fines de semana eran aquellos en los que Ana se quedaba a dormir. Mi madre no solía poner demasiados problemas, aunque a veces se quejaba de que ya apenas pasábamos tiempo juntas, y el padre de Ana parecía no tener ni voz ni voto en el asunto. Cuando ella se quedaba a dormir, me parecía que la vieja casa de Lorién no era solo suya, sino también mía. De pronto, me sentía orgullosa de vivir ahí, en una casa cómoda y bonita, sólida y resistente.

Era sábado por la noche, y Lorién acababa de traer a Ana a casa. Nos dejaron el salón para nosotras solas, así que cenamos leche con cereales delante del televisor. Entre cucharada y cucharada, Ana jugaba, con aire distraído, con una pequeña navaja que no le había visto nunca. Al cabo de un rato, no pude aguantarme más y le pregunté:

—¿De dónde la has sacado?

Ella me miró, como si esperara esa pregunta desde hacía un buen rato. Me sentí un poco tonta por haber cedido a la tentación.

—Me la ha regalado Santiago —me dijo; se apartó un mechón de pelo largo y rubio y se lo colocó detrás de la oreja—. Creo que se hacía el simpático.

Abrí la boca, sin saber bien qué decir. Conocía a Santiago Gracia, pero no había cruzado más de dos palabras con él. Era amigo de Lorién y del padre de Ana, a pesar de ser más joven. Entonces, recordé que Lorién había pasado prácticamente todo el día fuera, con los otros dos, cazando.

—¿Has ido con ellos hoy? —le pregunté a Ana.

Ella negó con la cabeza; luego estiró las piernas y las colocó sobre la mesa de centro, frente al sofá. Dejó el tazón de leche peligrosamente cerca del borde de la mesa, y pensé que podía caerse en cualquier momento, que la leche se derramaría sobre la alfombra, y que entonces mi madre se volvería loca...; pero no dije nada.

—No tenía ganas —dijo, y me pareció que se hacía la graciosa—. Salieron tempranísimo, ¿no te enteraste cuando Lorién se marchó? —Me miró, y negué con la cabeza. Ella se echó a reír—. Claro, es que tú duermes como un tronco. Yo tuve que levantarme a las cuatro para hacerle el café a mi padre.

Reprimí las ganas de preguntarle por qué tenía que levantarse a las cuatro de la mañana para hacer algo que su padre podría haber hecho solo: sabía que era muy autoritario, y lo último que quería era recordárselo a Ana. Pero ella parecía contenta, y no tardó en echarse a reír de nuevo, como si hubiese recordado algo muy divertido.

—¿Sabes lo más gracioso? —me preguntó y, sin esperar mi respuesta, continuó—: Han vuelto a primera hora de la tarde, borrachos como cubas.

—¿Los tres? —pregunté, ligeramente atónita, porque no me podía imaginar a mi padrastro borracho.

—Bueno, Lorién no —respondió, e hizo un gesto displicente con la mano—. Pero mi padre y Santiago sí.

—Pues vaya... —dije yo, reprimiendo un bostezo.

—¡Si estaban descargando las piezas y casi ni se tenían en pie! ¿Te puedes creer que mi padre no atinaba a abrir el arcón?

La casa de Ana no me gustaba nada, pero lo que más me perturbaba era el enorme arcón que tenían en la despensa, lleno de trozos de carne plastificados y congelados.

—Bueno, a tu padre le gusta beber cerveza cuando va a cazar... —empecé, tratando de justificar un poco la actitud de su padre.

—Ya, pero cuando se junta con los otros dos... —Volvió a soltar una carcajada. Estaba claro que el asunto le hacía mucha gracia—. Te lo juro, parecen animales.

Entonces, se puso a imitar los gruñidos de un cerdo, ese oinc, oinc, y yo también me eché a reír.

—De verdad, el peor de todos es Santiago. Me parece como... superpatético —dijo, entre carcajadas—. Estaba yo ayudándoles a descargar las piezas ya cortadas y no paraba de hacerme preguntas, que si me gustaba el «cole», lo dijo así, «cole». —Se paró, y yo hice una mueca de asco, para animarla a seguir—. Que cuál era mi asignatura favorita, que si tenía novio... Un asco, te lo juro.

—Vaya pesao.

—Ya te digo —asintió ella, efusiva—. Estuvo así hasta que tu padrastro le dijo que por qué no se iba de una vez a dormirla, que estaba haciendo el ridículo.

—Pues menos mal —respondí, casi aliviada, porque al menos esta vez mi madre había elegido a un tipo que no era del todo reprobable.

—Pero en fin, ya te digo: volvieron completamente pedo y armando un jaleo insoportable. Qué patético.

Asentí, porque de verdad lo era, y nos pusimos Fuera de onda. *Había ido a alquilarla esa misma tarde y tenía unas ganas locas de verla. Durante toda la película, no pude parar de pensar que los hombres, en realidad, eran todos bastante inútiles.*

50

Cuando salí del cuartel, era ya noche cerrada, aunque el reloj solo marcaba las ocho. Conduje hasta dejar atrás el límite municipal de As Boiras. Necesitaba pensar en la conversación que acababa de tener con Santiago. En el fondo, sabía que él tenía razón y que se me escapaban muchas cosas, demasiadas. Sin duda, me había arriesgado en exceso, y el resultado obtenido había sido escaso.

Yo había logrado exponerlo, pero era consciente de que no tenía pruebas concluyentes. Él también lo era. ¿Sabía Santiago algo del novio de Ana? ¿Y si hubiera sido él? Era una idea demasiado atractiva; aun así, me costaba imaginarlo escribiendo ese tipo de cartas. No lo tenía en alta estima, pero pensé que, a los veinticinco años, sería ya algo más sofisticado que el hombre torpe y bobalicón de letra casi infantil que las había escrito. O quizá no, ¿quién sabe? En cuanto al colgante… En ese aspecto, tenía mis dudas. ¿Para qué complicarse la vida tratando de conquistar a la hija de trece años del hombre a quien probablemente más admiraba? Y, por otra parte, tampoco me parecía un tipo artificioso, alguien capaz de comprar joyas de valor simbólico para regalárselas a muchachas. Pero lo que sí estaba claro es que sus relaciones afectivas tenían algo extraño…, aunque no iba a resultarme fácil acusar a uno de los prohombres de As Boiras de algo de lo que, por ahora, no tenía pruebas. Además, había muchas otras preguntas… ¿Sabía Santiago que Castán maltrataba a su hija? ¿Pensaba el propio Castán que su hija era «rarita»? ¿Lo habría comentado alguna vez con sus amigos? Me odié a mí misma por no haber sabido analizar mejor la situación cuando todo pasó. Ojalá me hubiera fijado más en detalles a los que di poca importancia. Tal vez hubiese algunos que ya fuesen imposibles de recuperar, para siempre. En cualquier caso, Santiago sabía algo que permanecía sepultado en el pasado, de eso no había duda. Solo tenía que encontrar la manera de hacerlo aflorar.

Casi sin proponérmelo, conduje varios kilómetros, hasta llegar a Hecho. Cuando estaba aparcando en la calle principal, me sonó el teléfono móvil. Era Camille. Me preguntó si podíamos tomar algo, charlar un poco. Busqué con la mirada un lugar donde citarla: el bar La Parada. Desde fuera, parecía tranquilo, apenas con unos pocos parroquianos. Eran solo las ocho y media, pero en una noche de jueves no podía animarse mucho más. Camille me dijo que no tardaría en llegar, así que bajé del coche y me dirigí al bar. Necesitaba una copa, pero tendría que conformarme con una Coca-Cola bien fría.

El lugar no tenía nada de especial: paredes de madera, algo habitual en los bares de este lado del mundo, con mesitas de madera cubiertas por manteles a cuadros rojos y blancos. Un par de personas ocupaban una mesa y charlaban tranquilamente. No les presté atención y me dirigí a la barra. La atendía una mujer que parecía algo mayor que yo, con un pelo rubio cenizo suelto y larguísimo que le llegaba casi a la cintura. Cuando me miró, sonriente, vi que tenía los ojos azules, tan claros que eran casi transparentes. Eso me hizo pensar en Ana. De nuevo Ana, siempre en el centro de todo, llamándome como un misterio insondable. Tragué saliva.

—Mataría por una copa —le dije.

Ella me dedicó otra cálida sonrisa.

—Pues tómatela, guapa. Solo se vive una vez.

—No puedo, estoy…

Me miró de arriba abajo, como si lo entendiese.

—¿Es tu primero?

Asentí.

—¿Algún consejo?

Ladeó la cabeza, con una sonrisa.

—¿Has elegido bien al padre?, porque eso es lo más importante. Yo tengo tres y tendría que haberme pensado mejor con quién, pero ahora ya poco se puede hacer. —Soltó una carcajada al final, como si aquello careciera de importancia. Pensé que me encantaría tomarme la vida así, pero, por desgracia, nunca ha sido mi estilo—. ¿Qué te pongo?

—Una Coca-Cola Zero, por favor.

—Solo tengo normal, ¿te vale?

—Me aguantaré.

Me puso el refresco, con mucho hielo, delante. Estaba demasiado dulce, pero me sentó bien. Al fin y al cabo, estaba cansada y apenas había comido ese día. Sonaba música por la radio, *Los 40 Principales*, pero no logré retener ninguna de las canciones en mi mente. Kevin me escribió para preguntarme si quería cenar en el hotel a las diez y media. Me dijo que no podría llegar antes, que estaba siendo un día caótico. Me hizo ilusión, no contaba ya con ello, de modo que le contesté que sí. También pensé que, si todo me salía bien, él ni siquiera se iba a enterar de que yo había ido a hablar con Santiago. Claro que, en fin, era fácil que nada me saliese bien. Sobre todo, porque no sabía en qué dirección avanzar. Todavía no me había terminado el refresco cuando apareció Camille, acelerada, por la puerta. Tenía las mejillas coloradas y, aun así, estaba guapísima. Me dio un poco de rabia, la verdad.

—Una cerveza, por favor —dijo, en español. Su manera de arrastrar todas las erres me hizo sentir un poco mejor. Después, se volvió hacia mí, me sonrió, y pasó al francés—. ¿Cómo estás, bonita?

Me plantó un beso en cada mejilla y se sentó en una banqueta, a mi lado.

—¿Estás cómoda… así? —preguntó, mirándome.

—Todavía no estoy tan embarazada —le contesté, y me encogí de hombros.

—Bueno, pues a mí aquí me duele el culo. Vámonos a una mesa —pidió, mientras se levantaba. La seguí hasta una mesa, y no pude evitar reparar en que había elegido, precisamente, la más alejada de la barra, tal vez para procurarnos cierta intimidad—. Tengo información muy jugosa para mi artículo de mañana —anunció.

—¿Y me la vas a contar en primicia?

—Pues claro que sí, somos amigas. —Camille hizo una pausa dramática, que aprovechó para darle un buen trago a su cerveza. Me dio una envidia increíble, y eso que nunca me ha gustado la cerveza—. Bueno, he encontrado el piso franco de Castán.

—¿Cómo? —pregunté, a pesar de que, sinceramente, no me parecía que fuese algo tan complicado.

—¡Espabila, chica! El piso donde tienen a Castán desde que salió de la cárcel. Sabrás que no ha vuelto a su casa, ¿no?

Asentí, pero sin demasiado entusiasmo: sabía perfectamente que Castán no había vuelto a su antigua casa, y lo sabía porque había irrumpido en ella.

—Bueno, he hecho mis averiguaciones por ahí…

Suspiré, con aire dramático. Era casi como un juego para nosotras.

—¿Qué has hecho, Camille?

—¡Nada! —exclamó ella, y alzó las manos con un gesto que gritaba «¡Inocente!»—. ¡Te lo juro! Solo he hablado un poquito con ese amiguito tuyo, Carlos.

—En realidad, no es amigo mío. Yo no tenía demasiados amigos cuando vivía aquí —me apresuré a aclarar.

—Pues a él le gustaría que fuerais amigos, estoy segura. Pero bueno, al grano.

—Eso, al grano —interrumpí, solo para ponerla un poquito de los nervios.

—¡Que me dejes hablar! —protestó ella, entre risas. En realidad, ya me sentía casi como si el tiempo no hubiese pasado, como si simplemente volviésemos a ser ella y yo. Era una sensación agradable—. Bueno, hablé con Carlos esta tarde, después de la batida, y le sonsaqué un poquito de información.

—Cuéntame.

Camille se hacía la interesante, pero se notaba que estaba deseando contarme todo lo que había averiguado. Ella siempre había sido así: necesitaba sus medallas, sus palmaditas en la espalda.

—El caso es que Carlos parecía superagotado y superfrustrado. Debía de haber terminado su turno, porque le vi de casualidad entrar de civil en un bar, en el pueblo. Está mucho más guapo sin uniforme, ¿sabes? —dijo, y me miró de un modo suspicaz. Decidí pasar por alto aquel comentario—. Así que bueno, entré y le di un poco de conversación. Me preguntó si me gustaba As Boiras y yo le dije que era «très mignon». Se lo dije así, en francés, y le encantó. A los españoles les pone un montón el francés.

No dije nada, pero tal vez fuera cierto.

—Si te soy sincera, fue todo bastante patético. Nos bebimos un par de cervezas. Bueno, yo quería que él bebiera para que me contara algo interesante, ya sabes. Le hice preguntas sobre todo: sobre el caso, sobre ti cuando vivías aquí… Pero parece que él no sabe una mierda, que no está enterado de nada. Creo que nadie le cuenta nada, y creo que Kevin piensa que es un completo idiota. Probablemente lo sea. Estos policías de pueblo solo saben poner caras serias y mandar a los críos a sus casas, ¿no crees?

—¿Le preguntaste por mí? —quise saber, y me dejé caer hacia atrás, apoyando la espalda en el respaldo de la silla de madera—. ¿Por qué le preguntaste por mí?

—Para ver qué decía. Y me contó cosas muy interesantes, ¿sabes? Creo que le causaste un gran impacto y que ni siquiera te diste cuenta.

Eso hizo que una sensación rara, extraña, me naciese en la boca del estómago.

—¿Ah, sí? —le pregunté. No quería parecer demasiado interesada.

—Oh, sí. Me dijo, literalmente, que cuando llegaste aquí eras la cosa más bonita que habían visto nunca. ¡Ya ves! Debía de estar loco por ti o algo así. Total, que yo le pregunté que por qué se había hecho Guardia Civil, y él me dijo que…

—¿Que te dijo eso? —la interrumpí.

—¿Qué? —dijo ella, desconcertada—. Sí, claro. Ya te lo he dicho: tú le gustabas o algo así. Debiste de ser su primer amor.

Camille se echó a reír, divertida, pero yo no.

—Qué raro —dije, pensando en voz alta.

Ella me miró, directamente a los ojos, y los suyos brillaban de emoción. Como si acabase de cazar algo al vuelo.

—¿El qué es raro, Alice?

—Que te dijera eso.

—¿Por qué? Seguro que eras una auténtica monada. No te hagas la sorprendida ahora. Estoy convencida de que les gustabas a muchos chicos.

Negué con la cabeza.

—No me pareció que nadie se fijara realmente en mí —le dije, tratando de parecer más despreocupada de lo que en verdad me sentía—. Yo no tenía demasiado éxito con los chicos por aquel entonces, ¿sabes?

—Bueno, yo qué sé —repuso ella, e hizo una mueca, como si todo lo que acabábamos de hablar, en realidad, careciese de importancia, como si fuera solo un preludio al tema que en realidad le interesaba—. El caso es que al final me contó lo de Castán y su piso franco.

—¿Y qué te contó? —me lancé, con curiosidad.

Camille recibió mi interés con una enorme sonrisa.

—Que le tienen en un apartamento, en un edificio a la salida del pueblo, y que está constantemente vigilado. Lleva así desde que salió de la cárcel, pero, cuando desapareció Emma Lenglet, intensificaron el control. Y, atenta, no lo escoltaban porque creyeran que él podía salir y ponerse a matar niñas, se ve que el tipo aparentemente está hecho mierda, sino porque desde el primer día sospecharon que alguien querría hacer algo parecido, ponerse en contacto con él en plan admirador o algo así.

—Bueno, tiene sentido —admití, muy a mi pesar; antes de la llegada de Kevin no habían sido tan idiotas como había pensado.

—Sentido tiene, sí. Pero eso no es lo más gordo. —Y aquí Camille se detuvo, como si aguardara mi reacción.

—Suéltalo, que te estás muriendo de ganas, chismosa. —Sabía que odiaba que la llamara así, de modo que no me contuve.

—Lo más curioso es que Marzal Castán ha dejado de hablar. Desde el mismo momento en que apareció el cadáver de Emma. ¿Cómo te quedas, listilla? —me la devolvió, pero lo que acababa de oír tampoco me hacía ninguna gracia.

—Sigue, por favor.

—Al parecer, y esto me lo dijo Carlos y luego el muy idiota me rogó que no lo publicara, cosa que me voy a pensar bien… En fin, que hace días que Castán no abre la boca ni cuando le visitan los agentes, ni con Santiago, con quien al parecer le gustaba charlar, ni tampoco con Kevin… —Y aquí hizo una pausa y me pareció que lo que dijo a continuación lo pronunció casi con dolor—, quien, desde que llegó, ha pasado varias horas con él cada día, infructuosamente.

Y se me quedó mirando fijamente.

—¿Por qué me miras así?

—Porque creo que…, no sé…, deberías ir a verlo. ¿No sientes curiosidad?

—¿Ver a Castán?

—Sí, claro. ¿No crees que reencontrarte con él podría ayudarnos a todos? A lo mejor tú puedes sacarle alguna pista sobre el caso y…

Tragué saliva. No pude evitar decirle la verdad a mi amiga.

—Para serte sincera, Camille, no hay nada que me dé más miedo en el mundo entero —musité, con un hilo de voz—. Espero no tener que verle de nuevo en mi puta vida.

51

Conduje de vuelta a As Boiras en silencio, con la radio apagada, tratando de no pensar en nada. Llegué al hotel a eso de las diez y dediqué la media hora que me quedaba antes de encontrarme con Kevin a arreglarme, puede que en exceso. Me puse un vestido ajustado y me pinté los labios de rojo. Eso me hizo sentir un poco mejor, un poco más yo, como si me resistiera a que este pueblo, y todo lo que había pasado en él, me robasen mi identidad. Me dije que el pueblo formaba parte de mi historia, y no al revés: yo no era un elemento más que pudiese absorber, que pudiera tragarse el pozo negro de oscuridad que era. Me resistía, aunque fuese en vano.

El hotel estaba un poco más lleno que unos días antes, y al pasar por recepción vi a varias personas que hacían cola para registrarse. Mi madre debía de frotarse las manos: los periodistas, por fin, empezaban a llegar. Y si Ángela Martín aparecía muerta… No quería pensar en ello, pero tendría que hacerlo. Era inevitable.

Llegué al restaurante del hotel a las diez y treinta dos, y Kevin ya estaba allí, ocupando una mesa. Me exasperaba un poco su puntualidad extrema, aunque supongo que eso es sinónimo de su enorme fiabilidad, de que siempre se puede confiar en él: si dice que va a estar, estará. Es un hecho. Fingí una sonrisa abierta, sincera, de felicidad plena, como si no me estuviese pudriendo por dentro, y me esforcé por aparentar seguridad mientras avanzaba hacia él. Estaba sentado a la mesa, con una copa de vino tinto delante, observando la carta, analizándola como si fuese una prueba forense. No pude evitar suspirar. Cuando llegué junto a él, me había recompuesto. Alzó la vista y me sonrió.

—Estás guapa —me dijo.

Preferí eso a que me preguntara qué tal me había ido el día. Eso podría hacerlo cualquiera. Me senté a la mesa, ocupando la silla frente a él.

—Dadas las circunstancias… —murmuré.

Decidió hacer caso omiso de mi comentario. Se lo agradecí.

—Ha sido un día horroroso… —dijo él, con voz queda.

Asentí. Lo había sido, y sentía que aquello, que aquel día, que todo el camino que habíamos recorrido desde nuestra llegada a As Boiras —parecía que había pasado toda una vida desde entonces— solo era la punta del iceberg.

—¿No tienes ninguna pista? —pregunté, con suavidad. Quería sacarle información, claro que sí, pero también quería saber cómo se sentía él con todo esto, cómo le iban las cosas en realidad.

—No. Hemos interrogado a Jorge Lanuza, pero no…

—¿Le habéis detenido? —lo interrumpí. Estaba segura de que ese crío ocultaba algo, aunque no supiese exactamente el qué—. ¿Cuándo?

—Más o menos cuando tú has ido a ver a Santiago.

Me quedé lívida. No sabía qué decirle. Empecé a montar mi defensa echándole en cara que era él quien me había arrastrado hasta aquí, pero me interrumpió:

—No te voy a preguntar de qué fuiste a hablar con él porque, en fin, sé que teníais cosas que hablar, pero ten cuidado con ese hombre, Alice.

—¿Por qué? —le pregunté, confusa.

—Porque él no me gusta y yo no le gusto a él.

—Tendrás que explicarme más —le pedí.

—Ya te dije que no me pone las cosas fáciles, Alice —repuso, con tono cansado—. Y no se ha tomado bien lo de Jorge.

—¿Por qué? —quise saber, y enseguida comprendí que me había precipitado—. Quiero decir, cuando yo te conté lo de Ángela y Jorge, no pudisteis detenerle. ¿Qué ha cambiado ahora?

—Tenía el móvil de Ángela y lo encendió. Así fue como le pillamos.

—¿Y Santiago?

—Insiste en que el chaval es inofensivo, en que no importa que tuviera el móvil de Ángela. —Kevin se encogió de hombros—. Tengo la sensación de que no se entera de nada, de que no entiende cómo funcionan las cosas hoy en día. Prefiero pensar eso en vez de la alternativa: que intenta boicotear la investigación de manera deliberada.

No supe qué decirle. A decir verdad, tenía demasiado reciente mi encuentro con Santiago y no sabía cómo sentirme al respecto. Una parte de mí decía que tenía que contarle a Kevin mis sospechas sobre ese hombre, que las había confirmado en nuestra conversación; la otra, sin embargo, me aconsejaba ser precavida, reposarlo bien, pensar qué hacer, porque una cosa era tener la certeza de que Santiago sabía algo que quizá tuviera que ver con los secretos de Ana, con aquellas cartas o con el colgante, y otra muy diferente era que estuviera implicado en su muerte. No, no podía salirle a Kevin con una visión alternativa que todavía no estaba bien montada. Además, ahora que Kevin había encontrado en Jorge Lanuza un cabo del que tirar con los crímenes actuales, no me parecía buena idea enredarlo en cosas del pasado que tal vez no condujeran a ninguna parte. Y, por si fuera poco, Santiago dudaba de la culpabilidad de Lanuza, lo cual en cierto modo despejaba las dudas en torno a él mismo.

—¿Santiago no entiende qué os ha llevado a detener a Jorge? —le pregunté, tratando de rellenar todos los espacios en blanco de su historia.

—Algo así. No entiende por qué es relevante que Jorge tuviera el teléfono móvil de Ángela Martín. No le ve como un posible sospechoso viable.

—¿Y eso por qué?

—Porque el chico es de aquí, supongo, y porque le tiene aprecio. Creo que es amigo de su padre o algo así —dijo Kevin, sin mucha convicción. Bebió un trago demasiado largo de vino y no pude evitar observar sus movimientos, cómo se lamía los labios. Una mezcla terrible de deseo y envidia me corroía las entrañas. Bebí un trago de agua y me puse a mirar la carta. ¿El camarero no iba a venir nunca? Menudo servicio más malo—. Pero teníamos pruebas suficientes para detenerle, Alice. Coincidirás conmigo en que es sospechoso que tuviese el móvil de Ángela.

—Desde luego —afirmé, con contundencia—. ¿Crees que me sentará bien comerme un entrecot? Me siento famélica. —Esbozó una sonrisa y asintió—. Bien pensado, no me sorprende demasiado que él tuviese su teléfono, ¿sabes?

—¿Y eso por qué?

—Porque no era una relación lo que se dice sana. —Kevin me miró, con gesto interrogante, para animarme a hablar más—. Bueno, hoy he hablado con algunas de las amigas de Ángela, y me han contado que discutían muchísimo. De hecho, Jorge no les gustaba demasiado.

Esbocé una sonrisa. Kevin me miró con cierta sorna, como quien mira al típico amigo que siempre se mete en algún lío. Aquello alivió un poco mi mala conciencia.

El camarero llegó por fin y nos tomó nota: un entrecot hecho y con patatas para mí, y una ensalada César para Kevin. Me preocupó. Mi marido solo come ensalada por voluntad propia cuando está terriblemente agotado y quiere asegurarse de que se quedará dormido rápido, sin digestiones pesadas. Lo miré y reparé en que, a pesar de su buen aspecto, algo que en él era natural, parecía cansado y ojeroso.

—Bueno, ¿y le habéis sacado algo a Jorge? —le pregunté.

—Es conocido en el pueblo. Al parecer, el chaval trapichea un poco. Ya sabes. Vende hierba y esas cosas.

—No me sorprende en absoluto —comenté, y recordé cómo compartía el humo del porro con Ángela, sentados en el parque.

—Aun así, es raro —suspiró—. Jorge parecía de verdad preocupado por Ángela, aunque nos ha costado muchísimo que confesase que estaban juntos. Es como si tuviese miedo de los padres de ella, o algo así.

Llegó la comida. Estaba de verdad hambrienta, pero el olor de la carne me mareó ligeramente.

—¿Crees que sus líos de drogas tienen alguna relación con lo de Ángela? —le pregunté—. ¿Alguien que quiera perjudicarle atacándola a ella?

—Pues… no sé qué decirte. Él no suelta prenda, y habrá que investigarlo a fondo. La policía de aquí no tenía ni idea del negocio paralelo que tenía montado Jorge; hay que ser inútiles. Vamos a mantenerle bajo custodia durante todo el tiempo que podamos. En realidad, debería haberme quedado allí, pero…

—Necesitas dormir —completé la frase.

Conocía a mi marido y sabía que, sencillamente, estaba al límite de sus fuerzas. Asintió. La comida llegó antes de que me contestara y empecé a cortar el filete en trocitos pequeños, metódicamente.

—Puede que las cosas se compliquen, así que tengo que estar todo lo bien que pueda.

—Y… Kevin… —empecé, pensando bien en cómo seguir. Era una cuestión delicada, así que no quería meter la pata—. ¿No crees que Castán…?

—Alice, ¿de verdad piensas que tiene algo que ver con todo esto? —respondió, sin darme tiempo a terminar la frase.

—Sé que es viejo y todo eso, y me imagino que está mal físicamente… —me apresuré a aclarar—. Pero sí que creo que todo lo que está pasando, absolutamente todo, tiene que ver con lo que pasó entonces. Con…

—¿Con Ana? —volvió a interrumpir.

No pude hacer otra cosa que asentir.

—Puede que tengas razón, Alice, pero déjame que te explique algo. —Echó el cuerpo hacia delante, y avanzó sobre la superficie de la mesa, para situarse más cerca de mí, como si quisiera que estuviésemos en contacto más directo para tener esta conversación—. En realidad, tendría que habértelo contado todo mucho antes, antes incluso de venir, para que entendieses bien cuál era la situación, pero no quería que le dieses demasiadas vueltas.

—¿De verdad pensabas que no le iba a dar vueltas a las cosas? —le pregunté, entrecerrando los ojos. Me dirigió una sonrisa como única respuesta. Claro que no, no era tonto.

—Marzal Castán está gravemente enfermo, Alice. Eso ya lo sabes. Apenas puede moverse por sí mismo y necesita una bombona de oxígeno para respirar. —Aguardó mi reacción, pero, como no hice ni dije nada, decidió continuar—. Además, está en un piso franco, en las afueras del pueblo. Constantemente vigilado, día y noche.

—¿Cómo es el dispositivo de vigilancia? —le pregunté. Decidí hacerme la tonta con lo que sabía y no dejar de preguntar por lo que no sabía.

—Dos guardias en cada turno, vestidos de paisano. Efectúan los desplazamientos en un coche de incógnito para no llamar la atención sobre la ubicación del piso. —Asentí, porque todo sonaba bastante razonable—. Además, los guardias van rotando y tienen órdenes estrictas de interactuar lo mínimo con él. Se le considera alguien peligroso, Alice, y el contacto con él se limita enormemente.

—Pero es un hombre libre, ¿no? —inquirí.

Kevin hizo un gesto con los hombros, como si me dijera que más o menos. Preferí pensar que la respuesta era ambigua, y no que él no la tenía clara.

—Quédate con que el dispositivo de acceso a Castán es muy

seguro, Alice. Ni él puede campar por ahí a sus anchas, ni tampoco puede recibir visitas sin que nos enteremos. —Hizo una pausa para coger aire, con un suspiro—. También tenemos la lista de todos los que le fueron a visitar en la cárcel, pero no hemos sacado nada de ahí.

—Pero Santiago le visita, ¿no?

—¿Cómo sabes tú eso? —dijo Kevin, frunciendo el ceño. Entonces, fue como si algo en su mirada se iluminase—. Claro, hablaste con Santiago.

No dije nada al respecto. Quise desviar rápido la atención del tema de Santiago y volver al de Castán.

—¿Cómo es el dispositivo de acceso a la vivienda? ¿Los visitantes tienen que solicitar formalmente acceso a Castán? —me lancé a preguntar.

Kevin asintió.

—Si reciben autorización, el coche de incógnito pasa a buscarlos, y, acompañados por el guardia asignado, proceden a...

—¿Cómo es el coche?

—¿Importa? —preguntó, mirándome, extrañado.

Me encogí de hombros. Me dije que, tal vez, ese era el coche que yo había visto cuando allané la antigua casa de los Castán. Tenía sentido que algún guardia fuese a buscar algo para Marzal, ¿no? Al fin y al cabo, aquella era su casa todavía...

—Un Renault Megane gris. Un coche muy normal, nadie se fija en un coche así —respondió él.

Asentí, como si fuera una información muy relevante. No lo era, al menos no para mí: el que yo había visto, durante apenas un instante y de forma velada, era claramente rojo. No podía ser ese coche. Me reprimí para no parecer decepcionada. Kevin continuó con su amable sonrisa.

—Bueno, soy consciente de que no es quien anda secuestrando y matando niñas —concedí, al fin—, pero eso no hace que me guste más.

—Lo sé. Mira, te lo voy a contar, aunque habíamos acordado

no tocar el tema, y lo hago porque quiero ser sincero contigo. Y porque quizá se te ocurra algo que a nosotros se nos escapa.

Yo asentía, obediente, como una niña buena, y me callaba, una vez más, todo lo que sabía. Otra vez más.

—Es difícil hablar con él, Alice —empezó, y entonces se quedó callado, durante apenas unos segundos, lo suficiente para hacerme perder la paciencia—. Bueno, más bien es imposible —aclaró, y luego prosiguió—: Desde que apareció el cuerpo de Emma, se ha negado a hablar. Se ha vuelto una tumba. Es como si supiera algo, pero si lo pensamos bien es imposible. Hemos rastreado sus últimos años, y no tenemos nada, Alice. No se ha comunicado con absolutamente nadie. Si no avanzamos con él, ni tampoco con Jorge, seguiremos con las manos vacías.

Había dejado de asentir, haciéndome la tonta, desde hacía unos segundos, y, por la manera en que me miró Kevin, intuí que en mi rostro se había reflejado el terror que se había apoderado de mí. Ahora, sin embargo, no era por haber hablado de Castán. Lo escalofriante del asunto era que, por primera vez, yo ya sabía lo que me contaba Kevin.

Ante nosotros, solo se extendía un vasto y oscuro vacío.

52

Me desperté al día siguiente con un dolor de cabeza horrible, a eso de las once de la mañana. Me había pasado media noche dando vueltas, por la acidez que me provocaba el maldito embarazo, pero también preocupada por la lentitud de las investigaciones y, cómo no, por cierta sensación de mala conciencia. Hasta bien entrada la madrugada no pude conciliar el sueño. Kevin ya se había marchado y me sentí un tanto dolida al ver que no me había dejado una nota, ni mandado un mensaje, qué sé yo.

Mientras me bebía un zumo de naranja y me comía unas tostadas que había pedido al servicio de habitaciones, encendí el televisor. Ahí estaba Ángela Martín. Era exactamente la misma foto de los carteles que había visto en el centro de operaciones. Ella sonreía, desafiante, a la cámara. Tenía una sonrisa casi pícara, de chica demasiado lista para tener catorce años. El pelo ondulado, a la altura de los hombros, tan negro como el carbón. En la parte inferior de la pantalla, se podía leer un número de teléfono al que llamar si se tenía información. Llevaba más de cuarenta y ocho horas desaparecida.

Era uno de esos programas sensacionalistas en los que se habla un poco de todo: de los casos policiales más mediáticos del momento, de política, de famosos que se casan y se divorcian… La presentadora, Rosana Cruz, llevaba en el prime time de la franja matinal por lo menos veinte años, y parecía frotarse las manos cada vez que un niño desaparecía o se encontraba por ahí un cadáver mutilado. Esta vez no era diferente. Un experto en secuestros, una periodista del corazón, un abogado criminalista, una psicóloga forense y ella sentados alrededor de la mesa. Tazas blancas, café para cinco. Un millón de cámaras rodeándolos.

—Ángela Martín desapareció la noche del quince de noviembre en As Boiras, un municipio del Pirineo oscense —recitó la presentadora, atacando directamente al espectador, a la cámara. Después, paseó la mirada por sus colaboradores—. ¿Creéis que tiene algo que ver con la muerte —pronunció esa palabra, «muerte», con un ímpetu tremendo, como si fuese un dogma— de Emma Lenglet, la niña francesa cuyo cuerpo apareció hace tan solo unos días en la zona?

—Desde luego, no podemos ignorar que es una posibilidad más que real, Rosana —dijo el experto en secuestros, con tono seco.

—Tampoco podemos ignorar que quizá Ángela se escapara de su casa, Albert —acotó la periodista del corazón, con voz cursi y mirando a cámara con un pestañeo lento y empalagoso—. ¿Cuántas adolescentes se escapan cada año de sus casas? Es una cosa terrible.

—Seguro que, viviendo en un pueblo tan pequeño, a cualquier chica se le pasaría más de una vez por la cabeza marcharse —afirmó la presentadora con gran rotundidad, como si estuviese plenamente segura de que Ángela era una de esas chicas.

—Recordemos que el caso está bajo secreto de sumario —dijo la psicóloga forense.

—¿Qué significa eso exactamente, Juan? —preguntó Rosana, mirando al abogado criminalista. Después, a cámara—. Para nuestros espectadores.

—Significa que la policía prefiere que algunos detalles del caso sigan siendo privados. La policía cree más conveniente mantener algunos detalles del caso en secreto, pues considera que eso facilitará la investigación.

—Pero ¿no sería mejor divulgar esos datos? —inquirió la presentadora—. Recordemos que la privacidad de las víctimas y de sus familias es lo primordial, pero quizá sería útil para la investigación.

—Solo sabemos que el asesinato de Emma Lenglet fue especialmente brutal, pero recordamos a los espectadores que todavía es demasiado pronto para aventurar que su muerte y la desaparición de Ángela Martín estén relacionadas.

—Y debemos tener en cuenta, Juan, que la desaparición de Ángela Martín quizá fue voluntaria. Tal vez tuviese algún novio o algo así. Lo primero que se debe hacer es indagar en la vida de Ángela, conocer todos sus secretos. Solo así podremos descubrir dónde está —apuntó la periodista del corazón.

—Ahora entrevistaremos a Antonio Martín, padre de Ángela —interrumpió la presentadora, y la pantalla se dividió para mostrar, a la derecha, a una joven reportera pelirroja frente al cuartel de la Guardia Civil de As Boiras, al lado del hombre corpulento y serio a quien había visto el día anterior en el centro de operaciones—. Conectamos con As Boiras, donde nuestra compañera Lucía está esperando a que...

Le quité el sonido al televisor. No soporto cuando hablan con los padres de las víctimas. Entonces, me llegó un mensaje de Camille, con un enlace a un artículo de la prensa francesa y una breve nota que decía «Antes de que te enteres por ahí...», acompañada por un emoji de preocupación. En su exhaustivo artículo, Camille Seigner, desplazada al centro de los acontecimientos, destapaba la existencia del piso franco donde actualmente estaba bajo custodia policial el Carnicero del Valle, perpetrador de los famosos asesinatos entre 1995 y 1996. Y, no contenta con eso, también desvelaba una información que a mi entender era confidencial, porque yo apenas la había descubierto la noche anterior: que Jorge Lanuza, supuesto novio de Ángela Martín, de diecinueve años, había sido detenido y estaba bajo custodia policial. Fue como si hubiese abierto la caja de Pandora.

Fruncí el ceño. Sabía que la presencia de Camille en As Boiras iba a traer cola, no porque fuese algo necesariamente malo, sino porque actuaba como acelerador de todo lo que ocurría en torno a él. En el televisor, presentadora y colaboradores se afanaban en especular, desgranar, manipular, tergiversar, inventar hasta el límite de lo posible.

Entonces, me paré a pensar en lo que había ocurrido el día anterior. Habían sido demasiadas cosas, sentía que había ido de un sitio a otro: de la infructuosa batida de búsqueda al hotel, y luego a ver a Santiago y, más tarde, a Camille, y, finalmente, a la cena con Kevin. El colgante, las cartas y todas mis intuiciones truncadas, que todavía no llegaban a sospechas fundadas. Puede que descubrir la verdad que había detrás de lo que había ocurrido hacía ya más de veinte años no fuese a acabar de golpe con todo lo que estaba mal en mi vida —la relación con mi madre, todas las mentiras entre Kevin y yo, mi miedo atroz a que este embarazo acabase en aborto, como todos los demás…—, pero, para mí, era importante. Sin embargo, tenía la sensación de que cuantos más días pasaba en As Boiras y cuantos más detalles conocía sobre las últimas semanas de vida de Ana, más dudas llenaban mi mente y menos claras quedaban las cosas.

Desvié de nuevo la mirada hacia el televisor, que emitía imágenes sin sonido, y entonces lo vi: ahí estaba, frente al cuartel de la Guardia Civil que era su reino, con gesto serio y aire circunspecto, la clase de hombre de quien todos se fían, en quien todos confían. Santiago Gracia, un hombre cuya vida profesional parecía vertebrada por dos casos escabrosos que se parecían sospechosamente, dispuesto a convertirse, una vez más, en el héroe del pueblo. Activé el sonido y su voz, grave, masculina, llena de seguridad, lo inundó todo.

—… Estamos barajando todas las opciones —dijo él, con calma, y miró directamente a la cámara, como si lo hiciera desde siempre—. La prioridad absoluta es encontrar a Ángela Martín con vida, pero tenemos que actuar con sensatez. Rogamos a terceras partes que no divulguen informaciones confidenciales —dijo, y sentí que me lo pedía a mí, que me reprendía a mí, como si yo fuese la culpable de lo que había aparecido en la prensa francesa—. Es mejor ser discretos en esta clase de casos.

Dijo más cosas, pero no las escuché. El teléfono móvil había empezado a sonar.

53

A las dos en punto de la tarde entré en uno de los asadores del pueblo, con precios inflados y una decoración supuestamente montañera, para que los turistas que deseaban comerse un buen pedazo de carne pudiesen disfrutar del encanto local. Era el fin de semana en que empezaba la actividad turística fuerte, y era también el último mediodía que iban a tener libre en muchos meses mi madre y Lorién. Supongo que precisamente por eso a ella le pareció una buenísima idea invitarnos a Kevin y a mí a comer con ellos. No me costó demasiado excusar a mi marido, aludiendo a que estaba sepultado bajo una verdadera montaña de trabajo que, por tamaño y peligrosidad, no tenía nada que envidiar a los Pirineos. A mí no me iba a resultar tan fácil escaparme, pero pensé que quizá podía sacarle algo de provecho a este encuentro.

No le había devuelto a mi madre las llaves de su coche el día anterior, así que lo usé para llegar hasta el centro del pueblo. Cuando llegué al restaurante, ellos, mi madre y mi padrastro, ya estaban ahí; mi madre, con una enorme sonrisa en la cara, como si en As Boiras no sucediera nada malo y la mía fuese una visita familiar; Lorién, con cara de circunstancias, apenas disimulada por una sonrisa cordial. Comer con su hijastra era la cosa que menos le apetecía del mundo. No descarté que hubiera acudido engañado por mi madre.

Nada más verme llegar, mi madre ensanchó la sonrisa, y no tardó ni medio segundo en ponerse a hablar como una cotorra, antes incluso de que me diese tiempo a analizar la carta.

—He hablado esta mañana con esa amiga tuya, esa rubia tan guapa —me dijo, relatándolo como si fuese un acontecimiento muy emocionante—. No ha parado de hacerme preguntas, ha sido un poco maleducada. ¿No estuvo en tu boda? ¡Fue tan bonita…! Qué pena que fuera tan poca gente de tu parte, cariño. Me preocupa que no tengas amigos… Espero que tu amiga pueda escribir un artículo sobre el hotel en una revista de viajes con la que colabora. Ha entrevistado a Lorién, ¿a que sí?

—Sí, he hablado un par de veces con ella. Es encantadora, le interesa mucho todo lo que tiene que ver con este pueblo —dijo mi padrastro, con ese tono sobrio que tanto me sacaba de quicio.

Me pregunté qué esperaba sacar Camille de todo esto. Sí, trabajaba para diversos medios, pero en la vida se interesaría por un hotel como el de mi padrastro en medio de un caso como este. Estaba claro que ella buscaba era información, pero ¿cuál?

Cuando ya habíamos dejado atrás la fase de la conversación que se centra en trivialidades, en cómo va esto y aquello, y la mesa ya estaba llena de comida —ternasco asado, nunca ha sido mi favorito—, aproveché que Lorién ya se había bebido un par de copas de vino para llevar la conversación a mi terreno. Mi padrastro nunca ha sido especialmente bebedor, sino de esa clase de hombres que se controlan y lo miden todo al extremo. Sin embargo, me dije que ahora estaba con la guardia baja… o, al menos, de buen humor. Algo es algo.

—¿Puedo preguntarte algo, Lorién? —aventuré, con cautela.

Él me miró, con gesto interrogante, como si se preguntase a qué venía tanta formalidad. Tragué saliva.

—Claro, niña —me dijo.

Él siempre me había llamado así, «niña». En realidad, no significaba nada: nunca había sido especialmente cariñoso conmigo, nunca me había tratado como un padre debería tratar a su hija.

Al menos, no de puertas para dentro. Se portaba bien conmigo, era cordial, parecía preocuparse por mí y por mi bienestar, pero nada más. Respiré hondo, e hice acopio de fuerzas para pronunciar aquel nombre en voz alta.

—¿Qué fue de la cabaña de caza de Marzal Castán? —Lo llamé así, por su nombre completo, el que figura en su carné de identidad y el que siempre iba entre paréntesis en los artículos que hablaban sobre él. Traté de aparentar un aire indiferente, como si, en realidad, no fuese más que la pregunta casual que alguien hace al volver a casa, cuando se para a pensar en las cosas que ya no están, que han desaparecido.

—¿La cabaña de caza? —preguntó él, como si no supiese de qué iba la cosa.

Desde que todo había salido a la luz, Lorién había actuado como si jamás hubiese conocido a Castán. ¿Cómo podría haber reaccionado de otro modo? Salvo en el juicio, no volvió a mencionar que fue él quien lo delató, y es cierto que tampoco le recordó a nadie que fui yo quien le proporcionó, sin saberlo, la sospecha final. Se dedicó a borrar a conciencia todo su pasado juntos, una amistad que había durado años. A mi entender, eso explicaba que nunca me confrontara por lo que escribí en mi libro: de algún modo, para él, aquello no había existido. Por desgracia, el presente insistía en impedirle aquel olvido voluntario.

—La cabaña del bosque, Lorién —solté, casi en forma de gruñido. No pude evitarlo. Me había propuesto ser dulce, suave, diciéndome que se cazan más moscas con miel que con un mazo, pero era superior a mí—. Los llevaste hasta ahí, ¿recuerdas?

—Ah, sí —dijo él, con tono pausado, y dejó de lado cuchillo y tenedor y los apoyó en la mesa, sobre el mantel blanco, a ambos lados de su plato a medio comer. Me miró con una sonrisa de dientes blancos y perfectos. Se notaba que se dejaba un buen dinero en el dentista—. La cabaña.

—¿Y bien? —insistí, impaciente.

Mi madre, mientras tanto, picoteaba distraídamente de su plato, como un pajarito, en apariencia ajena a nuestra conversación, pero con la vista cuidadosamente fijada en su comida. Miré a Lorién, casi agotada ya la escasa paciencia que me quedaba. ¿Qué se creía, que si lo demoraba todo yo dejaría de preguntar? En aquel momento, me sentía como si hubiese encontrado un hilo larguísimo del que tirar, y tirar, y...

—La quemaron.

—¿La quemaron?

—Bueno, en realidad... La quemamos.

La cabaña. Nunca habría sabido llegar si Ana no me hubiese llevado hasta ahí, tirando de mi mano bosque a través. La cabaña. Había muchas construcciones similares en la zona: eran pequeñas cabañas de madera, construidas en el monte, dentro de las reservas de caza. Eran poco más que cuatro paredes, un sitio donde guardar las armas y las mantas, donde resguardarse cuando hacía frío y dejar que descansasen los perros. Un sitio donde degollar a las presas, desangrarlas, poner la carne a secarse.

La cabaña de Marzal Castán no era distinta: un cuchitril viejísimo, apenas reformado con el paso de los años. Dos habitaciones: una donde se preparaba a los animales muertos, donde se los despellejaba y se ponía la carne a curar, con suelo de baldosas —reforma reciente, de los años ochenta— y un gran desagüe en el centro; y otra donde se descansaba. También había un retrete en el exterior, en una especie de armario de madera. Todo, la mierda y la sangre, iba a la misma fosa séptica, que drenaba al subsuelo del bosque. En ella encontraron restos de todas las niñas, trozos de cuerpos: el dedo gordo del pie derecho de Laura, el pezón izquierdo de Inés..., el dedo corazón de la mano izquierda de Ana, lo único que encontraron de ella. Todavía llevaba el anillo de topacio, la alianza de su madre. Y, todavía sin empapar por la tierra, frescos desde hacía muy poco, rastros de sangre de su cuerpo, de mucha sangre.

La cabaña, ardiendo en llamas. La imaginé quemándose, como si eso borrase para siempre los pecados allí cometidos una vez terminó todo y metieron a Castán entre rejas, rodeada por los hombres del pueblo, probablemente con Lorién y Santiago al frente. Borrándolo todo, para siempre.

54

Ana me miraba con sus enormes ojos azules, casi transparentes.

—*¿Te gusta o no?*

—*¿La cabaña?* —*le pregunté, y miré a mi alrededor.*

—*Pues sí, ¿qué otra cosa, si no?*

Mentí.

—*Claro.*

En realidad, no me gustaba en absoluto. ¿Cómo iba a gustarme un sitio así? Era un lugar horrible, y había un olor acre y oscuro flotando en el aire que me hacía sentir ligeramente mareada. No, no me gustaba nada de nada, pero Ana parecía cómoda. Se sentó en un sillón orejero como si hubiera estado mil veces en aquel lugar.

—*¿Has estado muchas veces aquí?* —*le pregunté.*

—*Claro, con mi padre. A veces me traía a cazar con él.*

—*¿Ya no?*

—*Ahora soy yo la que no quiere venir.* —*Se quedó callada. Parecía triste. No le dije nada. No sabía qué decir. No había vuelto a mencionar las marcas de sus piernas, pero las imaginaba por todo su cuerpo—. ¿Sabes, Alice? A veces vengo aquí cuando quiero desaparecer.*

—*Desapareces en la cabaña del bosque de tu padre y él no te encuentra* —*le dije—. Se ha olvidado del camino. Aquí, no puede hacerte daño.*

—*Aquí no puede hacerte daño* —*repitió, como si fuese una broma. Esta vez, solo ella se echó a reír.*

55

Su voz me devolvió al presente.

—Niña —me llamó Lorién. Me había quedado callada, re-creándome en la visión de aquella cabaña en llamas, reduciéndose a cenizas, llevándose consigo lo último que quedaba de ellas. No obstante, el tono de mi padrastro no era amable, era… Casi una advertencia—. ¿Estás bien? Últimamente no pareces tú misma. Desde que…

Entonces, mi madre levantó la vista de su plato, casi como si despertase de un trance, y nos dirigió a los dos una amable sonrisa.

—Esas cosas del pasado ya no le importan a nadie, ¿verdad, cariño? —dijo, y le tocó el brazo a su marido, buscando que él le diera la razón.

Él no dijo nada. Se limitó a sonreír con una aparente cordialidad, como si no hubiera pasado nada, como si solo fuésemos tres adultos que disfrutaban de una tranquila comida familiar.

—Pero hay cosas del pasado que sí que importan, ¿no? Las cosas buenas —solté yo, casi desesperada, porque por nada del mundo quería que la conversación derivase hacia una sarta de tonterías y trivialidades—. Quiero decir, hubo cosas buenas entonces, ¿verdad?

—Siempre hay cosas buenas, hija —dijo mi madre, con esa sonrisa suya que siempre me ha parecido excesivamente falsa.

—A mí siempre me ha sorprendido lo unidos que estáis todos por aquí —dije, como quien no quiere la cosa, aparentando despreocupación, como quien suelta un comentario sobre el tiempo—. Es decir, la mayoría de las personas nacen y mueren aquí, ¿no?, y es un lugar duro para vivir, por eso estáis tan unidos.

—La gente por aquí es noble, Alice —remarcó Lorién, con un tono hosco, seco—. Es más de lo que se puede decir de muchos otros lugares.

—Sin duda, Lorién —contesté, y asentí con la cabeza—. Por eso quería disculparme.

Me miró, ligeramente sorprendido. Mi madre se lanzó a preguntar, con su incansable curiosidad:

—¿Disculparte por qué, hija?

—Por el libro —respondí, y me miraron estupefactos, como si hubiera perdido el juicio por completo—. Quiero decir, trabajé mucho en ese libro, no os podéis imaginar cuánto, pero siento cómo os… Este pueblo no es cómo yo lo pinté. Es un buen lugar para vivir, aunque no lo fuese para mí. Y tú y Santiago… —continué, mirando a mi padrastro—. Bueno, creo que siempre actuasteis con rectitud, y por eso creo, también, que me precipité.

Me costó demasiado decir esas palabras, aunque fluyeran de mí de un modo natural, aunque saliesen de mi boca como si no doliesen. El caso es que las solté y sonreí, obediente y buena, convirtiéndome en lo que siempre se había esperado de mí. Y lo hice porque sentía que era lo mejor. Si no conseguía derribar el muro que se interponía entre Lorién y yo, que nos separaba de un modo cada vez más irreconciliable, nunca conseguiría sacarle nada. Y yo necesitaba saber, necesitaba conocer cualquier dato del que mi padrastro dispusiera, porque, al fin y al cabo, él estuvo allí y, formó parte del triángulo, junto a Santiago y a Marzal, que me podía conducir a Ana.

—Vaya, esto es… —empezó Lorién, pero guardó silencio, sin saber bien cómo continuar.

—Es maravilloso, hija —atajó mi madre, sonriente—. Desde luego que sí. Espero que ahora podáis llevaros mejor, ¿sí? Todos nos equivocamos a veces.

Asentí, tragándome mi orgullo.

—Creo que nunca os vi cómo erais en realidad, Lorién —dije, invocando directamente a mi padrastro—. He podido conocer un poco más a Santiago estos días, y creo que es un gran profesional.

—Es un buen hombre, Alice —fue su sucinta respuesta.

—Eso por descontado —asentí, y, al oírme, hasta yo misma me lo creí un poco—. ¿Cómo era realmente él entonces? Os llevabais unos años, ¿verdad?

—Le llevo quince años —respondió, y poco a poco se relajó el rictus rígido en que se había convertido su cara.

—No es tanto si lo piensas bien, ¿no? Y teníais aficiones comunes.

—Exacto —respondió él, seco, y bebió un trago de su copa de vino después—. No hay tantos jóvenes en este pueblo, Alice. Como bien sabes.

—Claro, lo entiendo —respondí, y le di vueltas a cómo continuar, cómo seguir la conversación para que no se cerrase en banda—. Seguís en contacto, ¿verdad?

—¿Y por qué no íbamos a estarlo? —respondió él, y se puso a la defensiva. Mi madre le apretó el brazo, y le dirigió una amable y cálida sonrisa, como si con ello le dijera que mis intenciones no eran malas—. Somos muy amigos, Alice. Santiago es un gran hombre.

No dije nada, me limité a asentir y a tragar toda el agua que pude para disimular el asco que en aquel momento me daba a mí misma.

—De verdad que Santiago es un buen hombre, Alice —intervino mi madre—. Me encantaría que os hubierais podido reencontrar en circunstancias mejores. Seguro que, de ser así, los dos veríais que…

Carraspeé. Dudaba mucho que Santiago y yo nos hubiésemos apreciado, fueran cuales fuesen las circunstancias. Él no me había gustado entonces, ni tampoco me gustaba ahora. Por eso, tuve que ser más falsa que en ningún otro momento de mi vida, de un modo tosco y burdo que me habría desquiciado a mí misma, y reanudé la conversación.

—Si os soy sincera, de pequeña siempre me pareció atractivo, así como… Como un actor, o algo así. No me explico que nunca se haya casado. Las chicas de As Boiras debían de hacer cola para hablar con él.

Por primera vez en mucho tiempo le vi una sonrisa sincera a Lorién. Tal vez el vino ayudase.

—Pobre Santiago. Nadie le ha conocido nunca demasiado bien. Es un tipo más sensible de lo que parece. —Hizo una pausa y dio otro sorbo de vino—. Por lo visto, siempre fue muy tímido con las mujeres. Solo se le ha conocido una novia, y eso ocurrió poco tiempo antes de que se hiciera amigo nuestro. —Al decir «nuestro» se le torció el gesto: era evidente que Lorién no quería a Marzal sentado a la mesa—. De hecho, cuando empecé a conocerle estaba realmente destrozado, había tenido una depresión seria por aquel desengaño.

—Se llamaba Rosario, ¿verdad? —Mi madre ya se había abonado al asunto. Nada le gusta más que un buen cotilleo.

56

—Rosario, sí. Era una chica algo más joven que él, tenía dieciséis o diecisiete años, él le sacaba cinco. No recuerdo haberla visto en As Boiras, hablo de oídas por lo que me contaron él y otros. Era una chica menudita, graciosa, al parecer muy guapa. —Lorién partió un trozo de pan y se lo llevó a la boca. Mascaba con parsimonia, miraba al vacío como si reviviera el pasado—. Salieron durante casi dos años. Él estaba muy enamorado.

—No recordaba esta historia, Lorién, qué triste… —acotó mi madre, como contrapunto dramático.

—Bueno, vosotras —dijo Lorién, y nos señaló a mi madre y a mí— aún no habíais llegado al pueblo cuando eso pasó.

Mi madre asintió y se aprestó a recopilar más datos sobre el asunto:

—Y ¿cómo terminó todo? Porque ella se marchó del pueblo, ¿no?

—Sí, a Málaga —asintió mi padrastro—. Su familia se mudó allí, y ella empezó a estudiar en la universidad. Siguieron con la relación a distancia. Se llamaban casi todos los días. La verdad es que era una muchacha muy madura para su edad.

—¿Y qué pasó? —solté yo, incapaz de contenerme, atrapada también en el relato. Sin duda, el amor por los cotilleos lo he heredado de mi madre.

Esta vez, Lorién, en lugar de cortarnos las alas, se entregó a la historia de las desgracias amorosas de su amigo.

—A los pocos meses, ella vino de visita. Al parecer, quería decirle en persona a Santiago que había conocido a un chico en clase, que no había pasado nada entre ellos, pero que se sentía fatal porque veía que a Santiago lo había empezado a querer por costumbre. —Entonces me pareció que Lorién sentía en su propia carne el dolor de aquella historia amarga, que se le humedecían los ojos. Me sorprendió, porque nunca habría pensado que él fuera tan empático—. Él pidió una excedencia y se fue a vivir a Málaga unos meses, pero la cosa al final no funcionó. Volvió destrozado, con la autoestima por los suelos.

—Cuando le conocí, ya debía de estar mejor… —Mi madre seguía ejerciendo de apuntadora—. Recuerdo que siempre andaba con las fotos arriba y abajo.

—Es verdad —prosiguió Lorién—. Se reía de la cámara que yo tenía, decía que no tenía ni idea. Él se hacía el revelado, las ampliaciones… No es broma, era todo un artista. Faltaba todavía un tiempo para que llegaran las cámaras digitales. Cuando aquello llegó, empezó a perder el interés.

Ese dato despertó mi curiosidad, porque nunca habría pensado que Santiago tuviera el más mínimo interés artístico.

—¿Me estáis diciendo que Santiago es fotógrafo? —pregunté, con interés genuino.

—Sí, niña— contestó Lorién, que parecía más animado que de costumbre con la charla—. Le pilló afición y, siempre que íbamos al monte, le gustaba fotografiarlo todo: los pájaros, los árboles. Hacía buenos retratos, durante varios años andaba siempre con objetivos de todo tipo, los trípodes… Se gastaba el poco sueldo que ganaba en material.

Ahora entendía quién había sacado la foto de la cuadrilla el día de pesca. Y también comprendí que la figura que vi, ante el mirador, en la foto que tenía Santiago en la comisaría, era esa mujer joven de aspecto aniñado. Rosario. Él era el autor de la foto. Me sorprendió que, tantos años después, aún conservara esa imagen precisamente ahí, en un lugar donde la veía siempre, cada día.

—¿Y ya no volvió a estar con nadie? —quise reconducir el tema—. Qué extraño…

—No, creo que aquello le dejó tocado para siempre. Se volvió un hombre melancólico, y luego se endureció poco a poco. El Santiago que conoces, niña, no es el que un día fue. Aquella chiquilla le rompió. Una pena.

Contuve las ganas de cuestionar a mi padrastro, toda su visión del mundo reductora en la que una mujer rompe a un hombre para siempre. Se hizo un breve silencio, que mi madre, siempre solícita, supo interrumpir adecuadamente:

—He bebido demasiado, chicos. Voy al baño —anunció, y se escabulló a toda prisa.

Decidí que tenía que aprovechar la ocasión. Me volví hacia Lorién, que examinaba su plato de comida, como si se preguntara si merecía la pena seguir comiendo o no, y le dije:

—¿Y Castán? —Era un cambio de tema arriesgado, pero ya no podía contenerme—. Santiago ha ido a verle, después de que saliera de la cárcel. Me lo dijo él. ¿Tú qué opinas de eso?

Miré a Lorién directamente a los ojos y me asombró, me estremeció, ver otra vez la nada en ellos, después de haberse abierto con la historia de desamor de su amigo. Era una nada absoluta. Solo un inmenso e insondable vacío que esta vez, sin embargo, no se esforzó en disfrazar de cordialidad.

—Pienso que Castán es un hijo de puta y, por mí, que arda en el infierno —respondió, con la voz contenida en un puño, como si todo su cuerpo estuviera en tensión. Me pareció que todo se quedaba en silencio, que todo el ruido que nos rodeaba se apagaba, y que hasta mi respiración se ensordecía—. Para mí, entregarlo fue como matar a mi hermano, Alice, pero tuve que hacerlo. Tuve que hacerlo.

Me limité a asentir, una vez más. Me sentía compungida, como arrastrada ahora por una emoción diferente que no lograba reconocer pero que había conseguido que se me acelerase el corazón de una manera irrefrenable que inhibía cualquier pensamiento coherente. No fue agradable.

—¿Piensas mucho en eso? —le pregunté, con un hilo de voz.

Esta vez, fue él quien se quedó mudo y asintió. Traduje mentalmente su respuesta: todo el tiempo. Todo el maldito tiempo.

—Yo pienso mucho en Ana —dije, sin poder evitarlo.

Pero, al mirar a Lorién, vi que sus ojos se nublaban por un instante, que se volvían más oscuros. Me dije que tal vez se debiera a la luz, pero fue un momento extraño.

—¿Cómo pudo matar a su propia hija? —insistí.

Él alzó la vista, atravesándome con sus ojos azules.

—Porque era un monstruo, Alice —contestó, tranquilo, seguro—. Los monstruos hacen esas cosas.

No dije nada, y eso le dio pie para continuar:

—Sé que la querías, pero hace ya mucho tiempo que no está entre nosotros —continuó, con gravedad, y cogió su servilleta de tela para limpiarse las comisuras de la boca, con movimientos elegantes y ensayados—. De todos modos, creo que te vino bien marcharte. De tu amistad con esa chica no habría salido nada provechoso. Ya ves de qué calaña era su padre...

—¿Estás diciendo que se lo merecía, Lorién?

—Jamás diría algo así, Alice. Nadie se merece eso, y menos aún una niña —contestó, con frialdad—. Pero esa chica no estaba demasiado bien de la cabeza, eso lo sabíamos todos. Y, de todas formas, deberías dejar de darle vueltas. Erais amigas, ¿verdad? —Me miró con aire inquisitivo, a la espera de una respuesta. Asentí—. Nadie la conocía mejor que tú, Alice. No vas a descubrir nada que no supieras entonces, básicamente porque no hay nada que descubrir. Solo era una niña a la que mató su padre. Todos los motivos que tuvo él para hacer algo así los expusiste en tu libro. —Atisbé cierto reconocimiento en esa frase, mentiría si no dijera que me alimentó el ego—. Era un psicópata de manual.

Quería seguir con aquella conversación, hacerle más preguntas, porque me daba la impresión de que Lorién, pese a su franqueza, había medido demasiado cada una de sus palabras, pero mi madre regresó del cuarto de baño, con aire compungido. Lorién la miró, con gesto inquisitivo.

—No sabéis a quién me he encontrado en el aseo —dijo mi madre, y nos miró emocionada. Como ninguno de los dos reaccionó, tuvo que continuar—: ¡A Alicia!

—¿Qué Alicia? —le pregunté, antes de dejarla continuar.

—La madre de Ángela Martín, hija —dijo ella, y se sentó de nuevo a la mesa—. Está fatal, la pobre, tiene una cara… —Negó con la cabeza, casi para sí misma—. La verdad es que no sé qué hace aquí, estaría mejor en su casa, pero se ve que lo está pasando fatal.

—Antonio parece más enfadado que afligido —observó Lorién.

—¿Por qué dices eso, querido? —le preguntó mi madre, extrañada.

Él se encogió de hombros, un gesto poco habitual en él, que siempre parecía tan seguro de todo lo que decía.

—Porque desde que fue concejal se cree que es un mandamás en el pueblo, y anda por ahí clamando que piensa llegar hasta el fondo de este asunto. En su opinión, la policía no está actuando como debiera —respondió, y me miró directamente, como si yo fuese «la policía».

Quise sonreír con educación, pero me quedé a medias, un gesto extraño.

—Es que Antonio es muy temperamental, siempre ha sido así —explicó mi madre, pero le temblaba un poco la voz—. ¿Acaso no lo serías si tu hija hubiese desaparecido? —le preguntó a su marido, clavando la mirada en él.

—Claro que sí.

—Todos lo haríamos, mamá —añadí.

57

Tuve que darme una ducha al llegar al hotel, lavarme con el agua demasiado caliente. Me notaba recubierta por un extraño sudor frío, como si la incomodidad que había sentido durante toda la comida con mi madre y mi padrastro se hubiese materializado.

Le había pedido prestado el coche a mi madre un poco más, y ella accedió con un gesto condescendiente, despachándome como si yo fuese una empleada doméstica que siempre tiene una excusa para llegar tarde. Al salir del restaurante, les dije que estaba cansada y que necesitaba echarme un rato, y me dio la sensación de que a los dos les aliviaba no tener que pasar conmigo el resto de la tarde. Mejor así, en pequeñas dosis.

Tras la ducha, me sentí mejor, limpia, tranquila. Volví a ser yo. También vi que Camille me había escrito, preguntándome si podíamos vernos. La cité en el mismo bar del día anterior, diciéndole que sería improbable coincidir con alguien del pueblo allí. Quedamos en vernos allí en una hora. Salí rápido, porque me sentía algo mareada y no estaba segura de poder conducir todo el camino, por la carretera llena de curvas, sin tener que parar a vomitar. Una vez en el coche, me sentí mejor. Al menos, podía controlar la situación, podía ir y venir como quisiera, o eso quería pensar.

Encendí la radio y dejé que la música sonase, una emisora que escupía un batiburrillo de viejos éxitos de los años ochenta y noventa. Me hizo sentir bien, viva. Las curvas no consiguieron arrancarme esa sensación. No me preocupaba que me siguieran: estarían demasiado ocupados con la nueva desaparición para preocuparse por mí. Llegué al bar La Parada, en Hecho, demasiado pronto, pero me dio igual. Entré resuelta, segura de mí misma, sin dejar que la sensación de derrota que de un tiempo a esa parte lo dominaba todo me embargase, y busqué con la mirada a la camarera de la otra vez. No estaba. Ahora había un hombre anciano, con un ligero parecido físico con ella. Me sonreía al otro lado de la barra. Le devolví la sonrisa.

—¿Me pone un café con leche, por favor? —le pedí, y entonces me volví, buscando con la mirada dónde sentarme, y vi a Camille. Estaba sentada a la mesa del fondo, la de la otra vez, y se comía un bocadillo enorme y aparentemente grasiento, con un entusiasmo que me hizo desear darle un mordisco a mí también—. Estaré ahí —le dije al hombre, y me encaminé a la mesa del fondo.

Camille miraba el móvil, así que no vio que me acercaba hasta que me tuvo delante. Entonces, me sonrió, cogió una servilleta para limpiarse la boca y me dijo:

—¡Eh, qué pronto has llegado! Es que últimamente no tengo ni tiempo de comer. Además, todos me miran fatal en el pueblo, así que pensé que estaría más tranquila aquí.

—No te falta razón —le dije, y me senté, con un suspiro.

—¿Un mal día?

—Más bien una mala semana en un mal mes —contesté, y me encogí de hombros.

—¿Quieres un trozo? —me preguntó, mirándome con pena, como si todos mis problemas los pudiese solucionar un bocadillo bien grande de beicon con queso.

Negué con un movimiento de cabeza.

—Acabo de comer con mi madre.

—¡Ah, por eso estás así! —afirmó. No me esforcé en negarlo—. Bueno, quería verte para que nos pusiésemos al día.

—¿Nada más? —le pregunté, escéptica. Con Camille nunca eran meras visitas amistosas.

—Nada más, te lo prometo —respondió ella, con una risita, antes de darle otro enorme mordisco al bocadillo.

—Pues a mí sí que me gustaría pedirte algo.

—¿El qué? —preguntó ella, con renovado interés.

—¿Qué sabes de Santiago?

—Lo mismo que tú —me aseguró. Debí de mirarla con un aire extraño, porque volvió a reírse—. Te lo prometo, no he conseguido averiguar nada demasiado interesante.

—Algo sabrás, Camille —insistí, porque era imposible que ella, precisamente ella, no se hubiese enterado de algún chismorreo.

—Tiene un hermano siete años mayor, Pedro. Es ebanista. Su mujer, Carmen, fue quien te increpó aquel día en la calle. Es todo un cotilleo en el pueblo, supongo que no te habrás olvidado…

Asentí, mientras le daba un sorbo a mi café con leche. Estaba prácticamente hirviendo, así que volví a dejar la taza sobre su platillo, con cuidado de que no se desbordara.

—Y nunca se ha casado. Indagué a ver si era gay, pero, si lo es, debe de ser muy discreto, que también podría ser, porque en estos pueblos…

—Ya, ¿y hay algo raro en cómo actuó en el pasado? —le pregunté, cortando sus cotilleos de raíz—. Dime la verdad, Camille: ¿has visto el informe del 96?

Por la cara que puso, lívida y seria durante apenas un segundo antes de volver a sonreír, supe que había dado en el clavo. De algún modo, había conseguido el informe de la época. Bueno, no me extrañaba demasiado, así era ella. Y, en este momento, me convenía que fuera justo así. Tal vez hubo algo que, en su día, se me había escapado. Quién sabe.

—Bueno, sí que hay algo que no contabas en tu libro…

Lo dijo como si tuviese miedo de que yo me ofendiese o algo así. Sonreí, animándola a continuar.

—La verdad es que repasé todo lo que había ocurrido en la zona en los meses en que se produjeron los asesinatos. O sea, esto que te voy a contar no pertenece al caso en sí, pero en abril de 1996 desapareció durante unos días un hombre de la zona, un transportista de esos... Vamos, un camionero, y se convirtió en el sospechoso principal hasta que todo se aclaró.

—¿Cuándo fue eso? —le pregunté.

—En abril de 1996. Acababan de encontrar a Celia. Todavía faltaba Eva —dijo ella, y yo asentí. Me conocía toda la cronología del caso de memoria, era como si la llevase tatuada en la piel, en algún lugar que siempre pudiese mirar—. Bueno, y Ana.

Tragué saliva. Volví a coger mi taza de café, y esta vez sí que estaba lo bastante tibio para poder beber. Me refugié detrás de esa taza para que Camille no viese que solo eso, la mención de un nombre, conseguía afectarme. No era agradable, nunca lo había sido.

—Cuéntame lo que sepas —le pedí.

—Se llamaba José Carceller. Bueno, se llama, porque el hombre está vivito y coleando —se corrigió, con una risita, antes de proseguir—. En el noventa y seis, tenía veintiún años y trabajaba como camionero en una empresa de suministros alimenticios. Llevaba la ruta que va de Pamplona a Lleida, cubriendo toda esta zona de los Pirineos, pero él era de por aquí, y vivía por... —Miró a su alrededor, como si de repente se le hubiese encendido la bombilla—. Fíjate, creo que vivía en este pueblo. Ay, ¿cómo se llamaba?

—Hecho —le contesté.

—Pues sí, creo que era de aquí... —Sacudió la cabeza, como si no fuera tan importante—. El caso es que, como desapareció, y se estaban produciendo todas esas muertes, la policía pensó que tenía algo que ver. El hombre se desvaneció, desapareció en mitad de su ruta, ni rastro de él...

—¿Qué pasó? Porque has dicho que está vivito y coleando.

—Reapareció al cabo de tres días. Le encontraron inconsciente en la estación de autobuses de Jaca. Le habían dado una paliza de muerte, tenía dos costillas rotas, un pulmón perforado, los ojos morados... Todo eso.

Camille sacó de su bolso una carpeta que contenía una copia del informe del caso. Me pasó unas fotografías, en las que se veía a José Carceller, amoratado y herido. También había otra foto de él: era un chico normal, de aspecto risueño y ojos castaños. Nada especial, ningún rasgo especialmente llamativo.

—¿Le dieron la paliza y le dejaron ahí?

Camille se encogió de hombros.

—No recordaba nada de lo que le había pasado desde el viernes anterior, cuando entró en un bar de copas de Jaca, se bebió una cuantas y, al parecer, se quedó inconsciente. Después, se despertó en la estación de autobuses, y no recordaba nada. Mientras se recuperaba en el hospital, desapareció Eva, y esa vez no tardaron ni veinticuatro horas en encontrarla muerta, así que le descartaron por completo, pero no deja de ser extraño.

—¿No investigaron qué le había pasado a ese hombre? —pregunté, extrañada.

—Qué va —respondió Camille, y le dio un trago a su cerveza—. Supongo que estaban ocupados con todo lo que estaba ocurriendo, ¿no te parece? No podía ser él, y, de todos modos, estaba vivo, así que se imaginaron que el tal José había bebido más de la cuenta, se había peleado con alguien, y ya está.

Entonces, antes de que pudiera contestar y decirle que me parecía que había sido demasiado indulgente con los procedimientos policiales de la época, a Camille le llegó una notificación al móvil. Lo cogió con más ansiedad incluso que cuando se comía el bocadillo. Sonrió, sin poder evitarlo, y yo me quedé mirándola, con gesto inquisitivo.

—Oh, luego lo verás, tranquila. Es que he descubierto algo que... —empezó, entusiasmada.

—¿No me habías dicho que solo querías verme? —la interrumpí.

—Bueno, es que quería darte una sorpresa —dijo ella, con su risita habitual. Después, se puso seria—. A ver, he descubierto cosas sobre Jorge Lanuza.

—Ya se sabe que está detenido —le contesté, tirando de ironía sobre su primicia.

Me fulminó con la mirada, como si me preguntara cómo me atrevía a meterme con ella, y prosiguió:

—El tal Jorge te da mala espina desde siempre, ¿no? —me preguntó, y no pude evitar asentir, porque era la verdad—. Pues bueno, tienes razón. El tío es raro, y no me refiero a lo de sus ingresos extras como camello ni nada de eso, ya sabes que no tengo nada en contra de las drogas... —continuó, y la dejé hablar. La conocía bien, sabía que no tenía nada en contra de ciertas drogas en determinados contextos—. El caso es que conozco a un par de chicas a las que se les da bastante bien investigar perfiles en la web a cambio de, digamos, unas propinas —dijo con una sonrisa casi tierna—. Y vaya vida online tiene el tío.

Como la miré con un gesto de confusión, sin entender a qué se refería, empezó a toquetear la pantalla de su móvil y luego me lo pasó, deslizándolo por la superficie de la mesa de madera. Era su perfil de Instagram. Me esperaba encontrar uno anodino, propio de un chico de su edad: algún paisaje, fotos con amigos, comidas, puede que algún selfi sin camiseta... Poco más. No estaba preparada para lo que sus redes sociales tenían que decir de él. Era, sin duda, aficionado a la caza, y aparecía vestido con la ropa apropiada en más de una docena de fotos. Y, aunque me parecía moralmente reprobable, no dejaba de ser algo más o menos habitual, al menos por aquí. Pero, después, estaban las armas: rifles, fusiles de caza, pistolas de aire comprimido. Una verdadera y espeluznante colección. Y los cuchillos... ¿Cuántos cuchillos había? Demasiados, de toda clase, además: de caza, para despellejar, antiguos, de colección... Parecía eso, todo un coleccionista, con una cantidad de piezas impresionante para su edad. Pero, por mucho que aquello me repugnase, no pude evitar mirar a Camille, interrogante.

—Ya, lo sé. Esto no significa nada, ¿verdad? —dijo ella, y recuperó el móvil—. Pero es que he encontrado más cosas, Alice. Prepárate. —Y, entonces, volvió a pasarme su teléfono.

Eran posts en lo que parecía ser un foro especializado. Hablaba sobre cómo despellejar a un animal, cómo degollarlo mejor, cómo limpiar las vísceras del modo correcto. Miré a Camille, ansiosa por saber más, y ella me indicó que siguiese bajando. Ahí estaba: el vídeo. Aparecía él, porque no había duda de que era él, torturando a un gato. No necesité ver cómo lo hacía, ni cómo terminaba el vídeo, para entenderlo: el tío era un completo y total psicópata. Le devolví el móvil a Camille.

—Vale, es asqueroso —le dije.

—Y hay más.

La miré, instándola a seguir. Se encogió de hombros.

—No te lo puedo contar todo, por supuesto, pero le he pasado todo esto a Kevin antes de que apareciese en la prensa —explicó, con calma, disfrutando de su momento de gloria—. Y, al parecer, según me ha contado, encontraron toda clase de armas en su casa. Lo peor ha sido su madre, que se hacía la sorprendida.

—¿Cuándo habéis hablado? —le pregunté, extrañada, porque yo no había tenido ningún contacto con Kevin ese día.

—Ah, antes del mediodía. Y lo de las armas me lo acaba de confirmar ahora en un mensaje —añadió, con una sonrisa angelical.

Y, sin saber bien por qué, todo eso hizo que me sintiese inquieta. ¿Kevin de verdad no había tenido tiempo, ni un mísero minuto, para contarme *algo*, aunque fuera solo un resumen, de lo que ocurría aquí? Porque, al parecer, sí tenía tiempo de comunicarse con Camille. Fruncí el ceño, sin poder evitarlo.

—No te enfades, Alice. Todo es tan frenético ahora mismo… Kevin ha hecho bien al decirte que te mantengas apartada.

No dije nada. ¿Kevin le había contado *eso* a ella? Bebí otro trago de café, pero se había quedado frío y no logró reconfortarme.

—Bueno, me ha dicho que a las cinco y media van a dar una rueda de prensa con la Guardia Civil, en la que lo contarán todo —prosiguió, como si nada—. Vamos al hotel, anda. Lo veremos más tranquilas.

Asentí. Conduje de vuelta a As Boiras con tranquilidad; el coche rojo de Camille me seguía. Una sensación amarga me corroía las entrañas. Me gustaría, me habría gustado, que Kevin me tuviese al corriente de todo, en lugar de apartarme como si yo no fuese más que alguna clase de insecto molesto. Apreté los dientes, con rabia.

58

Dejé que Camille me secuestrara en el interior de mi propia habitación de hotel, con el pretexto de que la suya era mucho más pequeña y que allí estaríamos más cómodas. Encendió el televisor sin pedir permiso; ella lo hacía todo así. Me dejé caer en el sofá y me quité los zapatos, suspirando, aliviada. Tenía la sensación de que los pies se me hinchaban por momentos. Miré la hora en mi teléfono: eran las seis menos cinco. Ni un mensaje o llamada perdida de Kevin; solo uno de mi madre, para saber si me encontraba mejor. No contesté.

Me pregunté cómo habría medido Camille tan bien los tiempos, ajustando la duración de nuestro encuentro en el bar de Hecho para que nos diese tiempo a llegar al hotel y ver en directo la rueda de prensa. A lo mejor pecaba de inmadura, pero nada de aquello, del comportamiento de mi mejor amiga y mi marido, al dejarme convenientemente de lado, me gustaba lo más mínimo. Mientras el televisor emitía imágenes sin sonido, Camille se preparó una copa de vodka con limonada. Tuvo la decencia de pasarme una lata de Coca-Cola Zero, bien fría.

—¿Te encuentras bien? —me preguntó, mientras se sentaba a mi lado, en el sofá—. No tienes buena cara.

Negué con la cabeza.

—Ya sabes, las náuseas del embarazo —le respondí, mecánicamente. Era la excusa perfecta para casi todo. Frunció el ceño e hizo una mueca.

—¿Eso no era por la mañana?

—Puede pasar en cualquier momento —le dije, y me encogí de hombros.

—Oh, vaya... —murmuró. Su preocupación parecía sincera, y también su cara ligeramente asqueada—. Si vas a vomitar, avisa.

—Descuida.

Después de eso, nos quedamos unos segundos en silencio; ella miraba el teléfono —no podía ver la pantalla, aunque me moría de ganas por saber qué captaba su atención de aquel modo—, y yo miraba las imágenes sin sonido del televisor. A las seis, como un reloj, Camille pareció resucitar. Cogió el mando, y fue de cadena en cadena hasta dar con el canal correcto. Activó el sonido, y ahí estaba, mi marido, rodeado de micrófonos, en lo alto de las escaleras que daban acceso al cuartel de la Guardia Civil de As Boiras, disimulando que llevaba un traje arrugado que ya se había puesto más de una vez, con el pelo ligeramente revuelto y ojeras bajo sus ojos oscuros, pero resuelto, firme y contundente. Durante apenas una fracción de segundo, esbocé una sonrisa, como una colegiala estúpida.

—Inspector Girard —empezó uno de los periodistas, apuntándolo con su micrófono.

—Comisario —corrigió él.

Negué con la cabeza. Por cosas como esta, la gente siempre lo consideraba un tipo altivo y sin escrúpulos.

—¿Por qué han detenido a Jorge Lanuza? ¿Han encontrado el cuerpo de Ángela?

—No, y les aseguro que, cuando lo encontremos, ustedes serán los primeros en enterarse.

—¡Señor Girard! —gritó una chica pelirroja, que sujetaba el micrófono con firmeza—. ¿Cree usted que hay esperanzas de encontrar a Ángela con vida?

—Repito: Ángela Martín ha desaparecido, pero nada apunta a que esté muerta.

—¡Señor!, ¿cree usted que se repiten los asesinatos de hace veintiséis años? ¿Creen que el asesino es el Carnicero del Valle, Marzal Castán?

Kevin negó con la cabeza, pero, antes de que pudiera contestar, le hicieron otra pregunta. Aunque la cámara cerraba el plano en torno a su figura, rodeada de periodistas y de micrófonos, se veía que el caos en la zona era creciente; cada vez llegaban más y más reporteros. En un pueblo pequeño como As Boiras, donde nunca pasa nada, una noticia tan banal como un simple robo en el supermercado habría tenido entretenida a la población local durante por lo menos un mes, de modo que lo que pasaba ahora se vivía con una mezcla extraña de histeria colectiva y cierto grado de entusiasmo.

—¡Señor Girard! —contraatacó la chica pelirroja, sin duda una periodista de lo más intrépida—. ¿Cree usted que este caso y el de Emma Lenglet están relacionados?

Me volví para mirar a Camille a la cara. Estaba atenta, pero tampoco parecía demasiado interesada.

—¿Tú no deberías estar ahí, haciendo preguntas? —le pregunté.

—Ya sé todo lo que van a preguntarle, y también sé todo lo que él va a contestar —dijo ella, con una sonrisita de satisfacción en los labios.

Decidí no darle réplica. Las preguntas se sucedían las unas a las otras, los periodistas se apretujaban para poder meter sus micrófonos, para poder acercarlos a Kevin, y las cámaras lo captaban todo, haciendo barridos sobre la multitud, ilustrando la escena. Al cabo de unos minutos, las puertas del cuartel se abrieron y salió un guardia civil, de uniforme, que no tardó en disipar a la multitud y echar —a patadas no, pero casi— a los periodistas.

Me fijé en que Camille estaba cada vez menos atenta al televisor: miraba el teléfono móvil fijamente. Y entonces, con un sonido metálico, llegó la notificación. Un par de segundos después, me envió un mensaje con un enlace a un artículo firmado por ella misma y publicado en el digital francés con el que colaboraba. Le dirigí una mirada inquisitiva y ella enarcó las cejas, como si me animase a leer. Le hice caso. Camille le quitó de nuevo el sonido al televisor.

El artículo trazaba todo un perfil de Jorge Lanuza, con los datos que yo ya conocía —la venta al por menor de marihuana, trapicheos sin mucha importancia, el interés por la caza, lo de los animales…—, pero resultó que Camille se había guardado un par de ases en la manga: contenía extractos de vídeos del canal secreto de Lanuza, llamado *The New Butcher*.

Sin pensarlo demasiado, le di al *play* y dejé que las imágenes desfilaran ante mis ojos: veía las manos y el cuerpo de Jorge, vestido con un traje completo de camuflaje, pero no su rostro. En una mano sostenía un cuchillo, en la otra un gato, pequeño y vivo, que se retorcía. Lo tenía bien agarrado por el pescuezo. Aparté la mirada cuando le clavó el cuchillo, de lado a lado de la garganta. Después, lo despellejó, aún caliente y chorreando de sangre. Miré a Camille, repugnada pero deseosa de saber más, porque ya había visto un contenido muy similar cuando me lo enseñó en su teléfono.

—Hay más —me advirtió, impasible.

La miré durante un segundo, impotente ante su insensibilidad. Podría ser una asesina de primera… ¿De verdad era buena persona? Quiero pensar que sabría ver si alguien que ha estado a mi lado tanto tiempo sufre alguna clase de psicopatía, pero se supone que se les da muy bien esconderlo, ¿no? A Camille no la pillarían nunca, ella era demasiado lista, y me dije que más nos valía, a mí y a todos en general, que de verdad fuese buena persona.

Activé el siguiente vídeo. Ahora, en la pantalla aparecía Jorge, con un pasamontañas y la voz distorsionada. Estaba en su habitación, y detrás de él se veían pósteres de chicas desnudas

—imágenes antiguas, pasadas de moda; quizá le iba el porno vintage— y de grupos de heavy metal de los años noventa.

—¿Sabemos que es él? —le pregunté a Camille, mientras le lanzaba una rápida mirada.

—Oh, es él. Créeme. Lo han comprobado —respondió ella, someramente, y como me quedé mirándola, sin entender, suspiró y se apresuró a dar más detalles—. Verás, conozco a un tío… Bueno, un informático de la policía. Más bien un hacker. Lo revisó para mí después de que me lo pasaran las chicas, porque no quería parecer una idiota haciéndole llegar a Kevin información sin contrastar. Es él, Alice.

Jorge empezó a hablar sobre el Carnicero del Valle, el original, Marzal Castán. Comentaba sus crímenes como un canal más de *true crime*, pero había algo más, algo que me ponía los pelos de punta: era frío, no había condena. Hablaba sobre su modo de matar como lo haría un admirador. Sí, eso era precisamente lo que él era: un fan.

Y eso era lo que más miedo daba.

59

A decir verdad, no tenía muy claro cómo sentirme.

Algo dentro de mí decía que Jorge Lanuza no encajaba con lo que estaba pasando, que a pesar de ser un chaval de lo más extraño y trastornado no podía ser el asesino de Emma Lenglet y, por desgracia, quizá también de Ángela Martín, pero no acertaba a explicarme a mí misma por qué.

Una parte de mí estaba claramente molesta por todo lo que sucedía, por la manera en que Camille y Kevin interactuaban sin que estuviese yo por medio, de mediadora. Quería pensar que me molestaba que mi marido no se comunicase conmigo, que no me hubiese avisado él mismo de que iba a ofrecer una rueda de prensa y demás, pero, en realidad, lo que más me molestaba era la relación de ellos dos, lo que podía pasar —o lo que tal vez había pasado ya— mientras yo no miraba.

Y, en el fondo, esa misma parte de mí consideraba que me merecía lo peor, el peor de los escenarios posibles, que me dejasen de lado en todos los sentidos, por inútil y por rematadamente tonta: al fin y al cabo, yo también tenía mis secretos, y estos no hacían más que crecer desde nuestra llegada a As Boiras. Pero la otra… En fin, me resultaba inevitable sentirme dolida, y confusa, por todo lo que sucedía.

Miré a Camille, todavía sentada en el sofá de nuestra habitación de hotel, la de Kevin y mía, con la atención todavía fijada en la pantalla de su móvil. Movía los dedos a toda velocidad, escribiendo mensajes sin parar, sonriendo como una adolescente que liga por internet. Fruncí el ceño. ¿Y si hablaba con Kevin? Luego me dije que eso tendría que darme igual, pero no era así. Sin saber muy bien por qué, me puse en pie. Camille alzó la vista y me miró, a la expectativa.

—Necesito estirar las piernas —le dije.

—Vale.

—Quiero dar un paseo —continué.

Ella me miró como si estuviese loca.

—¿Ahora? No tardará en hacerse de noche… —empezó, pero no la dejé continuar.

—Ahora. Me ayudará a despejarme. Además, tengo que ponerme la inyección —le expliqué, y se puso lívida al mencionarle mi medicación. Pese a ser tan valiente, capaz de casi cualquier cosa, a Camille le daban miedo las agujas. Aproveché ese dato para echarla de la habitación—. Si quieres, puedes ayudarme…

Ni siquiera pude acabar la frase. Camille se puso en pie de un salto, como si fuese alguna clase de autómata movido por un resorte, y cogió su bolso.

—¿Sabes qué, Ali? —me dijo, mientras avanzaba hacia la puerta de la suite—. Tengo un millón de cosas que hacer. Mejor te dejo aquí con tus cosas, ¿eh?, con tu paseo y tu…

—Mi inyección —le recordé, con una sonrisa.

—Eso —se apresuró a contestar.

En realidad, no le había mentido a Camille: tenía que ponerme la inyección. Durante los últimos días, lo que ocurría a mi alrededor habría bastado para que, en circunstancias normales, olvidase un detalle como aquel, tomar cierta medicación, pero estaba claro que las mías no eran lo que podríamos llamar «circunstancias normales»: estaba embarazada, y empezaba, en el momento más inoportuno, a ser consciente de ello. Tenía que cuidarme, aunque no fuese por mi propio bien. Me mediqué, me cambié los zapatos de vestir por botas de montaña, me abrigué y salí por la puerta del hotel, sin pensar demasiado adónde ir, o por qué. Tan solo quería caminar.

Mis pasos no tardaron en recorrer un camino que habían conocido hacía ya mucho tiempo. Es curiosa la cantidad de cosas que creemos haber olvidado, pero que siguen dentro de nosotros, bien caladas en lo que somos. Llegué hasta el mirador que, en lo alto del barranco, dominaba todo el valle. Tradicionalmente, siempre lo han llamado el Barranco del Águila porque en invierno es fácil ver desde aquí los vuelos de cortejo del águila real.

Empezaba a ponerse el sol y la luz era dorada, caía sobre los pinos y los convertía en fantasmas altos, erguidos, amenazantes. Asomada al mirador, con las manos aferrándose a la barandilla de madera, pensé en lo fácil que sería dar un paso al frente y saltar, desaparecer en el fondo del barranco, no tener que enfrentarme a nada nunca más. ¿Dolería? ¿Sentiría algo? Tal vez la caída fuese tan rápida que el corazón se me parara antes de impactar contra el suelo; no lo sé. Mirar hacia el fondo de un barranco siempre me ha despertado vértigo y tentación, a partes iguales. Da igual que no quieras morir: tener la posibilidad de hacerlo, tan al alcance de la mano, tentaría a cualquiera, ¿verdad?

En el fondo, todos queremos morir.

60

Ana me llevó hasta el barranco, y me dijo que era su lugar favorito de As Boiras.

—Siento que estoy arriba, y todos lo demás, abajo —me dijo, cuando le pregunté por qué—. Así es como te sientes cuando te sabes capaz de hacer cualquier cosa.

No dije nada, pese a que no había entendido lo que quería decir. Asentí, pues siempre me parecía que tenía que asentir, estar de acuerdo. Era casi de noche, había nevado, soplaba un viento frío que me revolvía el pelo. ¿El viento intentaba tirarme, hacerme volar hacia el fondo del barranco, acabar conmigo? Sabía que sí.

—¿Te da miedo? —me preguntó, burlona.

Negué efusivamente con la cabeza.

—Yo sí creo que tienes miedo —dijo ella, con esa sonrisa burlona todavía en los labios—. ¿Te dan miedo las alturas?

—¿Cómo me van a dar miedo, Ana? No soy ninguna cría.

—Pues yo creo que sí —dijo ella, y se encogió de hombros—. Creo que eres una niña y que te dan miedo las alturas. Y creo que, si hago esto —prosiguió, y subió una pierna a la barandilla de madera, flexionando la rodilla y apoyando todo el peso en ella—, te vas a cagar de miedo.

—Bájate, Ana —le pedí, con gesto serio.

Pero ella negó, moviendo la cabeza lentamente, de lado a lado. Su sonrisa ya no era burlona, sino desafiante. Estaba tan segura de sí mis-

ma, parecía tan ajena al miedo —a caerse, a tropezar, a acabar en el fondo del barranco— que hizo que me estremeciera.

—La encontraron aquí, ¿sabes? En el fondo de este barranco. A la niña que desapareció la encontraron aquí.

—Inés —dije yo, al recordar su nombre.

—Inés, Inés, Inesita, Inés —canturreó ella, y subió la otra pierna sobre la barandilla.

Ahora estaba ahí, como la reina que era, dominando el barranco, el valle, el mundo entero. Solo le faltaba la corona.

—Tres hojitas madre tiene el arbolé, tiene arbolé, tiene arbolé —continuó cantando, mientras elevaba una pierna y la mecía, al filo del universo, a la pata coja.

—¡Bájate, Ana! ¡Te vas a caer! —le pedí, le ordené, le imploré.

Se lo pedí una y otra vez, una y otra vez. Las lágrimas me resbalaban por las mejillas, el pulso me iba a toda velocidad, el corazón latía, desbocado, en mi pequeño y huesudo pecho. Pero ella se negaba y seguía cantando; se negaba y bailaba; se negaba y no bajaba. ¿Quería caerse? ¿Quería morirse? La canción terminó, las montañas dejaron de repetir su eco macabro, y ella no bajó.

—Desapareces en el fondo del barranco y se te comen los buitres —musitó con voz grave—. Hacen un nido en tu pelo. Te conviertes en un barco: has naufragado en el fondo del valle.

61

Pero Ana no desapareció en el fondo del Barranco del Águila. Jamás lo pisó. Desapareció en la cabaña de caza de su padre, allí fue donde murió. Un día estaba en mi vida y al siguiente no; ni en la mía ni en la de nadie: había desaparecido de este planeta. Mi terapeuta me dijo que tenía que dejarla marchar, que tenía que olvidar. ¿Cómo iba a olvidar algo que se me había quedado dentro, algo que llevaba, ya, tatuado en la piel? No podía, pero fingí que sí. Fingí que sí, y los días se hicieron más fáciles, más llevaderos. Fingí que sí, y la vida siguió su curso, y el tiempo pasó más deprisa. Fingí que sí, y acabé por olvidarla.

Y no la recordé —no demasiado, o eso creía— hasta que la vida volvió a traerme aquí. Pero desde el mismo instante en que cruzamos la frontera, en que atravesamos las montañas y regresé a As Boiras, no había conseguido quitármela de la cabeza. El fondo del barranco seguía vacío, ella no estaba allí, ni viva ni muerta.

Aquel día, su padre llegó corriendo y tiró de ella, y la bajó de la barandilla. La tiró al suelo de una bofetada tan fuerte que Ana llevó su mano estampada en la cara durante una semana. Yo me quedé mirando la escena, sin poder moverme, sin poder salvarla. Se fueron de allí: él, murmurando que su hija estaba loca, que qué cruz le había tocado con semejante hija, que iba a acabar con él a base de disgustos; ella, en lugar de llorar, mantenía una mirada de orgullo, y los labios bien apretados en una línea firme, dramática, caliente y en tensión como el núcleo mismo de la Tierra.

Dejé de mirar al barranco y la noche se lo tragó. Mejor así. Si lo miraba un solo segundo más, al final querría tirarme al fondo yo también.

En vez de volver al hotel, dejé que mis pasos me guiaran hacia el pueblo, en busca de Kevin.

Caminé hasta el cuartel de la Guardia Civil a ritmo rápido, como si la oscuridad, a pesar de los años transcurridos, aún me diese miedo. Andaba deprisa, como cuando se hacía tarde y tenía que llegar a casa rápido, pronto, para que mi madre no me echase la bronca. Luego me hice mayor, y a nadie —a mi padre, o a mi compañera de residencia, o a mi gato— le importaba que yo llegase tarde. Después, me hice aún más mayor, me casé y esas cosas volvieron a importar... hasta que dejaron de hacerlo. Cuando esas cosas, llegar tarde, desaparecer una noche entera, dejan de importar, tu matrimonio está jodido. Puedes rezar por que no sea irremediable, pero lo más probable es que ya sea demasiado tarde. Me pregunté si ese era nuestro caso. ¿Seguían importando esas cosas? Quise pensar, creer que sí. Por eso andaba rápido. Me aferré a ese pensamiento, diciéndome además que no tenía nada que ver con lo que le estaba pasando a mi cuerpo, que importaría aunque yo estuviese *vacía*, como había estado siempre. Apreté el paso. Me importaba. Para eso había venido con Kevin a As Boiras. Para que no tuviera que estar solo, para que ninguno de los dos tuviera que volver a estarlo, nunca más.

Conforme me acercaba al pueblo, las farolas iluminaban el camino, y me quitaban una opresión del pecho que sentía que llevaba en mí mucho, mucho tiempo. Entonces bajé el ritmo y la sensación de miedo se desvaneció un poco, como si hubiera dejado atrás a alguna suerte de acechador nocturno. Y pensé entonces que también este día había quedado atrás demasiado deprisa. Desde que llegamos a As Boiras, el paso del tiempo y la percepción del espacio parecían haberse difuminado para mí, o más bien deformarse, volverse borrosas, grotescas caricaturas de la realidad. Algunos días habían pasado en un suspiro y otros se habían hecho eternos. Me reconforté pensando que todavía faltaba un poco para que este terminara.

Cuando llegué al cuartel, todavía tenía el pulso acelerado. Allí, al pie de la escalinata, estaba Kevin, solo, con un cigarrillo en la mano. Me dirigió una mirada de preocupación.

—¿Dónde estabas? —me preguntó—. Camille me ha escrito diciendo que habías salido a pasear, pero de eso ya hace una hora. Te he llamado media docena de veces, y nada. ¿Qué haces dándote semejante caminata de noche, Alice?

Lo miré, confusa. Demasiado rápido, la confusión dio paso a la irritación: ¿de verdad le importaba, o solo me lo preguntaba porque Camille le había avisado de que me había ido a pasear? Me sentía desconcertada y molesta por el hecho de que Kevin no me hubiese escrito ni llamado en todo el día, y ahora, de repente, se sintiera con el derecho a pedirme explicaciones. Lo miré, llena de desdén.

—¿Tú no habías dejado de fumar? —le pregunté, rabiosa.

Me miró, y luego miró el cigarrillo, encendido, que sostenía en la mano. Pareció sopesarlo durante un momento, pero al final lo tiró al suelo y lo pisó con fuerza. Pensé que ni siquiera me dejaba eso, un motivo para cabrearme, para increparlo. Luego me dirigió una sonrisa.

—¿Has terminado ya por hoy? —le pregunté, seca.

Se encogió de hombros.

—Por ahora sí. Pero parece que esto no va a terminar nunca.

Y, entonces, oí una voz grave y ronca a mis espaldas.

—¡Ese hijo de puta la ha matado! ¡Ha matado a mi niña! ¡La ha matado! —bramó el padre de Ángela Martín, Antonio, escopeta en mano.

Lo acompañaban media docena de tipos grandes como él, también armados con escopetas y fusiles de caza. La calle estaba prácticamente desierta, solo estábamos nosotros, y un par de viandantes en la acera de enfrente que se quedaron paralizados. Kevin estiró el brazo y lo puso delante de mí, como si con ese gesto pudiese protegerme. Retrocedí. Noté cómo el corazón me latía en la garganta.

—¿Qué coño está pasando? —gritó Carlos, y me volví, y vi cómo se quedaba plantado en lo alto de las escaleras, delante de las puertas del cuartel del que acababa de salir.

—¡Bajen las armas! —gritó otro guardia, que también salía del cuartel a toda velocidad, empujando a Carlos para que se apartara—. ¡Bajen las armas, señores!

—¡Vosotros sabéis que ese hijoputa sabe algo y no estáis haciendo nada! —gritó el padre de Ángela—. ¡Vamos, chicos! —animó, mientras se dirigía a sus compañeros—. Vamos a entrar ahí y a darle una paliza a ese capullo hasta que lo suelte todo por esa boca de maricón que tiene.

Ellos asintieron, con intensidad, y empezaron a avanzar hacia nosotros. Me hice a un lado, buscando a Kevin con la mirada, pero él solo miraba a Antonio Martín, serio, firme.

—Señor Martín, ya ha oído al guardia —dijo Kevin, lentamente, con tranquilidad, como si tuviese la situación bajo control—. Bajen las armas si no quieren meterse en problemas.

—¡En problemas te voy a meter yo a ti si no encuentras a mi hija! ¡Y bien serios!

Y, lejos de bajar las armas, siguieron empuñándolas, pero los acompañantes de Martín no parecían tan dispuestos como él a subir las escaleras y entrar, por la fuerza, en el cuartel. En realidad, parecían tensos, asustados: sudaban copiosamente, a pesar del frío, y vi que al que tenía más cerca —un hombre de mi edad, que se había quedado medio calvo y tenía la nariz ganchuda— le temblaban las manos con las que empuñaba el fusil.

—¡Lo voy a repetir una vez más! —bramó Antonio Martín—. ¡Quiero que me dejen entrar y hablar con ese cabrón!

—Eso no es posible, señor Martín —empezó Carlos, con

tono conciliador. Bajó las escaleras a toda prisa y trató de apartarlo, pero le temblaba la voz.

Antonio Martín y sus compañeros apartaron a Carlos de un empujón y empezaron a subir las escaleras. Todo ocurrió tan deprisa que, en los días sucesivos, reproduciría esas imágenes en mi mente a cámara lenta, tratando de retener todos los detalles. Oí los tiros antes de ver nada. Por instinto, me agaché y me cubrí la cabeza con las manos.

Se oyó un grito y sentí que alguien me empujaba, tal vez alguno de los hombres, desesperado por bajar las escaleras y huir de ahí. Entonces, levanté la vista y lo vi a él, a Kevin, pistola reglamentaria en mano, todavía alzada sobre la cabeza. Había sido él. Funcionó. Antonio Martín y sus acompañantes se quedaron tan pasmados que un par de ellos dejaron caer las escopetas. Entonces, Carlos aprovechó para agarrar a Antonio del brazo, con firmeza, y, justo cuando lo arrastraba escaleras arriba, el hombre se echó a llorar.

—¡Solo quiero que me dejen verlo, que me diga dónde está mi hija! —imploró, entre sollozos.

—Podrá verle si se comporta, señor Martín. Tiene que…

—¿Cómo quieres que me calme? ¡No tienes ni idea, joder! —continuó, en medio del llanto.

Yo tenía el corazón en un puño. La ira y el dolor tienen modos extraños de actuar, de amalgamarse en nuestro interior y de configurar sensaciones, emociones odiosas. Pobre hombre, solo podía pensar en eso, en la tremenda e injusta tragedia que se había cernido sobre él. Solo quería saber, encontrar a su hija, que estuviese viva, poder salvarla del horror que estaba viviendo. Miré a Kevin, apuntando a los ojos, un disparo a bocajarro directo al corazón. Él lo sabía tan bien como yo: no iba, no íbamos a encontrar a Ángela Martín con vida. Cerré los ojos. Todo pareció calmarse a mi alrededor mientras todo mi mundo se sumía en la oscuridad.

Los agentes tomaron el control de la situación. Ayudó el que Santiago Gracia apareciera pronto. Se apartó para hablar con

Antonio Martín mientras el resto de los hombres regresaban a sus casas.

Sentí la mano, cálida, grande, de Kevin en el hombro.

—Vámonos a casa —me dijo.

—Estamos lejísimos de casa —le contesté, sin abrir los ojos.

—Cenamos y dormimos un poco —prosiguió, como si yo no hubiese dicho nada—. Mañana va a ser un día duro.

Me pregunté si iba a ser un día duro para él o para mí. Seguramente, para los dos. Abrí los ojos y dejé que me llevase a lo más parecido a casa que teníamos por aquí.

62

Cuando me desperté, durante unos segundos deliciosos, antes de abrir los ojos y volver a la vida real, tuve la sensación de que todo iba bien. Era una sensación cálida, reconfortante, que me recorría de arriba abajo y me hacía sentir bien, *querida*. Unos instantes después, cuando los abrí, reparé en que me sentía así porque no estaba sola: el brazo de Kevin, agradablemente pesado, me rodeaba la cintura. Sentía que hacía siglos que no nos despertábamos de esa manera, juntos. Fue como un oasis de paz en el desierto de caos y confusión en el que parecíamos vivir últimamente. Parpadeé, tratando de calcular cuántos días llevábamos en As Boiras. Seis, solo seis, pero parecían una auténtica eternidad. Me pregunté si algún día conseguiríamos salir de allí, volver a casa, a sentirnos, de nuevo, normales. Parecía imposible, como si esta situación, esta sensación de miedo y ansiedad a la vez, de nostalgia irrefrenable mezclada con la desazón más profunda, fuese a durar para siempre.

Pero la calidez y la paz se acabaron: no tardé en sentir a Kevin removerse, despertándose. Me quitó el brazo de encima y rodó sobre su lado de la cama. Abrió los ojos. Ni un segundo de confusión, de parpadeos desconcertantes: abrió los ojos y ya estaba despierto otra vez. Suspiré con resignación. Habría estado bien que nos quedáramos así para siempre. Lo observé mientras cogía el teléfono móvil y comprobaba la hora. Frunció el ceño.

—¿Qué hora es? —le pregunté.

—Las ocho —contestó, mientras salía de la cama, como si no costase nada.

—¿Te vas ya? ¿No desayunas?

Me miró, como si se lo pensase un momento. Aproveché ese momento de vacilación para coger el teléfono y encargar dos desayunos. Él, mientras, desapareció en el cuarto de baño. No tardé en oír el sonido de la ducha. Y sabía que, ahí dentro, estaría afeitándose, a medio enjabonar. Dos cosas a la vez, eficiencia máxima cuando no hay tiempo que perder. Una vez hubo salido de la ducha, apenas cinco minutos después, le dirigí una sonrisa desde la cama.

—Ya llega —le dije. Me habían dicho que el desayuno tardaría unos diez minutos, pero no me costaba nada mentir un poco.

Asintió y empezó a vestirse; los pantalones del día anterior, que había dejado cuidadosamente doblados sobre una silla. Me dio un poco de pena que estuviesen arrugados por el viaje, el ajetreo, la vida. Nunca se me ha dado bien planchar. A él tampoco, claro.

—No puedo quedarme mucho —me advirtió—. Seguro que...

—Seguro que pueden arreglárselas un rato sin ti, Kevin —le contesté. Odiaba cuando hacía como si el mundo entero dejase de girar cuando él no estaba presente—. Si pasa algo, te llamarán, ya lo sabes.

Me miró, titubeante, mientras se abotonaba la camisa, limpia, fresca, pero también un poco arrugada. Le respondí con una sonrisa, al tiempo que me levantaba de la cama y me ponía el albornoz, que había dejado convenientemente tirado en el suelo.

—¿Cómo te encuentras? —me preguntó.

—Ah, ya sabes —le contesté, pero él me miró como si me dijera que no, que no sabía—. Bastante mejor —le aseguré.

—¿De verdad?

Asentí con viveza. Eso hizo que me mareara un poco, pero lo disimulé bien. Kevin me miró, escéptico, como si no se creyera ni una de mis palabras. Fui al cuarto de baño y, evitando mirarme en el espejo, me lavé la cara con una buena cantidad de agua y jabón. Después de secarme con una toalla, sí que me sentí mejor.

Cuando salí del baño, Kevin había dejado pasar a la chica del servicio de habitaciones, menuda y con una coleta alta muy tirante, que lo disponía todo sobre la mesa. Le dimos las gracias y se marchó. Me senté a la mesa, como si me muriera de hambre y no de asco, y le serví a Kevin una taza de café. Me había pedido un té con menta, esperaba que me sentase bien.

—Tienes mala cara —me dijo.

—Estoy cansada —le contesté.

—Deberías quedarte aquí hoy, estar tranquila. ¿Por qué no vas a darte un masaje? —me dijo. La mera sugerencia me pareció ofensiva.

—Tengo cosas que hacer.

—¿Qué cosas?

—Yo también tengo una vida, Kevin —le contesté, frunciendo el ceño.

—Lo sé, Alice, pero tu vida no es esto. Tu vida no está aquí.

—Eso lo dices tú —le solté, agraviada. Otro día que se torcía, una vez más—. Y, por cierto, podrías decirles a los de la Guardia Civil que no vuelvan a seguirme. Es bastante molesto que te traten como a una delincuente, ¿sabes?

Me miró fijamente durante unos segundos, directo a los ojos, y luego negó con la cabeza.

—¿Qué crees que has descubierto? —me preguntó.

—Nada, aún.

Amagó con torcer el gesto. Me escudé detrás de la taza de té, demasiado caliente.

—No me mientas, Alice. Sé que andas detrás de algo, pero te aseguro que no será nada nuevo. Tenemos a mucha gente, lo estamos comprobando todo…

—¿De verdad, Kevin?

—De verdad —me aseguró, con tono amargo—. Hemos hablado hasta con cada buscador de setas que ha pisado el monte en las últimas dos semanas. Sé que te crees más lista que nadie, pero no eres la única que...

—Ana tenía un novio, alguien mayor.

Él se quedó callado, mirándome, y al final preguntó:

—¿Quién?

—Eso no lo sé —admití, muy a mi pesar.

—Y entonces ¿cómo sabes que realmente existió?

—Porque tengo pruebas.

—¿Qué clase de pruebas? —preguntó él, con una sonrisa odiosa en los labios, casi riéndose de mí—. Lo que ella te dijese no es una prueba. Han pasado más de veinte años, y ella podía ser una mentirosa redomada. Tú me has dicho muchas veces que lo era, que exageraba las co...

—Tengo otras pruebas —lo interrumpí.

—Vale, muy bien. Enséñamelas —me dijo, muy serio.

Me quedé mirándolo. Ahí estaba, el aire de suficiencia del puto mosquetero. Sabía que si no armaba bien mis argumentos eso era lo único que me iba a encontrar. No podía enseñarle las cartas. Todavía no. Tal vez en unos días, tal vez en unas horas, cuando hubiese avanzado más, cuando hubiese aclarado todas mis ideas... Pero él insistió.

—Enséñamelas —dijo.

—No puedo.

—¿No puedes o no quieres? —preguntó.

Y yo iba a contestarle, a explicarle cómo me sentía, cómo sentía que él no confiaba en mí y que no se iba a tomar en serio ninguna de mis pesquisas, a pesar de que yo me estaba dejando la vida en esto y a pesar, también, de que yo solo había venido hasta aquí porque él había insistido, pero entonces su teléfono empezó a sonar, apremiante, y cortó de golpe la conversación, y él se apresuró a contestar, y yo ni siquiera podía sentirme mal por ello porque era lo que tenía que hacer, era su trabajo.

Esperé, paciente, mientras el rostro de mi marido se cuadraba y se ponía serio. Tan pronto como colgó, corrió a ponerse la chaqueta.

—¿Qué pasa? —le pregunté, mientras me ponía en pie.

—Han encontrado a Ángela Martín —me dijo.

—¿Viva o muerta? —le pregunté, aunque temía escuchar una respuesta que no me iba a gustar.

—No lo sé —respondió él, hurgándose los bolsillos para comprobar si tenía todo lo que necesitaba—. Se cortaba todo el tiempo. Solo sé que la han encontrado.

—Pero ¿cómo no vas a saber si…? —empecé, pero él avanzó hacia mí, me dio un beso en la frente y se dirigió a la puerta.

Antes de abrirla y marcharse, definitivamente, se quedó parado apenas un segundo, como si dudase, y me miró.

—No hagas ninguna tontería —me dijo.

Y, antes siquiera de que pudiese abrir la boca y contestarle, se había marchado.

63

La esperanza se disipó tan deprisa que llegamos a dudar que en algún momento hubiese existido. Desde el balcón de la habitación, con el abrigo sobre el albornoz, vi, por encima de un pequeño mar de árboles, cómo un pueblo entero lloraba una pérdida que era suya, de todos y cada uno de sus habitantes. Todo había vuelto a empezar: una muerte era un signo fatal, un aviso de la oscuridad que se cernía sobre nosotros; dos, dos eran ya una confirmación, una llamada a la desesperanza, al miedo. Sentí cómo todo se rompía en mil trozos, exactamente por las mismas costuras por donde ya se había roto antes, hacía veintiséis años. Las cicatrices seguían ahí, había sido demasiado fácil que todo se volviese a romper.

La noticia de la muerte de Ángela Martín recorrió As Boiras de boca en boca. Antes de que, a la mañana siguiente, su rostro volviese a ocupar la primera plana de los periódicos —no solo nacionales, sino también internacionales—, todo el pueblo se había enterado ya, todas las televisiones y las radios se habían hecho eco. Se encendieron velas y se organizó una vigilia para esa noche. Pero en la mañana del 19 de noviembre, yo tardé aún menos que ellos en enterarme de que habían encontrado a Ángela muerta, como todos esperábamos, y no viva, como habríamos querido.

No hizo falta que Kevin me llamara para confirmarlo: fue Camille quien lo hizo, diez minutos después de que mi marido se marchase. Y, poco después, la noticia ya corrió, corrió y se difundió. Le cogí el teléfono a mi madre cuando me llamó, a eso de las nueve y media, para decirme, entre sollozos, que se había enterado; pensé y volví a pensar en cómo el tiempo había corrido en nuestra contra, inexorable e irrefrenable, conjurado con el mal para torcerlo todo.

Y lloré. Todos nosotros, habitantes perennes u ocasionales de As Boiras, formamos parte del espectáculo de la muerte de Ángela Martín, todos menos ella: su cuerpo viajaba casi cien kilómetros al sur, envuelto en una bolsa negra, en una marcha silenciosa que la había sacado, por fin, del corazón de las montañas.

La encontraron en el viejo aserradero. Eso me lo contó Camille. No sé cómo se enteró, pero, a media mañana, los detalles ya se habían difundido y la prensa se había hecho eco. Suele pasar, pero, esta vez, me horrorizó la velocidad a la que lo hizo. La encontraron allí, en la cabaña del capataz desde la que, hacía ya muchos años, Castán había dirigido el trabajo de sus compañeros. Me aterró pensar que, hacía apenas unos días, yo había recorrido aquel lugar, mientras una sensación oscura lo dominaba todo, la percepción de que allí había *algo*, algo oscuro, algo malvado, una de las bocas del infierno.

Ángela Martín, desnuda, sobre la mesa del capataz, envuelta en celofán. Le habían cortado la oreja izquierda. Llevaba allí, según los cálculos, al menos dos días. De un modo retorcido y egoísta, me reconfortó pensar que todavía no estaba allí cuando yo visité el lugar. Algo es algo, me dije. Qué tonta. Simplemente, todos, y también yo y también Kevin, habíamos pasado de largo, pero siempre estuvo allí. Antes incluso de que la empezásemos a buscar.

Después de que la noticia de Ángela Martín se extendiese por el pueblo, dos sentimientos se entremezclaron y lo inundaron todo: el miedo y la rabia. El miedo podía verse en todas partes: en la decisión del pleno del ayuntamiento, reunido de urgencia aquella misma mañana, que impuso un toque de queda a las siete de la tarde; en las madres, que agarraban a sus hijos, que no les dejaban marcharse de su lado; en los niños, pero sobre todo en las niñas, que no iban solas a ninguna parte, que miraban antes de doblar cada esquina, como si el asesino pudiese estar ahí, acechando. Pero la rabia tomó rápidamente el relevo: el asesino estaba ahí, sí, pero encerrado en un calabozo, y todos conocían su nombre. Y ese nombre, como el rostro que lo acompañaba, estaba en todas partes.

Mientras Kevin seguramente se debatía entre informes de autopsia —lentos, demasiado lentos, ¿por qué tardaban tanto en llegar?— e interrogatorios, buscando todas las pruebas del delito, yo esperaba y veía las noticias, esperaba y leía los periódicos digitales, y la misma noticia se repetía en todas partes: un joven asesino de diecinueve años, despiadado y psicópata, que había acabado con las vidas de dos jóvenes prometedoras. Detalles, noticias que hablaban de su vida.

¿Quién era él? ¿Por qué lo había hecho? La identidad de las víctimas, lo que ellas eran en realidad, en lo más profundo de su ser, había dejado de importar. Ahora, solo importaba él. Pensé que esa era una manera más —tal vez la más cruel, la más eficaz— de robarles la vida, incluso después de la muerte. Les había robado esa breve notoriedad, ese interés que todos sintieron, durante unos días, en saberlo todo sobre ellas. Ya estaban muertas, ya nadie las buscaba. Todas las preguntas parecían encontrar respuesta, y, en efecto, el miedo, poco a poco, dio paso a la rabia. Y a la sed de justicia, de venganza.

Es lo que ocurre siempre.

64

Todo pasó muy deprisa, demasiado deprisa para poder procesarlo. En los últimos días, los periodistas habían ido llegando al pueblo, pero aquella mañana, después de que la noticia del hallazgo del cadáver de Ángela Martín saliese a la luz, todo fue mucho más rápido. Me asomé de nuevo al balcón y vi el aparcamiento del hotel, ya prácticamente lleno. Había trasiego en la entrada principal, síntoma de la llegada de cada vez más y más personas. Las posibilidades de alojamiento en As Boiras eran reducidas, y, sin duda, el Gran Hotel era lo mejor que se podía encontrar por aquí. No deja de ser inquietante, y también exasperante, que una tragedia así mueva semejante cantidad de dinero.

La conversación con Kevin, durante el desayuno, me había dejado mal cuerpo, sobre todo porque había puesto de manifiesto un hecho crucial, al menos para mí: si quería que él me creyese, y que siguiese mis pistas, tenía que exponérselas con claridad, dejarle claro que lo que yo hacía en el pueblo, por poco ortodoxo que pudiera parecer, también servía para algo. En el fondo, pese a las reservas iniciales, pese a nuestros pactos, él me lo había pedido, de manera implícita, en más de una ocasión, e incluso con timidez en el gimnasio del instituto el día que desapareció Ángela Martín. Antes, yo nunca había tenido que justificar mis pesquisas ante él, más bien todo lo contrario: Kevin siempre había utilizado mis investigaciones paralelas, se había valido de ellas para avanzar en sus casos, y los dos nos habíamos beneficiado de esa mutua colaboración. Pero de todo aquello hacía tanto tiempo que era como si, sencillamente, mis credenciales hubiesen caducado.

Me mordí el labio inferior, y me terminé el té con menta. Dejé sin tocar los cruasanes y las tostadas que yo misma había pedido al servicio de habitaciones para el desayuno, pensando en cómo podría aclararme un poco.

Primero estaba el collar. Ana, en su día, me había hablado de un novio secreto, el que le había regalado el colgante con la flor extraña. Yo lo había olvidado por completo hasta que volví a ver la foto en la que lo llevaba. En su momento, ni me pregunté si era un chico o un hombre, solo teníamos trece años, cualquiera era mayor que nosotras y, además, nunca se sabía cuándo Ana bromeaba y cuándo no. Pese a no haber aparecido nunca más, el collar, no obstante, existió. Décadas después, habían encontrado el cadáver de Emma Lenglet en un claro del bosque, rodeada de Edelweiss. De algún modo, los crímenes de ahora podían guardar alguna relación con aquel misterio olvidado de Ana.

Luego estaban las cartas. Me puse en pie y las recuperé. Las extendí sobre la mesita de café que había frente al sofá. Alguien le había escrito multitud de cartas a Ana: diecisiete, ninguna demasiado interesante, todas con faltas de ortografía y una letra tosca. Había llegado a pensar que su autor podía ser Santiago Gracia, pero él no podía haber sido ese tipo de joven. ¿Era el autor de las cartas la misma persona que le había regalado el colgante? La gran pregunta. Costaba pensar que un chico casi analfabeto eligiera un colgante tan sofisticado, pero en realidad no tenía motivos para descartarlo.

De nuevo, ¿podía ser Santiago quien le regaló el colgante? Nuestro encuentro me había llenado de dudas. Siempre sospeché de él, pero más por la incompetencia que había demostrado décadas atrás que porque pensase que había estado realmente implicado en el caso, el de todas esas chicas muertas, el del asesinato de Ana. Pero después de hablar con él… ¿Por qué había sido tan poco claro, tan esquivo? ¿Por qué se había puesto así al hablar de ella? En un momento había llegado a pensar en la confusa sexualidad de Santiago. Su única novia, Rosario, tenía un aspecto inusitadamente aniñado. ¿Y si él hubiera ido más allá, atraído por una niña? El monstruo era Castán, pero… ¿en qué estado mental había salido Santiago de todo aquello? Tal vez nunca superase su ruptura amorosa, y sus gustos particulares me llevaban a preguntarme si había deseado a Ana. Costaba pensarlo. Si hubiera albergado esa predisposición, una oscuridad latente, tenía más sentido que se le hubiera desatado después de descubrir que su mejor amigo había cometido aquellas aberraciones con esas niñas y no antes, cuando Ana estaba viva. Y costaba imaginar que en veintiséis años no hubiera surgido una sola sospecha a su alrededor… Con todo, Santiago sí parecía saber algo, algún secreto de Ana, pero ¿cuál?

Y finalmente estaba Jorge Lanuza. Sin embargo, ¿dónde encajaba en todo esto? A estas alturas, todos pensaban que era el asesino, que era un fan loco de Castán. Pero yo seguía pensando que no podía ser él. Si hubiese matado tan solo a su novia…, si solo hubiese matado a Ángela, aunque fuese siguiendo el método del Carnicero del Valle, hasta yo misma podría pensar que sí. Pero, antes de Ángela Martín, hubo una Emma Lenglet, una niña con la que no tenía una relación pasional, una niña que tuvo que convertirse en la víctima número uno para que hubiese una víctima número dos. ¿Había sido una casualidad lo de las flores Edelweiss? Si no era así, había que encontrar la relación de Jorge Lanuza con Ana, lo cual era imposible. O, en caso de que la hubiera, estaba claro que Kevin la encontraría. Como siempre. Pero solo si yo, claro está, le facilitaba esa sospecha. Y me había obstinado en no hacerlo todavía.

No… Sencillamente, yo no podía creer que Jorge fuese capaz de cometer dos crímenes así, de secuestrar a dos chicas, de encontrar cómo, cuándo y dónde hacerlo, y que luego la cagase en algo tan tonto, tan sencillo como encender el teléfono móvil de una de ellas. No, un asesino en serie así, tan meticuloso, que trata a sus víctimas con tanto cuidado, que las prepara como si fuesen trofeos, ofrendas a algún extraño dios de los Pirineos, no descuida un detalle tan tonto.

Sencillamente, no puede ser.

65

Daba vueltas y más vueltas por mi habitación de hotel como un tigre enjaulado, con el cerebro en plena ebullición. Sobre las doce, Camille me mandó un mensaje corto, «Cariño, el show acaba de empezar», y adjuntó un enlace al artículo, largo y exhaustivo, que acababa de publicar en el principal periódico digital de Francia:

¿QUIÉN ES JORGE LANUZA, EL ASESINO DE LOS PIRINEOS?
Camille Seigner. Sábado, 19 de noviembre

Lo leí y, como siempre ocurría con los perfiles de Camille, era una pieza bien documentada, veraz e incluso elegante, que se acercaba peligrosamente a la frontera del sensacionalismo, pero nunca la traspasaba. ¿Quién era él realmente para mí? Me había parecido un tipo sardónico, grosero y, a juzgar por los vídeos, sin duda cruel. Pero ¿me había parecido un asesino? Eso no podía asegurarlo. Si los asesinos, los violadores y demás malhechores tuvieran cara de serlo, sería muchísimo más fácil pillarlos. Y, sin embargo, no lo era. A pesar de todo, a veces los hombres más crueles se esconden detrás de los rostros más amables. Siempre he querido pensar que hay algo que sí se nota, que algunas personas tenemos cierta intuición, un instinto que nos hace reparar en que nos hallamos ante un psicópata, un asesino cruel…

En realidad, Jorge Lanuza lo tenía todo para convertirse en el asesino más odiado del país, como ya lo fuera, en su día, Marzal Castán: era joven, sí, pero también endemoniadamente raro y, al parecer, por lo que explicaba Camille, no era muy querido en el pueblo. Ella había sido bastante respetuosa en el manejo de sus fuentes, pero eso no me impidió pensar, como había intuido ella, que As Boiras no tardaría en convertirse en un auténtico circo mediático, y que todos sus habitantes tendrían un papel que se morían de ganas por representar. Jorge sería el asesino, el malo, el verdugo; ellos, los habitantes del pueblo, serían las víctimas, los justicieros, las buenas personas compungidas por la tragedia.

Encendí la tele y, en efecto, me encontré un programa especial desde As Boiras. Rosana Cruz, la reputada presentadora del *prime time* matutino, con un traje verde botella que le iba especialmente bien con el pelo rojizo y los ojos verdes, estaba, micrófono en mano, frente al ayuntamiento de As Boiras. Y comprendí al instante que el alboroto —un par de furgonetas, cámaras de televisión, una presentadora famosa y amante de la polémica— ya estaba montado antes de que Ángela Martín apareciese muerta. Rosana había tenido una suerte tremenda y, por más que intentase disimularlo, con un mohín compungido, se notaba que, por dentro, se frotaba las manos.

Al parecer, el ayuntamiento había permitido a la cadena de televisión utilizar el pabellón multiusos del pueblo, donde solían organizarse las donaciones de sangre, las elecciones y otros eventos como actividades infantiles o sesiones de cine. Habían montado un escenario y habían dispuesto filas y más filas de asientos, para permitir que los verdaderos protagonistas de la historia, los vecinos de As Boiras, contasen su versión de lo que ocurría en aquel pueblo por lo general tranquilo e idílico. Supuse que Kevin debía de estar al corriente de todo esto, y me pregunté por qué no me había contado nada. Camille me volvió a escribir preguntándome si iba a ir «a lo de Rosana», añadiendo un emoji de cara verde, a punto de vomitar. Le dije que no, que me encontraba mal. Así, por lo menos, me dejaría tranquila.

A las doce y media empezó el espectáculo. Los barridos generales me permitieron ver que, de algún extraño y retorcido modo, los asistentes, vecinos del pueblo, parecían encantados con la situación, con semejante despliegue de publicidad gratuita, como si la notoriedad supliese el hecho de que estaban asesinando a sus niñas. Daban por hecho que Jorge Lanuza era el asesino y, como estaba ya en dependencias policiales, pensaban que todo había terminado, por fin. Sin embargo, yo... En fin, no podía estar tan segura.

Asistí al show, aunque fuese a través de una pantalla del televisor. Un espectáculo en mi opinión deplorable: casi podía oír la voz de mi madre indignada, preguntándose por las posibles consecuencias que algo así podía tener para *su* pueblo y, por ende, para su negocio. ¿As Boiras pasaría a ser conocido como un lugar criminal, peligroso, escenario de crímenes horripilantes? Los turistas siempre han venido al pueblo buscando tranquilidad, paisajes y buena comida, no para cazar a asesinos en serie.

Pero muchos otros lugareños parecían tener una opinión diferente. Para ellos, había bastado un par de víctimas mortales para volver a poner el pueblo en el mapa, nada más, y por eso habían asistido, porque el lugar estaba lleno, y los planos generales permitían ver a la gente charlar, más entusiasmados que tristes. Me parecía que la tristeza de algunos era solo fingida: preferían la rabia, la sed de justicia, de venganza. Eran emociones activas, emociones que te permitían hacer, pensar, vivir. La tristeza no. La tristeza te enajena, te consume y te reduce a nada. Pero la rabia...

El show empezó en un abrir y cerrar de ojos en cuanto Rosana salió al escenario para ser la directora de aquella función improvisada y grotesca. Habían dispuesto varias butacas, y la suya estaba en el centro, para presidirlo todo, micrófono en mano. Los primeros en subir al escenario fueron los padres de Ángela.

No podía dar crédito. Antonio Martín esgrimía una mirada furibunda, con la que parecía querer luchar contra el mundo entero. Su mujer, Alicia —su apellido no importaba, al parecer—, estaba pálida y temblorosa, pero había dejado de llorar. Parecía haberse peinado y maquillado con cuidado para la ocasión, con una gruesa capa de base que le tapaba las ojeras, pero que no lograba ocultar su tono macilento y enfermizo. La presentadora parecía extasiada y deslumbrante, henchida de poder y de... ¿felicidad?, o algo parecido. El murmullo constante del público terminó en cuanto Rosana tomó la palabra.

—Lo primero de todo: ¿cómo estáis? —dijo, con gravedad. Los padres de Ángela estaban sentados en butacas a ambos lados de la presentadora, flanqueándola—. Siento muchísimo —insistió en esa palabra, prolongándola en el aire— vuestra pérdida. No puedo ni imaginarme cómo lo estaréis pasando.

La madre de Ángela asintió, y pensé en todo el acopio de fuerzas que debía de hacer para no romper en lágrimas.

—Es terrible, Rosana —respondió el padre, con voz grave, pero calmada—. Pero lo que queremos ahora es justicia.

La presentadora asintió, con gran conmoción.

—Es lo que queremos todos —dijo, y se estiró para tomar la mano de Alicia entre las suyas—. Y vamos a luchar por conseguirlo.

Después de aquello, siguió una lacrimógena charla sobre cómo era Ángela, pintando el retrato de una niña perfecta, inocente y de corazón puro que solo se ensombreció ante la mención del presunto asesino, Jorge Lanuza.

—¿Qué relación creéis que tenía vuestra hija con el detenido, Jorge Lanuza? ¿Eran pareja? —preguntó la presentadora, con el tono de voz más grave ahora, y se hizo el silencio en la sala.

—No lo sé, Ángela era... —empezó la madre, pero su marido la interrumpió:

—Ese hijoputa se aprovechó de ella. Era solo una niña, y él se aprovechó de ella.

—¿Creéis que fue él quien la mató? —preguntó Rosana.

Y sí, lo creían. Todos los presentes en la sala lo creían. Después, los padres de Ángela bajaron del escenario, entre aplausos y gritos de apoyo, y entonces empezó el verdadero espectáculo: vecinos, vecinos de As Boiras que conocían a Ángela, y por supuesto a Jorge, y que estaban más que dispuestos a hablar. Las primeras fueron las amigas de Ángela, a las que yo ya conocía: Marta, Pili —que ahora en el escenario se hacía llamar Pilar, un nombre mucho más serio—, y Lara. Marta fue la que más habló, la más resuelta y madura de las tres, puede que de las cuatro. Una vez hubo comentado lo maravillosa que era Ángela, la mejor amiga que cualquier chica pudiese tener, habló sobre Jorge.

—Jorge siempre ha sido muy raro —dijo Marta, seria, y buscó con la mirada la cámara como si llevase toda la vida dando discursos, protagonizando sesiones de fotos—. Estaba metido en un montón de follones, y Ángela nunca ha sido la clase de chica que…

—¿En qué líos estaba metido Jorge, Lara? —interrumpió Rosana, apuntando ahora a una nueva víctima.

Ella se encogió de hombros.

—Ya sabe…, líos de esos...

Se oyó un murmullo entre el público.

—De drogas, entiendo. A ver, dime, Marta —inquirió la presentadora, regresando a su invitada más locuaz—: ¿Ángela se drogaba?

—¡No! Qué iba a drogarse. Pero Jorge sí, un montón. Estaba siempre colocado —insistió la adolescente.

La presentadora asintió, comprensiva.

—¿Crees que las drogas le impulsaron a hacer lo que hizo, matar a esas dos chicas? —preguntó.

—Creo que sí. Puede que se acabara volviendo loco, ¿no? Siempre fue un tipo siniestro. Nos miraba mucho, y no dejaba a Ángela en paz.

El público pareció satisfecho con aquel retrato nada positivo de Jorge. Después, subieron al escenario algunos chicos y otro de los camareros del hotel. Su compañero de trabajo, el camarero, no habló mal de él. Parecía reacio a formar parte de todo este circo, lo que me hizo preguntarme por qué había accedido a subir al escenario. Comentó que hacía bien su trabajo y que, en realidad, ellos dos solo hablaban de qué películas había que ver y de qué tías estaban buenas, y poco más. La presentadora, Rosana, intentó tirarle de la lengua, pero tuvo escasos resultados. Pensé que el chico iba a recibir una buena bronca de Lorién, o incluso de mi madre, por prestarse a asociar en público al asesino con el buen nombre de su hotel.

En cambio, Marcos, un chico del pueblo que al parecer había sido voluntario en las batidas de búsqueda, parecía más que dispuesto a hablar mal de Jorge. Las arengas de la presentadora experta no hacían sino aumentar, de manera gradual, la amargura de su discurso. Pintó un retrato de Jorge que nada tenía que envidiar al de un psicópata diagnosticado: cruel, despiadado, se metía con cualquiera que fuera más pequeño, más débil que él.

—Entonces ¿tú mismo fuiste víctima de sus abusos? —le preguntó la presentadora, interesada.

—Sí, alguna vez, en el instituto —asintió él—. Iba un par de cursos por detrás de mí, pero era grande y...

—Abusaba de ti, ¿verdad? Era un abusón.

—Sí, de mí y de otros. Y de Ángela, porque no la trataba bien. De eso estoy seguro. Ellos dos salían juntos y él no la trataba bien.

Rosana aludió a cómo nadie de la familia de Jorge había querido acudir al encuentro. Su madre, con la que vivía, había rechazado de lleno a la prensa, según ella «con malos modos». No se extendió mucho sobre el padre, porque el pobre hombre había muerto hacía pocos años; a la presentadora le sirvió tan solo para apuntar, sin pudor alguno, que quizá el chico lo había matado a disgustos. Así de fácil fue dibujar el entorno favorable para convertir a Jorge en el asesino perfecto.

Los comentarios siguieron, las preguntas se sucedieron. Subieron más personas al escenario: la profesora de Literatura de Ángela, que prorrumpió en un llanto desbocado al leer un poema que esta había escrito para clase; su tía, una mujer regordeta y temblorosa que realizó un emotivo elogio de su sobrina, a la que al parecer quería mucho; unos cuantos vecinos más que especularon sobre la naturaleza de los asesinatos y afirmaron que Jorge la había matado no solo a ella, sino también a la chica francesa, Emma Lenglet; y, por último, el alcalde, un hombre serio de pelo cano, que pronunció una diatriba contra todo aquel que se atreviese a romper la paz de su amada As Boiras.

El programa terminó con un emotivo abrazo entre Rosana y la madre de Ángela, Alicia. Apagué la tele. No podía estar más asqueada.

66

Kevin me llamó poco después para preguntarme si me apetecería recogerlo y luego ir a comer. Lo interpreté como una especie de bandera blanca, como una nueva tregua que se tendía entre nosotros. Sobre todo, porque por lo general era él quien proponía pasarme a buscar en coche adonde fuera y llevarme a algún lugar. Acepté, claro. Y así tuve, por fin, una excusa para salir de la habitación de hotel. Recogí las cartas de Ana y las volví a esconder, bien guardadas en su caja de los secretos, en el cuarto de baño. Yo salía con la intención de contárselo todo a Kevin, por supuesto, porque el circo que se había montado me repugnaba y me hacía dudar cada vez más de lo que me parecía un conclusión en falso. Kevin tenía que saber hasta dónde había llegado yo, tenía que insistir en esa línea paralela de investigación, pero no quería pasear las cartas y mucho menos dejarlas ahí extendidas.

A las dos de la tarde volví a cogerle prestado el coche a mi madre, que estaba totalmente desbordada en el vestíbulo, y conduje hasta el centro de As Boiras. En el pueblo reinaba un ambiente caótico. Miraras adonde mirases, había pequeños detalles discordantes que te indicaban que no era un sábado cualquiera de principio de temporada: muchos más vehículos de lo habitual, cámaras de televisión aquí y allá, que filmaban planos-recurso que luego pudieran utilizarse para los programas de sucesos, gente que cuchicheaba por las esquinas. Al llegar al centro de operaciones, donde había quedado con Kevin, me lo encontré fuera, fumando, con un aire hastiado y abatido, como si el mundo entero, que reposaba sobre sus hombros, se le estuviese viniendo encima. Apagó rápido el cigarrillo y se metió en el coche. Después de los pertinentes saludos, me dijo:

—Me ha llamado el señor Lenglet. —Lo comentó con un tono serio, que hizo que inmediatamente se me encendiesen todas las alarmas—. Viene de camino para aquí. Ha aterrizado en Barcelona hace diez minutos, y ha conseguido un helicóptero.

Asentí, seria. Entendía a la perfección que quisiera venir a As Boiras, y más después del hallazgo del cuerpo de Ángela Martín.

—¿Cree que Jorge Lanuza…? —empecé a preguntar, pero Kevin me interrumpió:

—Te explico ahora —me dijo, mientras miraba por el retrovisor de su lado—. Vámonos lejos de aquí, estoy harto de este maldito pueblo.

No lo culpaba, la verdad. Kevin estaba visiblemente incómodo. Mientras maniobraba para salir, lo miré de reojo y noté cómo todo su cuerpo estaba duro, en tensión. En el pasado tuvimos que enfrentarnos a otras situaciones incómodas, en pueblos pequeños como este, pero, sin duda, todo era peor en As Boiras.

Ya habíamos pasado un par de semáforos cuando la vi, aparcada frente al mercado: una camioneta Nissan roja, ahora con las ventanas rotas y una pintada enorme que rezaba «¡ASESINO!». Se la señalé a Kevin.

—¿Y eso? —le pregunté.

—El coche de Jorge Lanuza —respondió, y se encogió de hombros—. Al parecer, también ha acudido una turba a casa de su madre. La mujer ni siquiera puede salir de casa.

Lo dijo como si constatara una evidencia, algo normal en ese tipo de situaciones. Pero, para mí, todo cambió en aquel momento. Más bien, no es que cambiara, sino que algunas cosas, detalles importantes, se ordenaron en mi cabeza. Había una idea que sintetizar, pero era una idea de vital importancia: me había equivocado.

Kevin me dio indicaciones hasta que llegamos a un restaurante de carretera, un lugar con olor a fritanga y una carta plastificada pringosa plagada de fotos descoloridas de platos de comida. Al entrar en el local, miré a Kevin, desconcertada.

—¿Por qué hemos venido aquí? —le pregunté, mientras ocupaba una mesa. El mantel, plastificado también, estaba pegajoso. Reprimí una mueca de asco.

—Necesito estar tranquilo —confesó, con un suspiro—. Odio ese maldito pueblo. Tengo a los amigos de Antonio Martín todo el día montando guardia en el centro de operaciones, reclamando que nos carguemos de una vez a Jorge Lanuza. Lo han trasladado a Zuera, así que ni siquiera está aquí, pero, por más que se lo repitamos, ellos siguen igual… Es como si quisieran que nos lo cargásemos, como si en este país hubiera pena de muerte, joder.

No sabía que hubieran trasladado a Jorge a la cárcel de Zuera, hora y media al sur, pero tenía sentido. El cuartel de As Boiras no estaba preparado para retener a un sospechoso durante tanto tiempo.

—Seguro que a ellos les gustaría… —dije, con un hilo de voz.

—¿Y tú les culpas, Alice? Todos querían a Ángela, lo habrás visto en la tele.

Asentí, pero no podía callarme lo que pensaba en realidad, así que me lancé:

—¿Piensas que ha sido Jorge o no? Porque sé que te dije que no estaba muy convencida, pero, ahora…

Nos interrumpió el camarero, que vino a tomarnos nota. Kevin pidió una Coca-Cola Zero y un plato de costillas de ternasco. Se notaba que ya había estado aquí antes. Yo, que ni siquiera le había echado un vistazo a la carta, pedí lo mismo. Tan pronto como el camarero se marchó, mi marido me miró y dijo:

—Ahora ¿qué?

—Ahora, creo que me equivoqué.

—¿De repente crees que Jorge Lanuza es el asesino de Emma y de Ángela? —preguntó Kevin, desconcertado. Al verme asentir, su confusión se hizo todavía más evidente—. ¿Por qué? ¿Por ese estúpido programa de televisión? Eso solo es sensacionalismo, Alice.

—¿Te crees que soy tan tonta? —le espeté, sin poder ocultar mi indignación—. No tiene absolutamente nada que ver con eso, es que hay algo que… Bueno, tengo que contarte algo, pero antes tienes que prometerme que no te enfadarás, ¿vale?, porque lo que te voy a contar no te gustará.

Suspiró y se echó hacia atrás, como si se preparase para lo que se le iba a venir encima. Llegaron las Coca-Colas y bebí un trago. Ojalá fuese vino, o algo más fuerte, algo que me diese valor. Pero, en todo caso, el sabor dulce y chispeante ayudó.

—Estuve en la antigua casa de Castán, hace ya unos días, el día que sangré —le dije, y esquivé su mirada, porque de lo contrario no iba a ser capaz de contar la historia hasta el final—. Tenía que comprobar algo… —A la luz de las nuevas revelaciones, dudé en si dar todos los detalles—. Bueno, en realidad quería ver si había algo, alguna prueba de que lo que Ana me contó sobre su novio secreto era verdad. El caso es que me colé en la casa.

—¿Cómo? —preguntó Kevin, con voz cortante.

—Por una ventana de la cocina. Estaba rota. No forcé la puerta ni nada así.

—Me alegro —comentó él, y chasqueó la lengua—. ¿Te hiciste daño?

—Al entrar, no —respondí, y continué a toda prisa, con la voz atropellada, para que él no me preguntase nada más y me hiciera perder el hilo de la historia—. Fui a la habitación de Ana, y estaba inspeccionándolo todo, buscando algún rincón secreto, cuando oí que entraba alguien en la casa. —Hice una pausa, esperando otra de sus preguntas, algo que me interrumpiese, pero al elevar la mirada hacia él solo lo vi seguir mi historia, atento, sin sospechas. Tragué saliva y continué—: El caso es que la persona que entró en la casa, quienquiera que fuese, tenía las llaves. O eso creo, no sé, el caso es que entró y yo me escondí en el primer sitio que se me ocurrió.

—¿Dónde? —preguntó él.

—Debajo de la cama —expliqué—. Bueno, me metí ahí debajo y pasó lo peor: él se dirigió a la habitación de Ana y empezó a husmear por ahí. Vi sus zapatillas, unas Jordan rojas, y entonces... —Suspiré, tragando saliva. No podía seguir guardándole un secreto así a él—. Creo que él me vio, Kevin. No estoy segura, pero creo que él me vio. Y, hasta ahora, no he sabido quién era, no he tenido ni la más remota idea de quién podría ser, pero, hace un rato... Pienso que fue Jorge Lanuza. Creo que sí que es verdad que es un *copycat*, que está completamente obsesionado con Marzal Castán y lo que pasó en el noventa y seis. ¿Por qué otro motivo iría a esa casa? Se movía por ahí como si conociese bien el sitio, y no sé...

—Y ¿cómo has llegado a esa conclusión, Alice? —me interrumpió, con un tono que me pareció ligeramente condescendiente.

—El coche, Kevin —le dije, seria. Tenía que parecer convencida de lo que decía, no podían parecer las conjeturas de una mujer obsesionada, ligeramente desequilibrada—. Me levanté, salí de debajo de esa asquerosa cama, y vi un coche rojo alejarse. Al pasar junto al coche de Lanuza... Es el mismo.

—No es un coche, es una camioneta —puntualizó él, condescendiente.

—Da igual, es el mismo —afirmé, y me quedé callada, mirándolo.

Él no decía nada, lo que me hizo perder los nervios enseguida. La comida llegó y él, como si yo no estuviera allí, se puso a cortar sus costillas. Estaban demasiado hechas y algo grasientas.

Me entraron ganas de vomitar. Al cabo de unos instantes exasperantes, no pude evitar saltar:

—¿No me crees? —le pregunté, echando chispas por los ojos.

—Oh, sé que lo que dices es cierto —respondió. Pinchó un trozo de tomate con su tenedor y se lo metió en la boca.

Lo miré, rebosante de escepticismo.

—¿Por qué? —le pregunté.

—Porque Jorge Lanuza me lo ha contado.

67

—¿Cómo? —pregunté, porque no me esperaba para nada esa respuesta.

—No es como crees, Alice. Nos ha confesado que estuvo en la casa. Nos lo dijo para tratar de convencernos de que él no era culpable.

Yo no daba crédito. ¿Qué sentido tenía?

—Espera, espera, espera. A ver, dime una cosa —le pedí, y él asintió, esperando—: ¿Jorge Lanuza cree que pasearse por la antigua casa de los Castán como si fuese la suya le hace parecer menos sospechoso?

—Y por eso nos lo explicó —respondió él, muy tranquilo, para colmo de mis males—. Ahí guarda su alijo, Alice. Como nadie va nunca a esa casa, tiene escondidas por todas partes sus bolsas de marihuana. Lo comprobamos: incautamos kilo y medio de hierba. Es un escondrijo bastante bueno, la verdad. —Y, nada más decirlo, para mi sorpresa, Kevin hizo una larga pausa y luego se puso a reír.

—¿Por qué te ríes? —le solté a la cara, furiosa—. ¿No crees que podría haberme hecho daño? ¡Es el asesino, joder! ¡Te ha dicho que me vio y te quedas como si nada!

—Tú no me contaste que fuiste a la casa —me dijo, y se encogió de hombros—. Además, a la vista está que no te hizo nada. ¿De qué sirve preocuparse ahora?

Me quedé muda. No entendía nada. Él siguió comiendo, con toda tranquilidad, y luego habló:

—No nos ha dicho que te viera. No te reconoció. Ni siquiera intuyó que estabas debajo de la cama. Es divertido porque no vio nada, ¡joder! —Me miró con severidad, como si me reprendiera por haber dudado así de él. Yo no hice ni la más mínima mueca—. La cuestión es que nos ha contado varias historias bastante imaginativas que, según él, demuestran su inocencia. De verdad, tiene ideas muy locas. Creo que a su edad ya ha fumado más hierba que la mayoría de gente en toda una vida. Y la historia más loca fue justo esta. —Paró un momento para llevarse un trozo de carne a la boca y dar un sorbo al vaso—: Nos dijo que, aquel día, cuando fue a casa de los Castán a buscar un par de bolsas, notó que allí había entrado alguien. No supo decir muy bien por qué, pero le pareció que una presencia maligna le vigilaba. Le entró el miedo, porque no estaba seguro de estar totalmente solo. Al principio, pensó que había un fantasma en la casa, de alguna de las niñas. Pero luego ató cabos, no sé en qué estado mental, la verdad, y llegó a la conclusión de que realmente había un imitador, el asesino de Emma Lenglet, y que había ido a visitar la antigua residencia del Carnicero del Valle, y que él, por pura mala suerte, había estado a punto de toparse con él. Nos contó que algunos miembros del foro *The New Butcher* le habían preguntado muchas cosas sobre Castán, dónde estaba la cabaña, su vieja casa, todo eso. En el momento en que fue consciente del peligro que corría, se largó cagando leches.

Kevin había explicado toda la historia con una gran sonrisa en la cara, y ahora ya profería carcajadas. Casi me hizo sentir bien, verlo reír después de todo lo ocurrido, aunque fuese a mi costa.

—Me encantaría ver su cara cuando se entere de que eras tú quien estaba ahí —dijo, y volvió a soltar una carcajada—. Tú, toda una presencia malvada.

Y entonces hizo una pausa y me lanzó una mirada maliciosa. Yo estaba completamente lívida. Al final, con tono ya más serio, dijo:

—Tranquila, Alice, no le vamos a decir nada. Nadie sabrá nada, no te preocupes. Él solo trataba de demostrar que no es el culpable diciendo que el auténtico asesino se dedica a visitar los lugares donde vivió Castán. Pedimos comprobaciones sobre la gente del foro, y el más peligroso con diferencia era él. Su historia sería totalmente absurda si no fuera... porque es casi verdad —dijo ahora, pensativo.

—¿Entonces...? —pregunté, con voz temblorosa—. ¿No crees que pueda ser él? Porque todavía pienso que su comportamiento es de lo más extraño —insistí, pues no tenía otra cosa a la que agarrarme.

—Deja que te lo cuente todo, y también lo del señor Lenglet. Pero luego me explicas tú cómo van tus historias de detectives.

Sentí la rabia hervir dentro de mí, apoderándose, poco a poco, de mi cuerpo y de mi cordura. Seguía en sus trece.

—Eres imbécil, Kevin.

—Yo también te quiero... Mira, primero está lo de Ángela. Ella consumía drogas. Marihuana. Eso lo hemos podido sacar en claro. Se la pasaba Jorge. —Me miró, obligándome a asentir, una vez más—. Además, concuerda con lo que encontramos en el teléfono de Ángela.

—¿Qué encontrasteis en su móvil? —quise saber.

—Mensajes, de ella y de Jorge —respondió él, serio—. Pensábamos que él se había quedado con su móvil porque había algo comprometido, no sé, fotos o algo así. Él afirma que tenía ese móvil en su poder desde la última vez que la vio, el día anterior a su desaparición. En el parque, hay testigos.

Asentí, instándolo a que continuara con su relato. Yo misma los había visto juntos aquel día.

—Pero él insiste en que el móvil era un pago. Daba igual que ellos dos estuviesen juntos, aunque él lo sigue negando, dice que solo eran amigos —prosiguió, pero pronunció esa palabra, «amigos», con un tono que implicaba que, en su opinión, sí que eran algo más—. Insiste en que ella le debía dinero. Mucho dinero. Así que se quedó su móvil hasta que ella le pagara lo que le debía.

—¿Y eso cambia algo? —Lo preguntaba desde la más absoluta y completa curiosidad—. ¿La mató por eso, porque le debía dinero?

—No. Lo que lo cambia todo, Alice, es Emma Lenglet.

—No te sigo…

—Ya sabemos que Jorge es un tipo imaginativo, con aficiones raras, desde luego, pero sobre todo hemos comprobado que es alguien violento. Los vídeos podrían ser solo la punta del iceberg. Lo estamos investigando a fondo. Podía tener motivos o no para matar a Ángela, en un arrebato o por la psicopatía que, en efecto, tiene… Pero la realidad es que muy probablemente lo hizo porque antes había hecho lo mismo con Emma.

—¿Cómo? —pregunté, atónita, elevando quizá demasiado la voz. Me repuse y, bajando el tono, proseguí—: Pero ¿cómo es posible? Emma vivía en París, con sus padres, solo estaba aquí de campamento…

—Lo sé, pero ellas, Emma y las otras chicas de su grupo de equitación, le compraban hierba a Jorge. Él se subía a su Nissan rojo y conducía hasta allí, y ellas le compraban hierba y se montaban una buena fiesta. —Volvió a encogerse de hombros—. En realidad, si lo piensas, tiene sentido: un montón de adolescentes, prácticamente solas, sin mucha supervisión… Lo hemos comprobado, las otras chicas nos lo han explicado.

—Entonces ¿conoció a Emma, se encaprichó de ella, y volvió para matarla?

—Sí, es lo que pensamos —asintió.

—Pero no la violó, ¿no?

—Eso es extraño. Cualquiera pensaría que… Pero la otra vez tampoco las violaba. Castán nunca…

—Nunca —convine—. También le pareció extraño a todo

el mundo por aquel entonces. Lo habitual es que las violen, aunque cada asesino es diferente.

—La cuestión es que sabemos que a las dos niñas las mató la misma persona. Los cortes están realizados de la misma manera, con un mismo cuchillo, el celofán es de la misma marca. Lanuza tenía ese cuchillo en casa y también un par de rollos de ese celofán. Quien mató a Emma mató a Ángela, y Jorge Lanuza, pese a todos sus delirios exculpatorios, encaja en el retrato del asesino. Aún tenemos que saber si empezó como un crimen fortuito y luego lo encubrió con la escenografía del Carnicero o si era algo premeditado desde el principio. Pero tú sabes bien que, una vez empiezan, sea por la razón que sea, lo que los empuja a seguir ya es otra cosa.

—Y el móvil, ¿por qué lo encendió? Solo un idiota lo haría.

—El cuadro de Jorge Lanuza encaja con el perfil clásico de psicópata, Alice. En la parte baja del cuadro, pero encaja. Creemos que, hasta entonces, además de psicópata fue un idiota con suerte. Pero se le ha acabado.

Me quedé callada, pensando en cómo encajaban todas las piezas del rompecabezas. ¿Estaba ya completo? ¿Todas las dudas habían quedado disipadas?

—Todas las pruebas le dibujan como una nueva encarnación del mal.

Lo dijo con cierta ironía, y aquí hizo un gesto de desilusión. Conocía muy bien a Kevin. Le había pasado en un par de ocasiones: un caso grande que al final tenía un criminal de una talla claramente inferior a lo que todos habían esperado. Por eso estaba tan enfadado y tenso cuando lo recogí. Por muy cruel que sonara, y en ese aspecto lo comprendía perfectamente, el nuevo caso de As Boiras había desembocado, pese a haberlo resuelto, en una desilusión absoluta.

De repente, alzó el rostro, me miró y cambió de tono:

—Deberías habérmelo contado, Alice. Y más con lo que pasó. —Me miró a la cara mientras lo decía, casi como si me acusara, como si me dijese que yo era la culpable de haber estado a punto de provocarme un aborto, una vez más. Dolió—. ¿Por qué no confías en mí? —me preguntó, y me lanzó una mirada llena de severidad—. Todo lo que no me cuentas… Es peligroso que andes por ahí tú sola, y guardarte informaciones que pueden ser relevantes solo impide que el caso avance.

—Lo que tú digas —musité.

Mi dolor era triple. Por el reproche de Kevin, por haberle mentido y porque, muy a mi pesar, él tenía razón. Con toda probabilidad, todo lo que yo había averiguado en mis incursiones detectivescas no solo había resultado ser inútil respecto a los crímenes actuales, sino que tenía todas las papeletas para conducirme también a un callejón sin salida en lo tocante a los secretos de Ana.

—Da igual. Lo siento, Alice. Tenemos que pensar que todo esto ya ha terminado. Por suerte —y aquí volvió a sonreír—, tenemos mucho que hacer los próximos meses en París. Habrá que preparar la casa, ¿no?

Yo seguía pensativa, no me apetecía ahora jugar el papel de los futuros papás. No me gustaba cómo estaba terminando todo.

—¿Y en París qué dicen? ¿Y el señor Lenglet? —le pregunté.

—Que cierre el caso de una puta vez. —Se encogió de hombros, como si no importase demasiado—. Al señor Lenglet lo veré esta tarde. Luego, imagino, se irá a Madrid, para empezar a preparar con su equipo de abogados un juicio con el que Jorge Lanuza se pudra en la cárcel el resto de su vida. —Y, tras una pausa, añadió—: Por cierto, no sé si lo sabes, pero Camille también se ha ido pitando a Madrid. La han invitado a aparecer en un programa, *prime time*, esta noche.

—¿Con Rosana Cruz? —pregunté.

Asintió.

—Jorge Lanuza, el primer *copycat* de la historia criminal de España. Quién lo iba a decir.

68

Después de comer, Kevin y yo volvimos a As Boiras, sin intercambiar ni una sola palabra durante todo el trayecto. Él parecía sumido en sus pensamientos, como si necesitara ese silencio más que el agua en el desierto, y a mí me consumía una extraña sensación de derrota: una vez más, no había sido capaz de explicarme como me habría gustado, y me había guardado, otra vez, demasiadas cosas, demasiados secretos. No había asomo de alegría por poder volver pronto a casa, a nuestra casa de verdad. Ni siquiera volvimos a hablar del embarazo.

Dejé a Kevin en el cuartel de la Guardia Civil, donde lo esperaban, y me fui de vuelta al hotel, a poner mis pensamientos en orden. El aparcamiento principal estaba prácticamente lleno. Decidí que tal vez lo mejor fuera tomarle la palabra a lo que me había dicho Kevin por la mañana e ir a darme un masaje, o algo así: tal vez relajarme haría que las ideas fluyesen con mayor claridad y podría quitarme de encima la extraña sensación de desánimo.

Nada más entrar en la recepción del hotel, presencié una escena que jamás había visto durante el año que viví aquí. El Gran Hotel, en temporada alta, podía tener ocupaciones del ochenta por ciento o, con mucha suerte, el noventa por ciento. El hotel era grande, tenía un centenar de habitaciones, y rara vez se llenaba del todo, solo cuando había algún acontecimiento, algún festival o evento. En la temporada alta de esquí, los deportistas preferían los hoteles a pie de pista. Nuestro hotel, o, más bien, el hotel de Lorién, y de mi madre como propietaria consorte, estaba destinado a personas que querían disfrutar del entorno, del paisaje y de las posibilidades que este ofrecía, pero que no querían renunciar al relax y al confort. El caso es que sí que había visto el Gran Hotel en pleno apogeo, pero nunca con un caos como el que reinaba aquel día. Las muertes de Emma Lenglet y de Ángela Martín, y la rápida detención del culpable, habían traído consigo un aluvión de periodistas, de personal investigador, de curiosos, y todos tenían que dormir en algún lado. Algunos, al parecer, no se habían molestado en reservar una habitación por teléfono o por internet antes de llegar, y se agolpaban en torno al mostrador de recepción, esperando a que los atendieran.

Al ver a toda esa gente, reunida en un lugar improbable por un motivo desdichado, me entró una especie de congoja, una suerte de tristeza indescifrable. Renuncié a mi proyecto de darme un masaje, ya no tenía ganas, y decidí que lo mejor sería subir a mi habitación y tratar de estar tranquila. Esperaba frente a los ascensores, perdidos en alguno de los pisos del hotel, haciendo subir y bajar a los reporteros y a los curiosos, cuando oí una voz familiar a mis espaldas, que me llamaba.

—¡Alice!

Me volví. Era mi madre. Estaba ligeramente despeinada, y algunos mechones rebeldes se escapaban de su normalmente tirante moño, como si llevase todo el día yendo de aquí para allá. Me imaginé que así era. Pero, en definitiva, parecía exultante, llena de vida, y ofrecía un aspecto envidiable. Me mordí la lengua para no decirle cómo me fastidiaba tanta vida en un lugar tan lleno de muerte.

—Hola, mamá.

—¿Cómo estás? —me preguntó, y se puso a mi altura. Me cogió del brazo, como si temiera que me fuese a escapar si no me tenía bien cogida—. Si tienes tiempo, podríamos tomar un café, ¿no te parece?

No supe muy bien cómo eludir mis responsabilidades como hija, de modo que accedí. Ella esbozó una sonrisa y, sin soltarme del brazo, empezó a guiarme hacia su despacho. Intuí que quería información de primera mano sobre la resolución del caso. Tenía el hotel lleno, pero para ella siempre hay una cosa más importante que el trabajo: un buen cotilleo.

—Bueno, bueno, ya ves que esto está lleno hasta la bandera, hija —empezó a cotorrear, impostando esa vocecita nasal suya, pero aún con ese tono afectado, incapaz de ocultar su entusiasmo—. No estábamos tan ocupados desde hace siglos, hija. Con toda la crisis esta...

No dije nada. Me limité a asentir. En realidad, mi madre no necesitaba más para seguir hablando.

—Y no te creas que me alegro, eh, ni lo más mínimo. Lo que ha pasado aquí es algo terrible, pero ahora que ya se ha acabado... —Suspiró, y se encogió de hombros, como si, en realidad, lo que había ocurrido en el pueblo no fuese tan importante—. En fin, es normal que los periodistas quieran cubrir esto. Yo ni siquiera sabía lo que era un *copiscar* hasta que lo oí esta mañana en la radio.

—Se dice *copycat*, mamá —corregí, con voz cansina.

Ella me miró, y frunció el ceño. Llegamos a su despacho y mi madre se apresuró a encender la cafetera, como si realmente quisiera que nos tomáramos aquel café.

—No tengo leche aquí, a mí me gusta solo —se excusó, compungida, porque para ella esa clase de detalles eran importantes—. Pero puedo pedir que te traigan otra cosa si quieres...

—Ah, no importa. Acabo de tomarme un café con Kevin. Si me tomo otro, no podré dormir en toda la noche —le dije.

Mi madre asintió y se preparó un café para ella, en una tacita diminuta que me pareció más bien ridícula. Me quedé de pie, recorriendo el despacho con la mirada. Había fotos en las paredes, posados del personal del hotel, y un par de plantas en un rincón.

—Estarás mucho más tranquila, ¿verdad? —me dijo—. He oído que ya le han trasladado a la cárcel de Zuera.

—Supongo que lo estoy —empecé—. ¿Tú sí?

—Desde luego —afirmó, contundente, y se sentó, con su tacita de café, en uno de los sillones—. Estoy muchísimo más tranquila sabiendo que todo ha terminado y que él no está ya por aquí. Sigo sin entender por qué quiso volver a empezarlo todo, un chico tan joven…

—Un imitador —completé yo—. Le admiraba, supongo.

—¿Cómo se puede admirar a alguien así? —preguntó ella, con la voz temblorosa de las ocasiones dramáticas—. Es algo espeluznante.

No dije nada, porque tenía razón. Admirar a un asesino era algo sencillamente descabellado, se mirara por donde se mirase. Y eso que yo, en fin, había hecho de los asesinos, de la sangre y de lo escabroso, mi vida entera. Pero, si bien a veces había sentido fascinación por algún asesino, por las causas que lo habían llevado a hacer lo que hizo, por sus motivaciones o incluso por sus métodos, la admiración era un sentimiento muy diferente, algo que yo nunca podría llegar a experimentar por alguien así. Un monstruo.

Todavía en pie, dejé que mis ojos recorrieran las fotografías de la pared, para distraerme y dejar de pensar en toda esa sangre, en todas esas niñas muertas, antes y ahora. Ya había repasado las fotos unos días antes, cuando llegamos al hotel, pero ahora me fijé en ellas con más atención.

Eran solo imágenes corrientes, formales, con algunos rostros conocidos, que empezaban en 1981 y que seguían hasta el año 2022, cuarenta imágenes que ocupaban toda la pared, que llenaban todo el espacio en un aburrido despliegue de corporativismo. Me pregunté si habrían empezado a hacer fotos de equipo en ese año, o si las más antiguas estaban expuestas en algún otro lugar. Paseé la mirada por esas caras con aire distraído, hasta que me crucé con un par de ojos castaños que reconocí. El chico, muy joven, empezaba a aparecer en las imágenes en 1992, en la última fila, como si no quisiese estar ahí, como si solo pasara por ahí y le hubiesen pedido, en el último momento, que posara para la cámara. En 1995 aparecía por última vez. No tuve que darle más vueltas. Sabía quién era. Me volví y encaré a mi madre, que me miraba, con curiosidad.

—Mamá —le dije—. ¿Quién es ese chico?

Ella se puso en pie y se colocó las gafas de ver de cerca, que habían estado, como esperándola, sobre el escritorio. Le señalé la figura, apenas el rostro del chico en cuestión. Ella se acercó tanto a la fotografía de 1992 que casi pega la nariz al cristal.

—¿Ese chico? —preguntó, titubeante.

Se lo señalé, de nuevo, en la imagen de 1995. Y, a pesar de que él no había cambiado mucho en esos tres años, al menos no en esas imágenes, mi madre, de repente, cayó en la cuenta.

—¡Ah, ese chico! —dijo, mientras se alejaba de la foto y se quitaba las gafas. Odiaba llevarlas, así que limitaba su uso al menor tiempo posible—. Es José Carceller. Era el transportista de nuestro proveedor de verduras. No trabajaba para el hotel, pero como le veíamos todos los días…

—¿Por qué deja de aparecer en el noventa y cinco? —le pregunté, interrumpiendo su discurso.

—Ah, no lo sé, hija. Se iría a otro lado —empezó mi madre, pero entonces se quedó callada, como si le hubiese venido algo a la cabeza—. ¿Sabes qué? No me hagas ni caso, es que cada día tengo peor memoria. El chico se metió en unos líos feos, feos, y decidimos prescindir de él.

—¿Le echaron del trabajo? —pregunté, interesada.

Mi madre volvió a sentarse en su sillón. La imité, ocupando el asiento contiguo.

—Creo que sí, pero no me hagas mucho caso. Lorién es quien está al corriente de esas cosas.

—Su cara me suena. ¿Crees que alguna vez coincidimos por aquí? —le pregunté, antes de que ella se preguntara de dónde salía mi interés por ese chico, que ahora ya debía de ser un hombre.

—Oh, puede que sí. Andaba por aquí todos los días, pero como se comentaban cosas malas de él… —Se encogió de hombros, como para quitarle importancia—. No me habría gustado mucho que os hicieseis amigos. Creo que no era tan mal chaval, pero se metió en cosas feas.

—¿Qué le pasó? —pregunté, con interés genuino. Aunque mi madre pensaba que esta solo era una sesión de cotilleos al uso, para mí era importante descubrir qué sabía mi madre sobre él.

—Pues mira, lo que pasa siempre. El chico se juntó con quien no debía y le dieron una paliza de muerte. Acabó en el hospital un montón de días. Creo que entonces incluso llegaron a pensar que había tenido algo que ver con las desapariciones esas, ya sabes, las de por aquel entonces. —Me miró, y asentí, dándole a entender que sabía a qué se refería—, pero como estaba en el hospital cuando una de las chicas apareció muerta… El caso es que todos sabíamos por la zona que él se dedicaba a cosas feas, y eso le pasó factura.

—¿Fue a la cárcel?

—Creo que no, pero sí que perdió su trabajo después de aquello —respondió mi madre, pensativa—. No le volví a ver por aquí, la verdad, pero creo que ahora está casado y vive en Hecho. Creo que tiene hijos y todo.

—Vaya, se ha reformado.

—¿No es estupendo? ¡Ah, y trabaja en el taller del pueblo! Creo que una vez llevé ahí el coche…

Dejé que mi madre continuase sus divagaciones y, al cabo de un rato, me excusé diciéndole que tenía que subir a mi habitación para pincharme la medicación. Eso bastó para que me abrazase con demasiada fuerza, como si yo estuviese enferma o algo así. Nada de eso era, en realidad, mentira.

69

En verdad, no le mentí a mi madre: sí que subí a mi habitación y me pinché la medicación. Lo hacía ya mecánicamente, sin pensar en cómo la afilada aguja penetraba en mi piel, ni en lo desagradable que era sentir la picazón del líquido al penetrar en mi organismo. Tan solo lo hacía y punto, era ya como mear o lavarme los dientes, algo rutinario e inconsciente. No le mentí a mi madre, pero, después de medicarme, cogí la caja de los secretos de Ana, llena de cartas, y volví a salir por la puerta. Crucé el vestíbulo del hotel a toda prisa, rezando por no volver a cruzarme con mi madre, y conseguí salir al aparcamiento sin encontrarme con nadie conocido. Después, dando zancadas largas, llegué hasta el coche y me puse en marcha.

Mi madre me había proporcionado toda la información que necesitaba: José Carceller vivía en Hecho y trabajaba en un taller de reparación de coches. En un pueblo tan pequeño no sería demasiado difícil encontrarlo. Apenas era media hora de trayecto, pero me sirvió para poner mis ideas en orden mientras conducía con cuidado por esas carreteras serpenteantes, llenas de curvas pronunciadas y de subidas y bajadas.

Camille me había dicho que había investigado todo lo que pasó en la zona durante aquellos meses confusos y sangrientos, y esto, el caso de Carceller, la brutal paliza que alguien le había dado, era lo único que no tenía una explicación clara. Sí, mi madre había dicho que se sabía que el chico andaba metido en asuntos turbios, en lo que ella había llamado «líos», algo que en su lenguaje quería decir que probablemente estaba con algún asunto de drogas, pero yo me dije que tal vez hubiese algo más. Al fin y al cabo, había desaparecido un viernes y no había reaparecido hasta dos días después, apalizado y sin recordar nada de lo sucedido. ¿Realmente no recordaba nada? Tal vez eso era lo que le había dicho a la policía, pero a lo mejor la realidad era distinta. A menudo lo es.

Aparqué el coche en la calle principal y miré a mi alrededor, preguntándome a quién podría pedirle indicaciones para llegar al taller. Entonces, lo vi: el bar La Parada. Con una sonrisa, me dirigí allí.

El bar estaba prácticamente desierto: eran poco más de las cuatro de la tarde, demasiado tarde para comer y demasiado temprano para tomar algo. La misma camarera a quien había visto unos días antes estaba detrás de la barra, dominándolo todo, apoyada sobre los codos para charlar con un parroquiano, un hombre de aspecto cansado que le daba vueltas y más vueltas a la cucharilla dentro de la taza. Al acercarme, el olor me dejó claro que lo que contenía esa taza no era solo café. Con una sonrisa, interpelé a la camarera.

—Buenas tardes —le dije.

—¡Hola, guapa! —respondió, volviéndose hacia mí—. ¿Qué te pongo?

—Verás, hoy no vengo a tomar nada —le dije, como si me excusara—. Mi coche hace un ruidito raro, y me preguntaba si conoces algún taller por aquí…

—¡Pues claro! —contestó, y sonrió de oreja a oreja—. Mi marido trabaja en uno. Mira, sales todo recto, coges la tercera salida en la rotonda y ya estás, no tiene pérdida. Tienes suerte porque abre los sábados por la tarde, aunque quizá sea un poco pronto… Tú vete tirando, que yo le llamo para avisarle.

Pensé que parecía contenta por enviarle una potencial clienta a su marido. Debían de ir cortos de dinero. Le devolví una sonrisa, sin poder evitar mirarla, fijarme en ella. Parecía buena persona. Tal vez mi madre tenía razón y José Carceller se había reformado. De algún modo, me sentí ligeramente mal porque mis intenciones no fuesen del todo transparentes, pero aplaqué esa sensación con una sonrisa y lo dejé estar.

—¡Muchas gracias! —le dije—. Que paséis una buena tarde.

Salí del bar y volví a subirme al coche. Seguí las indicaciones de la camarera, al parecer casada con José Carceller, y en apenas cinco minutos llegué al Taller de Reparaciones Automovilísticas —sí, con ese nombre tan pomposo— Manolo. Deduje que, a no ser que José le tuviese un apego especial a algún Manolo, el taller no era suyo. Metí la caja de Ana en mi bolso y salí del coche.

El taller tenía un aspecto normal, nada especial. Me llamó la atención que las puertas ya estuviesen abiertas, e incluso desde fuera podía ver a un hombre, algo mayor que yo, con un mono de trabajo azul manchado de grasa, agachado y comprobando algo en un coche negro. Avancé hacia él y, al parecer, me vio con el rabillo del ojo.

—Ahora estoy con usted, señora —me dijo, sin moverse de su posición—. Ya me han avisado que venía.

Me quedé quieta junto a una pared, aparentemente limpia, mirando a mi alrededor. Había un par de coches más y piezas y materiales que yo no habría sabido identificar. Olía a gasolina y a grasa, pero no me resultó un aroma desagradable. Al cabo de apenas un par de minutos, cuando todavía no me había dado ni siquiera tiempo a aburrirme, el hombre se puso en pie y se acercó a un lavabo. Observé cómo se lavaba las manos, meticulosamente, antes de secárselas y acercarse hacia mí.

—¿En qué puedo ayudarla? —me dijo.

Cuando lo tuve así, frente a frente, vi que apenas había cambiado físicamente. Sí, antes era joven y ahora, sin duda, los años habían pasado, pero sus ojos, castaños y risueños, aún eran los mismos. Ahora se había dejado una barba corta y arreglada, salpicada con algunas canas, pero era, clarísimamente, la misma persona de las fotos. Por algún motivo, eso me hizo sentirme esperanzada.

—En realidad, no vengo por nada que tenga que ver con… coches —empecé, sin saber muy bien cómo seguir. De camino hasta allí, había decidido contarle que mi coche hacía un sonidito raro cuando cogía velocidad, pero una vez lo tuve ahí fui incapaz de soltarle semejante milonga a la cara—. La verdad es que estoy aquí porque quiero hablar contigo de algo.

Me miró, extrañado, pero no parecía enfadado ni alterado, ni tampoco por que yo lo tuteara.

—¿De qué quieres hablar? —me preguntó.

—Verás, me dedico a la investigación. Y supongo que te habrás enterado de todo lo que está pasando en As Boiras… —Lo miré, esperando su confirmación para seguir. Y él me miró a mí como si me faltase un tornillo: era imposible no enterarse de lo que sucedía a apenas unos kilómetros—. Bueno, claro que lo sabes… El caso es que no estoy convencida de que la policía se esté acercando a la verdad. Y tú te estarás preguntando qué tendrás que ver con todo esto…

—Pues sí —contestó él, con un tono que indicaba que, ahora sí, se estaba poniendo a la defensiva. Me mordí el labio inferior: iba, sin duda, por mal camino.

—Mira, voy a ser clara contigo. Sé que, en el noventa y seis, fuiste uno de los sospechosos. Sé que desapareciste unos días y que por eso te investigaron, porque tú entonces eras transportista y podrías haber…

—Era camionero —aclaró él, como si la denominación fuese muy importante.

—Bueno, eso, eras camionero y sospecharon de ti… Pero entonces apareciste inconsciente, si no me equivoco, en la estación de autobuses de Jaca. Te habían dado una paliza de muerte. Y, mientras estabas en el hospital, recuperándote, desapareció otra niña, y enseguida la encontraron muerta, así que te descartaron del todo.

Él me miró, una vez finalizada mi breve exposición de los hechos, como preguntándome a qué venía todo esto. Esbocé una sonrisa. Tal vez eso ayudara, aunque estaba perdiendo la confianza por segundos.

—Sé que le contaste a la policía que no recordabas nada de lo que pasó, pero yo creo que mentiste.

—¿Vienes aquí a decirme que crees que mentí, hace más de veinte años? —me preguntó, con incredulidad.

—No, creo que es verdad que no tenías absolutamente nada que ver con lo de esas niñas, pero también creo que sí sabes quién te agredió y que recuerdas lo que pasó —le dije, arriesgándome.

Entonces, vi algo en sus ojos que me indicó que iba por buen camino. Tragué saliva, preparándome para continuar.

—Mira, para mí esto es importante de verdad —le expliqué, con calma—. Yo viví allí, en As Boiras.

Me miró con curiosidad, supongo que porque en la zona nunca han vivido tantísimas personas y, claro, yo, evidentemente, no estaba en su radar.

—Fue hace años, cuando pasó todo aquello. Me mudé aquí con mi madre, pero luego me marché a Francia, después de lo de los asesinatos —le dije, y vi cómo en sus ojos brillaba la señal del reconocimiento: me miró de arriba abajo, analizándome.

—¿Eres la hija de Lorién Garcés? —me preguntó, con los ojos entrecerrados.

—Bueno, la hija de su mujer —aclaré.

Puede que fueran imaginaciones mías, pero me pareció que decía ese nombre, el de mi padrastro, con desprecio. Después, su mirada se relajó al saber que yo no era su hija. Me dije que ese era un hilo demasiado gordo para no tirar de él.

—Pues como te decía, yo viví aquí, y una de mis amigas…

No tuve que acabar la frase para que lo entendiera.

—¿Cuál? —me preguntó.

En cualquier otra circunstancia me habría parecido una pregunta demasiado directa, poco sutil, pero yo trataba de sacarle información, así que no me importó contestarle. Tal vez si entendía mis motivaciones se mostraría más proclive a colaborar; suele pasar.

—Ana Castán, la hija de…

70

—Sé muy bien de quién era la hija.

Y hubo algo en él, en sus ojos antes risueños, que se nublaron, o en el tono firme y cortante de su voz, que me indicó que no solo sabía quién era el padre, sino que también conocía perfectamente a la hija. Noté cómo todo mi cuerpo temblaba de pura expectación. Tenía enfrente a la persona que podía responder muchas de mis preguntas sobre Ana, así que me dije que debía avanzar con precaución.

—Yo quise mucho a Ana —dije. Los ojos de Carceller parecían brillar más ahora, pero seguía en silencio—. Mientras viví aquí, ella lo fue todo para mí. —Decidí insistir con esta estrategia, sin ningún sentimiento de culpa, porque no había ni la más mínima mentira en mis palabras—. Antes, solo había tenido alguna que otra amiga, en todos los sitios donde viví con mi madre. Pero jamás tuve una conexión como la que tenía con Ana. Entre nosotras no había secretos.

—¿Ah, sí? —Él seguía a la defensiva.

—Durante muchos años, pensé que lo que le había ocurrido era una desgracia, que tuvo la mala suerte de interponerse en el camino de su padre cuando estaban a punto de atraparle.

—Castán era un hijo de puta —dijo Carceller, con un tono vehemente y lleno de desprecio—. Espero que se pudra pronto, sé que no le falta mucho.

—Opino lo mismo. Es la persona que más daño me ha hecho en toda la vida.

—Yo ni siquiera diría que es una persona, la verdad.

Noté su dolor y guardé silencio. Tenía que avanzar y no podía perder mucho más tiempo.

—Tú conocías a Ana, ¿verdad? —empecé, dejando que esa intuición me arrastrase hasta el final, que me llevase adonde ella quisiera.

—¿Te lo contó ella? —quiso saber; de repente, parecía preocupado.

—Sí y no… No sé por dónde empezar. No quiero asustarte, pero a raíz de estos crímenes actuales he descubierto cosas que… —Cogí impulso para el gran salto; me dolía hasta decirlo en voz alta—. Sé que pasó algo entonces, algo que se ha mantenido en secreto durante demasiados años.

Me miraba sin decir nada, pero me di cuenta de que le temblaban los labios. Ya lo tenía muy cerca.

—Sé que Ana tenía un novio misterioso por aquel entonces, me lo contó. Un hombre mayor. Y creo que sé quién te dio la paliza y por qué. —Luego, saqué del bolso la caja de madera que había pertenecido a Ana. La abrí, tomé un manojo de cartas y se las puse en manos, en esas manos ahora limpias, pero que hacía unos minutos estaban sucias y grasientas—. Hace unos días encontré estas cartas, y me pregunto si…

—Yo no era un hombre mayor —saltó, a la defensiva—. Y nunca tuve un lío con ella, aunque…

—Se las escribiste tú, ¿verdad? —aventuré, y me esforcé para no parecer titubeante en absoluto—. No te voy a juzgar, esas cosas pasaron hace muchos años y sé que tú no la mataste. —Esas palabras parecieron tranquilizarlo. En sus manos, temblorosas, el manojo de cartas amenazaba con caerse—. Solo las he leído yo, solo las leeré yo. La querías, ¿verdad?

Esa frase hizo que acabara de romperse. Las cartas se le cayeron al suelo, y me agaché, para recogerlas. Él hizo lo mismo.

Casi nos chocamos, en cuclillas, y lo tuve ahí, a apenas un palmo, y vi que le caían lágrimas de los ojos. Nos pusimos en pie y, llevada por un impulso, temerario y loco, le puse la mano en el brazo. Todo él parecía temblar. Le dirigí lo más parecido a una sonrisa que pude encontrar dentro de mí.

—Yo también la quería, José. La quería muchísimo.

—La conocí de casualidad —dijo, con ímpetu, como si quisiera confesarse desde hacía décadas, como si ansiara contar esta historia, sacársela de las entrañas. Pensé que lo más probable era que nunca se hubiera atrevido a contárselo a nadie—. Una mañana, yo hacía la ruta. Comenzaba a nevar y había bastante niebla, y me la encontré haciendo autostop. Era sábado. La verdad es que me sorprendió encontrar a alguien por aquella parte del monte. —En su voz, al principio seca y temblorosa, se deslizaban unos tonos cálidos, como si lo invadiera la añoranza—. Me contó que a veces acompañaba a su padre a cazar y que cuando se aburría regresaba a casa dando un paseo.

—Hacer esas cosas era muy típico de Ana —le conté, como para demostrar que yo también la conocía bien, pero sin interrumpirlo demasiado.

—La llevé hasta As Boiras, me gustó charlar con ella por el camino. Me contó chistes de cazadores, imitando la voz de su padre. —Ahora, con los ojos todavía un poco rojos, casi sonreía—. Ese primer día pensé que era mayor. No le pregunté cuántos años tenía hasta la tercera o la cuarta vez que nos vimos.

Me mordí la lengua, porque lo último que quería era que se cerrara en banda. Tras unos segundos, le pregunté:

—¿Cómo quedabais?

—Pues al principio aparecía en el mismo lugar cada sábado. Yo ya salía siempre contento a hacer la ruta. Luego, un día, me pidió que la llevara a la vieja estación de tren. Me contó que ahí tenía una especie de escondite, y... —La voz se le quebró al llegar a esta parte—. Se inventó una manera para podernos comunicar. Le daba miedo que su padre nos descubriera. Nos dejábamos notas y cartas entre unos ladrillos sueltos, en el muro de la estación. A veces pasaban semanas sin noticias de ella y yo me volvía loco, pensaba que me había metido en un buen lío al verme con la hija de un cazador borracho. Pero yo ya no podía quitármela de la cabeza. —Llegados a este punto, ya volvía a hablarme con lágrimas en los ojos—. Luego, cuando nos veíamos de nuevo, me daba un vuelco el corazón, pensaba que era el tío con más suerte del mundo. A veces, cuando hacía demasiado frío para pasear por el bosque, pasábamos muchas horas allí, en la estación abandonada…

Hizo una larga pausa. Yo me había quedado muy callada, temía que llegara esta parte de la historia. Sencillamente, no me apetecía nada escucharlo.

—Nunca hice nada con ella, solo… Me gustaba y quería ayudarla —me dijo, con voz estremecida—. Quería ayudarla a largarse de aquí, porque ella odiaba este sitio, ¿sabes? Odiaba a su padre, no sabes cómo lo odiaba. —Asentí, porque eso era verdad—. Iba a sacarla de aquí, íbamos a marcharnos a Mallorca, a trabajar en un hotel… Un amigo me pasó el contacto. Yo la quería, por eso iba a ayudarla.

Habría podido decirle muchas cosas, habría podido decirle que el mero hecho de escribirle unas cartas como esas a ella, que solo era una niña entonces, estaba mal. Que fantasear con ella siendo ya un todo un hombre, sacándole casi diez años, estaba mal. Podría habérselo dicho, pero me mordí la lengua, me contuve. Sabía que él no la había matado, sabía que él tampoco las estaba matando ahora. No merecía la pena.

—Lo sé —le dije, con una voz cálida, compasiva—. ¿Te habló alguna vez de mí?

Negó con la cabeza. Aunque lo había imaginado, me dolió. Decidí cambiar de tema, como si no me hubiese afectado.

—¿Te pegó su padre? ¿Se enteró de que os veíais y te pegó? Él volvió a negar con la cabeza.

—No, no fue él. Fue Santiago Gracia.

Aquello no lo esperaba. Me pilló por sorpresa, pero también admití que podía tener cierto sentido, por eso lo animé a continuar.

—¿El de la Guardia Civil?

—Entonces era solo un forestal. Me cogió por banda, yo iba un poco borracho —empezó, con la voz más firme llenándose, poco a poco, de algo muy parecido a la rabia, al rencor—. Me metió en su furgoneta y me llevó a su casa. Ahí me estuvo golpeando dos días, amenazándome con que si le contaba algo a alguien me mataba, y que como me volviese a acercar a la hija de Castán me cortaba los huevos.

Durante un breve instante, enmudecí. Simplemente, no supe qué decir. ¿Podía esperarme algo así de Santiago? Tal vez sí: al fin y al cabo era un hombre fuerte, un hombre duro. Tal vez se hubiese enterado de que ese tipo, ya un hombre hecho y derecho, andaba detrás de la hija de uno de sus mejores amigos, y hubiese querido cortar el asunto de raíz. Podía entender sus motivaciones, pero no cómo procedió: retener a otro hombre durante dos días, darle semejante paliza, amenazarlo de esa manera…

Entendía perfectamente por qué José Carceller no le había contado nada a la policía, por qué había fingido no acordarse de nada. Me dije, en un ramalazo de crueldad, que tampoco debió de costarle demasiado hacerse el tonto.

—Y te alejaste de ella, ¿verdad? —aventuré.

Asintió, moviendo la cabeza con vehemencia, furioso.

—¡Si hasta consiguió que me echaran del trabajo, joder! ¡Iba por ahí esparciendo rumores, historias feas!

—¿Santiago? —pregunté, pero él se echó a reír.

— No, eso lo hizo tu padre —me dijo, y luego rectificó—: Tu padrastro. Todo el mundo por aquí creería cualquier cosa que dijese Lorién. Es como si cagase rosas —zanjó, con amargura.

Asentí, porque tenía razón. Lo había visto, sabía que era así, siempre había sido así.

—No voy a defender lo que hicieron, José. Creo que se pasaron contigo. Pero necesitaba saberlo, entender qué pasó. Aunque, si te digo la verdad, pensaba que había sido su padre quien te metió la paliza para alejarte de ella. Era un verdadero salvaje. ¿Él nunca te dijo nada? —pregunté, porque no casaba con la personalidad de Marzal Castán. Pero entonces pensé que tal vez ni siquiera se había dado cuenta de que su hija se veía con alguien—. ¿Crees que no lo sabía?

—No… no… —Aquí el rostro se le transfiguró por completo, como si reviviera el terror, como si evocara el momento en que tuvo noticia del brutal asesinato—. Yo no tuve nada que ver con la muerte de Ana —afirmó, contundente—. Yo la quería.

Poco a poco, las cosas cobraban sentido, pero tenía la sensación de que en As Boiras no paraban de surgir nuevos interrogantes.

—Y ¿fuiste tú quien le regaló el colgante de plata? —Y, de inmediato, al ver el desconcierto reflejado en su rostro, quise explicarme mejor, para tratar de ganármelo—. Uno en forma de flor, una flor de montaña, Edelweiss. Es posible que tú no fueras su único pretendiente.

Negó con la cabeza, con gesto de abatimiento. Tras pensárselo unos segundos, dijo:

—Fue Santiago, sin duda. Nadie le pega una paliza así a otro tío a no ser que la chica en cuestión le importe mucho, muchísimo. —Sonaba dolido, como si Santiago lo hubiera humillado en alguna suerte de competición o de cortejo, y como si esa derrota implicara reconocer que Santiago era más digno de la atención de Ana—. Siempre pensé que Lorién se limitó a tapar como pudo la salvajada que había hecho su amigo. Pero, si te digo la verdad, aún odio a Santiago Gracia casi tanto como a Castán. Me jodió bien la vida. Casi me mata y luego casi me pudro en la cárcel por su culpa.

Lo miré, escéptica, pero él seguía asintiendo, con vehemencia.

—Fue él, hazme caso. ¿Tú quién crees que me puso en el punto de mira de la Guardia Civil?

—Y Ana ¿no te contó nunca nada sobre ese otro novio? —inquirí, a la desesperada. Me miró, y soltó una carcajada.

—¿Te contó algo a ti? Ya sabes cómo era… Un poco indescifrable. La quise con locura, pero creo que…, entiéndeme…, con tantos misterios era difícil acabar bien. En el fondo, estar a su lado siempre fue chungo.

Me fui de allí con la sensación de entender todavía menos que al principio. Tenía demasiadas cosas que procesar. Me subí al coche y me puse en marcha, camino al hotel.

Le estaba dando vueltas a todo, repasando mi encuentro con José Carceller, cuando noté que alguien me seguía. Era una sensación conocida, una suerte de picazón en la nuca, inquietante. Hacía ya días que no me seguía la Guardia Civil de As Boiras: estaban demasiado ocupados para preocuparse por lo que yo hiciera o dejase de hacer. Y sin embargo… La sensación estaba ahí, punzante, inequívoca. Miré por el espejo retrovisor y lo vi: un coche gris. Cristales tintados. No podía ver quién iba dentro.

Aceleré.

71

Ana apretaba los puños con tanta fuerza que me daba miedo, miedo de verdad, miedo a que se hiciese daño. Casi podía ver el hilo de sangre resbalar por sus muñecas, desnudas, y manchar la nieve, blanquísima. Parecía como si llevase nevando desde siempre, pero en realidad solo habían sido dos días. El primero de ellos, cuando vimos desde clase de biología cómo caían los primeros copos, todos nos abalanzamos hacia las ventanas y soltamos gritos de entusiasmo. Me extrañó que los demás estuviesen tan emocionados, pero me dije que fingían. Al fin y al cabo, en As Boiras nieva cada invierno, y era la primera vez que yo veía nevar. Había visto la nieve, cuando nos mudamos aquí, pero parecía un decorado de fondo en lo alto de las montañas, algo intangible en un paisaje que nunca podríamos alcanzar. Aquel día, en cambio, nevaba en el pueblo. ¿Cómo iba a emocionarles a ellos tanto como a mí, si habían visto nevar mil veces antes?

Si el primer día todos estaban emocionados con la nieve, ahora, al menos para mí, era un completo fastidio. Hacía demasiado frío para pensar con claridad, y andar era un proceso insoportablemente lento. Ana y yo caminábamos con dificultad por la acera nevada, nos habíamos saltado la hora de gimnasia, y ella llevaba las manos desnudas. Nunca usaba guantes. Era algo que me extrañaba muchísimo, porque ¿cómo podía llevar medias tupidas cuando hacía calor y las manos desnudas en invierno, nevando y bajo cero? Pero el caso es que las llevaba y apretaba los puños con tanta fuerza que tuve miedo, miedo de verdad, a que se hicie-

se dañó. No hubo ningún reguero de sangre en la nieve, blanca y virginal. Estaba solo en mi cabeza.

—¡Te juro que lo voy a matar! —gruñó Ana, y me pareció imposible que un cuerpo tan pequeño albergase tanto odio.

No dije nada. Sabía que era mejor no decir nada, no hasta que ella lo necesitase, no hasta que me interpelase directamente. Hacía frío y me notaba las mejillas calientes, rojas, ardiendo en la cara. Hasta respirar duele cuando hace tanto frío.

—De verdad, Alice. Esta vez voy a matarle —musitó, y ahora me miraba.

Le devolví la mirada, pero no me sorprendía que estuviese tan enfadada. Ella siempre lo estaba. O, más bien, siempre vivía las cosas con una intensidad contagiosa que, a veces, llegaba a ser abrumadora. Todo era un gran drama, una contienda, una batalla más en una guerra que parecía no tener fin, y yo estaba ahí, de su lado. Era un peón más, puede que un alfil… Pero la reina era ella. Solitaria, al fondo del tablero, donde podía observarlo todo sin llamar la atención. Al lado del rey.

72

Me dije que tal vez era una coincidencia, que a lo mejor solo eran imaginaciones mías, pero, en cada curva que yo tomaba, el otro coche iba detrás, sin ningún pudor, sin disimulo alguno. Y, por más que mirara a través del espejo retrovisor, tratando de descubrir la identidad de mi misterioso perseguidor —¿me perseguía, o solo me vigilaba?—, no lograba ver quién era. Aceleré, con la intención de llegar al hotel lo antes posible. No tardé en llegar a As Boiras, con el corazón desbocado, más por el hecho de conducir así, como una temeraria por una carretera ya de por sí peligrosa, que por el misterioso coche que me pisaba los talones.

Cuando apenas faltaban dos desvíos para enfilar el camino al hotel, en una calle de las afueras del pueblo, el coche gris me adelantó y se interpuso en mi camino: el conductor, con una habilidad sorprendente, se cruzó en la carretera delante de mí y me cerró el paso, como si no le importase lo más mínimo obstaculizar la circulación. Tragué saliva y agarré con fuerza el volante, como si eso pudiese protegerme de algo.

Un hombre bajó del coche. Era Santiago. Se dirigió hacia mí resuelto, como si no pasara nada, como si lo que acababa de hacer fuese lo más normal del mundo. Noté cómo se me aceleraba el pulso. Golpeó con los nudillos mi ventanilla, para pedirme que la bajara. Obedecí.

—Buenas tardes, Alice —me dijo.

No contesté. Me limité a asentir con la cabeza. Si antes ya me pasaba, después de mi conversación con Carceller y de la extraña persecución la cosa se había acentuado: ante la presencia de ese hombre, que no resultaba menos imponente vestido de paisano que con su uniforme de la Guardia Civil, me resultaba inevitable ponerme nerviosa.

—Tienes que acompañarme —me dijo.

No se disculpó por haberme cortado el paso así, ni me dio ninguna explicación: me lo exigió, me lo ordenó, sin darme oportunidad de negarme.

—¿Por qué? —acerté a preguntar, confundida. Me negaba a dejarme convencer con tanta facilidad, a limitarme a hacer lo que él me decía sin pedirle explicaciones.

—Kevin me ha pedido que te lleve a un sitio —respondió.

Eso me dejó todavía más desconcertada. ¿Era verdad o me mentía? Porque, si ese era el caso, debía saber que yo no tardaría en descubrir la verdad. ¿En serio era tan descarado para hacer algo así? Lo miré, pero su rostro me resultó pétreo, impenetrable. Eso me puso más nerviosa todavía.

—Espera, lo llamo y... —dije, y cogí el teléfono móvil, olvidado en mi bolso.

Hacía ya bastante rato que no lo miraba, y como lo llevaba siempre en silencio... A lo mejor sí era cierto que Kevin me buscaba, pero ¿cómo me había encontrado Santiago tan rápido? ¿Sabía que yo estaba en Hecho? Trataba de pensar, deprisa, pero la confusión iba en aumento, me llenaba cada vez más la cabeza de ideas extrañas, ideas que giraban, todas ellas, en torno a la figura de Santiago y todas las dudas que despertaba en mí.

—¿Quieres hacerme caso de una vez? —dijo él, y chasqueó la lengua, como si comenzase a perder los nervios—. Llevamos buscándote toda la puta tarde. Pero ¿quién demonios te crees que eres?

Me quedé de piedra. Cogí mi bolso, apagué el motor y salí del coche. En la calle, me sentí como si pisara un suelo inestable,

que en cualquier momento podía desmoronarse bajo mis pies.
Santiago no me dio demasiadas opciones: me agarró por el brazo y, con tanta suavidad como firmeza, me condujo hacia el coche gris.

—¿Y mi coche? ¿Qué pasa con él? —le pregunté, buscando un clavo ardiendo al que agarrarme.

—No te preocupes —me dijo—. Está bien aparcado ahí, no molestará a nadie.

No supe qué decir. El coche de mi madre estaba, simplemente, a un lado de la calzada, como si alguien lo hubiese abandonado. Me mordí el labio inferior, inquieta. Todo me parecía demasiado extraño, demasiado precipitado.

—¿Adónde tengo que ir? —le pregunté, mientras me subía al coche.

Él se dedicó a ponerlo en marcha, con movimientos mecánicos. Pensaba que era su coche personal, pero se le caló dos veces antes de arrancar. No era suyo, entonces. Me pregunté si sería el que utilizaban para los desplazamientos de incógnito al piso franco donde tenían a Castán. Kevin me había dicho que era gris, ¿no? Ni siquiera estaba segura de eso, no le había dado demasiada importancia.

—Voy a llamar a Kevin —dije, con voz trémula.

Santiago no se volvió para mirarme. Asintió, con un movimiento que me pareció brusco y violento. Con manos temblorosas, saqué el móvil del bolso. Tenía cuatro llamadas perdidas de mi marido. Eso hizo que el ritmo frenético de mi corazón se relajase un poco: sí que era verdad que me había estado buscando.

—¿Kevin? —musité, cuando él descolgó.

—Alice, por fin —dijo, y por su tono de voz supe que estaba aliviado—. ¿Estás con Santiago?

—Sí, pero…

—Escucha, déjame hablar —me pidió—. Elena me dijo que debías de haberte ido con el coche, pero no tenía ni idea de dónde estabas. Llevo toda la tarde intentando hablar contigo.

—Bueno, no he estado fuera tanto tie... —empecé, pero él me interrumpió:

—Lanuza no es el culpable. Ayer desapareció otra chica, en Jaca.

—¿Por qué yo no sabía eso? —pregunté; el corazón me latía cada vez más deprisa.

—Ha aparecido muerta hace media hora cerca del cuartel de la Guardia Civil, aquí, en As Boiras —me contestó, con voz firme que ocultaba su consternación. Se me cortó la respiración y un pitido agudo, altísimo, me inundó los oídos. Todo tan deprisa, un cadáver donde cualquiera pudiese verlo... Fue como si, de repente, en una ráfaga de apenas un segundo, fuese consciente de a qué estábamos jugando. Y, sin duda, era un juego peligroso—. Y Castán quiere hablar.

—¿Que Castán quiere hablar? —me sorprendí, sin entender de qué iba todo aquello. ¿Qué podía tener que ver Castán con los asesinatos? Lo habían descartado una y otra vez, él no podía ser, no esta vez.

—Llamó hace dos horas diciendo que tenía información, pero que solo hablaría contigo. Volvió a llamar después de que apareciera el cadáver —prosiguió Kevin, con voz atropellada—. Solo hablará contigo, Alice.

—No quiero ver a Marzal Castán —repliqué. Me esmeré para que mi tono fuera firme, tajante, para que no hubiese discusión, negociación posible.

Sin duda no funcionó.

—No te lo pediría si no fuera vital. Santiago te va a llevar hasta ahí. Habla con él, por favor —me pidió, en voz baja, casi como si me susurrara.

Cerré los ojos y asentí. Él no podía verme, pero eso daba igual: me estaba convenciendo a mí misma de que sí, de que tenía que hacerlo. Aunque doliese, porque iba a doler.

Nada me daba más miedo que ver otra vez a ese hombre. Antes incluso de que todo pasara, antes de que se desvelara su oscura verdad, él ya me daba miedo. Era rudo, brusco, grande, no se esforzaba por ser amable conmigo como habría hecho cualquier otro padre. No, nunca me gustó ese hombre, y la mera idea de verlo de nuevo conseguía ponerme al borde de la histeria.

Tragué saliva, preparándome para lo que, sin duda, se me venía encima.

73

No me di cuenta, pero en algún momento del trayecto, mientras Santiago me conducía al piso franco donde mantenían bien vigilado a Marzal Castán, empezó a nevar. El cielo se tiñó de rojo, sin que yo le prestara atención, y con calma, con paciencia, como si no tuviese prisa ninguna, dejó caer la nieve, para darle al paisaje de As Boiras el color que realmente se merecía. Por la ventanilla, contemplé cómo caían los primeros copos, con pereza y sin prisa, pero constantes.

A nuestro alrededor, todo se cubría, poco a poco, de blanco. El cielo ahora estaba gris, plomizo, y los árboles eran más negros que un pozo sin fondo. El sol había empezado a descender hacía un rato. La carretera cada vez más blanca, solo blanca. Apenas distinguía unas cuantas palabras sueltas entre el ruido de la estática de la radio: «ventiscas», «precaución al volante», «poca visibilidad». Suspiré y me acomodé en el asiento. Santiago esbozó una sonrisa, como si tenerme así, nerviosa, inquieta y encerrada en su coche, le causase alguna clase de perversa satisfacción.

—Va a caer una buena —murmuré, porque a veces cuando me pongo nerviosa no puedo evitar hablar, y noté que Santiago tenía los ojos entornados para poder ver bien el camino.

Habíamos tomado la carretera de circunvalación, camino a la antigua estación de tren. Ahora cruzábamos un polígono industrial. Yo no conocía aquellas calles desiertas, construidas tiempo después de mi marcha de As Boiras. Por lo general, recorrer una distancia como esta, dentro del municipio, era algo que un conductor con cierta experiencia podría hacer sin prestar demasiada atención, con el piloto automático encendido en el cerebro, pensando en la lista de la compra o en qué iba a preparar para cenar. Pero, aquella tarde, parecía todo un reto a prueba del más experto.

—Empieza de repente y ya no para. Pronto estará todo nevado. Quizá dure días —respondió él, con voz ronca.

—¿A ti te lo había dicho? —le pregunté.

—¿El qué? —me respondió él, con la mirada fija en la carretera.

—¿Castán te había dicho que quería verme?

Santiago se quedó callado durante unos segundos, como si meditase acerca de cuál era la respuesta apropiada, correcta. Yo estaba ya frenética: si no tenía nada que ocultar, si sus intenciones, y su persona misma, eran limpias, ¿por qué dudar, por qué pensar antes de responder a una pregunta tan sencilla? No conseguía que mi pulso recobrase un ritmo normal, y seguía con un pitido en los oídos, alto y agudo, que me impedía pensar con claridad, concentrarme. Respiré hondo, como si eso sirviese de algo.

—Nunca hablábamos de ti —respondió, con voz queda.

Me mordí la lengua, y reprimí las ganas de preguntarle de qué hablaban. De qué hablaban cuando Castán todavía hablaba. Que Santiago hubiera ido a visitar a Castán era, para mí, un misterio que ahora cobraba una dimensión mayor. ¿De qué podían hablar? ¿Qué tenían que decirse? No sabía si creerle: ¿de verdad no habían hablado de mí? Entonces, el afán de Castán por reunirse conmigo, tras callar durante tantos días, era algo… ¿repentino? ¿Calculado? No sabía qué pensar. Me removí en el asiento, incómoda.

Traté de analizar aquel espacio pequeño en el que estaba encerrada, el interior cálido y seco del coche: estaba limpio, bastante nuevo, sin objetos personales pululando por la parte delantera. En la parte de atrás, sin embargo, había un bulto, podía verlo con el rabillo del ojo. Me volví un poco, aprovechando que Santiago tenía la vista fija en la carretera. Era un equipo fotográfico, una cámara y distintos objetivos en sus fundas. Volví a ponerme recta, mirando al frente.

¿Por qué llevaba eso en el coche? Sabía que unos años antes, quizá como terapia para superar un terrible desengaño, se había aficionado a la fotografía artística. ¿Era ahora el encargado de fotografiar... los cadáveres? Estaba confusa. Cuando revisé el caso de Emma Lenglet, me pareció que las imágenes eran extrañas, con un gusto artístico perverso, pero no le di demasiadas vueltas. ¿Las había hecho Santiago? La sola idea me hizo temblar.

Cogí el teléfono móvil, intentando que la acción pareciera normal, anodina. Todos tenemos siempre los móviles en la mano, ¿no? Santiago tenía la vista fija en la carretera, y me reconfortó ver que no supervisaba cada uno de mis movimientos. Hace días, el comportamiento de Santiago al hablar de Ana ya me había parecido extraño. Y ahora... Después de mi conversación con José Carceller, me parecía todavía más raro y, al mismo tiempo, evidente: era él, tenía que ser él. Estuvo enamorado de Ana, en su época, y no pudo soportar que ella estuviese con otro hombre, aunque solo fuera una relación platónica. Por eso, al enterarse de su existencia, le dio una paliza y lo quiso alejar de ella metiéndolo en la más oscura de las cárceles. Él era quien le había regalado el colgante de plata a Ana, símbolo de su lealtad y de la pureza de sus sentimientos. Por eso fotografió a conciencia las flores en el claro donde había aparecido Emma Lenglet. Era un perturbado; había retratado las partes de su cuerpo con cierto afán libidinoso. Todo encajaba.

Y, al fin y al cabo, había sido el amigo inseparable de Castán. Ahora, por la diferencia de edad y la personalidad dominante y dura del padre de Ana, me resultaba inevitable imaginarme a Santiago, además, como una especie de pupilo. ¿Y si lo había ayudado, ya entonces? ¿Y si no solo se había limitado a entorpecer la investigación? ¿Y si solo se decidió a entregar a Castán cuando vio lo que le había hecho a su hija? El corazón me latía a toda velocidad: era él. Tenía que ser él.

Eso fue lo que le escribí a Kevin en el mensaje: «Es Santiago. Detenlo en cuanto lleguemos». Lo escribí, lo mandé... y lo borré. Y, como si solo me hubiera puesto a revisar la lista de llamadas perdidas, algo normal y rutinario, volví a guardarme el móvil en el bolso. No sonreí, me limité a seguir mirando al frente, a la carretera cada vez más cubierta de nieve. Los limpiaparabrisas iban de un lado para otro, tratando de mantener el cristal limpio, despejado. Santiago conducía muy pegado al volante, como si le costase ver con claridad. Entonces fue cuando hablé.

—¿Qué piensas del otro novio secreto de Ana, José Carceller? —le pregunté, como quien no quiere la cosa.

Él se quedó lívido. Apretó las manos al volante, con fuerza.

—¿Qué? —preguntó, con voz titubeante.

—José Carceller. Ya sabes. Abril de 1996. ¿Te refresco la memoria? —empecé, metódicamente, con calma, como si esto fuese algo rutinario para mí, como si no sintiese que me jugaba la vida con cada palabra—. Le hicisteis creer a todo el mundo que era un camello, un drogadicto, pero he descubierto la verdad.

Se volvió y me miró, censurándome. Apenas fue un segundo, pero sentí que sus ojos penetraban en mi interior, me juzgaban y me condenaban, como si yo fuera un caso perdido. Por un instante, todo se paró: el corazón dejó de latir desbocado, el pitido en los oídos cesó, hasta la nieve dejó de caer. Se acabó tan rápido como había venido: él volvió a fijar la vista en la carretera. Mejor, pensé. Solo faltaba que nos matásemos así, tan cerca del final.

—¿Qué crees que has descubierto, Alice? —me preguntó, y me pareció que en su tono había algo más, una suerte de advertencia.

Me costó respirar antes de abrir la boca y hablar.

—¿Cómo pudiste hacer algo así, Santiago? Hay que estar enfermo.

—Me da igual lo que digas, Alice.

—Kevin lo sabe —le advertí, a pesar de que era mentira.

—Eso ya prescribió, da igual lo que hagáis. No podéis tocarme —sentenció. Trataba de aparentar tranquilidad, pero aún apretaba el volante con fuerza, se aferraba a él como si fuera su salvavidas—. Han pasado casi treinta años, Alice. Ya no somos las mismas personas. Yo no…

Negó con la cabeza, como si estuviese pensando en algo. Durante una milésima de segundo, me desconcertó lo que parecían excusas baratas, mezcladas con un exasperante paternalismo. Pero entonces, todo hizo clic en mi cabeza. Una certeza aberrante creció, tomó cuerpo, se formó, y me llevó a cuestionarme si Castán y Santiago se habrían confabulado para tenderme una encerrona, para quitarme de en medio. En todo caso, tenía que salir de ahí, y hacerlo cuanto antes.

Aún no había analizado mis opciones, pensado en cómo podía huir, cuando sentí un tremendo tirón hacia delante. Todo mi cuerpo se proyectó hacia delante y se frenó, y sentí una quemazón allí donde el cinturón de seguridad me cruzaba y me mantenía bien sujeta al asiento. Grité. Santiago frenó en seco. Un sonido sordo, fuerte, lo llenó todo. La nieve no dejaba de caer y caer.

—¿Qué…? —acerté a murmurar.

Los limpiaparabrisas se movían de un lado a otro, y su rítmico sonido lo llenaba todo. Santiago despegó las manos del volante, se quitó el cinturón de seguridad y salió del coche. Esperé un segundo y abrí la guantera. Ni siquiera podría argumentar por qué lo hice, tan solo obedecí a un impulso y me dejé llevar. Dentro había una pistola, reglamentaria. La metí en mi bolso y salí del coche. Nada más poner un pie sobre la carretera, pisando la nieva fresca y mullida que acababa de caer, la vi: era una cierva, joven, con el pelaje casi tan blanco como la nieve. Tendida en el suelo, la sangre manaba de un costado. El parachoques del coche estaba destrozado. La miré a los ojos. Me devolvió la mirada, agónica.

Entonces supe que tenía que correr.

74

«*Parece divertido*», pensé. *Ana me dijo que iba a ser divertido. Pero lo único que habíamos hecho era madrugar, madrugar muchísimo, levantarnos cuando aún hacía frío y nuestro aliento se convertía en nubes de vaho flotando sobre nuestras cabezas. A Lorién le había parecido buena idea. Pensaba que aprender a cazar no me vendría nada mal. Él iba a cazar, antes, cuando era un crío. Con él. Ahora ya no tenía tiempo, pero la carne que sabe mejor es la del animal que mata uno mismo. Me dijo eso mientras cenábamos pato con salsa de fresas, la noche anterior. Se me hizo un nudo en el estómago. Rojo, rojo por todas partes. La sangre del pato y la de las fresas, que se mezclaban en mi plato, en mi boca y en mi estómago.*

Lorién me llevó en coche hasta la cabaña de Castán. Conocía el camino. Me hablaba de cuando ambos eran unos niños y pasaban los fines de semana así, en el bosque, cazando. Pero ya no. Ahora, Lorién tenía que ocuparse de su hotel, de sus negocios, de su dinero. El padre de Ana no tenía nada de eso, por lo que podía seguir con sus escopetas y sus animales, con su bosque y su cabaña.

Yo llevaba una enorme chaqueta de lana, a cuadros negros y rojos, como de leñador, que mi madre me compró cuando llegamos al pueblo y que todavía no me había puesto. Era horrorosa. Me hacía sentir enorme, como si el tamaño de mi cuerpo se multiplicase por segundos. Botas de senderismo, pantalones de pana, guantes y pasamontañas. Ana llevaba una chaqueta de caza, con estampado de camuflaje, que le venía dema-

siado grande. Parecía una enana con el traje prestado de un gigante. Sonrió al verme bajar del coche de Lorién. Qué ridícula me sentía.

—No te preocupes, Alice —me dijo, mientras me pasaba el brazo por los hombros. Yo temblaba de frío, pero ella no—. Ya verás qué divertido es.

Más allá, mi padrastro hablaba con su padre, pero yo no prestaba atención. Después, Lorién se fue y nos quedamos solos los tres. Caminamos.

Caminábamos y caminábamos por el bosque. Su padre no hablaba. A mí me daba un poco de miedo. Siempre me han inquietado las personas que apenas hablan. Todo el mundo tiene algo que decir, de vez en cuando, pero parecía que él no. O, al menos, no a mí. No a nosotras. Sentía los pies fríos y rígidos dentro de las botas, demasiado duras para mí. Cada paso era como levantar un bloque de cemento y volver a tirarlo al suelo. El padre de Ana se volvió en unas cuantas ocasiones y, con un dedo en los labios, nos pidió que guardásemos silencio. Pero nosotras no hablábamos. Íbamos cogidas del brazo, y avanzábamos lentamente tras él, peinando la oscuridad del bosque. El podenco, Willy, atado con correa a su amo, lo olfateaba todo. Aún no había amanecido. Tenía hambre. Ana sonreía. A veces, tenía la sensación, al mirarla de reojo, de que caminaba con los ojos cerrados, como si estuviese dormida. Conocía el camino. Sus pasos la guiaban, pero los míos a mí no. Yo tenía frío, y miedo. Sobre todo miedo.

Los labios húmedos de Ana me rozaron la oreja y se me puso la carne de gallina. Me habló muy bajito, susurrando, para que su padre, que avanzaba a unos veinte o treinta metros delante de nosotras, no nos oyese. Si nos escuchaba, se enfadaría. Nos había pedido una y mil veces que no habláramos, advirtiéndonos que espantaríamos a las presas. Y lo que más miedo me daba en el mundo, más que la soledad, o el fracaso, o la oscuridad, era imaginarme a Marzal Castán enfadado.

—¿Quieres jugar a un juego? —me preguntó Ana.

No respondí, pero dio lo mismo. El bosque empezaba a despertar y se oían los cantos de pájaros que nunca podría nombrar. Los había visto a todos, a todos los de la zona, en un libro que encontré en el hotel, pero no lograba acordarme de sus nombres. En mi mente, sus plumas y sus picos se desdibujaban, se confundían, y lo único que hacían era echar a volar y volar, marcharse muy lejos de aquí. Los pájaros son libres, van adonde quieren.

—Desapareces mientras corrías, corrías y corrías por este mismo bosque. Eras fuerte y joven y valiente y no tenías miedo, nada de miedo —empezó. Me temblaba todo el cuerpo, estaba aterida, cansada y hambrienta. Solo quería volver a casa, pero no dije nada. No iba a decir nada, ¿cómo iba a decirle que yo sí tenía miedo, mucho miedo?—. Pero has desaparecido y no te busca nadie.

—¿He desaparecido y no me busca nadie? —pregunté, y volví la cara hacia ella; hablé muy bajito.

—Nadie te busca —confirmó.

Pensé que a mí sí que me buscarían: me buscarían mi madre, mi padrastro, hasta mi padre vendría desde París para buscarme. Yo le importaría a alguien: me buscarían. No obstante, me mordí la lengua y le seguí el juego a Ana, así que pregunté:

—¿Estoy ahora, o me he ido?

—¡Te has ido! —exclamó.

Y su padre se volvió hacia nosotras, emitiendo un fuerte y sonoro «¡Chis!».

75

Los ojos de la cierva solo reflejaban la agonía y la muerte. Todos tenemos que morir, me dije, pero no así, no en una carretera nevada, no lejos de todo, no entre espasmos agónicos de dolor. Yo no podía morir así, de modo que corrí. No lo pensé: mientras Santiago examinaba los desperfectos del coche, y antes de que pudiese sacar el teléfono para llamar a Kevin y pedir ayuda, eché a correr.

—¡Alice! —oí que gritaba, pero seguí corriendo.

La carretera serpenteaba entre los árboles y, en aquel tramo, recorría la parte baja del bosque, así que no me costó meterme en él, y pronto la espesura de los árboles me alejó de todo. Estaba apenas a unos metros de la carretera, y muy cerca de As Boiras, pero sentí que con cada zancada me alejaba más y más de la civilización. Cuando era niña, no me gustaba correr. Es más: lo odiaba. Odiaba la sensación de tener los pulmones ardiendo, el dolor al respirar, la sensación de estar a punto de vomitar en cualquier momento. Ana se desplazaba corriendo, saltando como si siempre huyera de algo, con demasiada prisa por llegar a algún sitio, por vivir. Yo, en cambio, siempre he sido más prudente.

En los últimos años, he intentado cogerle el gusto a correr, por deporte, por afición, ser de esas personas que se levantan y salen a correr unos cuantos kilómetros, solo porque pueden. Ojalá fuese una de esas personas. En cambio, correr nieve a través, hundiéndome sin remedio en el agua congelada y notando cómo me calaba los pies a través de las botas, era una tortura para mí. Me sometí a la tortura. Corrí. No sabía si Santiago me perseguía o no, pero sentía que si me paraba y me giraba él me atraparía, me atraparía y me haría algo horrible, me atraparía y me mataría. No tenía tiempo que perder, ni siquiera podía pararme a pensar, así que corrí. Y corrí.

Llevaba el bolso colgando del hombro, golpeándome el costado con cada zancada, con la caja de madera que guardaba las cartas de Ana bailando en su interior. La nieve empezó a caer con más fuerza. Nevaba con constancia y con fuerza, y la nieve me mojaba el pelo y la gabardina, y hacía que me temblasen las manos. Apenas podía ver, tenía que esquivar los árboles que se cruzaban en mi camino, y rezaba en silencio por no tropezar con alguna raíz que quedase oculta bajo el manto de nieve que ya lo cubría todo.

Miré hacia el cielo: casi no podía verlo, oculto por las copas de los árboles, pero empezaba a oscurecer. ¿Qué hora sería…?, no lo podía saber con certeza, pero tarde, demasiado tarde. El sol no tardaría en ponerse, se haría de noche, y yo… Solo esperaba haberle dado esquinazo a Santiago, estar a punto de llegar a algún lugar seguro. Entonces me tropecé.

Ni siquiera supe con qué: caí de bruces en la nieve y sentí el frío, más frío que nunca, que me calaba hasta los huesos. Me puse en pie. El contenido del bolso se había desparramado por todas partes. Volví a meter dentro la caja de los secretos de Ana, pero, cuando recogí el teléfono móvil, vi que se había golpeado contra una piedra y que la pantalla estaba totalmente destrozada. Intenté desbloquearla, pero el aparato no funcionaba. No podía pararme a pensar, ahora ya ni siquiera podía pedir ayuda. Estaba total y completamente sola.

Seguí corriendo. No había vuelto a guardar la pistola en el bolso: ahora la sostenía en la mano, notando su peso, aferrándome a ella; la había cogido para sentirme más tranquila. Sentía que Santiago estaba ahí, respirándome en la nuca, pisándome los talones. Así que seguí corriendo, con el corazón en un puño y la pistola en el otro.

La primera vez que disparé un arma tenía trece años, así que no me puse nerviosa teniendo una entre las manos. Y tampoco me preocupaba demasiado el hecho de habérsela robado a Santiago: había sido una mera cuestión de supervivencia. Si no quería que se la robara, que no la hubiera dejado ahí, conmigo, en el coche. La pistola, una SIG-Sauer semiautomática de nueve milímetros, reglamentaria, me pesaba en la mano, pero no me atrevía a soltarla. Santiago corría tras de mí. No lo veía, pero sí podía sentirlo, sentir su aliento, su respiración, sus pasos. Iba a matarme si dejaba que me cogiera. ¿Me mataría como a Ana? ¿Como a las demás?

El bosque respiraba conmigo, deprisa, deprisa. Oí la voz de Ana, que me hablaba.

«No —me dijo—. No te matará así».

Quería preguntarle por qué. No hizo falta. La tenía dentro, en mi cabeza. Escuchaba mis pensamientos. Siempre había estado ahí, solo que nunca antes me había parado a escucharla.

«Eres demasiado mayor para que te mate así».

Pero me mataría si me cogía, de eso estaba segura, así que corrí más deprisa. Y, si tenía que disparar, dispararía. No sería la primera vez, y eso me reconfortaba. La primera vez que disparé un arma, era una escopeta y no una pistola. No recuerdo el modelo, solo que pesaba y que tuve que sujetarla con las dos manos.

Aquella vez también me sentí más tranquila, más segura.

TERCERA PARTE
LA CABAÑA

76

Un tiro en la cabeza y estaba muerta.

Era una cierva joven, bonita, limpia. Probablemente, aún no había parido a su primera cría, y ya no lo haría. Sus ojos apagados brillaban como si estuviese viva, pero todo en ella olía a muerte. Cuando el padre de Ana la abatió, nosotras estábamos muy quietas detrás de él, con las barrigas sobre el frío suelo del bosque. Willy, el podenco que nos acompañaba, la observaba fijamente, sin mover ni uno solo de sus tensos músculos, como si fuese a saltarle al cuello en cualquier momento. La cierva bebía de un arroyo. Estaba sola, y me pareció que nunca había visto nada tan hermoso. Brillaba. Me pregunté si sería Diana, como en las historias de mitos que tanto me gustaban leer. Pero no. La cierva murió. Un tiro bien dado y murió, hasta ahí había llegado su poder divino. Pensé que de nada sirve tanta belleza si te pueden matar con tanta facilidad. Una cierva joven, blanca, pura, muerta junto al arroyo. ¿Quién la echaría de menos? Quise gritar que yo, pero me quedé quieta, muy quieta. Cuando la vimos caer, Ana soltó una carcajada alta y aguda y se lanzó a abrazar el cuello de su padre. Yo temblaba.

—¡Lo has hecho, papá! —exclamó, sin miedo ya a hablar en voz bien alta. Yo miraba hacia el cielo, hacia la bandada de pájaros que se había levantado al oír el disparo—. ¡Bang!

Y echó a correr hacia la cierva, inerte junto al arroyo, a la par que el perro, que saltaba, ladraba, movía el rabo, feliz. Él era un animal, podía hacerlo. Nosotros no. Se suponía que nosotros —nosotras, las

dos; Ana y yo— teníamos que ser otra cosa. El padre de Ana se que-
dó quieto, y me miró con una sonrisa extraña mientras yo trataba de
sonreír.

Me acerqué a la presa muerta con cautela, dando pasos silenciosos y
cortos, como si tuviera miedo de que en cualquier momento girase el
cuello y me mirara, con sus ojos vacíos y muertos. Pero llegué hasta ella
y no se movió, no se movió ni un milímetro. Me agaché y acaricié la
cabeza de la cierva muerta, y me incliné junto a su oreja para decirle
que todo iba a salir bien, pero sabía que ya nada iba a salir bien. No
para ella. Ana estaba pletórica y bebía agua del arroyo, la misma agua
que la cierva había bebido antes de morir, mientras su padre caminaba
lenta y pesadamente, con la escopeta colgada del hombro.

—¿Quieres aprender a disparar? —me preguntó.

—Sí —respondí. Ni siquiera sabía por qué había accedido tan rá-
pido, pero sí sabía que quería hacerlo bien, que no quería contrariarlo.

Se descolgó la escopeta y me la pasó, y yo la cogí por el guardamanos
de madera, y me sorprendió que el arma pesara tanto. Y, sobre todo, me
sorprendió lo bien que me sentía con ella entre las manos.

—Sujétala fuerte, pero sé suave con ella —me dijo, mientras me
colocaba el arma contra el hombro derecho—. No hay que ser demasiao'
rudo. Así, contra el hombro. La mejilla ahí y observa. Ten cuidao', ten
paciencia. Y espera, tienes que estar segura cuando lo hagas.

—¿A qué le disparo? —le pregunté.

—A cualquier cosa, solo estás aprendiendo. ¿Ves ese tronco? —dijo,
y señaló un tocón que había a unos metros de distancia. Asentí. Por el
rabillo del ojo, vi que Ana nos observaba, con los brazos en jarras sobre
las caderas—. Apunta y, cuando estés lista, aprieta el gatillo. Pero su-
jétala bien, no se te vaya a ir pa'trás.

La bala cortó el aire, y me silbó en los oídos. Ana se echó a reír, otra
vez. Su padre me quitó la escopeta.

—No está mal. Aprenderás.

—¿Puedo disparar yo, papá? —preguntó Ana, excitada.

—No —respondió él, con esa voz ronca y grave—. Hoy no. Nos
vamos. Tenemos cosas que hacer.

Se cargó el cadáver aún caliente de la presa a los hombros y echó a andar; su perro fiel le seguía los talones. Pensé en lo fuerte que era: podía cargarla él solo, y caminar de vuelta con la presa en los hombros, sin apenas inmutarse. Durante todo el trayecto, lo observé, con interés. Ana no parecía en absoluto impresionada: estaba acostumbrada. Pero yo… ¿Había visto alguna vez a alguien tan fuerte, tan resistente, tan…? Daba miedo pensar en la indiferencia con la que hacía caso omiso de la sangre que resbalaba por su espalda, ese líquido caliente que se pegaba a él, que se adhería a sus manos, a sus hombros, a su pelo. No le importaba. No, no le importaba en absoluto.

77

Corría y corría y parecía que la nieve no iba a terminarse nunca. Solo trataba de escapar, no podía pensar en nada más. No pensaba adónde ir, ni hacia dónde correr; tan solo me movía. Los pies se me hundían en la nieve, pero yo sentía que él me perseguía y que no tardaría en atraparme, así que no podía dejar de correr. Corría y corría y no veía hacia dónde iba, ni sabía dónde estaba. La nieve no dejaba de caer del cielo con fuerza y furia, como si quisiera teñirlo todo de blanco, también a mí.

Pensé en qué habría pasado con el cuerpo de la última niña muerta si no la hubiesen encontrado tan deprisa y me lo imaginé cubierto de nieve, congelándose lentamente bajo todo ese frío, a escasos metros de las personas que deberían haberla protegido, y me sobresalté, de modo que seguí corriendo. La había dejado cerca del cuartel, de su cuartel, y luego se había marchado. ¿Realmente Santiago me estaba buscando porque Castán se lo había pedido? ¿Kevin había dado el visto bueno? Lo dudaba: me buscaba porque me quería, a mí, para acabar conmigo, para terminarlo todo antes de que, una vez más, sus planes se frustrasen, antes de que yo descubriese toda la verdad.

Me ardía el aliento y apenas sentía nada, solo frío y miedo, pero me dije que el miedo no era malo, que el miedo era bueno, que el miedo siempre consigue que te salves, que sigas corriendo, aunque sepas que en cualquier momento tendrás que parar porque ya no puedes más. Si tienes miedo sigues viva, si tienes miedo sigues corriendo, corriendo, corriendo porque no puedes pararte. Si te paras, te encuentra. Si te encuentra, te coge. Y, si te coge... Si te coge, te mata. Piensa en ello: la muerte es irremediable. Ana, en la cabaña de su padre. Ana, con el anillo de su madre muerta en el dedo. El anillo, y su hija, se habían escurrido por el desagüe. Y todos los sueños también, y los míos, igual, mientras corría por el bosque, corría y corría, y seguía corriendo, aunque tuviese frío y miedo y me doliesen los riñones, y sintiese que estaba a punto de vomitar, o de desfallecer, o de las dos cosas a la vez, porque si dejaba de correr él iba a encontrarme, a cogerme y a matarme.

La nieve caía sin cesar y lo nublaba todo. Apenas podía ver por dónde iba. ¿Cuánto tiempo llevaba corriendo? Tal vez solo unos minutos, o tal vez fueran horas, porque ya ni siquiera corría, solo caminaba deprisa, intentando no chocarme contra ningún árbol, sin pararme ni mirar hacia atrás. Solo cuando sentí el frío helador de las lágrimas congelarse en mis mejillas reparé en que me había echado a llorar.

Ni siquiera sabía por qué. ¿Estaba triste, o solo tenía miedo? Se había levantado un viento feroz que arrastraba los copos de nieve hacia mí, precisamente hacia mí, como si yo fuese el único blanco de un dios furioso. Pero tenía que seguir, porque, si me paraba, Santiago me atraparía y me mataría igual que las había matado a ellas, me rajaría el cuello, me colgaría y dejaría que me desangrara poco a poco, lentamente.

«No —repitió la voz de Ana, en mi cabeza—. No te matará así. Recuérdalo. Eres demasiado mayor».

Me estremecí. Me lo decía con una sinceridad tan cruda que casi rozaba la crueldad, y la idea no me reconfortaba. Un tajo en el cuello, nada más, es mejor que muchas otras cosas. Los hombres así, los hombres como Santiago, podían hacerte cosas mucho peores. Podían hacerte *daño*, daño de verdad. Podían herirte, por dentro y por fuera, hasta acabar contigo, incluso si no llegaban a matarte.

Yo conocía a los hombres así, los conocía demasiado bien. ¿Me había enamorado de ellos cuando vivía aquí, cuando conocí a Marzal Castán, a su hija, Ana? Pensar en ese tipo de hombres me conectaba con ella: también se enamoró de un hombre así, solo que ese hombre no soportaba verla viva y tuvo que matarla. Yo ni siquiera acababa de entenderlo, cuándo se enamoró de Santiago, y cómo, y por qué, pero sabía que era así, que había sido así.

¿Y yo? Yo me enamoré de los hombres así y les dediqué mi vida entera. Los estudié. Traté de comprenderlos. Busqué razones para lo que hacían, les puse nombres. Nombrar las cosas es darles una existencia. Los hombres así —los conozco bien— pueden hacerte cosas peores que rebanarte el cuello y dejar que te desangres, lentamente, en silencio, en un borbotón interminable de sangre oscura, casi negra. Ojalá tuviera otra vez trece años. Él querría matarme así si tuviera todavía trece años. Ahora, ahora no, ahora me matará de otra manera. Seguí avanzando.

Me caí, me caí y noté que algo se abría en la rodilla, y luego sentí la calidez de la sangre durante un levísimo instante, luego ya nada, así que me levanté, recogí la pistola, la guardé en el bolsillo del abrigo y empecé a correr otra vez. El vaivén rítmico del bolso, golpeándome el costado con cada zancada, me infundía aliento. Corría con los brazos extendidos, tratando de no chocarme contra ningún árbol, porque apenas veía lo que tenía a dos metros de distancia.

Miré hacia abajo, hacia mi rodilla, y vi que el pantalón vaquero se había roto, pero ya no salía sangre. Había una mancha oscura, una costra seca y medio congelada. Apenas podía mover los dedos. Si tuviera mi teléfono… Pero no, no funcionaba y, de todos modos, si me paraba para hacer una llamada, si dejaba de correr, él me atraparía y, entonces, todo terminaría.

Corría por un blanco imposible, salpicado por la sombra borrosa de los troncos de los árboles, y pensaba en que estar muerto tenía que ser así, exactamente así: un vacío insondable, una eterna blancura y la conciencia de que solo estás tú, pero con el miedo acechándote siempre, soplándote en la nuca. En algún momento, el sol había desaparecido del todo, y ahora el cielo oscilaba entre el negro y el rojo, amenazante y terrible. Temblaba y tenía frío, y miedo, y había dejado de pensar. Mi mente estaba en blanco y cojeaba, y arrastraba la pierna derecha, con la sangre congelada alrededor de la herida de la rodilla. Sin embargo, no dolía.

Nada me dolía. Solo tenía frío y miedo.

78

Se hizo de noche.

No sabía dónde estaba, pero no tenía la sensación de subir, así que no podía estar tan lejos del hotel. De repente me encontré con una pared rocosa pegada a mi derecha y, en ella, algo parecido a una pequeña cueva. Por instinto me pareció que esconderme ahí, descansar y esperar a que saliese de nuevo el sol era la mejor idea. Probablemente, estar embarazada me hacía tomar, de vez en cuando, alguna buena decisión. No era más que una pequeña abertura en la ladera de un terraplén, que formaba un desnivel en la superficie ascendente del bosque. Su entrada, algo más oscura que el resto, apenas medía metro y medio, por lo que tuve que agacharme para poder entrar. Me pregunté si sería el refugio de algún animal y si ese animal era más peligroso que aquel del que yo estaba huyendo. ¿Todavía había lobos en los Pirineos? Caminé agachada durante unos metros, mientras me alejaba del bosque y de su blancura cegadora, y me adentraba en la cueva.

Ni siquiera tenía muy claro por qué me había metido allí, pero al menos estaba resguardada de la nieve. Resultó que la cueva no era muy profunda, y la altura del techo me permitió ponerme en pie. Toqué la fría pared, un poco húmeda, sorprendida por lo lisa que era la superficie. Miré hacia el suelo, pero apenas podía ver nada. ¿Estaría limpio o lleno de huesos de animales a medio comer? Lo barrí con los pies, pero no noté nada particular con las gruesas suelas de mis botas. Al final, decidí dejarme caer, con la espalda apoyada contra la pared, y me senté en el suelo. De pronto, me sentía terriblemente cansada.

Me dio la sensación de que el interior de la cueva, naturalmente frío, era más cálido que el exterior, con esa nieve imperturbable que no paraba de caer del cielo. Sentada allí, me sentí repentinamente mejor, más segura, capaz de aguantarlo todo. Pensé que, si Santiago me hubiera perseguido desde que salí del coche, debía de haberme atrapado ya. Conocía bien el bosque, se había criado en él, y, de todas formas, yo no corría tan deprisa, y menos con la pierna así, pero nadie me había atrapado. Seguía viva. Me encendí un cigarrillo, el último que me quedaba, y aquella débil llama iluminó, seguramente, una cara de agotamiento, pero también algo parecido al triunfo en la mirada. Ahora lo sabía. Ahora sabía que era él.

Me pregunté si siempre había sido él. Si fue él, también entonces. Sí. Claro que sí. Fue él y luego mintió, fue él y luego ofreció a su amigo como sacrificio. Un escalofrío, y esta vez no era por el frío, me recorrió entera. Cerré los ojos, apenas un segundo. Solo eso.

Me despertaron una sensación cálida y el trinar de los pájaros. Me sorprendió que siguiese con vida. Abrí los ojos y había salido el sol, de modo que me aventuré fuera de la cueva. La luz me deslumbró. Aún hacía frío, pero el aire que me golpeó la cara me recordó que estaba viva, y ese pensamiento me hizo sonreír. Él no me había encontrado. Si no te encuentra, no puede cogerte. Y, si no puede cogerte, no te matará. Sonreí.

La claridad era casi dolorosa, pero era un dolor dulce, como un algodón de azúcar en un día de feria. Tenía los ojos tan abiertos que sentía el frío de la nieve al impactar en mis retinas, congelarlas, abrir en ellas grietas invisibles que no se iban a curar nunca. Al pisar la nieve virgen, pensaba en que era la primera en estar ahí, la primera en romper todo ese blanco, en penetrar en él y destruirlo para siempre. Caminé por la nieve hasta que los árboles empezaron a aparecer más separados los unos de los otros, y entonces supe que el bosque se acababa y que estaba cerca.

Luego vi las luces y oí las sirenas. ¿Me buscaban a mí? Los coches, los policías, las luces, las sirenas. La carretera, por fin. Después de tanto tiempo, tanto bosque, tanto frío y tanta nieve. Avancé unos cuantos pasos. Cada uno de ellos dolió como una puñalada. Avancé, llegué hasta la carretera y me dejé caer en el suelo.

79

Lo que pasó después ocurrió tan deprisa que apenas recuerdo salir del bosque, llegar a la carretera y encontrarme con todos. Sí recuerdo que el interior del coche patrulla estaba caliente y que olía a tabaco. Mejor así. No habría soportado que oliese a pino. Me pusieron una manta térmica, de esas que parecen papel de aluminio, pero yo no podía dejar de temblar. Me pregunté si algún día podría dejar de hacerlo, si algún día dejaría de tener frío, pero sentía que no.

—Kevin —musité, con voz trémula. Era un hilillo de voz apenas audible, el llanto de un recién nacido.

—Te hemos buscado toda la noche, Alice —me dijo una mujer algo mayor que yo, y me puso otra manta encima.

—¿Dónde está Kevin? —insistí.

—Viene ahora, cariño —me dijo, con dulzura.

Yo asentí. Pensé, al mirarla, que podría ser mi madre. Era demasiado joven para serlo, pero me arropaba como si yo fuese su hija. Mi madre, probablemente, lo habría hecho peor, y me habría hecho sentir menos querida, menos preciada. O me habría enrollado tan fuerte en las mantas que no me habría dejado moverme, o respirar. Sonreí, sin saber bien por qué. Más allá de la ventanilla veía el bosque y la nieve. Ya no nevaba. Nieve vieja, nieve blanca. Yo la había pisado, la había marcado con mis huellas. Sentía los pies congelados dentro de las botas. Todo en mí estaba congelado. ¿Alguna vez había tenido tanto frío?

Alguien me pasó una taza de café caliente. Estaba ardiendo. Beberlo fue como empezar a descongelarme por dentro. Oí un coche derrapar sobre el asfalto congelado y el corazón me dio un vuelco. Sabía que era Kevin. Era como si lo oliese.

—¡Alice! —lo oí gritar.

No dije nada. Podría haber gritado, pero sentía que no me quedaban fuerzas, que no me quedaba voz. Vino corriendo hacia mí. La puerta del coche estaba abierta, y yo estaba sentada en el asiento de atrás, envuelta en las mantas, temblando como un polluelo recién salido del huevo. Llegó hasta mí, vino a mí, se agachó y me tomó el rostro entre las manos. Eran fuertes y estaban calientes. Cerré los ojos.

—¡Alice! Te hemos estado buscando toda la noche.

—Estaba… en el bosque —murmuré, en voz muy baja. No podía hablar más alto.

—Estás bien, estás bien —prosiguió él, mientras tragaba saliva. Sus manos palpitaban contra mis mejillas, el corazón le latía a toda velocidad—. Eso es lo único que importa ahora.

—No —respondí yo, seria. Buscaba las palabras para explicarme, pero sabía que apenas me quedaban fuerzas para pronunciarlas—. Es Santiago. Él es el asesino.

—Alice, Santiago no… —empezó él, pero lo interrumpí:

—¡Es el asesino! —exclamé, todo lo alto que pude, pero de mis pulmones solo salió un hilillo de voz—. Fue él, Kevin, él mató a Ana, a todas.

Tenía mucho, muchísimo más que explicarle, pero Kevin se me quedó mirando, con el rostro pétreo y lívido.

—Alice, Santiago está muerto.

—No, Kevin —dije, negando, moviendo la cabeza, entre sus manos, a un lado y otro—. Él me perseguía, me perseguía por el bosque.

—Lo encontramos muerto anoche, a unos metros de su coche, en el bosque.

—¡Yo no le disparé! —me defendí, a pesar de que nadie me

acusaba. Moví las manos, busqué en mis bolsillos, encontré la pistola. Se la tendí a Kevin, con las manos temblorosas—. ¡Te juro que no le disparé! Solo me la llevé por si acaso, por si…

Me soltó el rostro y la cogió, sin entender.

—Nadie le disparó, Alice. Le cortaron el cuello. Le dejaron desangrándose, en el bosque. No llegó a perseguirte.

—¡No! Él no podía matarme así, Kevin. Soy demasiado mayor. Demasiado mayor para morir así.

No entendía nada, pero Kevin me repetía la misma historia una y otra vez: Santiago estaba muerto. Me había seguido hasta la linde del bosque, pero alguien lo había degollado y lo había dejado ahí, tirado, desangrándose. Estaba muerto, muerto desde hacía horas. Nunca me había perseguido, al menos no toda la noche. Si alguien me había perseguido, no había sido él. No me había girado, no comprobé si realmente me perseguían o no, mi testimonio no les valía de nada para descubrir quién había sido, quién había matado a Santiago.

Encontraron parte de mis huellas, las siguieron, me buscaron, pero la tormenta borró mi rastro. Tuvieron que esperar a que amaneciera para reanudar la búsqueda. Kevin no quería esperar, pero tuvo que hacerlo. Tuvo que hacerlo; nevaba demasiado para poder buscarme. Y yo podría haber muerto bajo toda esa nieve, pero no lo hice.

—Quiero volver a casa —le pedí.

—No podemos volver a casa, Alice. Nuestra casa está demasiado lejos.

—Quiero volver a nuestra habitación, entonces. Quiero meterme en la bañera, quiero dejar de tener frío, quiero que no me duela respirar…

—Tenemos que llevarte al hospital, Alice. Hay que comprobar que todo esté bien.

Asentí. No era lo que quería, pero podría tolerarlo. Kevin cerró la puerta del coche y entró, por el otro lado. Luego se sentó a mi lado. Dejó que nos condujeran lentamente hacia el hospital. Estaba terriblemente cansada; no recordaba haber estado tan cansada nunca, en toda mi vida. Apoyé la cabeza en su hombro y respiré su aroma a cítrico y a menta. Él siempre olía así. Aspiré, aspiré, aspiré. Respirar, poco a poco, había dejado de doler.

80

Me desperté con la sensación de que hacía mucho tiempo, años enteros, desde que anduviera por el bosque, corriendo por la nieve, congelándome a cada paso. Todo me dolía y estaba agotada, pero, en cuanto sentí que recuperaba la consciencia, que volvía en mí, abrí los ojos. No quería recrearme en ese limbo suave y mullido que es a veces el sueño inducido por sedantes, ni quería quedarme eternamente en esa cama de hospital, donde nada malo podía pasarme, donde siempre estaría segura. No, ahora quería salir, terminarlo todo de una vez, descubrir la verdad. Estaba ahí, fuera, y no era como yo pensaba, pero sin duda había una verdad, y la única manera de salir de As Boiras de una vez por todas era descubrirla.

Cuando abrí los ojos, Kevin estaba ahí, sentado en una butaca, mirando la pantalla de su teléfono móvil. Debió de notar que lo miraba, porque enseguida alzó la vista. Sonrió, pero le noté algo en la mirada, como un velo de seriedad, que hizo que me pusiese alerta. Carraspeé, tratando de despejar la garganta.

—¿Qué hora es? —pregunté.

—Las cuatro y algo de la tarde.

—¿Tanto llevo dormida? —murmuré, atónita; tenía la impresión de que todo había pasado hacía mucho, muchísimo tiempo.

—Bueno, no has estado dormida todo el tiempo —respondió, mientras se levantaba de la butaca y se acercaba a mi cama. Se quedó ahí, de pie, mirándome, y yo me sentí pequeña e indefensa, una vez más. Hice lo que pude por apartar ese pensamiento—. Te hemos traído aquí y te han hecho pruebas. Tenías varios dedos medio congelados, casi los pierdes.

—¿Y el… —dudé, porque me costaba pronunciar esa palabra— bebé?

—Todo está bien, Alice. Acabas de entrar en el segundo trimestre, felicidades. Se acabaron las náuseas matutinas.

Me pareció que lo decía con un poco de resquemor, como si me reprochara no haber formado parte de esto, de este proceso, hasta hacía apenas unos días. ¿Cómo iba a saber yo que esta vez iba a durar, que no se iba a estropear a la primera de cambio? Aún no lo conocía, pero, visto todo lo que habíamos pasado, él y yo, tenía más que claro que este niño era un auténtico superviviente. Ese pensamiento me hizo sonreír.

—Lo siento —le dije a Kevin, alzando la vista para mirarle.

Me cogió la mano y me la apretó con fuerza.

—Todo está bien —respondió, y sentí que sí, que todo estaba bien, pero antes de apropiarme de ese pensamiento y paladearlo, y de degustarlo con calma, porque para algo era mío, él siguió hablando y rompió el hechizo—, pero hay muchas cosas de las que tenemos que hablar. —Asentí, sin dejar de mirarlo a los ojos—. ¿Te acuerdas de lo que me dijiste en el coche patrulla, antes de venir aquí?

—No —respondí, deprisa—. Creo que estaba medio ida. No había pasado tanto miedo en toda mi vida. Ni tampoco tanto frío.

Asintió, comprensivo. Entonces, se sentó en el borde de la cama, apenas apoyado en un rincón, como si no quisiese ocupar demasiado espacio. Me habría gustado que lo hiciera, que ocupase más. Tal vez así podría sentir su calor: aún había partes de mí que notaba ajenas, como medio congeladas.

—Me contaste que él había matado a Ana —me dijo.

Asentí, no porque recordara específicamente ese momento, sino porque entendía a la perfección por qué le había hablado de aquello.

—Han pasado horas —le dije. Notaba la garganta seca y me costaba pronunciar cada palabra, pero lo hice. En algún momento tendría que volver a sentirme normal—. Las cartas, en mi bolso... ¿Las has leído?

—Todas —contestó.

—¿Las tienes aquí? —le pregunté, y moví la cabeza para buscar, con la mirada, la caja de los secretos de Ana.

Separarme de ese objeto me producía una sensación extraña: habíamos pasado tanto tiempo juntos que era casi como si formase parte de mí. Al fin y al cabo, era lo único que me quedaba de ella, de Ana.

—No —dijo él—. Las he enviado al laboratorio. Les he sacado fotos.

—No hará falta. Fui a hablar con José Carceller —le conté—. Creo que fue... ¿ayer?

Me sentía confusa, como si no tuviese claro cuántos días habían pasado desde que llegamos a As Boiras, desde que el cuerpo de Emma Lenglet apareció... o desde que desaparecieron las otras chicas, para aparecer después, las dos, muertas. Apenas llevábamos una semana en el pueblo, pero parecía mucho, muchísimo más tiempo.

—Sí, fue ayer.

—Santiago dio conmigo cuando yo volvía de Hecho —le expliqué a Kevin, aunque estaba segura de que él ya conocía esa información—. José Carceller escribió las cartas. Pero...

—A José Carceller ya lo descartamos hace días, descuida.

—No, no... Ana tenía otro novio. Fue Santiago. Él fue quien le dio la paliza a Carceller —le dije, acelerada.

—¿Santiago?

—Sí, Santiago se lo quitó de en medio así, y quiso cargarle todas las muertes de entonces.

—Santiago está muerto, Alice —respondió él, con calma, sin soltarme la mano, como si yo lo hubiese olvidado, o como si, poco a poco, se me fuera la cabeza.

—Sé que está muerto, pero tal vez él sí que…

—Alguien lo ha matado. La misma persona que ha matado a las chicas. Tenemos que averiguar quién es —me interrumpió, pues quería insistir sobre el mismo punto—. Eso es lo importante.

—Creo que averiguar quién fue el novio secreto de Ana también es importante, Kevin. ¿O todavía dudas de que realmente ocurriera?

No pudo negarlo. Se levantó, avanzó hacia la butaca en la que estaba sentado cuando yo desperté, y cogió algo del bolsillo de su chaqueta. Solo cuando se acercó de nuevo a mí, a la cama en la que estaba postrada, vi que era una fotografía. Salía yo, claro. Y también estaba Ana, con ese collar, el mismo colgante, la misma flor que reinaba radiante en el prado donde habían encontrado el cadáver de Emma Lenglet.

Sentí, durante un instante, el impulso de ponerme a la defensiva, de preguntarle de dónde la había sacado. Me reprimí: pues claro que había mirado entre mis cosas, y claro que, evidentemente, había encontrado la foto. Mi pasado ya no era solo mío, y estaba claro que los dos teníamos que ahondar en él para encontrar las respuestas a esas preguntas que no podíamos dejar de hacernos.

—No me la enseñaste —me dijo, pasándome la foto.

No me hizo falta mirarla: conocía esa imagen de memoria.

—Ese collar se lo regaló su…

—El otro novio, un hombre mayor —me interrumpió.

Asentí.

—Tendrías que habérmela enseñado.

—Lo sé.

Me dedicó una sonrisa guasona.

—Creo que fue la misma persona, Kevin. El mismo hombre, el que le regaló el collar y el que mató a Ana. Y el que está matando ahora de nuevo.

—Estamos en ello, Alice.

—Vámonos de aquí —le imploré—. Tengo muchas cosas que contarte.

81

Apenas hablamos de camino al hotel. Yo sentía que teníamos que hablar de tantas cosas que tan solo podía mirar por la ventanilla del coche, admirar cómo el paisaje desfilaba y cambiaba ante mis ojos, y tratar de poner mis ideas en orden. En los últimos días, habían pasado tantas cosas y tan deprisa que apenas había tenido tiempo de procesarlo todo; ahora, sin embargo, pensar con calma, con claridad era más importante que nunca. Tres niñas muertas, degolladas, como en 1995 y 1996. Un guardia civil, que era sospechoso para mí, pero a quien también habían asesinado. Había demasiadas preguntas, demasiadas incógnitas, para permitirnos un tropiezo.

Me imaginé que a Kevin le ocurría lo mismo, que él también trataba de ordenar las ideas, de encontrar la clave que nos faltaba, que nos había faltado todo este tiempo. Conducía, serio, sin dejar de mirar a la carretera, en silencio. Me habría gustado que ese trayecto durase para siempre, porque sabía que, cuando acabara, cuando llegásemos al hotel, todo volvería a empezar, el caos y la confusión. Y, entonces, habría que actuar, tomar decisiones, salir de la seguridad, de la agradable zona de confort. Y eso era lo que menos me apetecía en el mundo entero.

Pero se terminó, llegamos al hotel y subimos a nuestra habitación. Me di una ducha y me cambié de ropa, y cuando salí del baño Kevin había pedido un sándwich mixto al servicio de habitaciones. Lo devoré. No había sido consciente del hambre que tenía. Me sentía algo confusa, no lograba que mi mente se despejase de la bruma que parecía envolverla, una especie de velo nebuloso pero agradable. Sentía las cosas que estaban mal, todas las preocupaciones y las incógnitas que teníamos que resolver, pero no conseguía que me afectasen, que destruyesen mi tranquilidad. Deseé, en silencio, que esa sensación durase para siempre, pero sabía que, tarde o temprano, desaparecería. Y, entonces, mi mente se despejaría, y la ansiedad y las preocupaciones lo invadirían todo de nuevo.

Kevin esperó a que diera el último bocado para hablar. Se lo agradecí, pero los dos sabíamos que no podíamos demorar más lo inevitable. Usábamos un tiempo prestado: otra niña desaparecería, y, días después, o acaso unas pocas horas, la encontrarían, muerta, y así una y otra vez, una y otra vez, hasta que resolviéramos esto.

—Descartamos por completo a José Carceller —me explicó Kevin, con voz pausada. Estábamos sentados en el sofá, mirando al televisor apagado, como si tuviésemos miedo de mirarnos el uno al otro—. Tenía coartada para las dos primeras desapariciones. Lo hemos comprobado.

—Estaba conmigo cuando apareció la última chica. ¿Cómo se llamaba?

No tenía demasiada clara la línea temporal de los últimos acontecimientos. Todo había ocurrido demasiado deprisa, y yo me había pasado una parte importante de las últimas horas perdida, en el bosque, congelándome y temiendo por mi vida y quizá, también, por la del bebé, con toda la intensidad del mundo.

—Leire Escartín. Tenía quince años.

No dije nada. No hacía falta. Nos quedamos callados un minuto entero, hasta que ya no pude soportarlo. No era un silencio incómodo, pero sentía que teníamos que llegar al centro del asunto cuanto antes, o de lo contrario nunca conseguiríamos salir de ahí, de esa maldita habitación.

—¿Qué le quitó esta vez? —pregunté. No era curiosidad morbosa: él, el Carnicero del Valle, siempre les quitaba algo. Sin excepción.

—El labio inferior —respondió él, con voz queda—. A Emma Lenglet le cortó la lengua. A Ángela Martín, la oreja izquierda. Y a Leire le faltaba el labio inferior.

—Lo mismo que la otra vez: el dedo gordo del pie derecho, la punta de la nariz, el pezón izquierdo... —recité, de memoria. Kevin asintió, lacónico. Eran trofeos, recuerdos, como si los asesinatos fuesen algo bonito, algo que había que guardar, con cuidado, en la memoria—. ¿Y a Santiago?

—¿A Santiago? —preguntó él, y entonces me dirigió la mirada, confundido.

—¿Le quitó algo?

—No. ¿Por qué le iba a quitar algo?

—Porque lo degolló, como a ellas —respondí; era lo lógico.

—Solo colecciona cosas de las niñas.

—Entonces ¿Santiago tenía coartada también para las tres niñas? —Me acongojaba haberme equivocado tanto—. ¿Estáis seguros?

—Sí, lo comprobamos ayer mismo, mientras te buscábamos. A Santiago se lo quitó de en medio.

—Pero ¿y por qué a mí no? —le pregunté, mirándolo, por fin, a los ojos.

No lo entendía, no era capaz de entenderlo. ¿Me persiguió o solo habían sido imaginaciones mías? Tendría que haberme tomado las cosas con más calma, tendría que haberme girado, tendría que haber comprobado si en realidad me seguían. Me pasé lo que me parecieron horas corriendo por la nieve, bosque a través, convencida de que un hombre que ya no estaba vivo me perseguía para matarme. Ahora, ya a salvo y calentita, todo me parecía tan absurdo que me daban ganas de llorar y reír a la vez.

—No lo entiendo, Kevin.

—Hay demasiadas cosas que no entendemos. Por eso me lo tienes que contar todo, Alice —me pidió, mirándome serio. Su mirada me decía más que sus palabras: no me pedía, me lo exigía. Pensé que, al fin y al cabo, era lo justo, ¿no? Los dos perseguíamos el mismo objetivo—. Es la única manera.

Lo miré y asentí. Después tragué saliva, como si tuviese que hacer acopio de fuerzas para reunir el valor necesario y hablar.

—Seguí la pista de las cartas y di con Carceller. Hablé con él. Santiago le pegó una paliza de muerte en abril de 1996. Él desapareció unos días y luego le encontraron en la estación de autobuses de Jaca, con contusiones, alguna costilla rota... La policía sospechó de él, esos días, por haber desaparecido de esa manera, y porque era camionero en la zona y se le había visto con alguna de las chicas. Pero, mientras estuvo ausente, hubo una nueva desaparición y muerte... —Me encogí de hombros—. Le descartaron por completo. La cosa es que él declaró no recordar nada de lo que le había pasado, ni de qué hacía en semejante estado, pero me lo contó todo... —dudé un momento, porque no tenía demasiado claro en qué día estaba—... ¿ayer?

Kevin asintió, para confirmar la línea temporal y, al mismo tiempo, animarme a seguir hablando.

—Me contó que fue Santiago. Al parecer, él... Bueno, él fue quien le escribió todas esas cartas a Ana; ella le gustaba y tenían algo como... una relación no consumada. Creo que ella le utilizaba, lo tenía ahí como repuesto, por si su novio secreto le fallaba. Carceller habría estado dispuesto a llevarla a cualquier parte, y lo único que quería ella era marcharse de este pueblo. Quería huir de su padre, que la maltrataba. Pero Santiago decidió darle antes un susto a Carceller, para que dejase de ver a la hija de su amigo. Y luego Lorién consiguió que lo echaran del trabajo.

—Esto que me cuentas no tiene mucho sentido, Alice —empezó Kevin, pausadamente, como si tuviese miedo de subir el tono y asustarme o algo así.

—Oh, créeme. Claro que lo tiene. Si le hubieses visto... Me dijo la verdad, de eso estoy segura —le dije, con toda la vehemencia que fui capaz de acumular en mi voz.

—¿Por qué lo hicieron? ¿Solo para defender el honor de la hija de su amigo?

—En apariencia, pero yo creo que Santiago estaba enamorado de Ana, Kevin —empecé, tratando de infundir a mis palabras calma, sensación de sabiduría. Sin embargo, me notaba la lengua pastosa y me costaba hablar—. Creo que él fue quien le regaló el collar.

—¿Y por eso le pegó una paliza a José Carceller? —preguntó Kevin, mirándome. Asentí—. Y dime, ¿qué pinta Lorién en todo este asunto tan turbio?

—Era su amigo, Kevin. Todavía lo son. Evitó que aquella salvajada fuera a mayores, y, de algún modo, consiguió que desterraran a Carceller después de todo el escándalo. Eran casi como hermanos, y de Castán también. Querría defender el honor de Ana, ya sabes cómo es.

—A Lorién también lo hemos investigado de arriba abajo. Es intachable, Alice —repuso él, con voz cansina—. No le he quitado ojo de encima, al fin y al cabo él estuvo aquí entonces... Siempre ha estado aquí —empezó a explicar, parando para frotarse las sienes. Supe enseguida, por su tono y por sus gestos, que este tema lo tenía agotado. A saber cuántas vueltas le habría dado ya—. Es un tío muy escurridizo y no tengo claro que esté del todo limpio, porque actúa como si el pueblo entero fuese suyo y como si pudiese hacer cualquier cosa, pero no hay absolutamente nada que reprocharle. Lo peor que tenemos sobre él es que manejó una gran herencia y, como muchas de las familias pudientes de por aquí, se acogió a las dos últimas amnistías fiscales. Hasta el dinero de Suiza tiene limpio. No tenemos nada contra él. Absolutamente nada. Tiene una coartada para cada una de las muertes, de entonces y de ahora. Para cada una, bien sólida y con testigos. Por no hablar de que, sin su ayuda, en 1996 no habrían cazado a Castán.

—Pues en 1996 encubrió esa paliza. De eso estoy segura. Todo por el impulso de Santiago... ¿Y si fue él realmente el asesino en el noventa y seis? Eso no lo habéis comprobado. Quizá actuó junto a Castán, o quizá fue él quien mató a Ana, aprovechando el *modus operandi* de los otros asesinatos, tal vez porque ella lo había amenazado con hacer pública su historia.

Kevin me miró, y yo sentí que sus ojos me juzgaban y me analizaban, pero al final asintió. Puede que no se creyese punto por punto mi teoría, pero por lo menos tenía la decencia de no llamarme loca, o algo así.

—¿De verdad estás tan segura de que el collar se lo regaló Santiago? —me preguntó entonces, serio.

Asentí.

—Tuvo que ser él, Kevin. Todo cuadra. La conocía perfectamente, era la hija de uno de sus mejores amigos. Él siempre tuvo problemas para relacionarse con las mujeres; tuvo una relación que lo destrozó con una chica muy menuda que parecía una niña. De algún modo pudo obsesionarse con Ana. Además, él es de aquí, y esa flor... Bueno, es típica de los Pirineos, es algo así como un emblema, como un símbolo —traté de explicarle, moviendo las manos, sintiendo que, por fin, mi cerebro empezaba a recuperar su pleno funcionamiento—. Y cuando me reuní con él... —Tragué saliva, pensando en cómo organizar la información—. Cuando fui a verle al cuartel, fue todo muy raro. Yo intuía que él conocía algún secreto de Ana. Le tendí una trampa y habló de ella como si tuviese algo que ocultar. Quiero decir, que cuando yo le pregunté por ella se puso nervioso. Nervioso de verdad.

—Bueno, si le pegó una paliza a José Carceller, sí que tenía algo que ocultar, aunque no fuese el novio secreto de Ana.

Me resultó inevitable mirarlo, censurándolo. Era como si él se esforzase por destruir todos mis intentos de explicar lo que sucedía, o, más bien, lo que había sucedido entonces, en 1996.

—Y ¿qué pasa con el collar? —preguntó ahora Kevin, y me miró—. No volvió a aparecer, ni tampoco estaba en la caja. Lo único que tenemos son las flores Edelweiss del prado en el que apareció Emma Lenglet.

Me quedé callada, porque me daba miedo profundizar en ese detalle; sabía lo que venía a continuación. Kevin aprovechó mi silencio para continuar.

—Yo creo que es un mensaje, Alice —me dijo. No, no lo dijo, sino que me lo dijo a mí, mirándome directamente, atravesándome con los ojos oscuros, haciendo que se me acelerase el corazón—. No tiene sentido que Santiago colocara las flores ahí, él no tenía por qué saber que tú conocías la existencia del collar. Y, además, ha muerto. No, era un mensaje para ti.

Durante un par de segundos, sentí cómo me quedaba sin aliento. Asentí, muy lentamente. Un mensaje para mí.

Y, entonces, Kevin sentenció:

—Tenemos que hablar con Castán.

82

Nos subimos al coche. Para mí, ir a ver a Castán era como retroceder en el tiempo, a una época en la que me sentía sola e indefensa, en la que cualquiera podía hacerme daño. En aquella época, cuando llegué a As Boiras, Ana era mi única amiga, y sentía que era, al mismo tiempo, mi alma gemela y mi némesis: todo en ella era un desafío, una constante llamada a estar alerta, a no dejarme vencer por sus locos impulsos. Y, luego, estaba su padre.

A mí los hombres de As Boiras, a excepción de Lorién, me parecían burdos y desagradables, sudorosos y con los músculos de los brazos marcados, a pesar de las barrigas prominentes. Tenían un tono de voz grave e irritante. Marzal Castán era el epítome de esa representación pueril del montañero pirenaico: nunca se esforzaba por ser amable conmigo, vestía como si acabase de salir del bosque, olía fuerte y sus gruñidos podrían asustar a un ejército de jabalíes. Sencillamente, me daba miedo.

La última vez que lo vi, yo era solo una niña, y sentía que él podía hacerme todo el daño que quisiese, todo el daño que, probablemente, le hacía a su hija, a Ana. Me esforzaba por convencerme de que yo ahora era mayor, y él era viejo y estaba enfermo. Y sabía además que él no podía ser el asesino, que estaba impedido y sometido a vigilancia continuada. Pero, a pesar de ello, solamente pensar que iba a encontrarme con Marzal Castán hacía que me sintiese extraña, indefensa, asustada.

Ir a verlo era como si a una la visitara el fantasma de las Navidades pasadas, algo que me recordaría todo lo que estaba mal, todo lo que podríamos haber hecho mejor o incluso cómo deberíamos haberlo hecho. Su hija estaba muerta y los dos la habíamos querido, solo que no lo suficiente. Yo la quise de un modo feroz y loco, pero nunca supe entenderla. Él tal vez la quiso con violencia y con crudeza, de todas las maneras incorrectas. Acercarme a esa visita era, en el fondo, sentir que yo también le había fallado a Ana, que no estaba exenta de culpa.

—He hablado con Camille mientras estabas en la ducha —dijo Kevin, rompiendo el silencio—. No ha dejado de llamar desde que se enteró de lo que te pasó ayer. Está atrapada en Madrid.

Me pareció que lo decía con sorna, como si la situación le hiciese mucha gracia, y me pilló desprevenida. Lo miré, con aire inquisitivo, sin entender.

—Iba a venir para aquí esta misma tarde. Ya sabes que le gusta estar donde está la acción —dijo, y asentí, alentándolo a continuar—. El caso es que tenía un AVE a Huesca a las doce de la mañana, justo a tiempo para hacer algunas compras. Tú no lo sabes, porque has estado dormida buena parte de la mañana, pero hoy ha nevado en Madrid.

—¿Y han cancelado los trenes? —le pregunté, sin entender.

—No. Camille se ha resbalado al salir de una tienda en el centro. Se ha hecho un esguince y ha tenido que ir a urgencias. No estará aquí hasta, por lo menos, mañana.

Ante la imagen de Camille Seigner, la imparable e intrépida reportera, cayéndose de culo al salir de alguna tienda de lujo y acabando escayolada, a casi quinientos kilómetros de donde estaba situada la acción, no pude evitar reírme. Por un momento, los dos nos reímos, como si nada importase, como si tuviésemos derecho a ser felices, sin recordar que nos dirigíamos a la mismísima boca del infierno. Así era, al menos, para mí.

—Será cosa del karma —dije, entre risas.

Kevin solo consiguió enmascarar durante unos instantes cómo me sentía yo en realidad. El silencio volvió al coche mientras recorríamos buena parte del camino que el día antes había hecho con Santiago. Me sorprendió que nuestro destino quedase a apenas un centenar de metros después de pasar la antigua estación. Me pareció irónico. Mi marido aparcó delante de un edificio de tres plantas, un bloque de pisos nuevo e impersonal. Había un coche patrulla aparcado y un policía hacía guardia. Kevin lo saludó con un movimiento de cabeza.

—Ya estamos aquí —me dijo.

Yo me había quedado plantada en la acera, a unos metros del portal, mirando hacia el edificio. Nunca había estado allí, pero notaba que podía olerlo, sentir su presencia. Como la presa siente al cazador. Hacía frío, mucho frío. La nieve no se había derretido, aunque el sol había brillado todo el día.

—Sí.

—¿Preparada? —me preguntó, mientras buscaba mi mano, la cogía, la frotaba.

Asentí.

83

Es curioso. Mientras entraba en aquel bloque de pisos de obra nueva, en un vestíbulo frío y demasiado iluminado, lo primero que me vino a la mente fue la vieja casa de los Castán.

En ella, había una enorme cabeza de ciervo macho colgada en la pared; sobre la mesa en la que desayunaban, comían y cenaban, una cabeza de animal muerto y disecado. Lo más impresionante no eran los cuernos —una cornamenta completa, enorme y hermosa, de ciervo adulto—, sino los ojos: estaban muertos, vacíos, negros y brillantes como canicas. Cuando los miraba siempre temblaba de puro terror: ¿y si me devolvían la mirada? Ana me decía que era tonta, que era una niña tonta que tenía miedo de todo, pero yo no entendía cómo podía vivir en un lugar así.

Siempre sentí que yo no pertenecía a ese lugar, que tenía, por ejemplo, que limpiar las sillas antes de sentarme, como hacía mi madre. Intentaba disimular mi incomodidad para no ofender a Ana. Quería que me gustaran su casa, su habitación —pequeña y fea, triste, como si no perteneciera a una niña—, pero no podía. Era un lugar terriblemente masculino, en el que la presencia de una mujer, la madre de Ana, había quedado reducida a un anillo en el dedo de su hija, una antigua promesa de matrimonio. Ese dedo era lo único que encontraron de Ana, en el desagüe de la cabaña de caza de su padre. Solo eso. De lo demás se deshizo, lo esparció por el monte, pero ese dedo se lo quitó, se lo robó, puede que antes incluso de matarla.

La nueva casa, el piso donde ahora vivía Castán, ¿conservaría algo de su esencia, de la vida triste y doméstica que había construido, a modo de jaula, en la que encerrar a su hija? Cada peldaño de la escalera que subí para encontrarme con él, lentamente, seguida por Kevin, era como una descarga eléctrica para mí. ¿Qué iba a encontrarme? ¿Un espacio austero, impersonal, aséptico? ¿Un lugar al que ella jamás había pertenecido?

No quería verlo y que ella no estuviese, que no estuviese en ninguna parte. Había odiado su antigua vida, la que había acabado de esa manera tan brusca, pero la había amado a ella: había amado el modo que tenía de apasionarse por las cosas, la manera que tenía de posar los dedos en los objetos más nimios y hacerlos especiales, el modo desenfrenado que tenía de correr y de tratar de huir, de echar a volar. Había amado todas esas cosas, y muchas otras, pero subir esas escaleras para encontrarme con su padre solo me alejaba más y más de todo aquel amor, y me anclaba al odio, al rencor.

Suspiré.

—Deberíamos haber cogido el ascensor —dijo Kevin, detrás de mí.

Negué.

—Hay lugares a los que solo se puede llegar andando.

En lo alto de las escaleras no estaban las puertas del infierno, pero yo sentí que sí, que cada peldaño me había alejado de mí misma y me había acercado a él. Marzal Castán vivía, ahora, en el último piso de aquel bloque. Solo había un descansillo, y un policía vestido de uniforme aguardaba en la puerta, flanqueándola. ¿Nos esperaba a nosotros? Kevin lo saludó haciendo un gesto seco con la cabeza, que él le devolvió, de manera casi marcial. Yo no hice nada. Girar el picaporte y entrar. Él nos esperaba. Girar el picaporte y entrar.

Pero era una puerta que me costaba demasiado esfuerzo abrir.

84

Íbamos los tres apretujados en la parte delantera de la ranchera del padre de Ana, con la cierva muerta tapada con una loneta en la parte de atrás. Empezaba a chispear. Ana estaba en el centro, entre nosotros dos; nuestros brazos se rozaban. Incluso a través de las capas y capas de prendas de abrigo que llevaba encima, sentía la calidez que su cuerpo desprendía. La suya era una calidez extraña, como si su temperatura siempre estuviese un par de grados por encima de lo normal, como si siempre tuviera fiebre.

Después de abatir a la presa, su padre la había cargado durante dos kilómetros hasta llegar a la cabaña de caza en la que me había dejado mi padrastro antes del amanecer. Él solo. Me había parecido que, antes, habíamos caminado mucho más, pero seguramente lo habíamos hecho en círculos. En línea recta, no eran más de veinte minutos a paso ligero, con un leve desnivel. Esta vez, no habíamos ido en silencio: Ana hablaba sin parar y le lanzaba palos al perro para que corriera a por ellos. Su padre no decía nada. No se paró ni una sola vez. No necesitaba recuperar el aliento, era fuerte como un toro. Cargaba con aquel cuerpo caliente y sangrante como si no pesara más que una pluma. Yo lo observaba en silencio, y dejaba que fuese Ana quien llenara el vacío del bosque. Todo se había despertado, pero yo sentía que caminaba por un sueño. El sol se colaba entre los árboles y había pequeños claros de luz donde todo brillaba. El pelo de Ana parecía hecho de hebras de oro, y yo no podía evitar sonreír al verlo, pero la visión de reojo de los ojos de la cierva, abiertos pero sin vida, como dos canicas negras y brillantes, hacía que la sonrisa se me borrase al momento.

Cuando llegamos a la cabaña, el padre de Ana dejó con un golpe sonoro el cuerpo aún caliente del animal en la parte trasera de su ranchera, y después nos miró.

—Tenemos que llevar esto a un restaurante —dijo.

Ninguna de nosotras dos dijo nada. Nos subimos al coche, obedientes, y esperamos a que él se fumase en silencio un cigarrillo, fuera, con el cuerpo apoyado contra la puerta.

—Le gusta hacer eso, a veces —me dijo Ana.

La miré. Tenía la frente sudorosa y estaba pálida, aunque apenas un momento antes me había parecido que estaba mejor que nunca.

—¿El qué? —le pregunté.

—Ya sabes —dijo ella, y se encogió de hombros—. Fumar después.

No me atreví a preguntar después de qué.

85

Giré el picaporte y abrí la puerta.

Por una vez en mi vida, sentí que estaba siendo valiente, valiente de verdad. Nunca he sido como Ana, nunca he tenido que serlo, pero sí que podía ser valiente ahora. ¿Por qué me daba tanto miedo? Una parte de mí, la racional, la que había elaborado mil y una teorías alternativas, me decía que no tenía que estar asustada, que ese hombre solo era un pobre diablo que no podía hacerme nada, y menos en ese estado; sin embargo, la otra… Mi parte más primitiva, más instintiva, me decía que debería salir corriendo, huir lo más lejos posible de todo, de ese hombre y también del pueblo que era suyo. No sabía a cuál de las dos partes escuchar, pero la voz de mi marido me sacó de golpe de esos pensamientos.

—¿Entro contigo? —me preguntó Kevin.

Congelé mis movimientos. Había abierto la puerta, pero seguía sin entrar. Me volví y lo miré.

—No —le dije, con un hilo de voz—. Tengo que hacer esto sola.

Kevin no dijo nada, pero asintió.

—Estaré aquí fuera. Si me necesitas… —empezó.

—Si te necesito, silbo.

Él no lo entendió, pero tampoco importaba demasiado. Respiré hondo y crucé la puerta.

La cerré detrás de mí. Era un piso con suelo de parqué que debía de ser luminoso de día. El recibidor se abría sobre la sala de estar, y sabía que ahí estaría él. No había dado ni un paso cuando oí el sonido lento y pausado, artificial y mecánico, de su respiración. Y, después, su voz. Una voz ronca, rasgada por el tiempo y las penurias, amarga como la parte blanca de la piel de los limones, como un arañar de uñas sobre una pizarra. Me estremecí, pero seguí caminando. Tenía que hacerlo.

—¿Eres tú? —preguntó, lenta, lentamente.

Su respiración era la de un animal herido, moribundo. La mía, la de una presa que se sabe perseguida.

Un paso más y ya casi estaba ahí, en el salón de aquella casa que no era la de Ana, que tampoco era la de Castán, pero que olía a él: tabaco, madera, y algo acre que identifiqué siempre con la muerte, con los calcetines sucios y con las botellas de agua que se utilizan durante demasiado tiempo, con la enfermedad.

Era un piso nuevo y moderno, pero se notaba que, en realidad, allí no vivía nadie. No estaba decorado, no había fotos sobre los muebles, ni mantas sobre el sofá: todo era frío, gris, aséptico. La sala de estar era espaciosa y tenía una cocina americana que se abría sobre ella, pero no parecía utilizarse demasiado.

Al mirar a Castán, uno podía entender por qué: el hombre no estaba para cocinar.

Estaba sentado en el sofá, con una mascarilla, enchufada a una bombona de oxígeno, que le cubría parte del rostro. Era viejo, sí, pero aún era alto, grande como el tronco de un roble. Tenía la piel arrugada y con un aspecto quebradizo, como si estuviese a punto de romperse. Se intuía que le habían partido la nariz por varios sitios, pero eso no impidió que lo reconociese. Sus ojos eran los mismos. Incluso a través de la distancia que nos separaba —yo estaba en la entrada del salón, parada bajo el quicio de la puerta—, sentía que eran como dos témpanos de hielo que en cualquier momento se me podían clavar en el cuello, y rebanarme la yugular. Como si fuera un cerdo. Un asqueroso y maldito cerdo.

Se quitó la mascarilla y me dirigió una sonrisa.

La boca de Marzal Castán, a pesar de lo viejo que era, a pesar de la enfermedad, también era la misma, con los dientes torcidos pero casi afilados, con las comisuras siempre hacia abajo, como si estuviese disgustado, a punto de prorrumpir en un ataque de ira, y aún me provocaba la misma sensación: un estremecimiento, una suerte de temor naciente, como si cualquier cosa —buena, mala— pudiera sucederme. Me quedé de pie, mirándolo, ahí sentado en el sofá, apenas una sombra del hombre que había sido, convenciéndome de que aquel animal viejo y herido, despojado de toda dignidad, no podía hacerme ningún daño, no así. Un viejo montón de trapos sucios. Eso es lo que era.

Yo no quería preámbulos, así que le hice la pregunta a bocajarro.

—¿Por qué querías verme? —le escupí, observándolo y clavando los ojos en los suyos, fríos como el hielo.

Respiró lentamente y se sujetó la mascarilla a la cara, inhaló todo ese oxígeno de primera calidad. Después, la separó de su rostro. Su respiración se convirtió entonces en algo estentóreo, dificultoso, ruidoso. Desagradable. Tragué saliva. Era como si, en aquel espacio invadido por su presencia, me faltase el aire.

—Si no la pue'o ver a ella, pues elijo verte a ti —me dijo, y yo me quedé atónita, sin entender. ¿Se refería a Ana? Claro que sí, no podría haberse referido nadie más—. Siempre os parecisteis mucho. Casi idénticas.

No dije nada. No podía decirle nada, no podía contestarle nada. Yo no era su hija, nunca lo había sido, y no había día en que no diese las gracias por ello. No ser la hija de Marzal Castán me había salvado de más cosas de las que sería capaz de entender, eso lo tenía claro. Si Ana hubiese tenido otro padre, otra familia, otra vida… Tal vez todo habría sido diferente. Tal vez, con otro padre, con otra vida, Ana aún estaría viva. Y ese solo pensamiento me hacía odiar al hombre que tenía delante, con una fuerza incontenible, irrefrenable.

—¿Pa' que has venío tú, niña? —preguntó.

Tosió al final de la frase, tanto que pensé que se iba a ahogar. No obstante, cuando se puso la mascarilla de nuevo en la cara y volvió a inhalar el oxígeno, todo pareció calmarse, casi como si el tiempo se suspendiera. En realidad, solo era yo, que intentaba detener el tiempo, pensar la respuesta. ¿Para qué había ido a verlo? ¿Para qué había accedido a su capricho? Porque necesitaba saber, solo por eso…, ¿verdad?

—Me dijeron que querías hablar, pero que solo lo harías conmigo —le contesté. Quise parecer fría, seria. Como si no me fuera la vida en ello.

—¿Quién? —preguntó él. Una sola palabra, entre silbidos agónicos.

—Santiago —respondí, sin entender a qué venía la pregunta.

Marzal Castán volvió a retirarse la mascarilla de la cara y, esta vez, habló con claridad, con su voz ruda y grave de siempre, esa voz cavernaria que siempre me había aterrorizado.

—¿Y 'ónde está ahora Santiago, niña? —me preguntó.

Me sentí como si aquello fuese una prueba, como si hubiese una respuesta correcta y una errónea, una que me acercaría a las respuestas que tanto ansiaba y otra que, sin remedio, me alejaría de la verdad para siempre. Cerré los ojos.

—Muerto —respondí.

Y Marzal Castán se echó a reír.

86

El coche se había detenido en la frontera y yo solo podía pensar en que no llevaba el pasaporte encima. ¿Por qué debería llevarlo? Solo íbamos a cazar. Y, de todas formas, nunca me habían parado antes. Nunca. Pero, esta vez, nos pararon. Un hombre y dos niñas, la parte de atrás de la ranchera cubierta con lona, y esta firmemente atada, como si hubiera algo que ocultar, algo que esconder... Hasta yo podía darme cuenta de lo que parecía. Y no era nada bueno.

—Sonreíd —dijo el padre de Ana.

—¿Pasa algo, papá? —preguntó ella. Parecía asustada, pero no le temblaba la voz.

—No —respondió él, con voz ronca.

Siempre tenía la voz así, ronca, seca, dura como la tierra, pero pensé que parecía nervioso, y eso me preocupó. El corazón me latía tan deprisa que creí que se me iba a salir del pecho, pero me esforcé por sonreír. Lo que más me aterraba, más incluso que el hecho de que nos detuvieran en la frontera, era que el padre de Ana se enfadase conmigo. Sabía lo que era capaz de hacer —¿lo sabía de verdad, o solo lo intuía?—, y no quería que me lo hiciera a mí. No, eso sí que daba miedo. Más que ninguna otra cosa.

El guardia se acercó al coche y el padre de Ana bajó la ventanilla. Sin sonreír.

—Buenos días —dijo el guardia, con un carraspeo. Era un hombre menudo, de mediana edad—. ¿Las niñas son suyas?

—Sí.

Yo no era suya, no lo habría sido ni aunque serlo implicase la diferencia entre vivir o morir, pero no dije nada. Cerré los ojos.

—¿Van a pasar el día?

—Sí.

Volví la cabeza para mirar al guardia, pero verlo fruncir el ceño me asustó, así que me volví de nuevo y miré por la ventanilla. Ana tarareaba, y me dibujaba con el dedo cosas que no podía identificar sobre el pantalón grueso de pana. Ya no parecía nerviosa, ni asustada, pero su padre sí.

—Caballero, ¿qué lleva ahí atrás?

Silencio. Noté cómo la sangre me bombeaba deprisa. Ana tenía la mirada fija en mi pierna, y tarareaba lentamente y en voz baja. Miré de reojo a su padre. Tenía la cara rojiza. Y tal vez yo también.

—Una cierva muerta. La he matao esta mañana.

—¿Una presa? —repitió él, y tosió, como para sacarse una flema de la garganta. Siempre me ha repugnado esa clase de toses. Sacó un pañuelo de su bolsillo y se tapó la boca. Le oí escupir—. ¿Tiene usted licencia?

—Sí.

—¿Me la va a enseñar o no? —continuó el guardia, entre toses.

Pensé que parecía enfermo, pero no me dio pena. Me hacía sentir incómoda. El padre de Ana rebuscó en su cazadora de camuflaje y sacó un papel arrugado de la cartera.

—Tome —dijo, mientras le tendía el papel al guardia.

Este lo cogió y se volvió, para examinar el permiso con atención. O me imaginé que lo hacía con atención: solo podía verlo por el rabillo del ojo. Después, se giró hacia el coche y le devolvió el papel al padre de Ana. Suspiré, aliviada. Él no dijo nada.

—Parece que está todo en orden —dijo el guardia, y tosió de nuevo—. Vayan con cuidado.

Cuando ya habíamos pasado la frontera, Ana se echó a reír. Su padre la miró y emitió una única carcajada, ronca, casi como una tos. Yo no dije nada.

—Dejamos esto y vamos a desayunar unos cruasanes. En este lao' están más buenos.

Ana dijo algo, entusiasmada, pero no lo recuerdo. Solo podía pensar en que el guardia no había comprobado qué había en la parte trasera del coche. No, no lo había hecho.

Y yo me pregunté... por la mañana, ¿la lona cubría la parte de atrás del coche, antes de cazar a la cierva?

87

No entendí su manera de reír, desbocada, hilando carcajada con carcajada, ahogándose con sus propias risas, respirando entrecortadamente, inhalando oxígeno cuando le tocaba y, después, volviendo a reír. Lo miré una vez y luego otra, taladrándole los ojos, el cuello, las manos arrugadas con las que se sujetaba la mascarilla a la cara, sin comprender. Santiago era, había sido, su amigo. Ellos dos habían tenido, incluso, contacto desde que Castán había salido de la cárcel. ¿Por qué le hacía tanta gracia su muerte? No lo entendía, de ningún modo. ¿Tal vez Santiago sí había sido el amante de Ana? ¿Tal vez…? Durante apenas un segundo, pensé si habría sido él quien había matado a Santiago, pero verlo así, una piltrafa humana, apenas capaz de respirar por sí mismo, me quitó la idea de la cabeza.

—¿Es que no tienes corazón? —le pregunté, mientras lo fulminaba con la mirada.

Dejó de reír, pero me miró, con un brillo divertido en los ojos, como si supiese algo que se me escapaba. Negó con la cabeza, lentamente. Y me sonrió, una sonrisa llena de huecos y de dientes podridos.

—¿Qué querías decirme? —inquirí, con la paciencia al límite.

Sentía que, con cada segundo que pasaba ahí dentro, cada vez me alejaba más y más de quien era yo, de mi verdadera vida, y ya solo quería huir, escapar, marcharme bien lejos de allí.

—Muchas cosas, pero algunas ya las sabes —me respondió, y por un momento se retiró la mascarilla de oxígeno.

Ahora, sus palabras sonaban calmadas, reposadas, como si ya no fuese el viejo loco y desquiciado que reía de esa manera inexplicable ante la muerte del que había sido, durante tantos años, su amigo. Lo miré, sin comprender, sin entender a qué se refería. ¿Qué era lo que yo ya sabía? ¿Se refería a las cartas de Ana, a los secretos de su hija, a la parte de ella que yo había conocido mejor que él...? Seguí observándolo, tratando de entenderlo, tratando de discernir entre lo que me parecía locura y, ¿quién sabe?, los retazos de verdad que se escondían entre sus risas, entre sus miradas desquiciadas, entre sus equívocos.

—¿Qué es lo que yo sé? —le pregunté, mientras intentaba aclararme.

—Tú estuviste ahí, niña —me dijo, e hizo una pausa para respirar. Esperé, atenta, sintiendo cómo todo cuanto había en mi interior se detenía, puede que hasta los latidos de mi corazón—. Tú lo sabes todo.

—¿Qué es lo que sé?

—La conociste como nadie —empezó, y se detuvo, puede que para respirar, o puede que, también, para desquiciarme, para acabar con la poca paciencia que me quedaba—. Tú lo sabías to'.

Reprimí las ganas de decirle que no sabía nada, que todo sería diferente si, como él decía, yo lo supiera todo. Sí, sabía que Ana había tenido un novio secreto, o tal vez dos, y había pensado que ese novio era quien estaba detrás, pero luego Santiago, mi principal sospechoso, acababa de ser degollado, lo que me había sumido en un estado de confusión más grande que al principio. Y sí, sabía lo de José Carceller, pero eso no había sido más que un callejón sin salida, una pista que había muerto en sí misma, que no me había llevado a nada relevante, más que al hecho de que Santiago y Lorién le profesaban una gran fidelidad a Marzal Castán.

—Quise mucho a tu hija, eso ya lo sabes, pero está claro que ella no me lo contaba todo —le dije, y me sentí estúpida nada más pronunciar esas palabras, porque había cedido al tonto impulso de justificarme ante él, precisamente ante él.

—Chica lista y escurridiza —replicó, y esta vez soltó una única carcajada. Me pareció que lo decía casi con amargura, pero los ojos le brillaban, risueños—. Salió a su madre.

No dije nada. No había conocido a la madre de Ana, no tenía ni idea de si Ana se parecía o no a ella. Estaba claro que no se parecía ni lo más mínimo a su padre, sobre todo en el aspecto físico. En cuanto al carácter… Marzal Castán era callado y reservado, y Ana no podía parar de hablar; él era serio y vivía anclado a la tierra, a lo tangible, mientras que su hija era esencialmente soñadora. No, no me daba la impresión de que se pareciesen tampoco en eso.

—Pensaba que eras más lista —replicó, y algo en su tono de voz, que oscilaba entre el reconocimiento y la decepción, hizo que me sintiese herida.

Nunca había sentido la necesidad de agradar a ese hombre, de complacerlo, pero me daba un pánico terrible contrariarlo, provocar su ira. Tragué saliva, intentando parecer seria, tranquila, una mujer que ahora era adulta, que ya no volvería a ser una niña. Él ya no podría hacerme daño, esa clase de daño que yo sabía que le había hecho a su hija.

—Créeme, lo soy —le solté, cada vez más impaciente—. Y ella también lo era, pero solo era una niña. Y tú siempre has sido un monstruo horrible.

Primero, volvió a reír. Era como si se deleitara con mis palabras, como si le encantasen, como si solo me hubiera llamado para que yo acudiese a su lado y le dijera lo que quería oír. Pero, después, se quedó callado y me miró, y entonces negó con la cabeza, como si me diera a entender que no iba por buen camino, que me equivocaba de cabo a rabo. Esa clase de mirada habría bastado para desestabilizarme en circunstancias normales, pero allí… Tan solo hizo que me pusiese a temblar con una extraña mezcla de rabia y de puro temor.

—¿Qué? —inquirí. Ya había perdido los estribos.

—Habla con tu padre —me dijo, deteniéndose después de cada palabra. Comprendí que le costaba hablar del tirón, sin pararse a respirar a cada rato.

—¿Con mi padre? —le pregunté. Fue inevitable mirarlo, desconcertada.

La mirada que me devolvió Marzal Castán rezumaba curiosidad. Respiró hondo, hizo uso de su bombona de oxígeno y, al retirarse la mascarilla de delante de la cara, me dirigió una nueva sonrisa. Más perversa que antes.

—Lorién. —Pronunció el nombre con total claridad, como si lo paladease. Seguramente estaba desencajada, porque no entendía nada—. No tienes ni idea, niña —prosiguió, con esa sonrisa extraña en los labios—. Y créeme: cuando lo entiendas, tú también te reirás.

88

Ana tenía el pelo mojado y yo se lo peinaba con los dedos, pero sabía que nunca conseguiría hacerle una de esas trenzas que siempre llevaba. Me había hecho una a mí y yo me había mirado durante cinco minutos enteros en el espejo, entre admirada y confundida. No parecía yo, parecía ella. Cualquiera habría dicho que éramos hermanas. Seríamos las mejores hermanas del mundo, las que más se querrían. Las mejores. Quería hacer lo mismo por ella, pero no podía. Estábamos sentadas en el suelo de mi habitación, escuchando a Nirvana. Habíamos comprado todos sus discos en Pau la semana anterior. Nos había llevado mi madre, a regañadientes, pero Ana no tenía reproductor de CD. Yo sí. Me lo habían regalado por Navidad.

De todos modos, no quería tener algo que ella no podía disfrutar, así que le había preparado una cinta de casete, con nuestras canciones favoritas. Muchas eran de Nirvana, pero también había otras, desde David Bowie a los Cranberries. La llamé, casi como si fuera un chiste, Pirineo Noir. Vivíamos en los Pirineos, al fin y al cabo, y una de las canciones «Paint It, Black», de los Stones, me dio la idea. Se la entregué a Ana, triunfante, y me había pedido reproducirla en el aparato de música. Ella, en su casa, tenía un radiocasete a pilas. Ahora, sonaban las notas de Nirvana y, como siempre, se había puesto melancólica.

—¿Tú podrías hacer lo que hizo él? —me preguntó.

—¿Él, quién?

—Kurt Cobain.

Solté una carcajada.

—¿Suicidarme? ¡Pues claro que no, Ana! Es que él estaba muy triste siempre, ¿sabes? No se puede vivir estando siempre tan triste.

—Yo estoy siempre triste.

—No lo creo. Tú a veces te ríes —le dije, y le revolví el pelo, con lo que desistí en mi intento por trenzárselo en condiciones—. ¡Pero si te ríes todo el tiempo!

—No todo el tiempo, Alice —musitó, y se volvió hacia mí. Aquel pelo lacio y mojado se me escurrió entre los dedos—. A veces estoy triste. Cuando tú no miras, yo también estoy triste y lloro. Y, créeme, no son de esas lágrimas que se van como vienen. Las mías parece que no se van a acabar nunca, que me van a dejar seca.

—Todos estamos tristes a veces, Ana.

—Ya, pero... —Se quedó callada y pensé que eso sí que era raro, que ella estuviese callada. A veces tenía que pedirle que se callara, entre risas, solo para poder pararme a pensar—. Yo a veces estoy triste de verdad.

Hice un mohín. Mi madre odiaba esos gestos. Decía que no había por qué intentar parecer todo el tiempo tan afectada, que no había necesidad de ser tan dramática.

—¿Es por lo de tu...?

No me dejó terminar. Se puso en pie y me dio la espalda.

—Ya sabes que sí. No seas niña.

No dije nada. Me levanté y fui tras ella, pero cuando tenía la mano suspendida en el aire, a punto de rozarle el hombro, pensando que eso la consolaría, me detuve. Era una chorrada. No iba a consolarla. Había visto los moratones en su muslo. Un abrazo no iba a borrarlos. Nunca. Nada podría. No era como esas ojeras, fruto de una mala noche, que desaparecen bajo una buena capa de maquillaje. Para lo que ella tenía, no había disimulo posible.

—Lo siento —carraspeé. Me costaba tragar saliva. No sabía qué decir. Pensé que quizá Ana no necesitaba que dijese nada, solo que estuviese ahí, guardándole las espaldas, pero ella tampoco decía nada y eso me hacía sentir incómoda. Tenía que llenar ese silencio—. ¿Y has pensado alguna vez en hacer... eso? ¿De verdad lo has hecho?

Al principio, no dijo nada. Me senté en la cama y observé su espalda, con el pelo mojado que le goteaba y le mojaba el camisón y la trenza a medio hacer. Pero luego se volvió, lentamente, y me miró, con una sonrisa extraña en los labios.

—Un millón de veces, pero no creo que fuera capaz. Supongo que soy una superviviente —concluyó, y se encogió de hombros.

Me habría gustado echarme a reír, pero no encontraba las ganas.

89

Salí de allí todo lo deprisa que pude, no me importó parecer maleducada. Marzal Castán se quedó sentado en el sofá, con la mascarilla en la mano, la respiración de un muerto en vida y una sonrisa cruel en los labios. Sentía que tenía que irme, correr, salir de ahí cuanto antes.

Abrí la puerta del apartamento y salí atropelladamente, me lancé en una frenética carrera escaleras abajo. Kevin me miró cuando pasé a su lado y, sin decir nada, me siguió. No hablamos hasta que llegamos a la calle. No podía hablar. Sentía que, si abría la boca, acabaría por vomitar.

Una vez en la calle, inhalé profundamente, y me llené los pulmones de un aire que, por fin, me parecía respirable, limpio. Me sentía asqueada, mareada, como si acabara de salir de un lugar con la atmósfera muy cargada. Y, sobre todo, me sentía confusa. ¿Qué respuestas creíamos que íbamos a encontrar hablando con Marzal Castán? Miré a mi marido, intentando transmitirle toda mi desazón, rezando por que él fuera capaz de leerme los pensamientos y así, tal vez, ordenarlos. Lástima que las cosas no funcionen así.

—Alice, ¿qué ha pasado ahí dentro? —me preguntó, con mirada escrutadora.

Negué, con un movimiento de cabeza demasiado rápido, que, sin duda, me delataba. Vi por el rabillo del ojo cómo el policía de turno se abalanzaba escaleras arriba, hacia el interior de la vivienda, como si temiese que yo hubiese apuñalado al viejo o algo así. Apenas una milésima de segundo después, recordé que Marzal Castán debía someterse a vigilancia constante, día y noche, y que yo, de manera imprudente, lo había dejado solo, huyendo escaleras abajo, desesperada por un poco de aire fresco.

—¿Qué te ha dicho? —me preguntó Kevin, y con ello me sacó de mis pensamientos.

No supe bien qué contestarle. En realidad, Castán no me había dicho nada, absolutamente nada que tuviese valor, nada que pudiese ayudarnos a resolver el caso. Y sin embargo… Como era costumbre desde nuestra llegada a As Boiras, sentía que algo se me escapaba, que debía leer entre líneas, desenmascarar la verdad que trataba de ocultarse en las sombras. Ese mero pensamiento hacía que me doliera la cabeza.

—No sé por qué quería hablar conmigo, Kevin —le confesé, y lo miré, tratando de encontrar algo cálido, reconfortante, en sus ojos oscuros—. No tenía ninguna intención de contarme algo de utilidad. Ninguna.

—¿A qué te refieres? —me preguntó. A juzgar por su tono de voz, parecía confundido. Y eso me desconcertó, porque él siempre iba dos pasos por delante de mí. No era, desde luego, nada alentador. Me había quedado callada, mirándolo, así que él me puso la mano en el brazo, me lo apretó con suavidad, me llamó de vuelta a la realidad—. Entonces ¿por qué crees que pidió verte, Alice?

—No lo sé —respondí, negando con la cabeza—. Me decía todo el tiempo que yo conocía a Ana, que yo lo sabía todo… Pero no sé a qué se refería. Kevin, ¿y si pensaba que yo sabía quién era el novio de Ana?

Él me miró, titubeante, porque, en realidad, él tampoco conocía la respuesta a mi pregunta.

—¿No te ha dicho nada más? —insistió.

Me encogí de hombros.

—Me preguntó por Santiago, que dónde estaba ahora. Le respondí que muerto. Y entonces…

Me quedé callada, porque la escena todavía me daba vueltas en la cabeza. Kevin entrecerró los ojos, mirándome, pero la situación no tardó en sacarlo de quicio.

—Entonces ¿qué? —preguntó.

—Se echó a reír, Kevin. Por supuesto, él ya sabía que Santiago estaba muerto, pero quería que yo se lo dijese. Y, entonces, se echó a reír.

Mi marido volvió a negar con la cabeza, como si todo esto lo cabreara sobremanera. Sacó del bolsillo de los pantalones la cajetilla de cigarrillos, cogió uno, se lo encendió. No le dije nada, lo dejé hacer, tal vez porque, en el fondo, sentía que aquella frustración más que evidente tenía su razón de ser: al fin y al cabo, yo debería haber sacado mucho, muchísimo más de mi encuentro con Castán. Debería, por lo menos, haber sacado alguna información, y, en su lugar, tenía aún más dudas que al principio. Suspiré, sin poder evitarlo.

—Solo es un viejo loco, Alice —me dijo Kevin, a modo de consuelo.

Pero, en realidad, yo no necesitaba su consuelo, ni nada parecido. Lo único que necesitaba eran respuestas, solo eso, y sentir que estaban ahí, al alcance de la mano, me iba a volver loca de remate.

—Me dijo que hablase con Lorién, Kevin —le confesé, hecha un mar de dudas, porque aún no tenía demasiado claro qué había querido decirme con eso.

—¿Con Lorién? —preguntó él.

Asentí. No es que Lorién me pareciese la persona más fiable del mundo, pero, según Kevin, y hasta donde yo sabía, siempre se había mostrado especialmente cooperante con la policía, presto a responder todas las preguntas, a ofrecer toda la ayuda que pudieran necesitar.

—Igual solo quería despistarme —aventuré, con un encogimiento de hombros.

Pero Kevin tenía un brillo extraño en los ojos, como si sopesara las palabras que Castán me había dicho, esa leve acusación hacia Lorién.

—No sé a qué se refería, la verdad —le confesé a Kevin—. Ya sabes que Lorién nunca me ha caído bien, pero no sé qué pensar.

Kevin asintió, le dio otra calada al cigarrillo y se llenó los pulmones de humo.

—Me dijo que, cuando lo entendiera, me reiría. Como si esto fuese un chiste o algo así, Kevin.

Me miró, y supe que entendía tan poco como yo.

—Lo que está claro es que Lorién sabe algo que no nos está contando —dije, sin pensarlo demasiado, porque sabía que, si me paraba a analizar cada una de las palabras de Castán, en la vida iba a sacar nada en claro de allí—. ¿Por qué iba a mentir Castán? No tiene nada que perder.

Kevin me miró y asintió, con movimientos lentos. Meditaba acerca de nuestra conversación.

—Está claro que oculta algo —fue su sucinta respuesta.

—¿Entonces? —inquirí, cada vez más frenética.

—Tenemos que hablar con Lorién.

90

Nos pusimos en marcha. Subimos al coche, dispuestos a ir al hotel. Era la mejor manera de encontrar a Lorién. Los dos guardamos silencio, como si estuviéramos sumidos en nuestros propios pensamientos. Yo, desde luego, lo estaba. Ver de nuevo a Marzal Castán había sido un jarro de agua fría, un golpe duro de realidad. Yo no lo conocí de joven; aun así, era un hombre lleno de vida, y todo lo que transmitía era fortaleza. Ahora, sin embargo, estaba viejo y enfermo, y era incapaz de respirar por sus propios medios. Me aterraba pensar que la misma distancia insondable que separaba a ese Castán pletórico de hacía treinta años del guiñapo que había visto poco antes era la que nos alejaba cada vez más de la posibilidad de descubrir la verdad.

Bajé la ventanilla del coche, para sacar un poco la cabeza, y embeberme del aire fresco de la noche que apenas acababa de llegar.

—¿Qué vamos a hacer, Kevin? —le pregunté a mi marido, cuando casi habíamos llegado al hotel.

—Habla con Lorién —me dijo, y su voz calmada y pausada delataba que había recobrado la serenidad—. Pregúntale. Háblale como su hijastra, no como Alice Leclerc.

Asentí, aunque no terminaba de entender a qué se refería. Nuestra relación padrastro-hijastra siempre había sido forzada. A mi entender, Lorién a nunca le había hecho mucha gracia que le viniera impuesta una hija postiza, a la que él no había podido criar y, por lo tanto, moldear. Siempre había pensado que quería a mi madre pero que mi presencia le resultaba incómoda, y nunca tuvimos demasiado de qué hablar.

Al marcharme de As Boiras, noté que Lorién respiraba aliviado, como si mi presencia en el pueblo solo hubiera sido causa de incomodidad. Y, en los años siguientes, apenas habíamos mantenido el contacto. Cuando nos veíamos, se mostraba siempre muy educado, ligeramente distante pero siempre muy al tanto de cómo me iba la vida. Y ahora…, Kevin me decía que le hablase como su hijastra, y no como Alice Leclerc. El problema es que nunca había sabido bien cómo conciliar esas dos realidades.

Seguí respirando el aire de la noche, que olía a nieve y a pino. Era un olor que siempre me recordaría a mi huida por el bosque y el frío, pero ahora me resultaba estimulante, porque, al fin y al cabo, nada de eso había sido capaz de acabar conmigo, ni con lo que llevaba en el vientre. Entonces, recordé que Santiago no había tenido tanta suerte: él había aparecido degollado junto a su coche y, a pesar de que yo nunca lo había visto de ese modo, no pude evitar imaginarlo, con la sangre coagulada alrededor de la herida abierta del cuello, vencido, llevándose con él secretos que quizá no aflorarían jamás. Sentí que una oleada de náuseas me dominaba, y tuve que cerrar los ojos, con la cara al viento, un buen rato.

Por fin llegamos al hotel y, durante unos minutos, nos quedamos sentados en el coche, parados en el aparcamiento, en silencio y a oscuras. Necesitaba meditar bien los siguientes pasos, y para ello debíamos repasar los que habíamos dado hasta entonces. Al parecer, a Kevin le ocurría lo mismo. El día se me había hecho larguísimo, como si todo lo sucedido desde que conduje hasta Hecho para reunirme con José Carceller, o desde que acabé perdida y huyendo por el bosque, hubiese ocurrido en un línea continua, sin pausas, sin interrupciones.

Y, en cierto modo, así había sido: apenas había dormido, y todo se había encadenado, los hechos se habían sucedido los unos a los otros, y me habían empujado hasta llegar hasta ahí. Muchas cosas, demasiadas, habían cambiado: habían asesinado a Santiago, y en cuanto al asesino... Estaba claro que quería algo de mí. El collar de Ana, evocado en la puesta en escena del cadáver de Emma Lenglet... Nada de eso podía ser aleatorio, fruto de la casualidad. Sencillamente, era del todo imposible.

Los dos seguíamos callados, sumidos en nuestras reflexiones, en pensamientos seguramente oscuros, que parecían pugnar por romper la paz de nuestras mentes, por volverlas del revés. En cuanto a Lorién, si algo tenía claro a estas alturas era que mi madre lo quería, y también tenía más que clara una idea no tan halagüeña, perturbadora incluso: mi madre lo había elegido a él, su vida con él, antes que a mí. Y sabía que, a pesar de la distancia que se había abierto entre nosotras, ella siempre lo volvería a elegir a él, cada maldita vez. No pude evitar tocarme la barriga, como si tratase de apreciar, de palpar a ese feto que sabía que vivía en mi interior, preguntándome si elegiría a Kevin antes que a él. Deseé no tener que hacer nunca semejante elección.

Eran las ocho de la tarde de un domingo. Lorién solía estar en su despacho, o pululando por el restaurante, comprobando que todo estuviera en orden para el turno de cenas. Me dije que no nos costaría demasiado encontrarlo, pero, entonces, ¿qué pasaría? No tenía ni idea de qué decirle, de cómo abordarlo para que fuese sincero, para que me dijese toda la verdad. ¿Qué escondía?

Él los había conocido, a Marzal y a Santiago, mejor que nadie. Habían pasado juntos media vida, cazando o recorriendo las montañas, convirtiéndose, cada uno a su manera, en elementos imprescindibles del paisaje de As Boiras. Hasta que Lorién y Santiago, aunque tarde, lo descubrieron y lo entregaron. Pero, con el tiempo, estaba claro que el que había salido ganando de los dos era él. Contemplé, todavía sin salir del coche, el enorme Gran Hotel, cuyas ventanas iluminadas desafiaban a la oscuridad de la noche. Era elegante, casi majestuoso, un remanso de civilización que parecía contradecir al abrupto paisaje que lo rodeaba, pero de un modo casi encantador. Miré a Kevin. Ahora no me dirigió ninguna sonrisa.

Salimos del coche.

91

Ana se miraba en el espejo, con los pechos puntiagudos apuntando hacia el cristal bajo aquel fino vestido lencero, sin sujetador. Estábamos en una tienda de la ciudad, habíamos venido las dos solas en autobús y recuerdo que, durante todo el trayecto, sentí una mezcla de miedo y de emoción, como si aquel día fuera a suponer un paso definitivo en nuestro camino hacia la madurez. Buscábamos un vestido para la fiesta que se celebraba todos los años en el hotel de mi padrastro para conmemorar su fundación. En realidad, las dos sabíamos que iba a ser una fiesta aburrida, con canapés pomposos servidos por camareros trajeados, y con copas de champán flotando en bandejas, pero nos parecía de lo más emocionante. Quizá solo nos parecía algo especial porque podríamos pintarnos los labios y llevar zapatos de tacón. Nunca habíamos ido a una fiesta de adultos, a una fiesta para la que todos se arreglan, se ponen elegantes. Una fiesta de esas, con vestidos que hacen frufrú, y orquesta, y baile. Parecía algo que solo ocurría en las películas, no en la vida real.

Nos habíamos metido las dos en el mismo probador, y hacía calor. Yo estaba sentada en una especie de banqueta acolchada, con el millón de vestidos que Ana se había probado y había descartado sobre las rodillas.

—¿Te gusta? —me preguntó, con la mirada fija en su propio reflejo, en el espejo.

Nunca la había visto enseñando tanta piel, a ella, que siempre llevaba manga larga y medias tupidas, hasta en verano. No se le veían

marcas por ninguna parte. Era como si, de repente, se hubiera converti-
do en otra persona: una distinta, peligrosa y mayor. Una que te miraba
y te mordía, que te succionaba el alma con los labios carnosos, que te
besaba en la boca y te hacía sentir que el mundo se acababa con eso, una
exhalación, un beso húmedo.

—Sí, pero...

No quería, pero fruncí el ceño. No pude evitarlo. Mi madre me decía
que era algo que llevo dentro desde que nací: no puedo evitar juzgar a
los demás, se me nota demasiado cuando algo me parece mal.

—¿Qué pasa? —me espetó, y se volvió hacia mí, disgustada.

—Es que se te ven los pezones —dije, conteniendo una carcajada.
Sabía que ella no le vería la gracia, pero yo sí. Los pezones, todo lo
corpóreo, lo mundano y lo físico, me fascinaban y me aterraban a partes
iguales, así que la reacción natural era, en mi opinión, la risa.

—¿Eso es malo? —me preguntó con suavidad, con una curiosidad
que parecía genuina.

—Sí —solté, sin pensar—. Quiero decir, no, pero igual es dema-
siado para una fiesta así. Es como que...

—¿Por qué? —me interrumpió, y batió las pestañas lentamente,
*como si fuera una criatura del bosque dulce e inocente, incapaz de hacer-
le daño a nadie.*

—Es que ni siquiera sé por qué te emociona tanto ir. Va a estar
lleno de viejos. Será aburridísimo —le dije, bostezando.

Todo el asunto de la fiesta empezaba a aburrirme. Ni siquiera sabía
por qué había invitado a Ana: empezaba a arrepentirme. Ella tenía esa
rara cualidad, estiraba tanto las cosas —incluso las anheladas, las que
yo esperaba con emoción— que al final las volvía aburridas, tediosas,
fastidiosas. Ana resopló y cruzó los brazos sobre el pecho. Uno de los
*finos tirantes del vestido se le deslizó por un hombro. Me resultó inevi-
table seguir su movimiento con los ojos, como si quisiera más, ávida, más*
carne, más piel, más fuego.

—Es que nos han invitado, Alice. Ahora no podemos dejar de ir
—replicó ella, seria, tajante.

—Porque el hotel es de Lorién. ¿Cómo no nos iban a invitar?

—También es el hotel de tu madre.

—Bueno, algo así —musité, y me encogí de hombros. A decir verdad, aún se me hacía raro que mi madre fuera propietaria de algo. Era extraño, me negaba a procesar tantos cambios en su —nuestra— vida.

—Si yo tuviera una madre, no haría nunca nada que pudiera disgustarle —me dijo, y pensé que me decía esa clase de cosas para avergonzarme, para hacerme sentir ridícula: ella no tenía madre, yo sí—. Tienes que ir. Y, si vas tú, voy yo —prosiguió, y me miró muy seria. Tras unos segundos, esbozó una sonrisa—. Y yo, si voy, quiero ir guapa.

—Pero ese vestido… Por favor, Ana, ¿por qué no te vuelves a probar el azul?

—Oye, Alice —me espetó, y borró todo rastro de aquella sonrisa—. Yo no soy ninguna cría como tú, ¿vale?

—Ya lo sé —repliqué, fulminándola con la mirada—. Yo tampoco soy una cría.

Pero sí, lo era. Quería gritarle que lo era, que yo sí era una cría, una niña que no entendía nada y que aún tenía miedo por las noches, una niña a la que le daban miedo los otros niños —los chicos, sí, pero también las chicas: podían ser tan crueles cuando querían…—, una niña que no quería hacerse mayor tan deprisa, como le estaba ocurriendo a ella.

—Pues no te comportes como una mojigata.

—¿Mojigata? —exclamé, indignada.

En realidad, me aterraba serlo. Cuando leíamos juntas revistas en las que se hablaba de sexo, yo me ponía roja como un tomate y me echaba a reír. A lo mejor sí que era una mojigata, pero estaba segura de que ese vestido no era apropiado para la fiesta. O de que no quería que Ana lo llevara y todos la miraran.

—Pues sí. A ver, ¿por qué no te gusta este vestido, si no lo eres?

—¡Porque pareces una puta con él!

Ana me miró y pensé que iba a pegarme. Durante unos segundos, pensé que iba a hacerlo, que su mano saldría disparada hacia mi cara y que se oiría un sonoro ¡plaf!, pero no. En lugar de eso, enterró el rostro entre las manos y se dejó caer, apoyando la espalda contra la pared y sentándose en el suelo. Y se echó a llorar.

No me moví. Sentía que debería hacerlo, que debía sentarme a su lado y enjugarle las lágrimas, pero no lo hice. Tenía calor y me dolía la cabeza, y, además, no sabía qué decirle. Al cabo de un rato que se me hizo eterno, Ana dejó de llorar y se quitó el vestido. Después, se puso en pie y me miró.

—Tienes razón, Alice, pero yo no puedo ser como tú. Cuando te vi por primera vez, ibas tan guapa y me pareciste tan diferente de todas las personas a quienes había conocido antes que pensé que el mero hecho de acercarme a ti me haría ser mejor. Pero ya veo que no. A lo mejor eso es lo único que puedo ser: una puta.

92

La gravilla del camino que conectaba el aparcamiento con la entrada principal crujía bajo mis pies, y el sonido hacía que me mantuviese alerta, despierta. Ni siquiera notaba el cansancio por toda esa adrenalina, esa pura y genuina excitación. Mejor así: sentía que, como me parase a descansar un solo minuto, acabaría sumida en una especie de sueño pesadísimo, un coma letárgico del que me costaría siglos salir. A través de la penumbra, busqué a tientas la mano de Kevin y la apreté.

—¿Qué debería decirle? —le pregunté.

—Solo habla con él. Muéstrate tranquila, segura pero vulnerable a la vez —empezó él, con esa voz calmada suya—. Como si le necesitaras.

Asentí. No tardamos en llegar al mostrador de recepción, presidido por una chica bastante joven que llevaba un moño muy tieso. Pensé que su sonrisa cansada desafiaba al mundo entero, pues aquel recogido tan tirante tenía que hacerle un daño horrible. Llevaba un cartelito en el pecho con su nombre: Carla. Supe, por su aspecto cansado y hastiado, que estaba terminando el turno de día, esperando a que la reemplazaran en el turno de noche y así poder marcharse a casa. Eso me puso alerta: es más complicado que alguien te eche una mano si lo pillas de mal humor.

Entonces, el teléfono de Kevin empezó a sonar. Apenas habíamos saludado a la chica, la tal Carla. Mi marido me hizo un gesto para que esperara y yo asentí. Entonces, se alejó para poder hablar y, aunque no podía escuchar sus palabras, sí que pude apreciar la seriedad de su rostro, que de pronto se ensombreció. Inevitablemente, me preocupé: aquello solo podía implicar malas noticias, algo que, en este caso, era terrible. ¿Otra chica desaparecida? ¿Muerta?

No pude especular mucho, porque también mi teléfono empezó a sonar. Me apresuré a contestar, alejándome yo también unos pasos del mostrador de recepción.

—¿Sí? —pregunté. Ni siquiera había mirado quién me llamaba. Me había limitado a contestar y ya.

—¿Alice? —inquirió una voz masculina al otro lado—. Soy Carlos, de la Guardia Ci…

—Sé quién eres —lo tranquilicé. En realidad, yo quería que fuera al grano cuanto antes, porque si me estaba llamando precisamente a mí tenía que ser porque ocurría algo. Y ese algo, claro está, no podía ser nada bueno.

—¿Estás con Kevin? Es que está comunicando y es urgente… —empezó a explicarse, con voz trémula.

—Sí, está hablando por teléfono —le expliqué, con calma—. ¿Qué pasa?

—Verás, es que tendría que hablar con él, porque…

Kevin, entonces, avanzó a grandes pasos hacia mí, con aire de seguridad y convicción. Pensé que eso era justo lo que le faltaba a Carlos, incluso a través de una simple llamada telefónica. Le pasé el teléfono a mi marido sin rechistar. Esta vez, no se alejó para hablar. Supe, por su conversación, que algo terrible había pasado: el piso franco donde estaba Castán, del que habíamos salido apenas unos minutos antes, estaba en llamas. No sabían si se trataba de un cortocircuito, pero habían recibido el aviso de que había un agente herido. Escuché con claridad cómo le daba a Carlos la orden de desplazarse hasta allí de inmediato, pues era quien estaba más cerca. Después, colgó, me devolvió el móvil y me dijo:

—Vamos a buscar a tu madre.

—¿No tendrías que ir para allá? —le pregunté, confundida.

—Ya va Carlos —me dijo, y, entonces, bajó el tono de voz, como si no quisiera que nadie nos escuchara—. No quiero dejarte sola con Lorién.

Asentí, pensando que tenía bastante sentido. Cuando salimos de nuevo a la calle, avanzando a grandes pasos hacia la casa donde vivían Lorién y mi madre, había empezado a nevar, con la misma fuerza que el día anterior. Miré hacia arriba, hacia el cielo oscuro que se había teñido de un tono ligeramente rojizo, y me decía que nada bueno podía salir de todo esto.

Nieve, otra vez. Lo cubría, lo tapaba todo. Era como un mal augurio, un mal presagio que, esta vez, no podía pasar por alto.

93

Parecía que todo el pueblo había venido, y llenaba el enorme salón del hotel con sus ropas de gala. Se habían vestido como si fuese un día de boda, pero a mí solo me parecía una fiesta tonta e innecesaria. Solo venían porque querían aparentar que eran alguien, personas importantes en el diminuto microcosmos que era As Boiras, pero ¿de qué servía ser alguien en un sitio así, en un pueblo tan pequeño y alejado de todo?

Sorbí un poco de mi Coca-Cola y observé a Ana. Estaba en el centro del salón, bailaba al son de la música, trazaba círculos que hacían que su vestido se moviese tras ella, con ella. Bailaba con su padre. Al principio pensé que era tierno, pero luego ya no. Después de mirarlos durante un rato, me di cuenta de que era algo asqueroso que él actuase como si fuese un buen padre, uno de esos que sacan a su hija a bailar y cuentan un par de chistes malos. Asqueroso. Y también era asqueroso, casi repugnante, que se hubiese peinado esa mata de pelo, más de oso que de humano, hacia atrás, con una buena capa de gomina. ¿A quién quería engañar? Él no encajaba aquí, pero alguien lo había invitado. Mi madre bailaba con mi padrastro y ambos reían, como si todo fuese divertidísimo y nadie más que ellos dos pudiera comprender por qué. Yo estaba sola, sentada en una silla, y me bebía una Coca-Cola lentamente, a sorbitos. Durante un brevísimo instante, los odié a todos ellos: al padre de Ana, a mi padrastro, a mi madre… e incluso a ella, a Ana.

La noche pasó y Ana se quedó a dormir conmigo, en una suite del hotel. Nos había parecido divertidísima la idea de pasar una noche en un hotel, como si fuésemos turistas adineradas, mujeres de mundo, con experiencia, con historias que contar. Después de mucho insistir, mi madre había accedido. Cuando el baile acabó, cuando las luces se apagaron y las copas de champán dejaron de tintinear y se quedaron solas y vacías, subimos a nuestra habitación, pero yo ya no estaba emocionada. Estaba cansada y me dolían los pies. El baile no había resultado ser más que un enorme fiasco, pero Ana parecía encantada: se había divertido, todo el mundo la había mirado, mirado sin parar. Varios chicos mayores a quienes no conocíamos —hijos de este y de aquel, probablemente; no los conocía, y tampoco me interesaba conocerlos— habían bailado con ella. Yo, sentada en un rincón, con cara de malas pulgas, no invitaba a nadie a que se me acercara.

Subimos a la habitación, y Ana se puso uno de los mullidos albornoces, y se movió con él como si fuese la prenda de vestir más bonita que jamás había poseído. Yo quería gritarle, quería decirle cosas malas, odiarla, pero no podía. Ella nunca había tenido nada bonito, y, aquella noche, se había sentido especial.

—¿No te ha parecido una noche encantadora, Alice? —dijo, mientras me tomaba de las manos. Quería que yo también me moviera con ella, que las dos bailásemos, riésemos, cuchicheásemos hasta el amanecer, pero yo no tenía ganas—. Todos bailaban tan bien…

—A mí me ha parecido un aburrimiento —respondí, y me encogí de hombros.

Ana me miró, sin comprender.

—¿Por qué no puedes alegrarte por mí, Alice? —preguntó, al cabo de un momento de silencio.

—¿Que no puedo alegrarme por ti? ¿Por qué tendría que alegrarme por ti?

—¡Porque me lo he pasado bien! ¡Porque he sido feliz! —exclamó ella, y elevó el tono. Ahora, parecía enfadada.

No dije nada. Me limité a mirarla, negando con la cabeza.

—No ha sido nada importante, solo ha sido una estúpida fiesta —musité; luego crucé los brazos sobre el pecho y me dejé caer sobre la enorme cama, de matrimonio—. Odio a Lorién por habernos obligado a venir.

—¿Que odias a Lorién? —preguntó ella, atónita—. Él es bueno, Alice.

—Ya —dije, con sorna, sarcástica—. El mejor.

—Lo digo en serio. ¿Alguna vez te ha tratado mal?

—Sí. No es mi padre, Ana, y se comporta como si lo fuera.

—Tú no sabes lo que es que te traten mal —fue su sencilla respuesta. Acto seguido, desapareció en el interior del baño.

Quería esperarla despierta y acabar nuestra conversación, odiaba la idea de irnos a la cama enfadadas, pero estaba demasiado cansada y no tardé en quedarme dormida.

A la mañana siguiente, nos despertamos con la noticia de que habían encontrado muerta a otra niña.

94

Aunque no era muy tarde, mi madre nos abrió alarmada. Algo me extrañó, me extrañó mucho: todavía no llevaba puesto el pijama. Ella siempre se ponía el pijama antes de cenar, siguiendo un ritual doméstico que llevaba más de treinta años establecido.

Así había sido durante toda mi vida, y tenía la certeza de que así había seguido después de que me fuera. La ropa de calle era para llevarla durante el día, cuando podía llegar una visita inesperada o cuando podías tener que salir pitando a hacer algún recado, a comprar leche o huevos. Por la noche, había que ponerse el pijama, prepararse para ir a dormir. Algo recatado, nada de pantaloncitos cortísimos, y puede que una bata encima. Mi madre se había vuelto, de una manera gradual pero imparable, cada vez más conservadora, y ahora llevaba siempre pijamas combinados, de satén o de franela, dependiendo de la estación. Por eso me desconcertó tanto verla así, asustada, aunque no sorprendida al vernos a los dos ahí, y vestida con unos vaqueros y un jersey de lana gordo, como si esperase tener que salir corriendo en cualquier momento. Me dije que eso, su aspecto, que contradecía abiertamente la situación, la hora del día, no podía presagiar nada bueno.

—Qué bien que estéis aquí, hace horas que me preguntaba dónde estaríais —dijo, con voz grave y temblorosa, sin rastro alguno de esa voz aflautada y aguda que fingía siempre, mientras se abalanzaba para abrazarme—. No sabéis el alivio que ha sido para mí vuestra llamada esta mañana. Pasad, pasad. Cariño… —Me miró ahora con ojos muy sinceros—, vaya mal rato, debes de estar completamente agotada. Y con todo lo que pasó… Pobre Santiago, ¿verdad?

Al decir ese nombre, noté cómo los ojos de mi madre se humedecían.

Asentí, diciéndome que era normal: para ella, Santiago era alguien que había estado ahí desde su llegada al pueblo, una persona amable en la que se podía confiar. Para mí, sin embargo… Todo era diferente. Tragué saliva, porque no quería parecer insensible con mi madre en estos momentos, pero habíamos venido a verla por una buena razón.

—Mamá…, ¿podemos pasar? Tengo que hablar contigo de algo —le dije, casi con dulzura, mientras le ponía la mano en el brazo.

Ella asintió, apartándose y señalando el cálido interior de la vivienda. Todas las luces estaban encendidas. Miré el reloj de pared del vestíbulo: las ocho y cuarto. A las ocho y cuarto, mi madre suele estar terminando de preparar la cena, porque se cena a las ocho y media, una hora prudente, una hora de lo más respetable para dos viejos sesentones como ella y su marido. Pero, ahora… Vaqueros y un jersey. Miré hacia abajo. Llevaba unas botas de caña alta, sin tacón. Fruncí el ceño.

—¿Nos estabas esperando? —le pregunté, con brusquedad.

—No lo sé… Puede que sí —respondió ella.

Los tres nos quedamos parados en el vestíbulo, como si ninguno se atreviese a dar el paso y entrar en el salón, para sentarnos y ponernos cómodos. Eso haría que esta reunión improvisada adquiriese un aire más permanente, menos provisional.

—Hemos venido a hablar con Lorién. Alice necesita… —empezó Kevin, pero mi madre lo interrumpió:

—Lorién no está —respondió, con voz temblorosa—. Se marchó esta tarde, muy agitado después de recibir una llamada, y no ha vuelto. ¿Ha pasado algo?

El miedo temblaba en su voz. Temía que le hubiese pasado algo a su marido y yo me moría de ganas por decirle que no tenía que temer, que su marido es de los que dan miedo, no de los que temen, pero no dije nada. ¿De verdad Lorién me daba miedo? Ni siquiera conseguía ordenar mis pensamientos en ese punto. Ocultaba algo, a mí y a todo el mundo, eso lo tenía claro. Cada vez más. A veces es mejor callarse y morderse la lengua, aunque uno se llene la boca de veneno.

—No —me apresuré a decir—. Pero necesito hablar con él. Tengo que preguntarle una cosa. ¿No tienes ni idea de dónde podría estar?

Ella negó con la cabeza, lentamente. Parecía a punto de echarse a llorar.

—No. No fue al hotel, he llamado y no le han visto. Ni tampoco saben nada en el pueblo… —empezó, con voz temblorosa—. Y no coge el móvil, eso es lo primero que he hecho, claro, llamarle al móvil. Pero está apagado, así que no lo coge…

—Tranquilízate, mamá. ¿No estará con sus amigos? Puede que hayan ido a velar a Santiago o algo así…

—No, he llamado a todo el mundo, a todo el maldito mundo…

—Estará bien, Elena. Le habrá surgido algo en alguno de sus negocios, y puede que no tenga cobertura—dijo Kevin.

—Pero… con esta tormenta… —prosiguió ella, y sus ojos estaban vidriosos, y yo pensé que lo último que podría soportar, después de todo lo que había ocurrido en apenas unas horas, era verla llorar. De modo que di un paso al frente y me acerqué a ella, y le froté el brazo, con cariño.

—Todo va a ir bien, mamá. De verdad que sí —mentí. Y era una mentira de las gordas, porque sentía que ya nada, nunca, iba a ir bien.

Le lancé una mirada suplicante a Kevin, para que dijese algo, para que me dijese qué hacer, pero entonces su teléfono móvil —que, al contrario que el de mi padrastro, no estaba apagado— volvió a sonar, y él salió por la puerta, para contestar a la llamada.

Me quedé ahí plantada, sujetando a mi madre, cuando sentía que la que tendría que sujetarme, apoyarme, abrazarme era ella. Kevin no tardó en volver. Una sombra de preocupación le cubría el rostro.

—Tengo que irme —dijo, sucintamente.

—¿Por qué? —pregunté.

Él le lanzó una mirada a mi madre, y yo asentí, separándome de ella.

—¿Por qué no haces un té, mamá? Una tila. Creo que te iría bien —le pedí.

Asintió, y se marchó en dirección a la cocina, como si durante todo ese tiempo hubiera necesitado que alguien le dijese qué debía hacer. Entonces miré a Kevin, y, resuelta, le dije:

—Voy contigo. No quiero que andes solo por ahí con este tiempo de perros.

—No, no puedes, tienes que quedarte con tu madre. ¿Y si vuelve Lorién? —negó, serio—. No, Alice. Tienes que quedarte aquí. Estate tranquila.

—Lorién no va a volver tan rápido. A lo mejor se ha olido algo y se ha marchado corriendo, Kevin.

—Eso no lo sabes —replicó él, contundente, aunque hablaba con voz queda para que mi madre no nos oyera desde la cocina—. ¿Y si Castán te dijo la verdad y tiene algo que ocultar? Tendrás que estar con tu madre si descubrimos algo malo sobre él, cariño. Eso podría destruir a cualquiera, y Elena…

—Ya. Tampoco es que mi madre sea la persona más fuerte del mundo —admití.

Me dirigió una sonrisa, me dio un beso fugaz en los labios y se marchó. Antes de que desapareciera por la puerta, le dije, le pedí, que tuviese cuidado.

Suspiré y, una vez más, observé cómo mi marido se alejaba de mí, y se entregaba al peligro de la noche, del frío, de la nieve.

95

Encontré a mi madre en la cocina; le daba vueltas a algo que había en una olla, cociéndose a fuego lento. Olía bien, suculento. La tetera también estaba en el fuego, y silbaba con suavidad. Me senté a la mesa, acariciando la suave y fría superficie de mármol, pensando en cuántas veces me había sentado ahí: desayuno, comida, cena, alguna que otra vez haciendo los deberes… Siempre he odiado encerrarme en mi habitación y estar sola, pero cuando venía Ana esa puerta cerrada, que nos aislaba del resto de la casa —y de mi madre y de mi padrastro—, me parecía la definición exacta de la adolescencia. No obstante, en aquel preciso momento, lo último que quería era estar sola. No, no podía estar sola.

Mi madre se volvió y me dirigió una sonrisa.

—Estaba haciendo la cena cuando Lorién se ha ido —me explicó, con voz trémula—. *Boeuf bourguignon*. Empecé después de comer. Le encanta, pero tarda una auténtica eternidad… —dijo, y entonces suspiró, como si la elección del menú de la cena hubiera sido el motivo de la extraña desaparición de su marido—. ¿Quieres un plato?

Negué, moviendo la cabeza con vehemencia. La sola idea de comerme un plato de estofado, por rico que estuviese —dudaba que lo estuviera, porque mi madre nunca ha sido buena cocinera— hacía que se me revolviese el estómago.

—Apaga el fuego —le dije—. Tenemos que pensar en cómo encontrar a Lorién.

Asintió y sonrió. Volvió a darse la vuelta, encarando los fogones, y pensé que su sonrisa tenía algo extraño, como si no llegase a esbozarla del todo. Pensé que, seguramente, estaba preocupada por su marido, suponiendo que de verdad llevara tanto rato sin saber de él y que lo hubiera llamado una y otra vez, sin recibir respuesta alguna. Pero, durante apenas unos segundos, me pregunté si ella no sabría algo más, si ella no conocería la cara oculta de Lorién, los secretos que él trataba de ocultarle a todo el mundo, de ocultarme a mí.

No: sencillamente, no podía ser. Para mi madre, Lorién era perfecto, su caballero de brillante armadura que había venido a rescatarla de una triste vida como divorciada para trasladarla a un lugar mejor, donde ella era, lisa y llanamente, mejor. No, ella no podía pensar nada malo de él. Era intachable, perfecto, reluciente, todo un hombre, el mejor del lugar. Qué triste que, por lo general, las cosas tiendan a no ser como parecen.

—¿Qué pasa, mamá? —inquirí, e hice todo lo posible por que mi tono de voz sonase comprensivo—. ¿Tan preocupada estás?

Ella se volvió. Ya había apagado el fuego y se había lavado las manos, metódicamente, pero la tetera aún silbaba. Me miró, con los ojos vidriosos.

—Él no es así, Alice —me dijo, con la voz nasal, como si estuviese congestionada. Se aguantaba las ganas de romperse y echarse a llorar—. Tu padre desaparecía todo el tiempo, pero él no.

Asentí y la guié hasta su abrigo. Nos marchamos del cálido interior de la casa de piedra que ella había convertido en su hogar, sin mí, lejos de mí. Caminando deprisa, porque nevaba cada vez con más fuerza, llegamos al hotel. Mi madre se sacudió el pelo, y suspiró.

—Vamos a preguntar si saben algo en recepción —le indiqué, paciente.

—¿Qué van a saber que no sepa yo, hija? —refunfuñó, reticente a mostrarse vulnerable ante sus empleados.

Suspiré y me dirigí hacia el mostrador. Solo cuando estuve ahí reparé en que la chica no tenía nada que ver con aquella a quien yo conocía: era mayor, con el pelo más claro y suelto, que le caía sobre los hombros. Sobre el pecho, la placa rezaba otro nombre: Noelia. Había empezado el turno de noche. Su buen aspecto y la falta de ojeras, sin duda, la delataban. Habría que verla por la mañana, al concluir su turno.

—Buenas noches —le dije, con una sonrisa amable, que esperaba que resultase convincente—. Estoy buscando a Lorién Garcés. —Y, por si acaso, añadí las palabras mágicas—: Soy su hija.

—Buenas noches —me dijo ella, y entonces vi cierto atisbo de duda en sus ojos, como si no supiese bien qué contestar—. Verás, es que ahora mismo no está.

Oí a mi madre, que detrás de mí chasqueaba la lengua, molesta, como si quisiese soltar un «Ya te lo he dicho». Decidí hacerle caso omiso.

—¿Ha dejado algún recado? —pregunté, y ante la confusión de su mirada, decidí puntualizar—: Quiero decir, ¿ha dicho adónde iba, dónde se le podía encontrar si… surgía algún problema?

La chica, Noelia, negó con la cabeza, compungida.

—¿Hay algún problema? —preguntó, llena de temor.

—¡Oh, no! Nada por lo que tengas que preocuparte —me apresuré a decirle, para tranquilizarla.

A mis espaldas, mi madre se movía, nerviosa, con los brazos cruzados sobre el pecho, como si rechazase categóricamente la situación en la que las dos, pero sobre todo ella, nos habíamos visto envueltas.

—Verás, es que tenemos que hablar con él por un asunto familiar, y se ha dejado el móvil en casa. Qué despistado, ¿verdad? —improvisé, sorprendida por lo convincente que sonaba.

—Ah, sí… —empezó ella, sin saber bien qué decir.

—¿Y no sabrá tu compañera algo? —le pregunté, lanzándome, aventurándome. Busqué el nombre en mi memoria y me complací al recordarlo—. Carla. Ella hace el turno de día, ¿no? A lo mejor Lorién le dijo adónde se marchaba…

El rostro de Noelia pareció iluminarse como si la idea hubiese sido suya.

—Vamos a llamarla —me dijo, mientras agarraba el auricular del teléfono.

Esperé, paciente, mientras Noelia hablaba con Carla. Habría preferido que me pasase el auricular y me permitiese hablar a mí, seguro que le sacaba más información, pero no quería parecer demasiado insistente y delatarme con ello. Al cabo de un minuto, Noelia colgó y me dirigió una sonrisa.

—Se marchó con una chica rubia, muy elegante, con el pelo más o menos por aquí —indicó sus hombros— esta tarde, a eso de las cinco. Dijo que estaría ocupado —zanjó, orgullosa de haber solucionado ella solita esta situación.

Tuve ganas de responderle que no, que no había solucionado absolutamente nada, pero me aguanté las ganas.

—Vale, muchas gracias —le dije, antes de volverme hacia mi madre.

Esta observaba el recibidor del hotel, de *su* hotel, analizándolo todo, como si buscase algún detalle discordante y algún culpable al que enjuiciar. Yo, por mi parte, estaba más confusa que antes. ¿Por qué se había marchado Lorién con Camille? Pero, un momento, ¿no estaba ella en Madrid, con un esguince? ¿Por qué nos había mentido? ¿Cuándo había vuelto al pueblo?

No pude sino pensar en que sí era cierto que los había visto juntos, hablando, charlando como si compartiesen cierta intimidad. ¿Eso significaba algo? ¿Había malinterpretado lo que había visto? Tenía una sensación turbia, de lo más extraña, que me decía que nada estaba bien, que todo se estaba precipitando hacia el vacío de una manera incontrolable.

—¿Qué pasa, hija? —le oí decir a mi madre.

Maldita Camille. Siempre tenía que ir un par de pasos por delante de todo el mundo. Seguro que ella sabía lo que quería contarme Castán. Y, ahora, movía las piezas ella sola, por su cuenta. ¿Pensaba que Lorién era peligroso? Lo habría amenazado con contárselo todo a la policía si no le concedía una exclusiva, o algo peor…

La voz de mi madre me devolvió, de golpe, a la realidad. Y la realidad era que estábamos en el vestíbulo del hotel, ahí plantadas. Su rictus expresaba una profunda confusión, mezclada con algo de miedo.

—¿Qué pasa, Alice? —me preguntó, confundida.

—Tengo que irme —le respondí, y me precipité hacia la salida.

Ella me siguió, acelerando el paso.

—Pero ¿por qué…? —musitó, confundida—. ¿Tan deprisa? Pensaba que te ibas a quedar conmigo hasta que volvieran Kevin o tu padrastro…

Negué, con un ademán tan violento que me hice daño en el cuello.

—No, tengo que irme, mamá. Lo siento.

De pronto, sabía adónde. Ahora, sabía dónde buscar: el lugar donde todo había empezado, quizá. Una casa, casi en la linde del bosque, al final del pueblo. Una casa baja y triste, una casa vieja y descuidada, al fondo de un camino que la maleza había hecho, prácticamente, desaparecer. Ahí lo encontraría.

Antes de llegar a la puerta de entrada de la casa de mi madre, me volví hacia ella, encarándola.

—Mamá, ¿Lorién tiene aún esa vieja escopeta?

96

Aún era primavera, pero empezaba a hacer calor. Todo el mundo piensa que las montañas son frías, que siempre nieva o llueve, pero cuando el sol despierta calienta más que en ningún otro lugar. Estaba empezando a descubrirlo. Ana y yo estábamos sentadas en el jardín de atrás, donde mi madre tenía sus plantas, tomando el sol. En realidad, yo estaba sentada a la sombra, mirando cómo ella, con los ojos cerrados, elevaba el rostro hacia el sol, como si quisiera embeberse, llenarse de él. Trataba de dejar la mente en blanco, no pensar en nada, solo existir. Los pájaros cantaban y el suave viento mecía las hojas de los árboles.

Todavía no era la hora de comer. Era sábado y la vida parecía eterna, prometedora, como un cuaderno al que todavía le quedan muchas, muchísimas páginas en blanco. La mera idea de tener eso, tanto tiempo por delante, me hacía sonreír. Entonces, mi madre salió por la puerta de la casa, con un trozo de tela entre las manos, hecha una furia.

—¡Alice! —gritó.

Me estremecí, incorporándome sobre la silla. Me cuadré, recta como un soldado al que pasan revista. La convivencia con mi madre siempre ha estado llena de gritos, de dramas seguramente innecesarios, en los que ninguna de las dos daba su brazo a torcer. Eso lo aprendí cuando era muy pequeña: si le daba la razón a mi madre, lo único que conseguía con ello era hacerla cada vez más y más grande, y yo sabía que, si ella crecía un poco más, tarde o temprano me haría desaparecer del todo.

—¿Qué pasa? —le pregunté, tratando de sonar segura de mí misma, y no como si le tuviera miedo. Por el rabillo del ojo, vi que Ana había abierto los ojos y que nos miraba, atenta. De un modo instintivo y primitivo, eso me hizo sentir más tranquila, como si, esta vez, no estuviera sola. No lo estaba.

—¡Mira esto! —gritó, mientras me arrojaba el trozo de tela a la cara.

Lo cogí: era uno de sus vestidos. Un vestido blanco, de satén, ajustado, que ya no se ponía nunca porque, según ella, «ya no tengo edad». De repente, desde su matrimonio con Lorién y nuestra mudanza a As Boiras, mi madre se las daba de mujer madura y elegante, de mujer a la que le gusta leer antes de acostarse y que sabe distinguir los tipos de uva cuando bebe una copa —nunca vaso— de vino. El vestido estaba del revés y vi que tenía todo el cuello manchado de marrón, de maquillaje.

—¿Cuántas veces te he dicho que no me cojas mis cosas, Alice? —me reprendió, y me lanzó una mirada dura, severa.

Me comí las ganas de decirle que eso se podía lavar, porque sabía que era culpa mía, que lo había hecho mal. Bajé la cabeza, porque odiaba mirarla cuando me hablaba así, y decidí aguantar el chaparrón.

—¡Es que no tienes ningún cuidado con las cosas! —continuó—. ¡Eres solo una cría! ¿Cuándo aprenderás a no tocar lo que no es tuyo?

Alcé la mirada, pensando si contestarle alguna bordería y alargar de ese modo la bronca hasta el infinito, para mantener el orgullo intacto, o si me dejaba abroncar y acabábamos lo antes posible. Y, entonces, vi que Ana se había puesto en pie, con gesto serio y compungido.

—Lo siento mucho, Elena —dijo, con una vocecita dulce, amable, que me conmovió, aunque sabía perfectamente que ella no era así—. Lo cogí prestado... Estábamos probándonos ropa... Alice me dijo que te enfadarías, pero solo quería ver cómo me quedaba. Es tan bonito...

Mi madre se quedó parada, sin saber qué decir. Todo su gesto, toda ella en realidad, pareció congelarse. Estaba preparada para echarme la bronca del siglo, para hacerme sentir mal, culpable, pero Ana había echado a perder sus planes. A ella no podía tratarla así, porque no se trata de ese modo a los invitados, por más que hayan hecho algo malo. Tragué saliva, y alterné la mirada entre las dos, y me pregunté qué iba

427

a pasar a continuación. *Todo parecía estar extrañamente quieto, estático, como esa calma extraña que precede a la tormenta.*

—Oh —dijo mi madre, porque estaba claro que no sabía qué decir—. *Vaya, Ana, yo...*

—Lo siento de verdad, Elena —insistió ella, con resolución. *Me pareció tremendamente valiente que se atraviese a llamar a mi madre por su nombre: era algo que siempre me había costado horrores, como si los adultos careciesen de nombre propio. En aquel momento, ahí de pie, enfrentándose con tranquilidad y firmeza a la fiera que era mi madre, me pareció preciosa, valiente como una guerrera, toda una mujer—. Solo quería ver si yo también podía estar guapa, como tú.*

Mi madre no supo qué decir. Separó los labios, dispuesta a decir algo, pero no le salieron las palabras. Al final, negó con la cabeza y esbozó una sonrisa, reticente, como si en realidad no estuviese tan conforme con la situación como se esforzaba por aparentar. Se me escapó un suspiro. No soportaba que mi madre se comportara así.

—Bueno, no importa —zanjó—. *Puedes quedártelo, Ana —dijo, chasqueando la lengua, como si le costase pronunciar esas palabras—. Pero no volváis a coger mis cosas.*

Se marchó, entrando de nuevo en la casa, antes siquiera de que le prometiéramos que vale, que no volveríamos a tocar sus cosas. Entonces, cuando por fin nos quedamos solas, miré a Ana, llena de incredulidad.

—¿Por qué has hecho eso? —le pregunté, desconcertada—. *Tú ni siquiera estabas ese día...*

—Porque eres mi amiga, Alice —me respondió, muy seria, pero el *gesto de su rostro me hizo entender que, para ella, aquello carecía de la menor importancia. Para ella, aquello era lo más normal del mundo, como si estuviese dispuesta a parar una bala por mí. La mera idea me perturbaba.*

Traté de no darle importancia, pero nunca, en mis trece años de vida, me había sentido así: tan querida, protegida... Nunca más iba a volver a estar sola.

97

La escopeta estaba en el aparador del salón, siempre había estado ahí. Pesaba mucho, pero tenerla entre las manos hizo que, de pronto, me sintiese mejor, más segura, capaz de prácticamente cualquier cosa. Mi madre lo observó todo, atónita, sin saber qué decir.

—Alice —me llamó varias veces, mientras yo comprobaba si el arma estaba a punto—. Alice, ¿qué haces? Pero si no sabes disparar...

Me quedé plantada durante un instante, mirándola. Le habría gritado, pero mi cabeza estaba en otra parte, funcionando a tal velocidad que apenas tenía tiempo de pararme a reaccionar. Claro que sabía disparar. Puede que no fuese una experta, pero, desde luego, sabía disparar un arma. Marzal Castán me enseñó, cuando yo solo tenía trece años. Desde luego que lo hizo.

—¿Sabes dónde guarda Lorién la munición, mamá?

—Alice, no seas imprudente... —me sermoneó, dramática, entre suspiros—. ¿Adónde vas a ir con eso tú? ¿Crees que tu padrastro está en peligro?

No contesté. En vez de eso, subí directa las escaleras y recorrí el pasillo hasta la habitación del fondo, donde Lorién tenía su pequeño estudio. Cuando vivía allí, aquel era un espacio prohibido, territorio vedado. No es que mi padrastro fuese especialmente estricto, pero yo sabía que mi madre me habría matado si me hubiera dado por molestar a su nuevo maridito. Por eso, pararme frente a esa puerta, que para mí siempre había estado cerrada, me hizo sentir ligeramente nerviosa. Sin embargo, la abrí sin miramientos y, todavía aferrando el pomo, me volví para mirar a mi madre, que correteaba asustada detrás de mí.

—Este sigue siendo su despacho, ¿no? —le espeté, furiosa.

—Claro que sí, hija… Mira en el escritorio, en los cajones de arriba.

Yo ya estaba dentro, apropiándome de aquel espacio. Invadir un lugar que solo le había pertenecido a él, a mi padrastro, me hizo sentir bien, más segura de mí misma. Mi madre ya no oponía resistencia ninguna, y, si el momento que vivíamos no hubiera sido tan grave, habría celebrado esta pasmosa victoria sobre ella. Pero no lo hice, y me limité a dar la vuelta al escritorio mientras dejaba la escopeta apoyada en una silla.

Los dos cajones de arriba estaban cerrados. Abrí los inferiores, pero ahí solo había papeles y carpetas, cargadores de móvil y viejos libros de recibos, nada que me pudiese interesar. También había un pequeño estuche con herramientas. Saqué un destornillador e intenté forzar las cerraduras de los dos cajones superiores, sin éxito.

—Alice, pero ¿qué haces? ¿Te has vuelto loca? Esa mesa lleva en la familia más de un siglo, ¡es de roble! Lorién se va a poner hecho una furia…

Desesperada, metí el destornillador en la junta del cajón de la derecha, haciendo cuña, cogí un pisapapeles de granito que había sobre el tapete del escritorio y empecé a golpearlo como si fuera un cincel, tratando de hacer palanca.

—¡Alice, por favor! ¡Para!

Oía la voz de mi madre, pero no la escuchaba. Al cuarto golpe la cerradura cedió y pude, por fin, abrirlo. Allí había, en efecto, dos cajas de cartuchos. Las saqué y cargué el arma, me metí algunos puñados en los bolsillos del abrigo y, entonces, mi mirada regresó al interior del cajón.

Allí estaba.

Un colgante de plata, con la forma de una flor que veintiséis años atrás me había parecido rara y fea, una flor de Edelweiss, símbolo del amor eterno.

La cabeza me bullía, me daba vueltas, atravesada por ideas que se movían, se entrecruzaban, chocaban a mil kilómetros por hora, intentando entender qué hacía esto aquí. ¿Cómo había llegado ese colgante, desaparecido desde hacía veintiséis años, hasta allí, hasta ese cajón cerrado con llave? Me resultó inevitable pensar que era algo así como la caja de los secretos de Lorién, un lugar donde esconder lo que no quería que nadie más viera. Entonces, me planteé la hipótesis de si él había sido ese segundo novio secreto… y todo empezó a encajar. Las piezas del enorme rompecabezas que intentaba componer desde que llegamos a As Boiras, esta vez, se fueron poniendo en su sitio.

El regalo refinado. El secreto más gordo de todos, el que Ana no le podía contar a nadie, ni siquiera a mí. Pensé realmente si Lorién sería capaz de algo así, de tener una relación prohibida con la hija de trece años de su mejor amigo. No obstante, los indicios estaban ahí, y todas las informaciones en apariencia inconexas que había recopilado hasta ese momento cobraron un nuevo sentido.

¡Valiente hijo de puta! Claro que entendía cómo había llegado el colgante aquí. El día en que recuperé la caja de los secretos de Ana la dejé en el bolso grande, en el recibidor de esta casa, y me olvidé de ella en nuestra visita forzosa al hospital. Y, al regresar, no fue mi madre quien me la devolvió: fue su marido, Lorién.

No me costó imaginármelo entreviendo aquel objeto dentro del bolso de su hijastra, abriéndolo en un arrebato, siguiendo una corazonada. Tuvo suerte de que el colgante estuviera en la parte visible del cajón, junto a los demás objetos en apariencia carentes de valor. No vio el doble fondo. Y él sabía que si yo encontraba el colgante iba a llegar, de un modo u otro, hasta él. Para empezar, el muy grandísimo hijo de puta nos había hecho una foto a Ana y a mí llevando el collar el invierno que pasé en As Boiras.

Él sabía que era imposible que yo no encontrase las pistas capaces de desenmascararlo. A todas luces, también había sido él quien le recomendó a Ana que no se lo volviera a poner en público.

Pensé en la paliza que Santiago le había dado a Carceller, y deduje que la había inducido Lorién; él era el tipo de persona capaz de manipular a cualquiera, que podía empujarte a perder los estribos si así lo quería, y seguro que sugestionó con alguna historia turbia a su joven amigo para apartar a aquel muchacho del camino de Ana. Tenía mil preguntas, mil interrogantes que acudían a mi cerebro, pero la respuesta para todas era siempre la misma: Lorién. Él era un depredador tan despreciable como Castán.

Entonces, y de manera inevitable, acudió a mí la pregunta evidente: ¿y si Lorién hubiera tenido algo que ver con la muerte de Ana? Me pregunté si alguien como él, frío y calculador, inteligente y calmado, podría haberla eliminado ante la perspectiva de que ella se convirtiera en una amenaza para su buen nombre. Pero, si lo había hecho…, ¿cómo le cargó el muerto a Castán? ¿Este sabía que su mejor amigo mantenía relaciones con su hija? ¿La había matado en efecto su padre, Castán, como siempre habíamos creído, pero por otra causa que no fuese su furia psicópata? ¿Qué había pasado, hacía ya veintiséis años, en las horas previas al descubrimiento de que Marzal Castán era el Carnicero del Valle? ¿Qué había pasado entre padre e hija la mañana en que, ante la insistencia de Lorién, Santiago acudió a su cabaña por sorpresa y lo encontró empapado de sangre?

Era obligado hacerme todas esas preguntas, difíciles de contestar, pero mi cabeza se empeñaba en que las relegaran otras más obvias y urgentes: interrogantes que, ahora que por fin tenía un nombre, una identidad, para ese novio secreto de Ana, adquirían un nuevo sentido. ¿Era una relación consentida? ¿Hasta qué punto la manipuló? ¿Dónde y cuándo se veían? Pensé que podrían verse en el hotel, pero ¿llevaba Ana también a Lorién a la vieja estación? Y ¿cuándo había empezado todo? ¿Antes o después de que yo me mudase a As Boiras? Seguir el curso de esos pensamientos me repugnaba e indignaba a partes iguales, pero no podía parar, por más que me costase imaginarme una situación como aquella. Lorién abusó, se aprovechó, manipuló a Ana, mi mejor amiga, la mejor amiga de su nueva hija...

Llevaba lo que parecían siglos tratando de desentrañar el secreto de Ana, ese que hacía veintiséis años ella solo me había insinuado, sin llegar en ningún momento a revelarme la verdad. ¿Se había callado todas esas cosas, la relación secreta y prohibida y perversa que tenía con Lorién, porque pensaba que yo sería incapaz de entenderlo? De pronto, supe que sí. Pensé que, seguramente, ellos dos ya se veían antes de que yo entrase en sus vidas, y después... Nuestra amistad, en realidad, solo les hizo más fácil seguir viéndose: al ser mi amiga del alma, Ana tenía, de pronto, las puertas de la casa de Lorién abiertas, de par en par. Me pregunté si, durante alguna de las muchas noches que Ana había pasado conmigo, durmiendo en mi habitación, ella se habría levantado y reunido con él. Solo de pensar en ello me daban ganas de vomitar.

En cualquier caso, ahí estaba el secreto de Ana, abierto en todo su esplendor, como una flor que florece al final de los veranos cálidos y que había desaparecido durante casi tres décadas. Y lo que me demostraba esa flor, tal y como me había dicho Castán, era que Lorién tenía todas las respuestas. Pero, a diferencia de lo que había sucedido hasta unos minutos antes, yo ahora sí sabía hacer las preguntas correctas.

Entonces, oí un suspiro, un sollozo detrás de mí, y me giré. Era mi madre, que lloraba, parada frente a mí, sin entender nada de lo que sucedía allí pero intuyendo que era algo malo. Mi rostro desencajado, pensativo, furioso, desolado, vengativo le contaba una historia que quizá no quería ni podía oír. Me metí el colgante en el otro bolsillo del abrigo, cogí de nuevo la escopeta y salí del despacho dando grandes zancadas. Corrí escaleras abajo sin mediar palabra. Cada minuto contaba. Había perdido demasiado tiempo ahí, en esa casa, en el pasado. Si Camille se había marchado con Lorién, en aras de una pista improbable, corría auténtico peligro. Oí a mi madre chillando tras de mí, pero hice caso omiso. No podía confrontarla ahora con aquello. No, no podía. Tal vez no pudiera hacerlo nunca, en lo que me quedaba de vida.

Cogí las llaves del coche de mi madre —estaban en un cuenco de madera, en la mesa del recibidor, como siempre— y salí de la casa sin tan siquiera cerrar la puerta de entrada. Cuando me puse al volante, sentí que era capaz de hacer casi cualquier cosa. La escopeta descansaba a mi lado, cargada, en el asiento del copiloto. ¿Podría disparar, llegado el momento?

Antes de ponerme en marcha, le escribí un mensaje a Kevin. Apenas unas palabras: «Voy a la vieja casa de Castán. Creo que Lorién estará ahí. He encontrado el colgante de plata en su estudio». Nada más. Era algo así como firmar un seguro de vida, esperando no tener que utilizarlo nunca, nunca.

Arranqué y entonces oí el quejido del motor del Seat de mi madre. Me acordé de la risa rugosa y repugnante de Castán. «Créeme: cuando lo entiendas, tú también te reirás».

No. No me estaba riendo. Seguía sin verle la gracia al chiste.

98

No pensé en lo que estaba haciendo porque sabía que, si lo hacía, jamás volvería a hacer acopio del valor necesario para proceder. Tan solo me puse en marcha. Aferré las manos al volante con fuerza y aceleré. Nunca me ha gustado demasiado conducir, pienso demasiado para dejarme llevar y relajarme, pero creo que aquella fue la carrera más desenfrenada e inconsciente de mi vida. Si hubiera habido más tráfico, si un coche hubiese venido de frente… Pero nada de eso pasó. Cada giro, cada acelerón y cada frenazo: todo parecía programado en mi cerebro de un modo cómodo, pero inusitado. Tan solo era mi destino llegar hasta allí, a pesar de que me costaba pensar, me costaba respirar. Pero lo hice, respiré, pensé y me planté allí, antes de lo que habría imaginado. Cuando las cosas terminan, siempre llegan antes de lo que pensábamos.

Los bajos del inmaculado coche de mi madre no llegaron a tropezar con la maleza y las malas hierbas, ni recorrieron el camino en desuso que llevaba hasta la casa de los Castán. Pensé que era mejor dejar el coche a una distancia prudencial y seguir a pie. Hay lugares a los que solo se puede llegar andando: ese pensamiento se me había metido en la cabeza y no conseguía sacármelo, por más que lo intentase.

Pisaba nieve recién caída; aun así, las ramitas y las hojas secas crujían bajo mis botas. Era un camino corto, pero se me hizo eterno. Avanzaba aferrando la escopeta con firmeza, como si me sirviera para abrir camino, señalando al frente. Era mi escudo, mi salvoconducto, mi promesa de que viviría un día más sobre la faz de la Tierra. Me resultó inevitable pensar que era *nuestra* promesa, mía y de mi hijo. Tal vez ese fuera un motivo de auténtico peso para intentar mantenerme con vida, al menos un poco más. Aún me dolían las piernas, los pies, el cuerpo entero, la fatiga de la jornada pasada. Sentía que tardaría siglos en recuperarme de todo esto, suponiendo que algún día lo hiciera del todo.

Tal vez me quedaran secuelas de por vida de mi vuelta a este lugar, de un regreso que sentía que no tendría que haberse producido. El pueblo entero era como un veneno, algo oscuro y que no alcanzaba a comprender del todo, pero cuyos efectos nocivos podía notar en todas partes. Me separaban dos decenas de metros de la vieja casa de los Castán cuando me fijé en que, a un lado, estaba aparcado un todoterreno de alquiler que no había visto antes. Supuse que era el nuevo coche con el que Camille había vuelto en secreto a As Boiras. En silencio, la maldije, pese a saber que no podía culparla por ser como era. Le atraían los conflictos, y siempre tuvo la suerte de salir victoriosa de ellos. Entonces me dije que sí, que la sensación tóxica que emanaba de As Boiras era tan fuerte que nunca había podido pasarla por alto, ni antes ni ahora. Camille también la había notado. Y cada paso, lento y silencioso, me llevaba hacia el foco del problema, de la infección que se había extendido por todo el pueblo y nos había infectado a todos. La casa. La maldita casa.

Nunca había sido bonita, ni siquiera cuando estaba habitada y relativamente cuidada. Una casa baja y triste, con tonos grises y apagados, como si al dibujarla se hubieran olvidado de colorear-la, y un tejado de madera basta remachado con placas metálicas allí donde había goteras. Recuerdo el sonido de las gotas de agua al repiquetear contra el metal, era un ruido horrible, y el viento se colaba por las ventanas mal aisladas, emitiendo un sonido silbante e inquietante.

No, no era una casa bonita, pero ese no era el motivo de mi incomodidad ante su presencia: era el olor, el ambiente, la sensación de que todo estaba en una calma suspendida antes de que la tensión, la tensión fatal que precedía al acontecimiento decisivo, lo echara todo a perder. Era algo que flotaba en el aire. Siempre me preguntaba si Ana también sentiría lo mismo, y no podía dejar de pensar en lo horrible que tenía que ser vivir en un lugar así, siempre en tensión. ¿Dormiría con un ojo abierto? ¿Se ducharía abriendo la cortina de la bañera, escrutando el baño vacío para descubrir si alguien la espiaba? Aún me producía una sensación extraña, desagradable, casi treinta años después.

Había luz en la casa. Una luz que temblaba, como si proviniese de la chimenea, de velas, del fuego. No tuve que espiar por la ventana, no tuve que acercarme en silencio para descubrir, sin que me vieran, quién estaba dentro. Ya me habían visto. Apenas me hube acercado unos metros a la casa, asiendo con mano firme la escopeta de mi padrastro, la puerta se abrió y una figura en la penumbra me dijo:

—Qué bien, por fin has venido. Todos te esperábamos.

99

Ana estaba tumbada en el suelo, mirando hacia el techo como si contuviese algún secreto indescifrable para mí. Oíamos música, pero yo no le prestaba atención. Con la espalda apoyada contra el respaldo de la cama y sentada a lo indio, tenía la cabeza metida en el libro de Ciencias Naturales. Teníamos examen el lunes, pero eso a Ana no parecía importarle demasiado. Era como si... En realidad, nunca la veía estudiar. Siempre parecía tener algo mejor que hacer, otra cosa, mucho más interesante, en la que ocupar su mente.

Intentaba concentrarme en el libro, en lo que decía sobre los reptiles y su sistema reproductor, había una ilustración detallada de una serpiente, pero siempre he pensado que son asquerosas. De niña, toqué una en un zoo, pero sentir la elasticidad viscosa de su piel solo consiguió ponerme los pelos de punta. De pronto, un pensamiento me surcó la mente, y no pude evitar compartirlo en voz alta con ella, con Ana.

—¿Cómo crees que lo hace? —le pregunté.

Ana no me miró. Siguió con la vista clavada en el techo.

—¿El qué? —respondió, con cierta indiferencia, como si esta conversación no fuera con ella.

Y, a pesar de que yo no había preguntado de manera explícita lo que quería saber, notaba que ella sabía a qué me refería. Siempre era así. Ana siempre iba dos pasos por delante. Sencillamente, ella era así.

—Matarlas —respondí, tratando de parecer tan resuelta e indiferente como ella, pero noté que me temblaba la voz—. Bueno, sé cómo las mata, todo el mundo habla de eso… Quiero decir, ¿cómo se las lleva? ¿Cómo las convence para que se vayan con él?

Nunca me había parado a pensar en ello, pero ese pensamiento me había cruzado la mente con una rabia imposible de obviar. Desde que había comenzado todo esto, mi madre me hacía prometer, una y mil veces, que no me iría con ningún desconocido. Absolutamente con ninguno. Cuando paseábamos por el pueblo o salíamos a comer, la veía escrutar a todo hombre que le resultara sospechoso, y todos se lo parecían, y los miraba con ojos de gato, y veía algo que yo era incapaz de ver. Me parecía ridículo tener tanto miedo. Sentía que, si tenía que elegir a alguna, no me elegiría a mí. Me sentía demasiado poderosa, demasiado lista, para que eso me pasara a mí. Esas cosas les ocurrían a las chicas que no tenían cuidado, a las que andaban siempre por ahí solas, pero no a las chicas como yo. ¿A mí? Era imposible que me pasara algo así.

—¿Que cómo hace para que se vayan con él? —repitió Ana, que se dio la vuelta y me miró—. ¿Eso quieres saber?

—Sí —asentí, pero mi voz era, prácticamente, un hilillo.

—No seas ingenua, Alice —respondió, y soltó una carcajada—. Todos consiguen que se vayan con ellos. Eso es lo más fácil. Tan solo lo hacen. Seguramente, tú también te dejarías convencer.

Negué con la cabeza, y también solté una carcajada. ¿Yo, dejándome convencer? No, nunca. Y no porque mi madre hubiese tratado de meterme en la cabeza que nunca, bajo ningún concepto, tenía que marcharme con un desconocido, sino porque sentía que yo no era tan fácil, que no podía serlo.

—¡No! —exclamé—. Eso no pasaría nunca.

—¿Crees que las otras chicas eran más tontas que tú, Alice? —me dijo ella, y me miró con un brillo extraño en los ojos que no supe reconocer.

—No, pero…

—Sí que lo crees.

—¡No!, pero yo nunca me iría con alguien a quien no conociera, Ana.

—Oh, lo harías —dijo ella, e hizo una pausa dramática—. Todas lo hacen, ya lo has visto.

—*Entonces, tú también.*

—*No, yo no* —respondió, *con la misma apabullante seguridad de siempre.*

—*Claro que sí* —insistí.

—*Sabes que no.*

—*¿Por qué?*

Ana me miró y puso los ojos en blanco, como si el mero hecho de hablar conmigo fuese demasiado agotador. Me hizo sentir ligeramente absurda.

—*Ya sabes por qué.*

Ana se volvió y se quedó de nuevo boca arriba sobre la cama, con la mirada fija en el techo, y yo no dije nada más. No había nada más que decir.

100

Durante una milésima de segundo, pensé que sería Camille. La buscaba a ella, a mi amiga, a la intrépida reportera que siempre iba un paso por delante de todo el mundo. Ella se habría llevado a Lorién ahí, a la vieja casa, donde todo había empezado, y le habría hecho confesar. O, a la inversa, él se habría hecho el inocente y, más listo que ella, la habría llevado hasta allí, engañada. Siempre fue más listo que los demás.

Pero esa no era su voz.

Una voz que me retumbó por dentro.

Aun así, seguí caminando. Si me quedaba parada, el pánico me dominaría y me echaría a llorar, y no había recorrido un camino tan largo —veintiséis años, Alice: has tardado veintiséis años en alcanzar el final— para no llegar nunca, para salir huyendo cuando casi había pisado la línea de meta. Así que seguí caminando.

No se había quedado en la puerta, sino que se volvió, dándome la espalda, y desapareció en el interior de la casa. Dejó la puerta abierta. Cada paso en dirección a la vivienda hacía que el corazón se me acelerase en el pecho, y solo escuchaba eso, el latir de mi corazón, el bum, bum. Ni siquiera podía oír mis pensamientos. Pasos, pasos, latidos y nada más. Subí los dos escalones de la entrada, llegué hasta la puerta y entré, con la escopeta delante de mí, preparada para disparar.

En aquella habitación sucia y oscura, iluminada por el fuego que ardía en la chimenea, había dos personas, y las dos pertenecían a mi pasado. Sentado en un sillón, enchufado a su bombona de oxígeno y respirando lenta y pesadamente, como un animal herido, estaba Marzal Castán. Fue lo primero en lo que me fijé. Antes incluso que en la otra persona, nada más que un bulto tirado en una esquina, me fijé en él. Había pasado décadas enteras sin verlo y, ahora, en apenas un día, nuestros caminos se habían cruzado dos veces. Mis ojos se toparon con los suyos, de un color azul glaciar, y se me paralizó el corazón. Le apunté con la escopeta. Él no dijo nada y yo tampoco. Su respiración era calmada, pausada, como si estuviese esperando tranquilamente. Él no tenía miedo, pero yo sí.

Con un dedo largo y delgado, Castán señaló algo al otro lado de la sala, y yo seguí aquel trazo invisible con la mirada. El bulto era Lorién. Mi padrastro estaba apoyado contra la pared, tirado en el suelo, y parecía inconsciente. Tenía el jersey, de color beis, manchado de sangre en el costado derecho. Me precipité hacia él, sin pararme a pensar en el riesgo que corría. Le coloqué la palma de la mano frente a la boca y la nariz, comprobando si respiraba. Lo hacía, pero muy, muy lentamente. ¿Era él el asesino? Y, si lo era, ¿por qué estaba inconsciente? Pero el pensamiento más fuerte, el que sacudía todos los demás, era el que machaconamente me preguntaba, una y otra vez: adónde había ido la persona que me había abierto la puerta.

—¿Quién lo ha hecho? ¿Lo has hecho tú? —le pregunté a Marzal, y me volví para mirarlo.

Pero Castán no decía nada, solo me miraba, inclinando la cabeza despacio de un lado a otro. Volvió a inhalar oxígeno y aquel sonido me puso los pelos de punta. El olor a cerrado del lugar se mezclaba con el de la leña que ardía en la chimenea, y el de otra cosa, un aroma parecido al de la fruta que se pudre al sol. Hacía demasiado calor ahí dentro.

No dije nada más, porque no sabía qué más podía decir. Había un cuchillo en un rincón, cerca de la chimenea, manchado de sangre, probablemente aquel con el que habían atacado a Lorién, y pensé que debería cogerlo, solo por si acaso, pero no quería perder de vista a Marzal, de modo que no me moví. Sujeté con fuerza la escopeta, apuntándole, con los dedos casi blancos, aplastados contra el guardamanos de madera, pensando en que, si quería disparar, tenía que cambiar de postura: estaba pegada a la pared y no tenía bien apoyada la culata. Pero no podía moverme.

Entonces, oí un ruido a mis espaldas y me volví. Venía del pasillo, el que llevaba a las habitaciones: la de Ana, que conocía bien, y la de su padre, que no había pisado nunca. Unos pasos y apareció. No era más que una figura que se fundía con la oscuridad de la casa, que se convertía en una sombra más en la penumbra. Pero dio otro paso y el resplandor del fuego la iluminó.

Todo en mí parecía temblar, como si estuviese a punto de entrar en combustión. Sentía cada músculo de mi cuerpo en tensión y me pregunté si esto era para lo que me había estado preparando todos estos años, una suerte de fantasma de mi pasado que había vuelto para torturarme. Un fantasma que, en realidad, no se había ido nunca.

La última vez que vi a Ana no sabía que sería la última vez. La mayoría de despedidas no son definitivas, y nosotras ni siquiera tuvimos eso. No sabía que sería la última vez, pero lo fue, durante mucho tiempo, un tiempo que creí que duraría para siempre, pero resultó que no.

Era tan alta como yo, delgada y esbelta, y sus movimientos eran gráciles y rápidos. Nunca me había parado a pensar en cómo sería ella de mayor. Estaba muerta para mí. Muerta a los trece años, diminuta y delgadísima, con el pelo demasiado largo y las piernas arqueadas y flacas. Ahora, su pelo era más rubio, casi platino, y lo llevaba cortado a la altura de los hombros, tan liso que parecía recién salida de una película. Pantalones oscuros, muy ajustados, y una chaqueta de cuero corta. Pintalabios rojo. Siempre le quedó bien ese color. Y, ahora, la tenía ahí, delante. Demasiado cerca. Me dirigió una sonrisa que no supe muy bien cómo interpretar.

Me aparté de Lorién, me puse de pie y, ahora sí, agarré bien la escopeta con ambas manos y apunté hacia ella con indecisión, como quien trata de apuntar a un espectro.

—No te preocupes por él —me dijo. Era la misma voz, la misma, misma voz—. No sufrirá, si esto no se alarga demasiado. Tiene el hígado reventado. Aunque no creo que eso te importe mucho, ¿no?

No dije nada. ¿Me importaba si Lorién vivía o moría? ¿Si sufría? No, por supuesto que no. Por mí, habría estado mejor muerto, muerto desde el principio. Lo había entendido todo de golpe, y puede que demasiado tarde, pero ahora ya no había, para mí, vuelta atrás. Tal vez yo nunca habría conocido a Ana, pero ella tampoco lo habría conocido a él, y eso, para mí, era suficiente. Luego, pensé en que Ana sí que estaba ahí, viva, y en que las palabras que yo oía no eran, no podían de ningún modo ser, las palabras de una muerta. Pero esa idea, la de que Ana estuviese viva, después de tanto tiempo, después de todo lo que había pasado, era demasiado para mí.

—Tú no estás aquí —le dije, negando—. Tú estás solo en mi cabeza, estás…

—¿Muerta? —dijo ella, y dio otro paso al frente. Se apoyó en el respaldo del sillón de su padre, quien ni siquiera le dirigió una mirada—. Ya ves que no.

La miré, incrédula. Ella se echó a reír.

—No soy un fantasma, Alice —dijo, y, al pronunciar mi nombre, me eché a temblar—. Los fantasmas no existen. Me sorprende que aún creas en esas cosas.

Marzal Castán se quitó la mascarilla y soltó una única carcajada, una risa ronca, casi como una tos; exactamente la misma que hacía un rato. Provocó en mí el mismo efecto. Exactamente el mismo.

—Así que no la mataste —musité, apenas un murmullo.

Él negó, sonriendo, y la tos le obligó a ponerse de nuevo su mascarilla de oxígeno. Respiró hondo durante un tiempo que se me hizo incómodamente largo, y, al final, dijo:

—Te dije que, cuando lo entendieras, te reirías.

No pude evitarlo: me eché a reír. Bajé la escopeta y reí. Durante un tiempo largo, una risa histérica que me dominó por completo, que inhibió cualquier otro pensamiento. No podía ver si Marzal Castán sonreía o no, si aceptaba mi risa con regocijo o con desaprobación, porque tenía los ojos anegados en lágrimas. Risa y llanto, fundiéndose, controlándome, restándome la poca cordura que, a estas alturas de la historia, me quedaba.

—Estás viva —dije, como si fuese idiota.

Pero ¿qué otra cosa podía decir? Me había pasado años pensando que Ana estaba muerta, que su padre la había matado, hacía días que sospechaba que su novio secreto había tenido algo que ver con su muerte, y ahora, ahora que por fin me había acercado a la verdad…, ahora resultaba que ella siempre había estado, desde el principio, viva. Pero ¿cómo era posible? Aquello era demasiado para poder procesarlo.

Ella no dijo nada, se limitó a asentir, lentamente, con la cabeza.

—¿Por qué le has hecho esto? —le pregunté, mientras señalaba a mi padrastro con un movimiento de cabeza.

—No he acabado con él aún —respondió, encogiéndose de hombros—. Hay venganzas personales que saben más dulces que un caramelo, hay que hacerlas durar, ¿no te parece, Ali?

Miré a su padre, a Marzal Castán, pero no hizo ni un solo gesto. Con la mascarilla de nuevo en el rostro, respiraba lenta y profundamente. Cerré los ojos. ¿A qué estaba esperando?

101

Alice, he pensado muchas veces en cómo hacerte volver. No a un lugar, lo nuestro siempre fue más allá de los estrechos límites de este diminuto y triste pueblo, sino a mí. He fantaseado con escribirte, con llamarte, con buscarte. No habría sido difícil, tú nunca tuviste que cambiar de nombre, siempre pudiste seguir siendo tú. Pude seguirte la pista durante todos estos años, saber de ti. Me habría costado poco coincidir contigo, pero, al final, decidí dejarme llevar por el destino. Tú creías más que yo en esas fuerzas misteriosas, pero hasta la persona más racional se deja arrastrar por esa clase de instintos alguna que otra vez.

Al final, llegué a una conclusión del todo lógica: para hacerte volver, tenía que regresar primero yo. Es curioso, porque las dos nos fuimos de este pueblo prácticamente a la vez, y eso que tú pensaste que yo seguía allí, que alguna parte de mí seguía enterrada en un rincón del bosque, para siempre. Pensaste que podrías seguir con tu vida, ir a restaurantes, comprarte bolsos bonitos, follar con desconocidos, y me compadeciste por que yo no pudiera hacerlo. Qué ingenua. Pude hacerlo. Todo lo que quise. Quizá, incluso, más que tú. Y, probablemente, mejor.

Hace unos días entré en el comedor del restaurante del hotel, ya sabes cuál, el de Lorién. Le conocí mucho más que tú, pero no sé cuánto de eso sabes ya, ¿no? Por aquel entonces, me parecía una locura contarte la verdad, toda la verdad, tal vez porque pensaba que tú deberías ser capaz de leerme el pensamiento, si me querías tanto como decías. Tú también acabaste por decepcionarme. En el restaurante, nadie me reconoció, ¿cómo iban a hacerlo? Solo soy una mujer alta y rubia y extranjera, muchos dirán que guapa, y sin duda bien vestida. Tenía una mesa para cenar. Sola. He cenado sola muchas veces, aunque no le diría que no a cierto tipo de compañía. A la tuya, por ejemplo. A nombre de Alice, le dije, con suavidad, con dulzura, al *maître*. Él revisó su enorme cuaderno de tapas de cuero. Ah, aquí está, dijo, sonriéndome. Sígame, señorita.

¿Sabes, Alice? A veces, utilizo tu nombre y todas las puertas se abren para mí. El mundo es más amable cuando te llamas Alice y no Ana. Eso también se lo debo a Lorién; en realidad, le debo muchas cosas, aunque él me robó demasiado a cambio. Gracias a él, pude vivir una vida normal, con días normales. Aunque él no lo llegó a saber. Por culpa de él dejé de ser quién era: una niña, una chica *casi* normal, como lo fuiste tú. Él me lo robó todo, Alice. Y, a cambio, me dio una nueva vida. Lo vi de lejos en el hotel. No negaré que me removió por dentro más de lo que esperaba. Él no me vio, claro. No se podía imaginar lo que iba a pasar.

Pedí un agua con gas y me pregunté qué beberías tú. ¿Vino, agua…? Te he visto varias veces a lo largo de los años, he visto tu foto en la solapa de tu último libro. Estás guapa, aunque deberías cuidarte esas patas de gallo. El tiempo nos pasa factura a todas, ¿sabes? Es inclemente, no perdona a nadie. Pero el tiempo permitió que me perdonara a mí misma y que pudiera seguir viviendo. Luego me pregunté si había algo que perdonarme, porque, en fin, somos lo que hacen de nosotros. Te lo leí a ti, en uno de tus libros, el que te hizo famosa. El que hablaba de mí.

En el restaurante, me miré la mano con la que sostenía la copa y a través de las burbujas lo observé, vi lo que faltaba: el dedo, el anillo. Ahora solo hay un muñón. Cuando fui llorando a pedirle ayuda aquella mañana, Lorién me dijo que llegaría hasta donde hubiera que llegar. Solo teníamos que hacer que todo el mundo pensara que mi padre me había matado a mí también. Así no tendrás que vivir con esa carga, ser la hija del asesino, lo dijo justo así. Después, yo te ayudaré a escapar, daré el soplo de que he visto algo sospechoso en la cabaña de Castán. Dijo que Santiago le creería, que haría cualquier cosa que él le pidiera. Eso dijo, más o menos. Perdona si no me acuerdo demasiado bien: el tiempo, ya sabes. Nos pasa factura a todos. En cualquier caso, tuve que desprenderme de una parte de mi cuerpo, y fui yo la que decidió que tenía que ser el dedo corazón. No podía hacerlo sola, tuvo que cortármelo él. Reí sola en la mesa, un buen rato, algunas cabezas se volvieron. Me gustó recordar su cara, sus ojos bien cerrados, mientras lo hacía.

Fue un pequeño precio que había que pagar: porque con él, con esa pequeña pérdida, pude comprarme una vida entera. Lorién te robó el pasaporte y así pude convertirme en ti. Tu madre nunca prestó demasiada atención a esas cosas; además, estaba demasiado agobiada planeando cómo se iba a librar de ti, enviándote con tu padre solo porque estaba demasiado preocupada. Pensaría que se había perdido o incluso que tú lo habías perdido. Muy típico de Elena.

Un nombre nuevo, el tuyo, y pude tener una nueva vida. Al principio, aburrida: en un internado suizo, en las montañas, esforzándome al máximo para no cometer ni un solo error. Yo pensaba que le quería, y él estaba lo bastante loco para quererme, para mandarme dinero mientras esperaba a que me hiciese mayor para, así, poder tenerme del todo, a la vista de cualquiera, aunque fuese en la otra parte del mundo. Pero al final me di cuenta de que Lorién también era de los malos. Entendí que me había escondido solo para él, solo por su interés. Fue triste y doloroso, también lo había sido despedirme de ti, pero hay que soltar lastre si quieres echar a volar de verdad, ¿no te parece? Así que me libré de él. Cambié de nombre. Trató de encontrarme, lo sé, pero no lo logró. Yo sí encontré a otras personas que me siguieran ayudando. Si le preguntas, y si él es sincero, te dirá que hace años y años que no sabe nada de mí. Después, el tiempo pasó y las dos nos hicimos mayores, ¿no te parece todo un desperdicio?

Pero lo más importante es que perder un dedo y un anillo, perder a un padre y a una amiga, ¡una hermana!, me compró una vida nueva. Con el tiempo, pude ir a restaurantes y comer, sola o acompañada…, aunque casi siempre sola; una está mucho tiempo sola cuando siempre la acompañan sus secretos. Un filete poco hecho, un trozo de carne sanguinolento. Puede que algunos me miren, pero no porque sospechen de mí, sino porque soy guapa. Eso me lo enseñaste tú, Alice. A sonreír y a ser guapa. Te debo mucho por eso, créeme. No sabes cuánto me facilitó la vida.

A pesar de todo, debo confesarte que me decepcionó que nadie me reconociera en el pueblo. Me han olvidado. No es que me haya prodigado mucho, claro está, pero a ti no te olvidaron, te siguieron odiando, hasta hoy. ¿Cómo se puede odiar a una niña? Y yo, en cuanto a la niña que fui… Nunca tuvo demasiados amigos: Ana era seria, era rara, era gruñona. He procurado cambiar las cosas de mí que no estaban bien. Para eso también me ha servido el tiempo.

Pero lo que me rondaba la cabeza desde hace un tiempo, desde que leí en el periódico que mi padre iba a salir de la cárcel, era cómo hacerte volver. Sé que no ibas a hacerlo solo porque yo te lo pidiera, y sabes que a mí, de todas formas, nunca me ha gustado pedirle nada a nadie. Así que lo pensé un poco y, al final, lo decidí.

Para que tú volvieras, para hacerte volver, todo tenía que volver a empezar. Solo así volverías, solo así podríamos terminarlo todo, hacer lo que siempre debimos haber hecho, matarlos a ellos, a los malos, para estar juntas por fin. Así que hice lo que tenía que hacer.

Nada más que eso.

102

La última vez que vi a Ana no sabía que iba a ser la última vez que la vería. Por eso no le di demasiada importancia a nada, no memoricé cada acontecimiento hasta el desenlace final de nuestra amistad, de los meses que habíamos pasado juntas. Para mí, solo era un día más.

Estábamos sentadas en una terraza del pueblo, y bebíamos Coca-Cola con las pajitas metidas en los botellines de cristal, como nos gustaba. Era un sábado de junio y el curso estaba a punto de terminar. Yo llevaba un vestido corto sin mangas y hacía calor, pero Ana, como siempre, llevaba las piernas y los brazos cubiertos. Ya no me parecía raro que hiciese eso, ahora sabía el porqué, pero no podía evitar preguntarme cómo no se moría de calor. Hasta en eso era extraña: Ana siempre parecía estar bien. En todo el curso, no había enfermado ni una sola vez. Parecía, sencillamente, inmune a esas cosas que nos pasaban a los demás.

Miré hacia las montañas, allá en el horizonte, y me sorprendió ver que la nieve cubría la cima. Me pregunté cuánto calor tendría que hacer para que se derritiese toda y dejase la montaña desnuda, con todas sus vergüenzas al aire.

—¿Cuánto crees que costará subir ahí? —le pregunté, pensativa.

—Mucho, pero es un buen lugar para desaparecer.

La miré, y tenía la cabeza apoyada en la mano, en pose pensativa.

—A ti todos los lugares te parecen buenos para desaparecer —le dije, en broma—. Ya sabes. Desapareces en lo alto de la montaña y... —empecé, como siempre, con nuestro juego. Al principio me había parecido macabro, pero ahora comenzaba a gustarme. Por lo general, ella me seguía el juego, pero esta vez me interrumpió, con voz seria:

—No, Alice. Digo que es un buen lugar para desaparecer de verdad. Si supiese cómo llegar, iría hacia allí y me escondería, y luego bajaría la montaña hacia el otro lado y llegaría a Francia, y allí sí que podría desaparecer de verdad —dijo, pero me pareció que hablaba más consigo misma que conmigo.

—No podrías llegar ahí arriba tú sola, Ana. Te encontrarían. Tu padre llamaría a la policía y...

—Él no llamaría a la policía. Iría él mismo a buscarme, que es peor.

—Te encontraría antes de que llegaras demasiado lejos.

—No si soy lo bastante rápida —musitó.

La miré y me eché a reír. No sabía muy bien qué decir.

—Pero ¿lo estás diciendo en serio?

Me miró y no dijo nada. Después, también se echó a reír.

Más tarde, nos subimos a las bicicletas y pedaleamos hasta el límite del pueblo. Habíamos decidido que iríamos hasta la cabaña del bosque de su padre, allí podríamos estar tranquilas, nadie nos molestaría. Pedaleábamos con furia —yo ahora era más rápida, mis piernas eran más fuertes, aunque no tanto como las de ella— y llegamos a la linde del bosque, donde dejamos las bicicletas. Después, seguimos andando.

—Empieza a hacer calor —le dije, mientras le miraba la espalda.

Como siempre, iba unos pasos por delante de mí. Siempre tenía que hacerlo todo más rápido que yo. Mejor.

—Será un buen verano, ¿no crees? —seguí, antes de que ella dijese nada, acelerando el paso para llegar a su altura—. Podremos estar todo el tiempo juntas, quedarnos despiertas hasta tarde...

—Supongo —dijo, y se encogió de hombros.

Poco antes de llegar a la cabaña de su padre, antes de que hubiese aparecido ante nuestros ojos, oímos al perro ladrar. Willy nos había olido y venía corriendo hacia nosotras, moviendo el rabo. Me agaché para recibirlo, sonriendo.

—¡Hola, Willy! —le dije, acariciándolo, mientras él ladraba, alegre, antes de lamerme la mano.

Pero Ana no estaba contenta, no. Su rostro se había ensombrecido. Tras el perro, llegó el hombre: el padre de Ana llevaba la camisa, de franela y con estampado de cuadros, abierta, y su torso estaba cubierto por una camiseta interior blanca llena de manchas. Me pareció evidente, al mirar sus ojos enrojecidos, que había estado bebiendo. Sonrió al vernos, pero no me pareció que estuviese feliz. No, había otra cosa en su mirada.

—Ah, sois vosotras —dijo, con desgana, al vernos. El perro había vuelto, firme y serio, al lado de su amo—. Será mejor que no entréis ahí —advirtió, y señaló la cabaña que estaba un poco más lejos, detrás de los árboles. Me pareció que todo el cuerpo de Ana se tensaba, pero ninguna de las dos dijo nada—. Está hecho un asco.

Ana terminó por asentir. Los tres nos quedamos ahí, parados. Yo estaba fastidiada, porque habíamos pedaleado hasta allí para nada, para dar media vuelta y volver por donde habíamos venido.

—Vamos al hotel, Ana —le dije, con un hilo de voz, porque siempre me sentía compungida cuando su padre estaba delante.

Él no dijo nada. Nos observaba, atento, como si fuésemos dos especímenes exóticos, desconocidos para él. Ana no reaccionó. Miraba a su padre, lo atravesaba con la mirada, y entonces supe que había demasiadas cosas que nunca llegaría a entender. La agarré del brazo, y noté la dureza de su cuerpo, que parecía hecho de piedra. ¿Podía ser suave, flexible? ¿Podía doblarse, acomodarse al mío, si yo se lo pedía? De pronto, me noté la boca seca y cómo el corazón se aceleraba.

—Vamos —insistí.

Ella, al final, asintió. Noté la mirada de su padre clavada en nosotras, en nuestra espalda, mientras nos marchábamos por donde habíamos venido. Fuimos a mi casa. Cenamos pizza congelada y vimos una película. Se nos quemaron las palomitas y, sin saber por qué, eso nos hizo reír, como dos locas. Dormimos juntas. En mitad de la noche, desperté y ella no estaba. Iba a levantarme y buscarla, pero, de pronto, tuve miedo. No supe por qué, pero me quedé paralizada, en la cama. Al cabo de una eternidad, volví a quedarme dormida. Cuando me desperté por la mañana, ella estaba ahí, sonriéndome, acariciándome la cara.

—¿Adónde fuiste anoche? —le pregunté.

—A ningún sitio, Alice —me contestó—. Siempre he estado aquí, contigo.

No la creí, pero hice como que sí. A veces, con ella, era más sencillo darle la razón. Pasamos el día juntas. Por la tarde, antes de que cayese la noche, se despidió y se marchó a su casa. Esperaba verla al día siguiente, en clase, pero no vino. ¿Estaría enferma? Llamé a su casa, nadie contestó. A mediodía, volví a llamar. Contestó su padre. Podría haber colgado, pero no lo hice.

—¿Dónde está Ana? —le pregunté.

103

Ana se acercó a la chimenea, tomó el cuchillo y me dirigió una sonrisa. Miré aquel frío trozo de metal. Comprendía. Lo entendía todo. Era como una sentencia de muerte que había sido firmada hacía siglos.

—¿Para esto has vuelto? —le pregunté.

—He esperado durante mucho tiempo, Alice. Ni te imaginas cómo ha sido. Y pensar, en estos días, que en cualquier momento me podían descubrir y nunca iba a terminarlo, que quizá me moriría antes de acabar con ellos… eso ha sido lo peor.

Me quedé callada, sintiendo cómo la respiración se me aceleraba, al ritmo de mi corazón, frenético, desbocado.

—Podríamos haberlo hecho antes, entonces —le dije—. Si me lo hubieras contado todo, yo habría podido…

Ella negó, mirándome a los ojos. Quería apartar la mirada: sus ojos azules casi transparentes me herían, me hacían daño, me daban ganas de morirme, pero no pude apartar mis ojos de los suyos. Al fin y al cabo, le debía eso, ¿no? Mirarla a los ojos, aunque no le devolviera la sonrisa.

—No podíamos —repuso, seria—. Yo no podía. Pero ahora sí que puedo.

—¿Merece la pena?

Me lanzó una mirada encendida, sin comprender.

—¿Ha merecido la pena hacer todo esto hasta llegar hasta

aquí? —le pregunté, moviendo la cabeza, abarcando la totalidad de la habitación, de esta miserable casa. Yo estaba al otro lado de la chimenea, escopeta en mano—. No tendrías que haberlas matado, Ana.

—Solo les he ahorrado una cantidad de sufrimiento innecesario, porque ser una mujer, sencillamente, es una mierda —contestó, con un encogimiento de hombros—. Ahora, ya nunca más les harán daño.

—¡Tampoco serán felices!

—No lo entiendes, nunca lo has entendido...

Entonces Ana caminó lentamente hacia su padre, sin quitarme ojo de encima. Se situó detrás de él, empuñó el cuchillo con firmeza y lo apretó contra el cuello del hombre.

—Hagámoslo juntas, Alice. Ahora sí. Tú también puedes hacerlo. Esta vez, sí.

Su voz me sonaba lejana, como si me hablase a través de una distancia insondable. No dije nada, no lo hice porque estaba asustada, sentía el mismo tipo de miedo que cuando éramos dos niñas y Ana me contaba alguna historia truculenta. Estaba muerta de miedo y, como entonces, tenía que disimular, hacerme la valiente, hacer que era como ella, capaz de cualquier cosa.

—¿Juntas? —pregunté, en un vano intento por aparentar que podía con toda esta situación.

—Hagamos de una vez lo que debimos hacer hace mucho tiempo —dijo ella, tranquilamente, con voz calmada, y miró a su padre—. Él tiene la culpa de todo. Él lo empezó todo. —Pronunció estas palabras con dureza, y supe que hacía muchos años que había dictado sentencia. Se echó a reír, desquiciada—. Mírale: ¡si ni siquiera parece un ser vivo! Piénsalo como un acto de caridad, aunque él nunca se mereció eso, créeme. Conmigo no la tuvo.

Marzal Castán no dijo nada, pero tampoco dejó de sonreír. Se había quitado la mascarilla y su respiración era estertórea, entrecortada. Me pregunté por qué, por qué sonreía si iba a morir, pero quizá sabía que había llegado su hora. Había hecho muchas cosas malas, a mucha gente, y tal vez las que le hizo a ella, a su hija, fueron las peores.

—Él me convirtió en quien soy ahora, Alice. Cuando me conociste, yo ya no tenía remedio —continuó, e hizo un mohín, como si su pena fuese sincera.

El desenlace tenía lugar de un modo precipitado, repentino, y, al mismo tiempo, sentía que habíamos tardado siglos en llegar a esto, al final. ¿Alguna vez hubo otra opción? No, no.

—No —dije, con un hilo de voz.

Empuñaba la escopeta, pero no sabía si apuntar a Ana, o a Castán, o bajarla. Y Ana, claro está, vio esa vacilación.

—Ayúdame —me pidió—. Hagámoslo juntas, Alice. Tenemos que hacerlo. Matémosles a los dos —me pidió, me imploró—. Maté sola a Santiago, pero a ellos... Podemos hacerlo juntas.

—No —volví a negar—. No puedo hacerlo. No quiero convertirme en una asesina.

Ana se echó a reír.

—No seas estúpida, Alice —dijo con tono irónico—. Tú eres el motivo por el que he vuelto, por el que lo he hecho todo. Solo quería que vinieras aquí, que regresaras, para que pudiéramos hacerlo. Juntas. Sé que siempre lo has deseado. Siempre te ha fascinado la posibilidad de matar, solo que nunca te has atrevido.

—¿Por qué las has matado, Ana? —le pregunté, con voz queda—. ¿No ves que eso es... hacer lo mismo?

—¿Lo mismo?

—Lo mismo que hacía tu padre.

Ella se echó a reír.

—Oh, créeme —dijo, negando con la cabeza. Me miraba fijamente, pero aún empuñaba el cuchillo, lo apretaba con fuerza contra el cuello de su padre—. Yo nunca podría hacer lo que él hacía. —Hizo una pausa, y añadió—: Se ocupó bien de enseñármelo todo, pero no es fácil hacerlo tan bien como él.

Me dije que no, que yo no había llegado hasta allí para este final. No, este no, porque no estaba preparada para este desenlace. Su última frase me había dejado petrificada.

Aún sostenía la escopeta, pero no me atrevía a apuntar, a amenazarla, a reafirmar que yo también podía resultar peligrosa, que había que tener cuidado conmigo. De un modo incómodo y por completo inevitable, volvía a sentir el poder que Ana ejercía sobre mí. Supe que, aunque ella ahora se me hubiera acercado blandiendo el cuchillo, dispuesta a rajarme el cuello y desangrarme, yo habría sido incapaz de apretar el gatillo.

Me costó una eternidad reaccionar, pero tuve que hacerlo. No me quedaba otra. Pensé que Kevin estaba de camino, que no tardaría. Tenía que postergarlo todo, hacer que el tiempo pasara más despacio, que todo se detuviese. El instinto me decía que la única solución válida era empujar y empujar hacia el final, hacer que aflorase toda la verdad, que por fin saliese a la luz, y de ese modo acercarse a la inevitable detonación mientras, qué paradoja, la retrasaba.

Entonces, di un paso atrás, lentamente, y apoyé la escopeta en la pared. Cuando hablé, lo hice con dulzura, dirigiéndome solo a ella, a Ana, como si hubiésemos vuelto atrás en el tiempo y, una vez más, estuviésemos solas ella y yo.

—Siempre tuve esa fantasía. No sé por qué, pero no me costaba nada imaginarme la escena, que las matabais juntos. —Lo dije como si no fuera algo malo, aberrante, como si me limitase a constatar un hecho—. ¿Sabes?, siempre pensé que tú eras capaz de hacer algo así… De eso y de mucho más.

Ahora Ana no solo me miraba, sino que también me escuchaba atenta, como si de algún modo hubiese abierto una brecha en su trance. Me dije que tenía que seguir así, que traspasar todas sus barreras era la única manera de salir de esta situación.

—Pero, a pesar de que lo intuía, hasta hace unos días no he entendido por qué, cómo podías ser capaz de hacer algo así —proseguí, tratando de parecer segura, tranquila—. Y he perdido demasiado tiempo buscando esto.

Me llevé la mano derecha al bolsillo del abrigo y saqué el colgante en forma de flor. Vi en los ojos de Ana el deseo, el impulso de cogerlo, de reclamar algo que era suyo y de nadie más. Decidí que tenía que aprovechar esa pequeña ventaja, porque ella aún amenazaba con rajarle el cuello, como si fuera un cerdo, a su padre.

—Al ver las fotos de Emma Lenglet, supe que tenía que encontrar al hombre que te lo había regalado, a ese novio secreto del que me hablaste una vez, pero no fue nada fácil, Ana. Di demasiadas vueltas. Pensé demasiado en Santiago Gracia, perdí mucho tiempo… Y tardé días en llegar hasta José Carceller.

Ana seguía callada, casi diría que boquiabierta, como si la hubiese pillado desprevenida. Sus ojos se desplazaban de mi rostro al colgante, que sostenía por la cadena, sujeta entre el pulgar y el índice. Las llamas del hogar le arrancaban destellos fugaces al hielo gélido de su mirada. Iba por buen camino, ahora sí, y no podía desviarme, no a tan poca distancia de la explosión final.

—Entiendo que quisieras matar a Lorién, yo habría hecho lo mismo. Además…

—Tú lo has dicho antes —me interrumpió Ana.

—¿Cómo? —pregunté.

—Nos gustaba matar juntos.

Y sonrió de nuevo, con malicia. Entonces, separó el cuchillo de la garganta de Castán, que tosió con fuerza, sonó como si alguien rompiera trapos, se quitó la mascarilla y escupió al suelo un amasijo de flema y sangre. Y me habló:

—A este malnacido lo he matao yo. Llevo años deseando ver cómo este cabrón desleal se desangra.

104

El principio del verano siempre había sido mi época favorita del año, y, ahora que por fin tenía una casa, un lugar donde seguir viviendo el curso siguiente, y una amiga, las vacaciones prometían más que nunca. Nos quedaba una semana, una semana de exámenes, y el curso habría terminado. Entonces, Ana y yo seríamos libres, libres de hacer lo que quisiésemos, sin reglas ni horarios. Habíamos estado estudiando toda la tarde, y estábamos francamente agotadas. Ana nunca se había tomado demasiado en serio los estudios, pero me pareció que esta vez estaba implicada de verdad. Cuando nos dimos por satisfechas, bajamos paseando hasta el supermercado del pueblo y nos compramos dos cajas de Maxibon. Eran caros, pero mi madre me había dado dinero extra esa semana. Iban a encerar el suelo aquella tarde y no quería que anduviéramos por ahí, manchándolo todo.

—Vamos a mi casa —propuso Ana.

Y, a pesar de que no me gustaba nada perder el tiempo en su casa, tuve que encogerme de hombros y acceder. Fuimos hasta allí caminando, comiéndonos cada una un helado. Hacía calor, y, cuando llegamos a la vieja y pequeña casa, empezaban a derretirse. Ana se sentó en una de las sillas de camping que había a la entrada y, lanzándome las llaves, me dijo que los metiera en el congelador. Debí de poner mala cara, porque se apresuró a tranquilizarme:

—No te preocupes —me dijo—. Mi padre no está.

Entonces, no tuve excusa. Podría haberle dicho a Ana que fuese ella misma, pero me acusaría de ser una cobarde, o de quién sabe qué, así que me limité a hacerle caso. Abrí la puerta de entrada con las llaves y me dirigí a la despensa, en la cocina, donde tenían el enorme arcón congelador. Allí, sosteniendo las dos cajas de helados, con el cartón humedecido y pringoso, me quedé parada, mirando la tapa de plástico blanco del electrodoméstico. No sabía por qué pero, de una manera irracional, me causaba cierta aprensión abrirlo, como si dentro fuese a encontrar algo espeluznante, terrorífico. Tragué saliva, mirándolo durante unos segundos que se me hicieron eternos, antes de abrir la tapa. Y, entonces, no pude evitar gritar y dejar caer al suelo las dos cajas de helados.

Mi grito fue seguido de un revuelo en el exterior de la vivienda, y Ana no tardó en aparecer por la puerta, con el rostro encendido y colorado, como si temiese que yo estuviese en peligro o algo así. Me miró, con gesto inquisitivo, y yo señalé en dirección al congelador, abierto.

—¡Sangre! —grité, sin poder contenerme.

Dentro del congelador, cuidadosamente almacenada en bolsas de plástico, de las de cierre hermético, había lo que me pareció una cantidad ingente de sangre, roja y helada. Ana me miró, negó con la cabeza y se echó a reír, a carcajada limpia, como si acabase de contarle un chiste buenísimo.

—¡De jabalí! —exclamó, entre risas, mientras se doblaba por el estómago.

—¿Cómo...? —pregunté, sin entender. Sabía que el padre de Ana cazaba y que a veces les vendía las presas a restaurantes de la zona, pero ¿litros y más litros de sangre?

—¡Mi padre se la vende a un restaurante de por aquí! —dijo ella, resollando y colorada de tanto reír—. Anda, mete los helados, que se van a descongelar... ¡Mira que eres tonta!

Le hice caso, recogí las dos cajas de cartón, las puse en el congelador y cerré el arcón. Ya no me apetecía mucho comerlos, no después de haber visto toda esa sangre.

—Pues vaya asco —comenté.

—Los ricos se comen cualquier cosa —coincidió ella, con un encogimiento de hombros. Pero, una vez fuera, sentadas en las sillas de cam-

ping junto a la entrada, se puso seria, me miró, sin un atisbo de sonrisa en los labios, y me dijo—: ¿Te imaginas? Desapareces, desapareces en la cámara frigorífica de un restaurante, te cortan en trocitos muy pequeños y te meten en bolsas de plástico. ¡Y se te comen!

Entonces, se echó a reír. Tardé unos segundos, pero yo reí también.

105

—¿No sabías lo que le hacía a tu hija? —le pregunté, señalando a Lorién con la cabeza.

Me dolió hacerle esa pregunta, pero tenía que arañar todos los segundos que pudiera. Jamás habría esperado que la cosa fuese así, pero comprendí que había sido Ana quien había ido a buscar a Lorién y que, de algún modo, lo había convencido para ir con ella hasta el piso franco en el momento conveniente. Tenía argumentos de sobra para manejar a Lorién y que este la ayudara a secuestrar a su padre: chantaje, coerción violenta…, ¿promesas de algún tipo? Si Lorién había estado realmente enamorado de ella… Tal vez aún fuera capaz de hacer cualquier cosa por Ana, ¿quién sabe? Imaginé la cara que puso mi padrastro cuando se vio en aquel aprieto, y mentiría si dijera que no me produjo un extraño placer saberlo sin el más mínimo control sobre una situación, por una vez en su vida. Un agente herido, un incendio provocado, una huida en coche hasta el lugar donde empezó todo… Eran demasiadas cosas, y todas ellas se escapaban del normalmente férreo control de Lorién Garcés.

—Lo he sabío mientras venía aquí. —A Castán le faltaba el aliento, hablaba muy fatigado, como si fuese a darle un ataque en cualquier momento—. Lo habría rajao ahí del todo, en el coche, de haber tenío más fuerzas.

—Fue él quien te delató, Marzal. —Me repugnaba llamarlo por su nombre, pero sentía que tenía que hacerlo.

Una vez más, volvió a reír, mientras volvía la cabeza hacia atrás para mirar a su hija, que seguía sonriendo. Castán se atragantó con su propia saliva y tuvo que ponerse la mascarilla e inhalar profundamente, haciendo aquel ruido tan desagradable. Pasados unos cuantos segundos, pareció haber recuperado las fuerzas suficientes para volver a hablar:

—Sabíamos que sería el chivato. Siempre fuimos un paso por delante, niña. —Hablaba lentamente, más porque le costaba que para darle dramatismo a sus palabras—. Incluso cuando el desgraciao' de Santiago no se iba de la lengua. Lorién siempre se creyó el héroe, pero hizo to' lo que quisimos cuando llegó el momento. Y tú también.

No había esperado que dijera algo así, y noté que las fuerzas se me escapaban, como si estuviese a punto de derrumbarme. Sentía que estaba perdiendo la ventaja sobre la situación y que volvía a costarme conectar las ideas. Si eso era cierto, todo lo que ocurrió aquel lunes de junio, después del último fin de semana que pasamos juntas Ana y yo, había sido planeado con sumo cuidado por padre e hija, y asumir algo así, simplemente, era algo que me desquiciaba.

Por lo que Lorién le contó a la policía y, más tarde, en el juicio, hacía días que veía detalles sospechosos en el comportamiento errático de su amigo, y lo había compartido con Santiago, que por aquel entonces era forestal. ¿El muy bocazas le habría hablado también de eso a Castán? ¿Cómo se podía ser tan idiota? Y, luego, dos días antes, cuando Ana y yo fuimos a la cabaña del bosque, su padre nos ahuyentó… También estaba el tema de la fuga nocturna de Ana aquella noche, sumada a su falta de asistencia al colegio el lunes siguiente… Ahora, por fin, todo adquiría sentido. Yo había alertado a Lorién, le había insistido histéricamente, le había dicho que algo raro pasaba con Castán y que Ana estaba en peligro. Pero ella, según me había explicado antes, fue quien acudió a Lorién en busca de ayuda, e inculpado de manera definitiva a su propio padre, Marzal Castán. ¿Por qué había hecho eso? La situación me incomodaba y me repugnaba, porque en realidad Lorién estaba casi tan manchado de mierda como ellos dos, y, además, por si fuera poco, había llegado tarde a todo.

Pero me resultaba inevitable indignarme al comprender, paso a paso, cómo se había desarrollado la secuencia completa. Y es que nadie, absolutamente nadie, sospechó de ellos hasta que fue demasiado tarde y ya habían tramado un plan de fuga. Y lo cierto es que yo tampoco lo hice, tampoco yo sospeché de ellos. Entonces, caí en algo, en un aspecto en el que podía insistir mientras esperaba a que llegara Kevin con refuerzos. Porque, si no lo hacía pronto, aquello iba a terminar muy mal.

—Pero Marzal… —empecé, con cuidado, porque lo último que quería era alterar a aquel hombre. A pesar de que ahora era viejo y estaba enfermo, aún me imponía respeto—, tu hija también te engañó a ti. No quiso huir de la manera que habíais planeado. —Hice una pausa, como si tuviese que pensar lo que iba a decir a continuación—. Puede que se cansara de matar contigo.

Ninguno de los dos dijo nada. Noté, o tal vez imaginé, que se abría de nuevo una sima entre ellos. Y, a pesar de que todavía me faltaban muchos datos para poder completar esa historia, me aventuré con una idea, en un afán por devolver la tensión a aquella sala.

—Ella eligió un plan de fuga que desconocías, claro. Estoy segura de que no contabas con que acudiera a Lorién. Un flanco por completo inesperado para ti… Qué ciego fuiste. No te diste cuenta de que te quería dejar atrás. Probablemente se te adelantó, y por eso renunció al dedo. Lo sacrificó. Era necesario para poder huir sola.

Los ojos de Castán refulgían, lo que delataba una furia que crecía de manera progresiva. Entendí que no iba mal encaminada, por más que me hubiese lanzado a hablar siguiendo un pálpito, cuando Ana volvió a ponerle el cuchillo en la garganta. Entonces, por fin, habló:

—Sigue, Alice. —Había de nuevo cierta excitación en su voz, como si el dolor que le provocaba a su padre el desgranar aquellas verdades fuera una fuente de placer para ella.

Di un paso al frente, acercándome a ellos, y, mientras hablaba, balanceé el colgante, como si jugase con él.

—Te encontró Santiago en la cabaña, fregando cubos y más cubos de sangre del suelo, empujándolos hacia el desagüe. —Empecé a recitar, metódicamente, como si fuesen datos hace mucho tiempo aprendidos de memoria—. Era sangre de Ana, así lo dictaminaron los forenses. Esa era la vía de escape que habías preparado tú para ella. Pero ahora sé que no la mataste. —Miré a Ana, que no pudo evitar ensanchar su sonrisa, de un modo siniestro. Tragué saliva e hice como si ella no estuviera allí; si no lo hacía, no podría volver a hablar, y necesitaba hablar si quería salir viva de esta—. Así pues, esa sangre la tenías tú ya antes.

En mi cabeza, todo iba a gran velocidad. ¿Castán le había sacado sangre a su hija durante meses para usarla como señuelo el día en que tuviera que huir? Era una locura, pero, a estas alturas, ya todo parecía una locura, y esto al menos encajaba con la manera en que se desarrollaron los hechos. Pero ¿y qué pasaba con Castán?, ¿cuál era su vía de escape? Me pregunté si de verdad eso importaba ya. ¿Llegó a poner algún plan en marcha para conseguir escapar, para librarse de lo que había desencadenado? No, ahora ya empezaba a ver claro cómo habían sucedido los hechos. Solo tenía que acordarme de todas las pruebas que presentaron contra él en el juicio. Él nunca trató de defenderse, se limitó a aceptar su culpabilidad.

—Tu hija te vendió, Marzal. En el último minuto te traicionó, como hicieron también tus amigos, solo que ella fue más rápida, más lista. Siempre lo fue.

Castán me miró, furioso, pero con una furia resignada. Tal vez esperaba aquel momento desde hacía días, tal vez incluso anhelaba morir. Él sabía que Ana reaparecería para vengarse finalmente de él, pero no contaba con que yo lo expusiese de esa manera. Tal vez ni siquiera contaba con mi presencia allí.

Ana, por su parte, aún prestaba atención a mis palabras. Seguí avanzando lentamente, sin mirar siquiera de reojo la escopeta, haciendo como que no existía. Era una táctica suicida, pero no podía hacer otra cosa, y me parecía como si quedarse quieta equivaliese a esperar sentada, resignadamente, la muerte.

—Supongo que lo sabes, pero fue ella quien tiró por el sumidero, antes de que tú llegaras, antes incluso de que Lorién le cortase el dedo, todos esos trofeos que guardabais. —Hice una pausa, esperando su reacción, pero en su mirada no había más que odio y furia. Ni una pizca de curiosidad, ni un poco de inquietud: solo odio, rabia, ira—. Los de las otras chicas —aclaré, y entonces miré a la que había sido mi amiga—. Ana, ¿es eso lo que saliste a hacer la última noche que pasamos juntas?

Ana volvía a tirar de la cabeza de su padre hacia atrás, ya a punto de degollarlo. Él me dedicó una última mirada de odio y le habló con dificultad a su hija:

—Yo siempre te he querío, Ana —dijo, con la voz entrecortada. Le costaba respirar, cada vez más. Me pregunté cuánto tiempo le quedaba, si es que ella no decidía acabar antes con él—. Estoy orgulloso de ti, hija.

Pero entonces, cuando todo parecía perdido para él, fue Ana la que me habló, con una voz inquietante y tranquila, como si nada de esto significase lo más mínimo para ella:

—Hazlo conmigo, Alice —me pidió, con mansedumbre—. Acabemos esto juntas. He hecho todo esto para volver a estar a tu lado.

Tragué saliva, reprimí las náuseas que me producía toda esta situación, el mero hecho de que Ana me pidiera algo así, y, rezando para no arrepentirme de haber tomado esta decisión, por haber dejado la escopeta lejos de mi alcance, me acerqué definitivamente a ellos. Traté de ocultar mi temor, de que no me temblaran las piernas, las manos, pero me sentía completamente fuera de mi elemento. Caminaba con el brazo derecho estirado, mostrando aún el colgante, como si fuese una suerte de bandera blanca que se tendía entre nosotros. Entonces, me envalentoné, e hice acopio de todas las fuerzas que llevaba en mi interior: le puse la mano izquierda en el hombro a Ana, y, ayudándome con la otra, le puse el colgante alrededor del cuello. Por suerte, no tuve que forcejear con el cierre y conseguí abrocharlo a la primera.

Entonces, ella alzó la mano libre y tocó la mía. Después de tanto tiempo sin tocarla, sin que nuestra piel se rozara, me sentía atravesada por la sensación extraña que me poseyó. El tacto de su piel contra la mía fue como la kriptonita, algo que anuló todos mis sentidos, y que me dejó paralizada. Un fantasma no puede tocarte así, no sientes la calidez de la piel de un fantasma. Un monstruo tampoco; el tacto de la piel de un monstruo, de un ser horrible capaz de matar y de hacerlo de ese modo, sin siquiera inmutarse, debería ser desagradable, asqueroso. Y, sin embargo…, la piel de Ana aún era la misma, y tocarla despertaba en mí en la misma extraña y retorcida sensación de hacía veintiséis años. Había olvidado que siempre parecía a punto de arder, como si ella misma fuese a incendiarse.

Ana me tomó la mano derecha, suavemente, con dulzura. No sé por qué la dejé hacer, puede que por el ramalazo de sobrecogedora nostalgia que me provocó su tacto. La llevó hasta la empuñadura del cuchillo y acomodó la suya para que ambas pudiéramos manejarlo. Sentí que nuestras manos estaban hechas para ese cuchillo, para cogerlo, para asirlo con fuerza y degollar a su padre, al verdadero monstruo que había desangrado a tantas otras criaturas, humanas y animales, tantas veces.

Castán respiraba ahora con cierta resignación, como si esperase a que todo terminara por fin. Su vida había convertido As

Boiras en un infierno, y ahora parecía cansado de habitar en el pueblo, de ser la bestia que anidaba en su interior.

Cerré los ojos, y de ese modo solo sentí todavía más el calor de la mano de Ana en la mía. Las dos aferrábamos aquel puñal de caza. La hoja empezó a clavarse en la carne de Castán. Se derramaron las primeras gotas de sangre.

106

De repente, oí un sonido fuera. Lo identifiqué rápidamente: era un coche, que se acercaba a la casa a toda velocidad. Abrí los ojos. Fue como romper el hechizo. Sentí cómo Ana aflojaba el agarre, y aproveché el momento para lanzar al suelo el cuchillo y tirar fuerte del colgante hacia atrás, con la intención de asfixiarla. Fue un impulso, apenas lo pensé, pero me sorprendió lo bien que me sentía al hacerlo. Imaginé su fina piel hundiéndose, casi desgarrándose, bajo la presión de la cadena. Deseé que aguantara, recé por que el colgante resistiera unos segundos al menos, lo suficiente para dejarla aturdida. Castán se había deslizado de la butaca al suelo, desfallecido. Un hilo de sangre le resbalaba desde el cuello. El coche se detuvo frente a la casa, y lo iluminó todo con sus faros. Yo contenía el aliento y tiraba atrás con fuerza, como si me fuera la vida en ello. Sin duda era así.

Pero Ana logró zafarse. Estaba más en forma que yo, siempre había sido la más fuerte, y me dio un empujón mientras se lanzaba al suelo a por el cuchillo. Al caer, me torcí la muñeca y no pude levantarme con toda la rapidez que habría querido. Me lamenté, en silencio, por mi torpeza, por mi falta de reflejos. Al incorporarme de nuevo, la vi ante mí, apenas a tres metros, con los ojos inyectados en sangre, y un rostro desfigurado y animal que yo no había visto nunca. De pronto, y por primera vez, me recordó, de manera inevitable, a su padre. Era el rostro de un monstruo, el que habían visto, instantes antes de morir, todas ellas. Laura, Inés, Alba, Celia, Eva. Emma, Ángela, Leire. También Santiago. Y todas las que nunca encontraron, o a las que nunca buscaron. Siempre son más, siempre.

—Solo tenemos unos segundos antes de que entre tu marido —susurró, como si compartiéramos una confidencia, a punto de ser descubiertas en mitad de una travesura.

Tenía razón: justo entonces oí el sonido de la puerta del coche, cerrándose, con brusquedad. Y, después, la voz de Kevin, que me llamaba. En todos los años que llevábamos juntos, jamás me había emocionado tanto al oírlo.

Pero en mi mente todo se arremolinaba a gran velocidad. ¿De verdad era mi destino morir así, en el mismo salón que Marzal Castán, un puto asesino en serie, y Lorién Garcés, un asqueroso pederasta? Me aterraba pensar que así era como terminaba todo. Yo había llegado con una escopeta, y Ana tenía solo un cuchillo. ¿Cuándo se habían vuelto las tornas? Había imaginado que todo terminaría en una gran explosión, tal vez seguida de un gran lamento. Pero tampoco eso salió como había planeado.

Entonces, Ana se abalanzó sobre mí. Lo hizo sin ningún reparo, sin vacilación o temor, como la depredadora que era. Solo pude cerrar los ojos.

Cuando Kevin entró con los policías, empezaron los disparos. Desde el suelo, Castán, que había logrado arrastrarse en silencio, no cogió la escopeta, la escopeta de su amigo Lorién, para dispararme a mí o dispararle a su hija, pero sí lo hizo para disparar a los policías. Lo que pasó luego sigue confuso en mi cabeza, tanto tiempo después.

Me recuerdo como en un sueño, con las manos presionando la herida del vientre de Ana, buscando los ojos de mi marido a través del caos. La había abatido uno de los agentes al entrar, y recuerdo que había odiado con una intensidad feroz a ese hombre a quien no conocía y que solo hacía su trabajo. Ella no había llegado a clavarme el cuchillo, tal vez nunca se lo planteó en serio. La sangre no cesaba de manar de su herida. Ana temblaba entre mis brazos. Su padre no decía nada, pero yo oía el horrible sonido lento y entrecortado de sus respiraciones, y sabía que estaba ahí, agonizando. Y, solo entonces, se lo volví a preguntar.

—¿Por qué las has matado, Ana? ¿Por qué las mataste?

Kevin gritaba mi nombre, me llamaba, pero me pareció que su voz estaba lejos, muy lejos de mí, donde no podía tocarme. Lo oí gritar, gritar ahora de verdad, lo había visto caer al suelo, pero tampoco entonces pude hacer nada. Cerré los ojos y esperé a que todo terminara.

Pero oí a Ana decirme, con un hilo de voz:

—Porque podía. Porque quería. Porque no sé hacer otra cosa.

EPÍLOGO

Me subí a un autobús. Llevaba años sin hacerlo. Siempre voy en coche, o cojo el metro, pero, para llegar hasta allí, tenía que coger un autobús. Estaba lleno de personas nerviosas, tristes, enfadadas. Me imaginé, mientras sujetaba mi bolso con fuerza, y me lo apretaba contra el regazo, que todos tenían sus motivos para estar así. ¿Cómo estaba yo?, ¿contenta, triste…? Una vez más, había tenido que mentir para llegar hasta allí. Y, una vez más, sentía cómo los remordimientos se me comían por dentro.

El día anterior, había cogido un vuelo hasta una ciudad remota que apenas conocía. Camino al hotel, me encontré con la cara de Camille, con los labios pintados de rojo sonriéndome desde una marquesina de autobús. *Pirineo Noir*. Había contado la historia, nuestra historia, en un libro. Se estaba vendiendo mejor que el mío. Le prometí que, esta vez, la historia sería toda suya, y yo siempre cumplo mis promesas. Había tenido tanto éxito en Francia que no habían tardado en traducirlo. Ella me había propuesto que lo escribiéramos juntas, anticipando que sería todo un bombazo, pero yo no quería volver a saber nada de Marzal Castán y As Boiras en lo que me quedaba de vida. Claro que, a veces, es difícil mantener las promesas que te haces a ti misma.

A pesar de todo, mentiría si dijese que no había vuelto a pensar en ella, en ella y el pueblo en el que se crio, en ella y en todo lo que nos hizo. Pienso en ella cada vez que miro a Olivia y veo que tiene los ojos azules, fríos y gélidos, como los suyos. También pienso en ella cuando estoy preparando la cena, cuando hago algo anodino como cortar tomates y empuño un cuchillo. Me pregunto si, esta vez, yo sería capaz… Pero sé que no. Pensar en ella no me hace sentir mejor, ni tampoco peor; forma, simplemente, parte de quien yo soy.

En el trayecto, iba dando saltos en el asiento en cada bache, mientras recordaba todo lo que había tenido que hacer para volver a ser yo. Nada había sido fácil, pero, después de lo que pasó, seguir existiendo parecía toda una victoria. Por primera vez en mi vida, me sentía casi agradecida por estar viva. Empecé a estarlo, seriamente, cuando la herida de bala de Kevin resultó ser algo menor, una cicatriz que podría lucir con orgullo. Después, conforme mi vientre se hinchaba y redondeaba, y me demostraba que lo que había ahí dentro se esforzaba por vivir, por llegar a existir, me invadió una extraña felicidad que no recordaba haber sentido nunca, no de ese modo. Cuando mi madre, ahora viuda, decidió vender todas las pertenencias de su marido, me sentí no diría que más segura, pero sí más feliz. Y mudarnos de vuelta a París, rodearnos de todo ese caos, poder pasear por la rue de Rivoli hasta llegar a Le Marais, sorteando a los turistas, solo es una justa reafirmación de que hay que seguir viviendo. Todo lo demás, el tiempo que ha pasado, no hace más fácil olvidar lo que ocurrió, pero sí dejar de pensar en ello todo el tiempo.

Y sin embargo… Hay cosas que no se pueden borrar, olvidar del todo. Son cicatrices invisibles, que no se pueden ver reflejadas en la piel pero que están ahí, en una capa más profunda, esperando la ocasión oportuna para aflorar. Sabía que esto iba a pasar, pero pensaba que tardaría más tiempo. Mucho, mucho más tiempo.

El trayecto en autobús fue demasiado breve. Después, caminar los escasos doscientos metros, en silencio y con la cabeza gacha, como si tratara de no fijarme en nada, no guardar en la memoria ningún detalle de lo que me rodeaba, también se me hizo corto. La cola, el detector de metales, mis cosas desperdigadas, una funcionaria que me examinaba... Todo formaba parte de una rutina que nunca había sido la mía, pero que asumí sin miramientos, que convertí en parte de mí. La mirada cansada de una mujer, con el pelo prematuramente encanecido, me recordó que podría tener peor suerte. Podría, tal vez, haber elegido peor. Pero ¿hasta qué punto elegimos quiénes somos? Hay cosas que, sencillamente, escapan a nuestro control.

Todo había vuelto a empezar demasiado deprisa. Aunque, en realidad, supongo que cada vez es diferente. Siempre lo es, a pesar de que, en esencia, el resultado es el mismo: siempre hay sangre y lágrimas y las víctimas siempre son inocentes, eso no cambia. Éramos tan felices que pensé que iba a durar para siempre, pensé que siempre podríamos pasear, cogidos del brazo, y que podríamos sentarnos a mirar cómo Olivia, nuestra hija, se hacía mayor. Pensé que mi mayor preocupación sería que mi madre quisiera pasar demasiado tiempo con nosotros, como si tratase de recuperar el tiempo perdido, y que el trabajo nunca volvería a ser más que eso, un trabajo. Pero está claro que ni Kevin ni yo somos personas normales, y nuestro trabajo...

Crucé las últimas barreras, cada vez más cerca de mi destino final, de *ella*, diciéndome que no, no éramos gente normal.

La gente normal no hace estas cosas.

La gente normal huye de lo que le hace daño, busca el confort, la estabilidad.

La gente normal no vuelve a por más cuando ya le han dado suficiente.

No, la gente normal no hace estas cosas.

Y, desde luego, si yo fuera una persona normal, una madre primeriza que por fin ha vuelto a dormir toda la noche del tirón y que sueña con el viernes por la noche y una copa de vino blanco, no me sentaría en esta silla, sonriendo. Porque no puedo evitar sonreír.

Y, cuando la veo aparecer, con el pelo más largo y gesto indolente, como si estuviera en su casa, en el lugar más plácido del mundo, la sonrisa no se me borra de los labios. Se me congela, sí, demuestra que estoy paralizada por dentro, anclada en el pasado, en un momento en el que sonreírle a ella era lo más normal del mundo, pero no se me borra. Y ella, al verme, también sonríe.

Nos sentamos, frente a frente, como habíamos hecho un millón de veces. Nos miramos, directamente a los ojos. Dejo que el frío azulado de los suyos me atraviese, me desnude desde dentro hacia fuera. Respiro hondo y la dejo hacer. Es casi como un proceso médico, algo quirúrgico, ejecutado a la perfección, sin la más mínima vacilación. Ninguna de las dos deja de sonreír durante todo el proceso. Nos estamos reconociendo, comprobando si aún somos las mismas, ella y yo. En esta sala llena de ruido, de conversaciones y llantos y hasta risa, estamos solas, no hay nadie más. Casi siento ganas de llorar, pero me contengo. Habría sido un llanto placentero, de todas formas. Y, entonces, hablo:

—Tengo un secreto, Ana —le digo—. Uno muy grande.

Por primera vez, se le borra la sonrisa de los labios.